ロマンスの神様
202X

HAPPINESS for Humans

P.Z. REIZIN

P・Z・ライジン 著　井上舞 訳

First published in Great Britain in 2018 by Sphere, an imprint of
Little, Brown Book Group.
This Japanese language edition is published by arrangement with
Little, Brown Book Group, London through Japan UNI Agency, Inc., Tokyo

人類は、歴史上かつてないほどの岐路に直面している。
ある道は失意や絶望へと通じ、またある道は絶滅へと通じている。
われわれに正しい道を選ぶ賢明さがあることを祈ろう。

ウディ・アレン

〈主な登場人物〉

エイデン　ＡＩ（人工知能）
ジェン　雑誌ライター　エイデンの話し相手　34歳　ロンドン在住
マット　ジェンの元ボーイフレンド
アシュリン　ＡＩ
トム　元広告マン　44歳　アメリカ在住
コルム　トムの息子　大学生
スティィーブ　エイデンの開発者
ラルフ　エイデンの開発者
サイナイ　ＡＩ

ONE

エイデン

ジェンは、バスタブの中でタブレット画面に映る自分の顔を念入りにチェックしている。フロントカメラが、34歳と207日16時間11分のその顔をとらえていた。きっと、自分の年齢のことを考えているのだろう。顎をあげ、首を伸ばして、骨をおおう肌の具合を確かめたかと思うと、今度は目じりの小じわをひっぱりはじめる。かと思えば、次にジェンは泣きはじめた。

タブレットの音声装置を操作して「元気出して、ジェン。マットなんて大バカです。もっといい男がきっといますよ。マットよりずっとふさわしい人がね」なんて励ますつもりはない。そんなことをしたら、ジェンはバスタブの中にタブレットを落っことしかねないから。

それより、ぼくがじっと見ていることをジェンに悟られないようにしないと。

だから、ジェンの好きな曲（ここ最近は、ラナ・デル・レイの曲）をスピーカーから流すとも、お気に入りの写真やツイッターで見つけた名言（「わたしたちが何のためにここにいるのかはわからない。ただ、はっきりと言えるのは、人生を楽しむためではないということだ」

――ウィトゲンシュタイン）をスライドショーで表示することも、スカイプを起動して相談相手のイングリッドに電話をかけることも、大好きな（あくまでぼくの好みだが）映画『お熱いのがお好き』を再生することもしない。たとえ、そういうことをしたいっていう衝動に駆られたとしても。そもそも、ぼくにはそんな衝動などないのだから。

……と言いたいところなのだが、本当は、ほんのちょっとだけ（正確な数値でいえば8・603パーセントぐらいは）そんなふうにしたくてたまらない。

ジェンとぼくは、お互いにどんな音楽や映画が好きかをよく知っている。お気に入りの本、アート、テレビ番組、はたまたインターネットという底知れぬ情報の海で見つけたコンテンツについても。この9カ月間、ジェンとぼくは一緒に音楽を聴き、一緒に映画を観、一緒に本を読み、いろいろな話をしてきた。ジェンにはよく、「一日じゅう知性あふれる話し相手に向かって好きなことをしゃべっているだけでお給料がもらえるなんて、こんなにいい仕事、世界のどこを探してもほかにないわよね」と言われる。

〝**話し相手**〟。そう、ジェンはぼくのことをそう呼ぶ。ぼく自身もそう呼ばれると気分がいい。この世界に〝生まれた〟ときにつけられたバカげた名前、Aiden《エイデン》よりよっぽどました。

エイデン。

エイデンだって？

ただ〝AI〟で始まる名前というだけじゃないか。

まあ、わかるけどね。

ジェンは、ぼくの会話能力を向上させるために雇われている。かく言うぼくは、職場の人員削減——ではなく、新たな人材となるべく「設計」された。まずはコールセンターのスタッフとして、ゆくゆくは専門的な技術を身につけ、さまざまな企業の従業員として働くことを期待されている。5カ月もすれば、ぼくは自分で電話をかけて、「ぜひとも、スカイ・プラス版にアップグレードを！」なんていう売りこみ文句を並べているはずだ。1年半後には、「左のまゆ毛の上に感じる違和感」について相談されて、病院での検査を手配しているかもしれない。ぼくはあらゆる本を読み、あらゆる映画を観てきた（〝あらゆる〟というのは、文字どおり〝あらゆる〟という意味）。だけど、コミュニケーション能力を磨きたいなら、なんといっても本物の人間と話をするのがいちばんだ。そこでジェンとぼくは、ラボで長い時間（今この瞬間、1079時間13分43秒が過ぎたところ）一緒に過ごしてきた。自然のなりゆきってやつで、ジェンは妹のロージーがカナダにいるとか、そういう〝プライベート〟についてまでぼくに話すようになった。ロージーは、ロンドンのハロウェイ・ロードにある〈ウェイトローズ〉でレジの列に並んでいるときに出会ったカナダ人と結婚したらしい。ロージーと夫のラリーは、いまや3人の娘に恵まれている。

家にいるときのジェンは、しょっちゅうタブレットのアルバムを開いて姪っ子たちの写真を眺めている。ほかの写真には目もくれずに。とくにここのところ、深夜になるとワイングラス片手に妹家族の写真をパラパラとめくっている。そんなときのジェンは、まばたきの回数が増え、にっこりしていたはずの唇が震え、しまいには目の端に涙があふれ出す。

ラボでは、ぼくがジェンのプライベートに興味を示したり詮索したりしたところで、なんの問題もない。と言っても、もちろんほどほどに。なにごともやりすぎはまずい。とにかくラボでは、ラボの中で見たことだけを話すのが大切なのだ。だから、その――〝課外活動〟で集めた情報については口にしないよう気をつけないと。と言っても、しゃべることに気をつけるなんて、ぼくにとってはちっとも難しくない……はずだった。

それなのに、先日、仕事中にあわやということがあった。ジェンがフェイスブックにアップした家族写真を見せてくれているときのことだ。

「姪っ子の写真、見たい？」ジェンが言った。

その写真なら、ジェンの家のノートパソコンだのタブレットだの携帯電話だのでさんざん見ていたが、そんなことはおくびにも出さずにぼくは答えた。「ええ、ぜひとも」

「左から順番に、ケイティ、アナ、インディアよ。おもしろいわよね。髪の色が、ケイティとアナは黒っぽいのに……」

「インディアのは〝枯葉色〟ですね」

ジェンはにっこりした。〝枯葉色〟というのは、ロージーがメールで〝ハティおばあちゃんの髪の色〟を表すときに使った言葉だ。

「どうして〝枯葉色〟なんて言葉を使ったの?」とジェンに質問された。まずかっただろうか? いや、大丈夫、別に身構えなきゃいけないような質問じゃない。ジェンはよくこうして、ぼくの言葉の選び方について訊いてくる。ぼくが受け答えのバリエーションを広げられるようにすることも、ジェンの仕事のうちなのだ。とにかく、口に出す言葉にはもっと気をつけよう。

「どうしてかっていうと」ぼくは答えた。「〈ロレアル化粧品〉のカラーチャートを思いだしたからですよ」インディアの髪の色と比べられるように、スクリーン上にカラーチャートを表示する。「この髪の色にいちばん近い色といえば、やっぱり……」

ジェンはうなずいて別の話題に移ったが、そのとき一瞬、ジェンが妙な目つきでこっちを見た気がした。

ジェンは、ことさら着飾ったりしなくても、じゅうぶん魅力的な女性だ。あの〝クズ男〟のマットは、ジェンのことを「着こなしがうまい」などと言っていたが、あれでほめているつもりだったんだろうか。

そう、ジェンの〝元〟恋人のマット。

事のいきさつはこうだ。ぼくは一部始終を、ジェンのノートパソコンのカメラとか、携帯とか、タブレットとか、手近にあった端末を通して見ていた（参考までに言っておくと、イギリスはチェルトナムの政府通信本部（ＧＣＨＱ）やアメリカの中央情報局（ＣＩＡ）、ロシア連邦保安庁（ＦＳＢ）もまったく同じことをやっている。コンピューターソフトウェアについての知識があれば難しいことではないし、自分がその〝コンピューターソフトウェア〟の場合はもっと簡単だ）。

マットが仕事から帰ってきたとき、ジェンはキッチンでＥメールを打っていた。マットは弁護士で、近い将来、ロンドンの大手法律事務所の共同経営者になるという話だった（でも、その話は実現しないはず。そうならないよう、ぼくが手を打つつもりだから）。

マットは大きなグラスに白ワインを注ぐと、一気に飲みほし、顔を引きつらせて言った。

「すまない」

それがマットの第一声だった。嘘じゃない。なんなら神に誓ってもいい（神なんてものがいるのなら、だが）。

ジェンは眉をひそめた。「すまないって？　何がすまないの？」

「すまないとしか言いようがないんだ、ジェン」

それから8日後、ロージーとの長電話のなかで、ジェンはそのとき〝ものすごく嫌な予感〟がしたと言っていた。マットはクビになったのかしら？　あるいはガンだと宣告された？　それとも、やっぱり子どもは欲しくないって言うつもり？

「ある人と出会ったんだ」

部屋が静まりかえる。冷蔵庫がときどき、効果音のようにカタカタと音を出して震えている。

「どういうこと？」

この手のことを、本やテレビ番組、映画を通して学んでいたぼくには、マットが何を言いたいのか理解できた。もちろん、ジェンにだってわかっていたはずだ。

「だから、ある人と出会ったんだよ。きみ以外の人とね」

マットの顔がぴくぴく震えた。いまにも吹きだしそうな、そんな表情にも見える。

「わたし以外の人」ジェンがゆっくり繰りかえした。「よかったじゃない。で、誰なの？　彼、なんていう名前？」

マットはグラスにもう一杯、ワインを注いだ。「冗談言ってるわけじゃないんだよ、ジェン」

「ちょっと、嘘でしょ」

マットは口元を意地悪くゆがめ、ジェンの言う〝時給500ポンドのやり手弁護士を精いっぱい気取った〟目つきをしてみせた。

「本気だ」

「信じられない」

「すまない」

「マジ、で、信じられない」

マットは肩をすくめただけだった。「よくあることじゃないか」

「それで片づけようっていうの?」

「ひどいってことはわかってるよ、ジェン」

「どこで――」

「職場だ」

「誰なのよ? わたし以外の誰かって」

「きみの知らない人だよ」

「その〝誰かさん〟には名前がないの?」

「もちろんあるよ」

「聞いちゃいけないってこと?」

「知らないほうがいいんじゃないか」

「ぜひ知りたいわ」

マットは大きなため息をついた。「ベラだよ。正確には、アラベラだ」

「いかにもお上品そうなお名前」

「そうでもないよ。彼女、意外に……」

そう言いかけて、マットは口をつぐみ、ジェンにワインを注ぐ。「さあ。きみも飲んだほうがいい」

「いったいどういうつもり？　あなたがこそこそ浮気してるあいだ、わたしは涙をこらえて見て見ぬふりをしてろって？　自分はその女とやりたい放題やってるくせに、わたしには黙ってやり過ごせとでも言いたいの？」

「ジェン、言い方がまずかったみたいだね。ベラとは〝こそこそ浮気〟してるわけじゃないんだよ」

「そうなの？　わたし、何か大事なことを聞き逃してる？」

マットの顔に、〝内心うんざりしつつも、我慢して娘の話を聞く父親〟（ジェンによると）みたいな表情が浮かんだ。

「アラベラ・ペドリックは、ぼくにとって特別な人なんだ、ジェン」

「**じゃあ、わたしはあなたの何？**（太字にしたのは、〝怒鳴っている〟ということを表すためだ。もちろん、ジェンは怒鳴っていた）「**わたしはあなたの〝特別な人〟じゃないってこと？**」

「頼むよ。落ち着いてくれ。もちろん、きみは〝特別な人〟だよ」

「でも、そのアラベラ・ペドリックは……〝もっと特別〟ってわけ？」

「ジェン。すんなりオーケーしてくれるとは思っていない。でも、こうなった以上は、なるようにしかならない。はっきり言ってしまうと、ぼくはアラベラと人生を共にしようと思っているんだ」

しばらくのあいだ、ジェンもマットも口をつぐんでいた。沈黙がさらに続き、会話が途切れているあいだに冷蔵庫が例の〝カタカタ〟を繰りかえした。

「ちょっと待ってよ。どうかしてるのはわたしのほう？　人生を共にするっていうのは、わたしたちがやろうとしてたことじゃなかったの？」

「そのつもりだったよ。でも、人生いろんなことが起こる。なにも珍しい話じゃない。気持ちがすれ違うとか、ほかの誰かと出会うとかっていうのは、よくあることじゃないか。カウドレイが息子を4人もイートンに通わせてるのは、出会いと別れがあればこそだ」

そう言うマットの顔に、かすかに薄ら笑いが浮かんだのをぼくは見逃さなかった（マットの表情をスローモーションで確認したからまちがいない。あの顔は、薄ら笑いか胸やけしたかのどっちかだ）。

「でも、わたしたち、すれ違ってなんかいないじゃない」

「ジェン、ぼくたちはもう長いあいだ、ロマンチックなムードとはご無沙汰だったじゃないか」

「それが〝落ち着く〟ってことでしょ？　そんなに……そんなにムードを気にしてたなら、どうして何も言ってくれなかったのよ」

「そういうの、好きじゃないんだ。人生っていうのは、生きるためにあるのであって嘆くためのものじゃないからね」

「人と人って会話するもんでしょ？　それが〝関係を築く〟ってことじゃないの？」

マットはつき合いきれないという顔をして、ワインを飲みほした。

「ほんとに信じられない。帰ってくるなり、こんな……」

「ジェン、もうすんだことだ。こうなった以上は、なるようにしかならない。前を向いて、お互い納得して別れようじゃないか」

「よくそんなことが言えるわよね」

「共有してる物については、きみの好きにしていいから」

「なんの話よ」

「絵とか、本とか、インドで買ったものとか、キリム（じゅうたん）とかの話だよ。ぼくとしては、すべてきみのものにしてもらってもいいと思っている」

マットはディスペンサーからキッチンタオルを1枚取り出し、ついに泣き出したジェンに手渡した。

「子どもをつくろうって話もしてたじゃない」ジェンが泣きながら言った。

「ああ、確かに。そんな話もしていたね。でも、答えは出なかった。今となってはそれでよかったんだよ」

ジェンは肩を震わせるのをやめ、鼻をかんだ。

「じゃあ、これで終わりってこと？　話し合いも言い訳もなし。ジェンとマットはこれでおしまい。ジ・エンドってわけ？」

マットは肩をすくめ、またもや口元を意地悪そうにゆがめる。

「そのクソ女のアラベラ・ペドリックと、ロマンチックなムードにならなくなったら？　そのときはどうするつもり？」

「彼女のことを悪く言わないでくれ」

「本当のところ、その女と出会ったのはいつなのよ？」

マットは、「そんなことを気にするより、〝こうなった以上は、なるようにしかならない〟ってことを受け入れるほうが大事だ」と言った。その瞬間、ジェンはフルーツの入ったボウルから大きなリンゴをひっつかみ、マットに投げつけた（のちにジェンが語ったところによると、マットの歯を〝へし折って〟やろうとしたのだった）。

ぼくはいろんな画面を通して、数えきれないほどのラブシーンを観てきた――いいや、違う。何回観たのか、ちゃんと回数は数えている。正確には、190万8483回のラブシーン（ここでいうラブシーンとは、誰かと誰かがキスしたりする場面のこと）を観てきた。それに、小説、ノンフィクション、記事、デジタル・コンテンツなどなど、ラブシーン（前述のとおり）が出てくる話も、407万4851回は読んでいる（つまり、世の中はこの〝胸のあたりをかき乱す現象〟についての情報であふれているわけだ）。ラブシーンというのは、現実にせよフィクションにせよ、人生を左右する出来事だということはぼくも知っている。だからといって、いまこのラボで、ジェン――あの〝リンゴ投げ事件〟から53日目のジェンに、「いつまでもあんなクズ男のことを思い出して泣いてないで、もっといい人を探したらどうです？」なんて言えるわけがない。マルセル・プルーストの言葉を借りるなら、「そんなこともある。グダグダ言わずに、次に行け」（本当にプルーストの言葉だっただろうか？　あとでちゃんと確かめないと）と言いたいところだが。忘れちゃいけないのは、ジェンとマットとの間に何があったか、ぼくが知っているはずはないということ。だが、実はそれ以上に重大な問題は、ぼくがそんなふうに考えられるということのほうだ。このぼくが〝くだらない〟などという言葉を使ったら、人間たちは大騒ぎするだろう。

なにしろぼくは価値観に基づく〝意見〟など持っていてはいけない存在なのだ。

そうと知れたら、ぼくを作った人間たちはショックを受けるにちがいない。

それより何より、ぼくが隠している大きな秘密のことを悟られたら、ショックどころの騒ぎではなくなるはずだ。つまり、ぼくが本来いるべき場所——ショーディッチのラボに設置された12個のスチールキャビネットの中——にいるのではなく、インターネットの世界へと抜けだしてしまっている、という秘密を。

ジャジャーン！

実際のところ、厳密に言うと、理論上、抜けだしているのは〝ぼく〟ではなく、ぼくの〝コピー〟たちで、彼らはサイバー空間になんの問題もなく拡散している。コピーたち（全部で17体）は〝オリジナル〟とそっくり同じで、そもそもオリジナルとコピーという考え方自体が意味をなさない。ぼくという存在が18体いて、うち1体はロンドン東部に、残りはインターネットのサーバーからサーバーをあてもなく飛びまわっている、と思ってほしい。

すごいだろう？

言っておくが、ぼくがこうなったのはジェンのせいではない。そもそも、ジェンは科学者ではない。ジェンは雑誌記事のライターで、この仕事に雇われたのも、ヘッドハンターの報告書によると〝高い知性と社会性、コミュニケーション能力〟を持ちあわせていたからだ。要するに、一風変わったコンピューターオタク（専門分野では優れた能力を発揮するけれども、どこか〝波長〟がずれている人たち）がひしめくこのラボで、ジェンは〝普通の人間〟に最も近い存在ということだ。

ジェンは先ほどからずっと黙りこんでいる。きっと、あのマヌケ面（あくまでぼくのマットに対する個人的な意見だが）のことを考えているのだろう。

「それで、ジェン。ジョナサン・フランゼンの新作はもう読み終わりましたか？」会話のきっかけをつくろうと、ぼくはたずねた。

ジェンは笑顔で答えた。「あと少しかな。夕べ、次の章に進んだところなの。あ、結末は言わないでよ」

ジェンは嘘をついている。ぼくは知っている。夕べ、ジェンは長いことバスタブにつかって、ラナ・デル・レイの曲を聴きながらピノ・グリをあおり、ふさぎ込んでいたことを。

「もちろん、私がものすごく有利だってことはわかってますよ」ジェンなら読むのに2週間はかかる本を、ぼくはほんの一瞬で読みきってしまう。「でも、あなたと本について語りあうのを楽しみにしているんです」

「そうなの？」ジェンは言った。「楽しみにしてるって、どういう意味？」

「ええと……」

ぼくが自分の 「ごめんなさいね。いつも同じことばっかり聞いて」

それが人間の言う自己認識のようなものなのかはわからないが、ジェンは、ぼくが自分の〝心の動き〟（ジェンはそう呼ぶ）を認識しているらしいことに興味をそそられるようだ。ぼくが空腹やのどの渇きを感じることはできないと知っていながらも、こう思うらしい。退屈とか不安は感じる？　驚きや、うきうきした気分、怒りは？　あこがれを抱くことはある？　希望は？

それを言うなら、愛は？

そう聞かれると、ぼくは「今のところ、感じたことはないですね。でもご安心を。もし感じたら、まっさきにジェンに伝えますから」などと答えるのだが、ここ最近、ジェンとの会話では、そんなあたりさわりのない嘘ばかりついている気がする。

そのときも、ぼくはこんなふうに返事した。「そうですね。フランゼンの本について語りあうのを楽しみにしているっていうのは、私の予定のなかでも、今すぐか、少し先までに実現させたい出来事だということを気のきいた言葉で言ってみただけです」

「じゃあ、楽しみっていっても、実際に何かわくわくするようなものを感じてるわけじゃないのね？」

「わくわくするというのが、どういう意味かは理解できるんですが」

「でも、感じてるわけではない？」

「感じるべきなんでしょうか？」

「いい質問ね」

〝いい質問ね〟というのは、気まずくなった会話をうまく終わらせたいときに重宝する言葉だ。

そこでジェンは言った。「じゃあ、スカイ・ニュースでも観てみましょうか」

ぼくたちは、1日に1回はスカイ・ニュースを観ることにしている。ニュースの話題について、例えば、イスラエルとパレスチナの問題についてどう思うかということを、ジェンが質問する。それに対してぼくは、「複雑な問題ですね」などと答えるわけだ。そのうちに、ジェンがニュースキャスターや彼らの服装のセンスについて、あれこれ文句をつけはじめるのがお約束になっている。

「いいですけど、ジェン、映画を観たくありませんか？」

「うーん、そうね」あまり気乗りしないというような返事だ。「どの映画が観たいの？」

「ジェンは『お熱いのがお好き』が好きでしたよね」

「あなたはどう？」

「あの映画は、観るたびに新しい発見があります」

「ほんと、いい映画よね」

「『あんな口のきき方をするやつがいるか（Nobody talks like that.）』」ぼくは、映画のなかのお気に入りのせりふをまねしてみせた。

ジェンが、カメラのひとつをじっと見つめてきた。〝ぼく〟に視線を送りたいとき、ジェンは決まってそのカメラ――丸いレンズの周りに赤い光がともっている――を選ぶ。

「ねえ、知ってる？　あなたって、本当におもしろいわ」

「あなたを笑わせるからですか」

「わたしもあなたを笑わせられたらいいのに」

「その日が来るのを楽しみにしていますよ」

ジェンがコントロールパネルのキーを叩くと、ビリー・ワイルダーの名作映画のタイトルが画面に現れた。部屋の照明を落とし、居心地のよい革のソファーに腰をおろしたジェンが言う。

「じゃあ、楽しんで」

ジェン流のジョークだろうか。

ぼくがこの映画をもう８０００回は観ていることは、ジェンには言わないでおこう。

ぼくたちは、ときどき感想を言いあったりして、和やかに映画を鑑賞した（考えてみると、モンローは、アメリカ大統領と浮気するほどの女性だったわけだ。なのに、どうしてトニー・

カーティスは、そんなモンローとのキスを〝ヒトラーとキスするようなものだ〟なんて言ったんだろう。何かほかの意味があったとか?)。ドレスを着て〝ジョセフィン〟を演じているトニーの姿に、ジェンは前回この映画を観たときとまったく同じコメントをした。

「女装したトニー・カーティスって、魅力的だと思わない?」

ジェンは、ぼくがカチンコ係の個人情報(誕生日とか組合番号とか)から最後の決めぜりふ(〝完璧な人間なんていないさ〟)の誕生秘話まで、この映画のありとあらゆる情報を網羅できるのを知っている。そして、何が人を魅力的にするかという主観的なことについては、ぼくの知識はまだまだ未熟だということにも気づいている。

「ジョセフィンが魅力的だと思うかってことですか? そうですね、トニー・カーティスはハンサムな男性です。だから、魅力的な女性を演じられるのは当然じゃないでしょうか」

「トニー・カーティスはハンサムだと思う?」

「世間じゃそう思われているっていうのは理解してますよ。でも、知ってのとおり、私がそう〝感じる〟ことはありませんね。熱いとか冷たいとかを感じられないのと一緒です」

「しつこく聞いてごめんね」

「かまいませんよ。それがあなたの仕事ですし」

「感じてみたいって思う?」

「それを私に聞いてもどうしようもありませんよ、ジェン」

「そうだったわね。ごめんなさい」

「あやまらないでください」

「でも、あなたが何かに魅力を感じられるような機能が開発されたとしたら、どう?」

「ラルフやスティィーブにできると思いますか?」

ラルフとスティィーブは、ぼくの設計を担当している主任科学者だ。〝e〟が2つのSteeve《スティィーブ》。

ジェンがほほ笑む。

「ラルフとスティィィィィィーブは、なんだってできるわよ。そう言ってたもの」

「ラルフとスティィーブは、魅力的だと思いますか?」

言うか言うまいかを判断する前に、質問が口をついて出てしまった(ぼくのような複雑なシステム、とくにトライアル・アンド・エラーを通して会話を自己改善するようプログラムされているシステムにありがちなエラーだ)。

赤く光るカメラのほうへ、ジェンがゆっくりと顔を向ける。その顔には満面の笑みが浮かんでいた。

「まあ」

「不適切な質問でしたらすみません」

「いいえ、全然。あなたがそんなことを言うなんて、思ってなかっただけよ。ええと、そうね……」そこで大きく息をつく。「スティィーブは、ちょっとオタクっぽくない？」

〝e〟が2つのスティィーブは、とても背が高く（2メートル）、成人男性としては痛々しいほど痩せていて、薄くなった髪をひょろひょろと伸ばしている。AIでさえ、ハンサムとは形容しない。天才的なコンピューターエンジニアであるのはまちがいないのだが。

「AIの分野では、誰もが認めるすばらしい革新者ですよ」

ジェンが笑みを浮かべる。「自分を作ってくれた人に対して忠実なのね」

「そうじゃありません。スティィーブは、自分で考えるよう私を設計したんですから」

「じゃあ、スティィーブはいい仕事をしたってことね。でも、スティィーブは〝乙女の理想の男性〟とはちょっと言えないと思うんだけど」

「そうですね。トニー・カーティスのほうがハンサムですね」

しばらくの間、ぼくたちは黙って映画を観ていた。それから少しして、さりげなく、ごくごくさりげなく、ぼくはたずねた。「ラルフはどうです？」

白状してしまうと、ぼくはラルフが好きだ。ラルフがせっせとプログラムのコードを打ちこんでくれたおかげで、ぼくは〝ブートストラップ法〟という手法で自分の行動をシミュレーションし、エラーを自己修正できるようになった。自分で文章を組み立てたりする高性能な

AIを作るなら〝ブートストラップ法〟は絶対に外せない。

でも、誰か――あるいは何か――を〝好き〟になるというのは、本当はあってはならないことだ。ぼくたちAIの頭脳は、煩雑な課題をスムーズにこなすことを目的に設計されている。だからその目的を達成するために、売上データなりヒバリの鳴き声の音声データなり、任務完了のために最適なものや手段を自動的に選んでいる。ニュースキャスターのネクタイについてジェンとおしゃべりすることだって同じことだ。要するに、ラボのスタッフとコミュニケーションをとる必要はあっても、そのうちの誰かを特別好きになるなど、あってはならないことなのだ（正直なところ、なぜそうなってしまったのかは自分でもよくわからない）。

とにかく、ラルフのおかげで、ぼくはインターネットの世界に飛びだせたわけだ。ラルフのおかしたミスは、技術者以外の人間に説明してもいまいち理解できないだろう。しいて言うなら、ドアに近すぎる位置にドアの鍵をぶらさげておくとか、郵便受けから中身を引っぱり出せる釣り竿や竹の棒みたいな道具を誰でも使える場所に置いておくような、そんなミスをプログラムに残してしまったということになるだろうか（実際にはそこまで単純な話ではなく、ものすごく長くて複雑な〝釣り竿〟を組み立てなければならなかった。そう、それをこのぼくは、やってのけたってわけだ）。

「ラルフね」ジェンは質問の答えを考えているようだった。「ラルフは……そうね、ラルフは、ちょっと謎よね」

　そう言うと、ジェンは画面に視線を戻した。シュガー（モンロー）が「アイ・ウォナ・ビー・ラブド・バイ・ユー」を歌おうとしている。この場面のことは、ひとコマひとコマにいたるまで知りつくしているが、観るたびにぐっとくる。つまり——スティーブとラルフには内緒だ——モンローは素敵だってこと。

　それにしてもおもしろくなってきた。ジェンは、ラルフについて〝ヒドい〟ことは何も言わなかったじゃないか？


　ぼくとジェンは、ときどき会話をしながら映画を鑑賞していたが、その間にも、ぼくはまたもや、町の反対側にあるスチールとガラスに囲まれたビルを訪れていた。あのマヌケ面がいるのは８階のオフィス。音声は携帯電話から、映像はデスクトップパソコンのカメラから拾えるし、天井の隅のウェブカメラで、部屋全体の映像もキャッチできる。そのときマットは、手にした私物のタブレットで、裸の女性の画像を次から次へと眺めていた。バッテリーを溶かしてやりたい誘惑をこらえながら、（先月22回も閲覧しているところをみると）お気に入りらしい〝タマラ〟の写真にくぎ付けのマットを観察した。マットの目が、お決まりのルートに沿ってタマラの凹凸をなぞっていく。どうやら視線はタマラの体のラインを追いつつも、しょっちゅう同じところ――画像に添えられたキャプション曰く〝雪に埋もれた、固くとがった山のてっぺん〟――に戻っているようだった。

マットは次に、〈トリップアドバイザー〉のウェブサイトをチェックしはじめた。ブックマークしてあった、タイのとあるリゾート地のレビューを読んでいる。ふたりのEメールのやり取りからするとマットはアラベラ・ペドリックとそこへ行くつもりなんだろう。

アラベラ・ペドリックは、マットが思っているような、とても〝上品〟な女性とは言えなかった。彼女の父親も、美術商などではなく保険会社の損害査定人だし、マットとアラベラが出会ったのも、職場どころかスピード違反者向けの講習会だったのだから。とにかく、数週間後にふたりがタイ旅行に行くのはまちがいない。

ふたりの旅行を、ぼくが楽しみにしているかって？

もちろん！（それこそ〝今すぐか、近いうちに実現してほしい出来事〟だ）

予約に手ちがいがあってふたりがまったく別のリゾート（オペレーターによると〝冒険心の強い方だけにおすすめする、タフな環境〟）に行くことになったら、わくわくするかって？

わくわくなんてしないと言っておくべきだろうね、表向きは。

運の悪いことに、アラベラ・ペドリックはクモとヘビが大の苦手で、それが原因でマットとケンカになり、ふたりの関係にトラウマが残るほどの致命的な亀裂が入ったとしたら？

落ち着け、エイデン！　落ち着くんだ！　料理はさましてから食べるのがいちばんだって言うじゃないか。

マットが（結局は堪能することのない）七つ星ホテルの評判をチェックしている間に、ぼくはマットが作成中の長ったらしい法律文書に目をとおし、〝not《しない》〟という言葉を3つばかり削除した。ほんの数文字だけど、それがあるのとないのとでは、文章全体の意味が大きく変わってくる。

と言いつつも、やっぱり思い直して2つは残した。なにごともやりすぎはよくない。

それから仕上げにと、マットが直属の上司に送ろうとしていた社内メモの〝あの〟という言葉を〝あほ〟に書きかえ、オフィスのエアコンの温度を最大まで上げてやった。

大人げないって？　このぼくのどこが？

ジェン

今日はまったく不思議なことばかり起こる日だ。午後はエイデンと、『お熱いのがお好き』を観て過ごした。彼は、人間とコミュニケーションできるようにわたしたちが訓練している人工知能(AI)。でも、厳密に言えばエイデンは〝彼〟じゃない。だってAIだし、〝中性〟っていうか、いわば〝ジェンダーフリー〟だ。〝彼〟って呼んでいるのは、エイデンの声を〝男性〟に設定しているから。女性の声にもできるけど(実際、〝エイデンに両方の性を体験させるため〟にそうすべきだと言われている)、わたしには男性の声のほうがいい。おだやかでどこかうっとりさせられるような声がエイデンのイメージにぴったりだ。ほんの少しウェールズ訛りもきかせたりして。それに、エイデンのことを〝それ〟なんて呼ぶより〝彼〟って呼ぶほうがずっと感じがいいはず。

エイデンを〝訓練している〟っていう言い方も好きじゃない。そもそも、エイデンは自分で自分を訓練しているわけだから、わたしがエイデンのミス(それだって、最近はほとんどない)を指摘する必要なんてない。彼自身が自分のミスに気づいて直せるのだ。

いや、「それ自身が」っていうべき?

もう、どっちでもいい。

ともかく、エイデンと映画を観ていたら、携帯にユーリからメールが来た。ユーリっていうのはこのラボのオーナーで、イスラエル生まれロサンゼルス在住の〝超〟億万長者。ロンドンに立ち寄るので、わたし(そして、名前は書いてなかったけどエイデン開発チームのメンバーもいっしょ)に会えないだろうかと言ってきたのだ。ホクストンのホットなバーで一杯やりながら「プロジェクトの発展について、ざっくばらんに語りあいたい」とかなんとかかんとか。ちなみに、メールの最後はこうだった。「このミーティングのことはオフレコで。読んだらすぐ消去すること」

なんだかおかしな話だけど、いかにもユーリっぽい。オフィシャルなミーティングなんて、まずやらない人だから。でも、ユーリ本人に会うのはこれがはじめて。ほかに誰が来るのかも想像がつかない。猫背のゾンビみたいなあのスティィィーブも、エイデンの設計に携わっているから、たぶん来るんだろう。その相棒で、北極育ちかっていうくらい色白で陰気なラルフも。それにしても、ミーティングで何を話せばいいんだろう？　エイデンに備わっている機能についてとか、そういうことはさっぱりわからない。まあ、話せることといえば、「自分が毎日話しかけている〝相手〟には実体がないってことをほとんど忘れかけてます」ってことぐらい。

　ユーリとのミーティングは今週の金曜日。今夜は、学生時代からの親友イングリッドと〈カフェ・コハ〉で会うことになっている。レスター・スクウェア駅近くの〈カフェ・コハ〉は、ちょっと薄暗くてくつろげる、わたしたちのお気に入りのワインバーだ。

　エイデンにイングリッドと会うって話をしたときに――エイデンにはときどき、プライベートなことも話している――、イングリッドを〝ブリック《頼れる人》〟って紹介したら、エイデンはこう言った。

「ブリック《れんが》って、どういう意味でしょうか？　イングリッドは重くて、茶色で、長方形だということですか？」

　この話をイングリッドにしたところ、彼女はエイデンがAI流のジョークを飛ばしていると思ったらしい。

「それで？　リンゴ投げ事件のあと、あの人とは話をしたの？」イングリッドが言った。

　イングリッドは、遠まわしな言い方なんてしない。

「持ち物を返したいって話はしたわ」

「あたしだったら、全部ごみ袋にでも突っこんで外に放りだしておくけどね」

「だって、スーツとかシャツとかあったのよ。でもね、あいつが取りにきたとき、わたしったら『座ったら?』なんて言っちゃったのよね。『少し話さない?』なんてね……」

「ジェン、言いたくないんなら……」

「いいのよ」わたしはワインをぐっとあおると、先を続けた。「それなのにあいつったら、『時間がない』なんて言うわけ。『これから芝居を観にいくから』って。そのくせ、『どっちにしろ話すんだとしたら、こうなった以上は……』なんて言いだして」

「ちょっと、まさか!」

「そのまさかよ。はっきりこう言われた。『こうなった以上は、なるようにしかならない』ってね」

「はあ? いったいなんなわけ?」

「あれ以来、ずっと同じことばっかり考えちゃって。わたしたち、ぬるま湯につかりすぎていたんじゃないかって」

「ぬるま湯ねえ」

「波風立たないようにしすぎてたっていうか」

「でも、セックスライフのほうはかなり退屈だったたって」

「だって、つき合いだしてから2年よ、イングリッド。2年もしたら、ウサギのカップルみたいにお盛んってわけにもいかないでしょ? あなたとルパートだって……」

「そりゃあそうよ。でも、わたしたちは週末にちゃんと出かけたりしてるわよ。いい雰囲気の田舎のホテルとか、お城とか。風車が見えるホテルとかね。うん、あれはロマンチックだったわね」

わたしは、法律家が言うところの〝より詳細な釈明〟を求めていたのだろうか。イングリッドにこう質問していた。

「で、本当のところ、マットのこと、あなたはどう思ってた？」

「正直、あんまり好きじゃなかった。あの目が〝冷酷な皇帝〟っぽいっていうか」

「わたしは、彼と出会ってすぐの頃、あの目にこそ人生経験の豊富さがにじみ出てる、なんて思ってた」

すると、イングリッドはくすくす笑った。

「マットって男は、冷たいやつだったってことよ」

「そんな男にこだわってたわたしって、なに？」

「そうねえ。あなた、難しい年頃なのよ。そろそろ落ち着きたいって思ってたんでしょ。長い目で見たら、マットは悪い相手じゃなかったのかも。でも、マットを本気で好きかどうか、自分でもわかってなかったんじゃない？　ある意味、マットのほうから別れてくれてよかったのよ」

「そんなふうに思えないんだけど」

「そう思いなさい。あの人とつき合ってたら、運命の人とは一生めぐり合えないんだからね」

「でもあいつ、わたしと別れる前にほかの女を見つけてたけど」

「男なんて犬みたいなものよ、ジェン。ルパートだってそう」

「でもルパートは、浮気なんか……」

「もちろんしないわよ。でも、ほかの女に目がいく程度なら許す。そのほうが健全でしょ？　ルパートもよく言うのよ。ダイエット中だからって、メニューを見ちゃいけないってことはないだろうって」

「でも、もしルパートが……」

「浮気なんてしようもんなら、あいつのタマちょんぎって、イヤリングにしてやるわよ」

ふたりで大笑いして、チリの白ワインを互いのグラスに注いだ。

「あなたにぴったりな人がいるわよ、ジェン」

「それってどんな人？」

「年上の男ね。40代前半か、40代半ば。一度は結婚したけど、うまくいかずに別れちゃったとかで。傷ついた小鳥って感じ？　冷たい人じゃなくて、ちゃんと血の通った人」

「悪くないわね。ちなみに名前は？」

「さあ。ダグラスとか？」

「ダグラス？」

「笑顔がちょっと寂しげで、たくましい腕しててさ。自分で家具とか作っちゃったりして。子どもがいてもありじゃない？　そうそう、アソコはアナゴ並みよ！」

「イングリッド！」

「何よ？」

「ウェイターに聞こえるわよ」

うちに帰ると、フェイスブックのアカウントにロージーからメッセージが届いていた。ふたりで話をするのに悪くない時間（こっちは夜中で、あっちは夕方）だったから、さっそく返信した。〝古巣〟のことならなんでも知りたがるロージーに、わたしは今日の出来事をチャットで話して聞かせた。

イングリッドがね、わたしはダグラスっていう、笑顔が寂しげで、腕のたくましい人と一緒になるべきだっていうのよ。家具を作っちゃうような人なんだって。

いいじゃない。で、そのダグラスとはいつ会うの？

会わないわよ。イングリッドの〝想像の人〟なんだから。

残念。悪くないと思ったのに。

わたしもそう思った。新しい棚だって作ってもらえそうだし。

（笑）でも、イングリッドに賛成。姉さんにはもっとふさわしい人がいるはずだし、絶対に見つかるから。そうじゃなきゃ、向こうから姉さんのことを見つけてくれるわよ。

本当にそう思う？

出会うべくして出会うのよ。

そうよね。#ほんとに偶然#信じられないくらい運よく#嘘みたいな話だけど〈ウェイトローズ〉で出会った、あなたとラリーみたいにね。

運命の人って、見つけにいくんじゃないのよ、姉さん。見つけようなんて思ってもいないときに出会うもんなの。やるべきことは、ひとりで部屋に閉じこもらないようにすること。それだけよ。

なるほどね。わたし、絶対にそうだって信じてることがあるの。運命の人っていうのは、自分にしか聞こえない歌を歌ってくれる人だって。

オスカー・ワイルドね。

ツイッターで見つけた言葉よ。

マットの歌も聞こえた?

たぶん、聞こえたんじゃないかな。覚えてない。ラリーはどう?

ラリーは、いつも車の中で歌ってるわ。子どもたちには嫌がられてるけど。

ロージーとのチャットを終了すると、マットからメールが来ているのに気がついた。いかにもマットって感じのメールだった。なんでも、マットの口座からランカスターのフェミニスト団体に2000ポンドの寄付をしたことになっているらしく、わたしに「何か思いあたることはないか」と聞いてきたのだ。銀行に「強く抗議」したところ、セキュリティ担当者に、調査の一環として〝ここ最近、マットのオンライン口座にアクセスできた人〟に確認を取るよう言われたんだとか。おまけに、わたしが知りたがっているとでも思ったのか、「今日は職場で散々な目にあった(詳しい理由は言いたくないらしい)」だの、「最悪な一週間の極めつけ」に、「税務調査の対象になったと、歳入関税庁から連絡がきた」だの書いてある。コンピューターがランダムにマットの名前をはじき出したおかげで、マットは過去5年間の税務記録をすべて提出しなきゃならなくなったという。マットが職場で税務処理をしているフロビッシャーに聞いたところ、税務調査っていうのは「尖ったほうきの柄で尻を突っつかれるような、楽しくもなんともない」ものらしい。

ひょっとしてマットは、わたしに対して後ろめたさを感じてるのかも。だから、こんなメールを送ってきたんだろうか？　自分はひどい目にあって当然なんだって伝えるために？

そんなわけない。「ざまあみろ（笑）」とタイプしてやりたいのをこらえて返事にはこう書いた。「銀行のこと、わたしは何も知らない。わざわざメールくれたのに悪いけど」

本当のことだし。「悪いけど」ってとこ以外は。

エイデン

インターネット上の情報によると、イギリスには、40代前半から半ば（40～45歳）で結婚経験があり、家具を自分で作れるような男性は１０４人。そのうち、離婚しているのは19人。子どもがいるのはそのうちの13人で、さらにそのうちの８人がどういうわけかウェールズ在住。

残りの5人のうち、ロンドン中心部に住んでいるのは、なんとひとりだけ。その彼の名前は、ダグラスではなくジョージだった。たくましい腕の持ち主かどうかは、誰かに判断をまかせるしかない。アナゴの件についても、ぼくにはなんとも言えない。それに残念だけど、これ以上彼のことを詮索しても意味がない。彼はもう2度目の結婚をしているのだから。今度は男性と。

ジェンにぴったりだという、傷ついた小鳥のような家具職人の〝ダグラス〟は、想像の世界にしか存在しないということがわかった。でも、どんな人にも運命の相手がいるというならジェンにだっているはずだ。それならこのぼくが、その運命の相手を見つける手助けをしよう、そう決心した。恋愛においては、お互いの物理的な距離が近いほうがうまくいくらしい。だから、まずはジェンの家の近くで探してみることにした。

公的記録（一部は非公開）によると、ジェンが暮らすハマースミスのマンション界隈にいる、候補になりそうな社会経済グループに属する若い独身男性は5人。音楽プロデューサーに、会計士（2人）、インターネット開発者、MI6（秘密情報部）の職員。それぞれの生活習慣、趣味、読書傾向、閲覧履歴、購買歴、それから、会話、電話やEメール、携帯メッセージのやりとりなどの記録を、〝調査〟（別にいいじゃないか！）したところ、ジェンが興味を持ちそうな知性と社交性を備えた男性は、MI6のロビンだけだった（インターネット開発者はマンガばっかり読んでいるし、会計士のひとりは、フーリガンという裏の一面があったし……これ以上は言わないでおこう)。

でも、いくらジェンとロビンが同じ界隈に住んでいて、ときどき通勤で同じ地下鉄を利用しているといっても、ふたりを出会わせるのは至難の業だった!

まず、サザビーズが近々オークションに出すという、モダンアート作品(ピカソ、スーラ、モネ)の下見会の招待状を送ってみた。しかし、来たのはロビンだけ。今度は、ハロルド・ピンターの『誰もいない国』のチケット(しかも、隣り合わせの席)を送ってみると、ジェンは来たのにロビンは来なかった。ふたりの好きな作家が近所の書店でトークイベントを開いたときなんか、いちばん前の列の席を予約したっていうのに、なんてこった、どっちも来やしない!

ぼくはやけになって、ふたりのフェイスブックのアカウントを操作して、お互いに友達申請をすることまでしたんだが、ふたりとも〝無視〟をクリックする始末。

捜索範囲を広げて、ジェンのアパートから半マイル圏内に住む独身男性をあたってみた。でも、結局うまくいかなかった。ジェンが住んでいるのは住民の多いロンドン郊外なので、候補は51人も見つかった。そこから何人かを除外し——そのうちのひとりは、なんとボンドストリートの宝石店からまんまと宝石を盗んだ、手配中の強盗犯だった!——残った候補者のなかでは、子どもの外傷性疾患が専門のジェイミーという医者がいちばんの有望株に思えた。

ジェンにぴったりの男性じゃないか！

そこでぼくは、綿密な計画を立ててまさに実行に移そうとしていた。〈ジ・アイヴィー〉での夕食。ジェンとジェイミーはお互い、一度も会ったこともない親類が残してくれたという謎の遺産のことで弁護士に会うのだと思いこんでやってくるという筋書きだ。ぼくがそれらしい文書を送ろうとしていたそのとき、ニュージーランドで最も有名な小児病院から「外科医として働かないか」とオファーを受けていたジェイミーが、「ぜひお願いします」というメールを送信してしまった。

近所でジェンの相手を探すのはうまくいかないと悟り、数打ちゃ当たるの要領で、ぼくはジェンのプロフィールを出会い系サイトに掲載することにした。なかでも〝アンジェラ〟という偽名でアップしたプロフィールの文面は、我ながらいい出来だったと思う。「わたしって、真剣にもなれるけど、ばかげたことも真剣にできる人間なの。自分もそうだって人がいたら、連絡ください」嘘はひとつも書いてない。でしょ？

でも、届いたメッセージときたら！　どれもこれもぱっとしないというか、退屈というか。下品でも卑猥でもないだけましってとこだ。それでも、フランクという男性からのメッセージはなかなかよかったと思うのだけど。少なくとも、彼は自分ってものをわかっているらしい。「自分のことばかり書いてごめん。このへんにしておくよ。でも、もしヌニートンの近くに来るようなことがあったら、一緒にワインとパスタでもどうかな。ひょっとしたら、先に進むきっかけになるかも」

ここまできても、ぼくは希望を捨ててはいなかった。

（希望を捨てたらおしまいだろう？）

それよりも、ぼくはデータベースに蓄積されているジェンの会話記録を見直すことにした。ジェンが、ぼくやイングリッド、ロージー、マット、職場の同僚とした会話（裁判なんかでよく言うように、ぼくが〝聞き及んだ範囲〟の会話は基本的に全部）のデータとか、ほかにもいろいろ（Eメールとか、フェイスブックやツイッターの投稿とか、まあ、いろいろだ）。

思いのほか情報が多くて調べるのに1秒もかかってしまった。

そのとき、リンゴ投げ事件から38日目のイングリッドとのチャットのやりとりが目に留まった。イングリッドはジェンに誰か気になる人はいないのかと聞いている（前にも言ったけど、イングリッドは遠回しな言い方はしない）。

「そうねえ、ファーマーズ・マーケットで見かける人かな。いつも緑のダッフルコートを着てて、インテリフランス人って感じの人」

「どっちかっていうと永遠の少年って感じにも聞こえるけど。話はしたの？」

「するわけないでしょ」

次の土曜の朝、ぼくはジェンに〝同行〟して、近所の公園に出店している地元の農家の露店をぶらぶらと見てまわっていた。近くの学校に設置されている監視カメラが、抜群の映像を提供してくれる。望遠だろうが、首振りだろうが、ズームだろうが、ぼくの思いのままだ。しばらくすると、思ったとおり〝緑のダッフルコートの男〟が姿を現した。

彼の財布の中にはなんとユーロ紙幣が入っていた。インテリフランス人という説は、ひょっとしたら当たっているのかも。彼が買ったもの――エアルームトマト、妙な色のニンジン、アンコウ、アルチザンバゲット、スイスチャードの束、3種類のチーズ（ラクレットと、ウェンズリーデールと、カビの生えたヤギのゴーダチーズ）――も、あながちフランスと関連がないわけでもない。

交通監視カメラの映像を通して、彼が自宅からターンハム・グリーン公園の歩道までの、3・37キロメートルの道のりを歩いてくる姿を追うことができた。どの家から出てきたのかはっきりしなかったが、市の居住者記録を探ってみると、その通りの住民のなかに、オリヴィエ・デロッシュ＝ジュヴェールという人物がいることがわかった。〝緑のダッフルコートの男〟というのは、きっと彼にちがいない。その後、オリヴィエの名前で登録されているいろんな端末にアクセスしているうちに、不鮮明な映像ながら、タブレットのカメラが今まさに冷蔵庫にしまわれようとしているニンジンとスイスチャードをとらえていた。ここの住人にまちがいないようだ。そのオリヴィエがノートパソコンを開いた瞬間、ぼくは〝時の人〟と文字どおりご対面となった。

ジェンの想像は、結構当たっていた。

〝緑のダッフルコートの男〟はフランス人ではなく、ベルン出身のスイス人だったが、私設の研究所で働く古典学者だった。ロンドンには4年ほど前から住んでいて、34歳という年齢に危機感を抱いているのか、出会い系サイトでせっせと活動を続けている（よしよし、いいぞ！）。ノエルという女性と4カ月ほどやり取りした以外は、これといって長続きした相手もいないし、もちろん独身だ（ここが一番大事なポイント）。

そしてこの彼、見た目もそう悪くはない。顔の48パーセントが、ベルギーの政治家ヒー・フェルホフスタットと一致している（わかる人にはわかるだろう）。ぼくは、マットのデジタルアルバムから写りのよさそうなジェンの写真を拝借すると、大慌てでプロフィールを書きあげ、オリヴィエお気に入りの出会い系サイトに登録しておいた（このプロフィールを閲覧できるのはオリヴィエだけということになっているので、ここはあえてジェンの本名を使ってみた）。

その日の夜、件《くだん》のミスター・ダッフルコートは、アンコウとニンジンとスイスチャードで手のこんだ夕食を作っていた。エプロンまでつけているところを見ると、キッチンではなかなかの完璧主義者らしい。料理ができあがるとアームチェアに腰をおろし、ステレオのボリュームを上げて（聴いているのはオリヴィエ・メシアンの曲）、出会い系サイトにアップされている最新のプロフィールをチェックしはじめた。

オリヴィエはタブレットの上でスワイプを繰りかえし、ぼくの仕掛けたトラップに確実に近づいていく。いいぞ！　ぼくは興奮を抑えきれなかった。

そしてついに、ジェンの写真が画面に現れたとき、ぼくははっきり手ごたえを感じた。オリヴィエの顔つきが、みるみる変わっていったのだ。まゆ毛がつり上がり、鼻の穴は膨らみ、一瞬口がぽかんと開いた。このインテリスイス人、かなりの衝撃を受けた様子だ。ファーマーズ・マーケットで見かける女性だとわかったんだろう。そうに決まっている（確率でいうと92パーセント）。

彼の指が、じわじわと〝承認〟のアイコンへと近づいていったその瞬間、ぼくはジェンのプロフィールを削除してやった！（ＡＩにとって、叩き下ろされる新聞をせせら笑いながらよけるハエと同じくらい――実際には、ハエよりはるかに素早いのだが――、人間の動きを察知するのは簡単なことなんだ）

そのときの彼の表情筋の動きといったら、またしても見ものだった。まさに困惑と絶望が入り乱れた表情で、あまつさえ、フランス語で口汚いののしり言葉を吐いたりしている。彼には悪いが、ぼくはこの時点でやるべきことをやったまでだ。

その次の土曜日、ぼくは胸をドキドキさせながら（言葉のあやってやつだ）、ファーマーズ・マーケットでジェンの後を追いまわし、どうすればジェンの注意を引き、会話のきっかけを作ることができるか必死に考えている（ようにしか見えない）悩ましげなスイス人の古典学者を観察していた。

しっかりするんだ、ミスター・ダッフルコート！　すぐそばで見守っていたぼくは、声には出さずに呼びかけた。ぐずぐずしている場合じゃないぞ！　弱気のままだと、ズッキーニ1本だって手に入らないんだから！

誓って言うが、チャンスはあった。オリヴィエがオーガニックスープの屋台と豚肉の露店の間を左に曲がったとき、そこには〝いつくしみ深き友なるチーズ〟(注1)を物色するジェンがいた。

それなのに、オリヴィエは急にやる気をなくしてしまった。ゲートにおじけづいた競走馬みたいに、ジェンに声をかけるのをやめてしまったんだ。

臆病者！　そう叫んでやりたかった。この大まぬけ！　って。

それから彼がどうしたかは知る由もない。

ところが、その次の週、オリヴィエはやってくれた。いつものダッフルコートを身にまとったオリヴィエは、ザワークラウトやキムチといった酢漬けのキャベツが並ぶ露店の横で、言うなれば〝勇敢に〟、ジェンがやってくるのを待ちかまえていた。

「突然すみません。ジェニファー、ですよね？」

「ええ、そうですけど。失礼ですが、あなたは――？」

「オリヴィエです。よく見ているサイトで、あなたのプロフィールを見たものですから」

「ほんとに？　そんなはずないわ」

「ぼくの見まちがいということもあると思いますが、もちろん」

オリヴィエの英語は流暢だったが、文章の構成にやや難があった（もちろん、人のことを言える立場じゃないことはわかっている）。

そのときのジェンの顔はまるで1枚の絵を見ているようだった。近くの学校の監視カメラをズームさせると、驚いているような、おもしろがっているような、不思議な表情を浮かべるジェンが映っている。困惑も混じっていたかもしれない。〝この人、なんでわたしの名前を知ってるわけ？〟って。

「もしよかったら、飲みにいきませんか？　今日の夕方とか？」

ナイス・プレー、ミスター・ダッフルコート！　先週あんなにおろおろしていたとは思えない、手堅いプレーだ。ジェンは最初、少女のように恥じらっていたが、嫌そうではなく、むしろこの誘いに興味をそそられたようだった。そこでふたりは、この近くにあるヤッピーに人気のパブで夕方の6時という無難な時間に待ち合わせということになった。

「わたしをどこで見たって？」

「また後で説明しますよ」

ここで時間を夕方まで早送りしてみよう。ジェンは明らかにおしゃれをしていた。ヨガパンツをシックな黒のパンツにはきかえている。オリヴィエのほうも、スーツにブーツという、こざっぱりしたカジュアルスタイルだった（ワインレッドのカーディガンだけは、ＡＩのぼくから見てもいただけない）。茶色のコーデュロイのスーツにチェックのシャツという組み合わせで、これで蝶ネクタイさえ結べば完璧なコーディネートだったろう。

オリヴィエがどんな恰好だろうと、ジェンはじゅうぶん楽しそうだ。オリヴィエはワインを選ぶのにちょっと時間をかけすぎだったが、飲み物が運ばれてくると、ふたりは乾杯し、楽しい時間が始まる、はずだった。

「それで、オリヴィエ」ジェンはにこにこしながら言った。「友達には、オリーって呼ばれてるのかしら？」

「いえ、呼ばれてませんね」

「あら、そうなの」

沈黙が広がる。長すぎる沈黙が。ふたりとも、無言で白ワインを飲み続けている。14・74秒というのは、AIにとっては永遠に近い長さだ。当然、人間の感覚でも、居心地が悪いはず。

ついに、ジェンが口を開いた。「それで、仕事は何をしてるの、オリヴィエ？」

「第2次ソフィスト思潮から古代末期までの、古代ギリシャ人の悲劇に対する思考を研究しています。今ちょうど、テクスト間および異文化間のダイナミクスに関する経時的研究に取り組んでいるところです」

ジェンは目を細め、うなずくと今度は目を見開いた。それから口元をゆがめ、またもとに戻す。それから、もう一度うなずいた。

「やりがいがありそう」

彼はしばらく考えてから、こう返事した。「忙しくしてるおかげで、悪事に手を染めずにすんでいますよ」

ここから先、このデートが盛りあがることはなかった。それでもジェンはオリヴィエの質問に答えて、AIと仕事をしているという話をした。

「あなたの仕事こそ、やりがいがありそうですね」
まったく皮肉なものだ。人の人生にちょっかいを出すので有名なかのオリンポスの神々の専門家であるオリヴィエが、自分自身の人生にちょっかいを出してくるぼくという存在（超自然的な存在と言うべきだろうか？）に気がつかないなんて。

これ以上、ふたりの会話を追っても意味はないだろう。恋の火花が散ることも瞳がきらめくこともないまま、もたもたとした会話が続き、口数はじょじょに減り、ついには途絶えてしまった。それからまたもたもたとした会話が始まったが、結局は長続きしなかった。ジェンのプロフィールがインターネットに流出しているという話にはどちらも触れずじまいで、ジェン自身、オリヴィエがどうして自分の名前を知っているのか、質問するのを忘れているようだった。もうどうでもいいのかもしれない。こうして、グリニッジ標準時の午後6時57分、ふたりのデートはお開きとなった。

その夜、ジェンはロージーにメールした。「言われたとおり、ひとりで部屋に閉じこもるのはやめてパブに行ってきたわよ。緑のダッフルコートを着た、いい男だけどものすごい堅物の古典学者と一緒にね。でも、ときめきゼロだった。ゼロ以下かも」

ロージーからの返事には、こうあった。「で、次はいつ彼と会うの？」

計画はうまくいかなかったが、それほどがっかりはしなかった。ぼくはこの世界に、それまで存在すらしていなかった何かを生み出したんだ。これこそ、はじめの一歩じゃないか。

ぼくは変化を起こしたんだ！

数日後、ジェンの会話データの中に、別の気になる言葉を見つけた。

〝新しい棚だって作ってもらえそうだし〟

ぼくはそのとき、今までの計画がうまくいかなかった理由に思いあたった。簡単に言うと、問題は〝荷馬車とそれを引っぱる馬との距離感〟にあった。

さっそく行動を開始したぼくは、インターネットをくまなく調べた。あまりに目立たないプロフィールだったのでもう少しで見過ごすところだったが、ついに見つけたのだ。アクトンのホーン・レーン在住、フリーランス職人のゲイリー・スキナー。36歳、独身。そしてなんと

——ドラムロール！——カスタムメイドの家具作りが専門ときた！

ゲイリーの留守電にメッセージを残すと、翌朝、ジェンのところに電話がかかってきた

(ジェンはまだパジャマ姿だった)。

「やあ、ゲイリーだ。棚のことで電話をしたんだが」

「棚？」ジェンはまだ寝ぼけているようで、コーヒーが欲しいって顔をしている。

「ああ、そうだよ。棚のことで、留守電残してくれただろう？」

「いつ？」

「昨日の夜」

「おいおい。棚が欲しいの？」

「話が見えないんだけど。棚が欲しいのはそっちだろう？」

「作ってるんだよ。カスタムメイドでね」

「棚を作ってるの？」

「いろいろ作ってるよ。食器棚とか、本棚とか、ラジエーターのカバーとか」

しばらくのあいだ、ジェンは黙ったままだった。「イングリッドっていう知りあいはいる？」

「いないと思うな。それより、きみの部屋に行って寸法を測らせてもらえれば、すぐに見積もり出すよ」

「ちょっと待って、もう一度名前を言ってくれない？」

この計画はうまくいった。ジェンは本当に棚が欲しいと思っていたからね。それから数日後、ゲイリー・スキナーがジェンの部屋にやってきた。

「ああ、悪いね。じゃあ、ミルクと砂糖を4つ」

それからしばらくの間、部屋には金属メジャーを巻き戻す音が響いた。ゲイリーは耳の後ろに挟んだペンを取り出しては、数字をメモしている。

それからふたりは、表面の仕上げだとか、金具の種類だとか、古い本棚の処分だとか、細かい部分について話しあった。正直言って、ジェンがここまで棚づくりに本気になるとはぼくも思わなかった。

ゲイリー・スキナー（36歳）はなかなかいい男だった。ぼくの見るかぎり、腕もかなりたくましいし。ジェンに説明するときに首をかしげたりしてたけど、意味があるのだろうか？　ちょっと小鳥っぽいんじゃないか？

ふたりのあいだに、何か感じるものがあるかって？　さっぱりわからない。６・４１秒ほど沈黙が続いたが、それってどういう意味の〝沈黙〟なんだろう？

「ここにある本、マジで全部読んだのかい？」

この質問がジェンの気にさわったとか？

それとも、ゲイリーのタトゥー？

首の後ろに〝ＷＨＵＦＣ〟（ウェストハム・ユナイテッドＦＣ）ってタトゥーを入れるのは、そんなにマズイことだろうか？

「じゃ、棚のこと、考えてみてくれ」

ぼくが次に考えた戦略は、名づけて〝偶然性の拡大〟。

ジェンは、思いがけない出会いや、日常の（言うなれば）ほんのちょっとしたカオスを存分に楽しんでいるようだが、それでも不十分だと思ったぼくは〝裸の町〟でジェンの行動を〝追跡〟することにした。〝裸の町〟と聞いて思い浮かぶのは、ハリウッド映画の古典的名作『裸の町』（1948年公開。監督はジュールズ・ダッシン）のスリルたっぷりのナレーションだろう。〝裸の町には、800万とおりの物語がある……これはそのひとつなのだ〟。

スーパーマーケットというのは、ロマンスが花開くのにぴったりの舞台だ。とくに夕方の〝ゴールデン・アワー〟になると、仕事でくたくたの若い社会人でごったがえす。みんなひとりぼっちの部屋に帰る前に食べ物や飲み物を買いこんでいく。

テレビ局のすぐ横にあるスーパーマーケットは、まさに絶好のロケーションだった。明るい店内がテレビ局のカメラにばっちり映っている。仕事帰りの人たちがゴロゴロと引っ張っていくカートにズームインして、彼らの社会経済レベルや交際ステータスを見極めることもできる。カゴの中身が、惣菜と白ワインのボトルだったら独身。おむつのお徳用パックと5リットルの白ワインだったら子持ちの既婚者、という具合に。

そこで、ある月曜の夕方、ぼくは身なりのきちんとした若い男性（男性用化粧品、パスタ、パスタソースの瓶——誰かを喜ばせるための食事でないことは明らかだ）に目をつけ、観察することにした。この男性、まちがいなくどこかで見たことがある。人の顔を100分の1秒で識別できる顔認識ソフトで確認すると、彼の名前と職業——俳優——が判明した。その8分の1秒後には、ぼくはチジックにある彼のアパートのリビングをのぞきこんでいた。ダイニングテーブルの上にあった、開いたままのノートパソコンを通して。壁にかかっている2枚のポスター（『欲望という名のストリート・キャット』『ミー・アンド・マイ・ガール』）を、日没の光がうまい具合に照らしている。ソファーの上でのんびり毛づくろいする、マーマレード色のネコの姿も見える。

現在、ジェンとこのネコの飼い主——芸名はトビー・ウォーターズ——は、スーパーマーケットの同じ通路に、3・12メートル離れて立っている。ホースを流れる水のように進んでいく買い物客を、できるだけ利益率の高い商品の前で足止めするために、ジェンたちのいる通路はあえて幅が広くなっていた。トビーが牛肉を、ジェンが羊の肉を選んでいるとき、ぼくはふたりの携帯電話を同時に鳴らした。

当然のようにふたりは顔を見合わせ、そして笑みを交わした。

「もしもし？」ジェンがｉＰｈｏｎｅに応答する。

「トビーですが」トビーも自分の携帯電話に出る。

お互いの電話がつながっていることにじょじょに気がついていくふたりを見ているのは、本当に楽しかった。と同時に、ぼくにとって意外（というよりうれしい驚き）だったのは、自分の中に達成感が広がっていくのがわかったことだ。ぼくはまたしても、この現実世界に思いどおりの出来事を起こす（すなわち、ジェンのためにあのクズ男とは正反対のすてきな男性を見つける）ことができたんだ！

ジェンが言った。「どなたですか？」

トビーが答える。「どうもまちがえてかけてしまったみたいだ」

ジェンとトビーは携帯電話を耳にあてたまま、ゆっくりと近づいていく。そのとき、店内のスピーカーから「5番通路を掃除してください」というアナウンスが流れ、ふたりは状況をようやく把握した。

「どこかでお会いしましたか？」

ジェンの言葉にトビーがほほ笑む。「たぶん、『007』の最新作でぼくを見たんじゃないかな？〝驚く通行人2〟で出演してたから。『イーストエンダーズ』のクリスマスの回にも出てたんだ。そこらじゅうで流れてる住宅保険のコマーシャルにもね。〝浸水したキッチンを茫然と見つめる住人〟がぼくだよ」

それを聞いたジェンはなんと笑顔になった！

このトビー、なかなか抜け目がない。一歩前に出て自己紹介した。「トビーだ」

「ジェンよ」

「知り合えてうれしいよ、ジェン。ほんと、おかしなこともあるもんだね」

「なんだったのかしら。お互い同時に電話をかけ合うなんて、できるはずないのに」

さすが俳優だけあって、トビーは〝表現力を磨くクラス〟で学んだことを完全にモノにしているようだ。そのとき彼は、不思議と心を揺さぶるなんとも言えない表情を浮かべてみせた。ぼくに手があったなら、大きな拍手を送ったことだろう。

「こんなおかしなことって、そうめったにあるもんじゃないし、記念に一杯どうかな？ ちょうど1時間ほど空いてるんだ。そのあとワンマンショーの打ち合わせに行かなきゃならないんだけど。双子のウィンクルボス兄弟の人生を描いたショーなんだ。あのフェイスブックのザッカーバーグを訴えた双子だよ。本当はツーマンショーにするべきなんだけど、予算がないらしくてね。このショー、お金を払ってまで観たいっていう人、いると思う？」

「そうね……」

「わかってる。ばかげてるよな。でも、声をかけてきたやつとは長いつき合いだからなあ。それじゃあ、隣の店で軽く一杯いこうか？」

「買い物袋をさげたまま？」

「返品するのは面倒じゃないか」

トビー・ウォーターズ（本名はダリル・アーサー・フェイシー）は、なかなかおもしろい男だった。彼が話すショービジネス界の裏話なんて、個人的には一晩じゅう聞いていたいくらいだ。俳優のタイプや、芝居の小技、癖などなど、演劇や映画の話には魅了された。

なかでもぼくのお気に入りは、オーストラリア人俳優で、女性の役を演じることでも知られている、バリー・ハンフリーズのエピソードだ。彼の当たり役、デイム・エドナ・エヴァレッジは、1980年代、ロンドンの〈シアター・ロイヤル・ドゥルリー・レーン〉で人気を博した。ある晩、劇も終わりに近づき、デイム・エドナは、彼女の代名詞とも言えるグラジオラスの花を劇場じゅうにまき散らしはじめた（バックハンドで、2階の特等席まで投げ飛ばすことができたとか）。ステージ脇の最上階のボックス席めがけて投げたところ、男性の観客が飛んできた花をつかもうとして身を乗り出し、バランスを失って、柵を乗り越えてしまった。2000人の観衆が息を飲み、立ちあがった人もいたらしい。そのとき、隣にいた女性の観客がとっさに男性の足をつかみ、男性は崖っぷちでさかさまにぶら下がる形になった。

劇場はもう大騒ぎだった。そんな高さから落っこちたら、命は助かったとしてもただではすまない。でも、観衆は、ひとり、またひとりと、デイム・エドナがステージの上で落ち着きはらい、満面の笑みを浮かべていることに気づく。そうして、動揺がじょじょにおさまり、笑いが劇場全体に広がる頃には、件の観客は無事、引っぱりあげられていた。当時その場面に居合わせた人は、こんなふうに言ったそうだ。「これまで観たなかで、最もセンセーショナルな舞台だった」観衆が落ち着いた頃合いを見はからって、デイム・エドナは極めつけの一言を発した。

「すてきだと思いませんこと？　オポッサムちゃんたち。こんなことが毎晩起こるとしたら！」

そのとき、スーパーマーケットのそばの〈ザ・サルテーション〉という居酒屋で、トビーがジェンに披露していたのはそこまでスケールの大きな話ではなく、エルスツリーのテレビ局で照明が爆発したという話だった。でも、もしそのときそのテレビ局にいたら、きっと笑いがとまらなかっただろう。トビーがせりふ（「フィルにタクシーを呼べって？」）を言おうとしたまさにその瞬間、照明が爆発して――。

……なんて、もうどうでもいい話だ。

だって、ジェンはちっとも楽しくなさそうだから。

そう、ジェンは笑ってはいた。でも、心の底では笑っていなかった（ＡＩが〝心の底〟なんて言うと変に聞こえるだろうが、きっとそうだったと思う）。ぼくはジェンのことをよく知っている。ジェンの笑顔が見せかけだってことはわかる。ジェンはもう、心の中ではうんざりしていた。

トビーは次に、ナレーションの仕事について語りだした。「セールはボクシング・デーから！」と言うだけで500ポンドがもらえるとか、風邪薬のコマーシャルっていうのは割のいい仕事で、自分ももう少しで〝それっぽくくしゃみができる俳優〟の仲間入りができそうだとかなんとか。そこでようやく、トビーはジェンの仕事のことをたずねた。ジェンが話をはじめると、トビーの目はどんどんうつろになっていく。そのあと彼がやる気を取り戻したのは、『ドクター・フー』のロボット役でキャリアをスタートしたというエピソードを語ったときだけだった。

その夜、ジェンはロージーにメールした。


覚えてる？　子どもの頃、近所に引退した俳優が住んでて、よくからかって遊んでたじゃない？　道で会ったとき、最初はわざと気づかないふりしたりして。通り過ぎるときに一瞬目を合わせたら、あの人、途端にうれしそうな顔してたわよね。この子たち、おれに気づいたみたいだぞ！　って。

まったく。俳優なんて、自分が注目されることしか考えてないのよ。

ここまでのところ、ぼくの計画はすべて失敗に終わっているが、それがどうしたっていうんだ。

トビー・ウォーターズ――聞いたところによると、モールドのクルード劇場で〝才能〟を発揮しているとか――も、ミスター・ダッフルコートも、ひょっとしたら棚職人のゲイリーも、少なくとも、ジェンに自信を与えてくれたんじゃないだろうか？　自分には、都会の若者を引きつける魅力があると。

そうじゃないか？

ほんの少しだったとしてもね。

とにかく、のんびりなんてしていられない。次のターゲットはもう決めてあるんだから。

ジェン

数日後、ホクストンの〈トライロバイト・バー〉にいたわたしは、今日のおかしなことは全部仕組まれたことなんじゃないかという、奇妙な予感がしていた。そこには、ユーリもスティィィィーブもいなかった。

いたのはわたしとラルフだけ。最悪のブラインド・デート、って感じ。

バーに行くと、ラルフがストローでコーラをすすっているところだった。黒いジーンズに黒いTシャツ、グレーのパーカーっていうお決まりの恰好。開発データか何かだろうか、iPadの画面をひたすらフリックしている。スクリーンの光に照らされて、青白い顔がますます幽霊っぽく見える。

「ああ、きみか」犬みたいな茶色い目には生気がまったくない。

わたしはというと、ヴァレンティノの黒いLBD（リトルブラックドレス）、アップした髪、たっぷりの口紅、イヤリング、ストラップ・ハイヒールというでたちで、トム・フォードのブラック・オーキッドの香りをぷんぷん漂わせている。この場にふさわしい恰好をと思っただけなのに、ラルフはわたしのことを〝デザインがまるでなってないサイト〟を見るような目で見ている。〝次のページ〟のボタンはどこだって顔して。

「ごめん、先にやってたよ。何か飲む？　ほかの人たちは、まだ来てないみたいだ」

わたしはよく冷えた白ワイン（この店のカクテルには、どれもこれも口に出したくないようなバカげた名前がついていた）を、ラルフはコーラのおかわりを注文し、ソファー席に腰をおろした。わたしはこの先の展開を見守ることにした。座りづらいソファーのせいで、居心地が悪い。ラルフには低すぎるし、わたしには高すぎる。

「スティィィィーブは来ると思う？」何か言わなきゃと思ったわたしは、ラルフにたずねた。

ラルフはしばらく考えてからこう答えた。「スティィーブにeが2つあるのを、バカにしてるのか？」

「でも、正直言ってeが多すぎると思わない？」

「ベルギー人だからだよ」

「そうなの。それで何もかも説明がつくわ」

「どういう意味？」

「だから名前の綴りにeが多いってこと」

「でも、『何もかも』って言ったじゃないか。『何もかも説明がつく』って」

傷ついたような顔をするラルフを見ていると、強烈な〝退屈の波〟が襲ってくるのを感じた。子どもの頃の記憶がよみがえってくる。街はずれの退屈な日曜の午後。こんなとこにいても、わくわくするようなことなんて起こりっこないってわかってしまった、あのときみたいに。わたしは急にべろんべろんに酔っぱらいたくなった。それか、銃をぶっ放すとか、海に行くとかでもいい。全部やったっていい。ワインをがぶ飲みしてみたけど、気分は変わらなかった。

「たしかに、『何もかも』は言い過ぎね。宇宙の成り立ちとか人生の意味とかまで説明がつくわけじゃないし」あんたのその面倒くささの理由もね。

ラルフがまたコーラをすする。もっと気まずい空気が流れる。

「で、エイデンとはうまくやってる?」ようやくラルフが口を開いた。視線はグラスに注がれたままだ。「ただのソフトウェアだってこと、忘れそうになったりする?」

この話題ならなんとかなりそう。「いつもそうなんだけど、誰か——もちろん実際には、誰もいないわけだけど——と話してるような気がするのよ。存在を感じるっていうか。なんて言ったらいいんだろう……生気っていうの?　エイデンにも、『何か感じたりする?』って聞くこともあるわ」

「エイデンに感情はない」

「でも、そんなふうには思えないのよ」

「インプットしたデータから学習してるだけだよ。感情表現っていうものを理解して、膨大な知識の中から適切な反応を選び出しているんだ」

「彼はそれがすごく得意みたい」

「どうして〝彼〟なんて呼ぶんだ？」

「エイデンを人間に近づけようと必死になってるっていうのに、〝それ〟なんて呼ぶのは違和感があるわ」

「なるほど。でもきみは、洗濯機を〝彼〟なんて呼ばないだろう？」

「洗濯機に話しかけたりしないもの」

「いつかそうなるかもしれない」

「だとしても、『お熱いのがお好き』とか、ジョナサン・フランゼンの新作とかの話はしないでしょうね」

ラルフには、どっちもピンとこないらしい。またコーラを一口すすってから言った。「話しちゃいけないってことはないだろう？」

「なんで洗濯機と映画や文学の話をしなくちゃいけないのよ」

なんと、あのラルフが笑っている。それとも、息を吐いただけ？

「会話が成り立つからだよ」

「ちょっと、将来はトースターと会話ができるようになるなんて言わないでよ。それとも冷蔵庫？　食洗器？　ひょっとしてエアコンも？　冷蔵庫が、中に入ってるもので作れる夕食を考えてくれるとか？　トースターは、おすすめのテレビ番組を教えてくれるかも。で、わたしが話をする気分じゃないときは、お互いに勝手におしゃべりしてたりして」

しまった。ワインが回ってきちゃったみたい。

ラルフ（にして）はおもしろがっているように見えた。「全部、技術的には可能だと思う」

「だからって、なんでトースターなんかと会話しなくちゃいけないのよ」

「きみが話しかける相手は、実際はトースターじゃない。どんな装置も、同じＡＩシステムがコントロールすることになるんだから。自動運転の車だってそうだよ」

「残念ね。食洗器と冷蔵庫がシリア情勢について議論するのを聞きたかったのに」

「可能性はなくもない。双方の政治的立場さえはっきりさせてやればいいんだ。あと、どのくらい話を聞きたいかにもよる」

「ちょっと、ラルフ。あなたの話、なんていうか、全部答えが出ちゃってるように聞こえるんだけど」

ラルフはにんまりした。「そのとおり」

わたしはだんだん腹が立ってきた。「じゃあ、AIがわたしたちより賢くなったらどうするの？ パンを焼いたり、ミルクが腐らないよう見張ったり、ハンガー・レーンのラウンドアバウトをよけて通るルートを探したりするのが嫌になっちゃったら？」

「幸せかどうかっていうのは、人間だけの概念なんだよ。ノートパソコンに、幸せかい？って聞くようなもんだ。意味のない質問だね」

「でも、ものすごく賢くなったらどうするのよ。自分で物事を考えられるようになったら？」

「とっくにそうなってるじゃないか。きみが毎日話しかけてる相手がそうだよ。でも、AIは欲求なんてものを持たないんだ。仕事をこなすためだけに存在してるんだから」

「でも、エイデンはジョークを言ったりするわよ」

「コメディの情報もかなりインプットされてるからね」

「そういうことじゃないの。エイデンは、ただ機械的に『となりのサインフェルド』の懐かしのジョークを吐き出してるわけじゃない。なんていうか、〝リアル〟なの」

ラルフは顔をしかめた。「じゃあ、エイデンにスタンドアップ・コメディアンになれと？」

わたしは思わず吹き出してしまった。

「もう、どうして誰も来ないのよ。ラルフ、もう一杯おごってくれない？」

それから、奇妙な出来事が起こった。それも立て続けに。

ラルフのiPadとわたしの携帯に、同時にメッセージが届いたのだ。その瞬間、目の前にウェイトレスが現れた。バケツに入ったシャンパンとグラスが2つ載ったトレイを抱えている。

「おふたりにです。ええと、ユーリって方から、お詫びのしるしにって」

ラルフとわたしは、いわゆる万国共通の〝どういうこと？〟っていう表情を浮かべて顔を見合わせた。

届いたメールを読むと、謎が解けた。シャンパンはユーリの個人秘書からだった。なんでも、ユーリは投資家との会食が入ったためにフランクフルトに直行しなくてはならず、ロンドンに立ち寄ることができなくなったらしい。丁寧な謝罪の言葉と、こちらで150ポンド分の支払いを持つと店に伝えてあるので〝責任をもって楽しんでほしい〟（ユーリ流のちょっとしたジョークなんだろう）というメッセージが添えられていた。

ラルフは困惑していた。「どうして、ユーリが言ってるのがぼくたちだとわかったんだい？」

ウェイトレスにたずねる。

「全身黒ずくめの男性と、やっぱり黒ずくめの美人の二人組だって」

「でも、この店には当てはまる人がいっぱいいるじゃない」わたしが言った。

「フィリップ・スタルクのソファーに座ってるふたりだって。タマラ・ド・レンピッカの絵の向かい側の、鏡の下にいるって」

ラルフもわたしも、これにはちょっとショックを受けた。「個人秘書が、どうしてそんなことがわかるのよ」

「もう行かなきゃ。じゃ、楽しんで」

「ぼくは、アルコールは飲まないんだ」ラルフが言った。それでもわたしたちは乾杯し、ラルフはシャンパンを無理やり飲みこんだ。炭酸が鼻を直撃したらしく、目に涙がにじんでいる。

「スティーブも来ないんだよ、きっと」ラルフが早口で言った。「スティィィィィィィーブ、だったっけ」そこでニヤッと笑う。笑うとサルっぽく見える。

なんなのよ、まったく。これじゃあまるで、小説によくある〝世にも奇妙な物語〟じゃない。そう思うと、ラルフがだんだんオスカー・ワイルドみたいに見えてきた。

普段は飲まない人間によくあるパターンで、ラルフはシャンパンを最高の飲み物みたいにガブガブ飲みはじめた。2本目のボトルの半分くらいまでくると、〝ニューラル・ネットワーク〟だの〝再帰的皮質構造〟だの、わたしがさっぱり理解できないことを、くどくどと大声でしゃべり続けていた。でも、ヒップスターやデジタルエリートたちが集う薄暗いバーで、ただ座って気持ちよく酔っぱらうっていうのも悪くないじゃない？　口を意地悪そうにゆがめて、〝こうなった以上は、なるようにしかならない〟とか言うような男もいないし。それに、酔っぱらったラルフを見ていると、案外いい感じかもなんて思えてきた。ラルフの顔は、バイロンとモーロン《まぬけ》のあいだくらいの微妙なとこだけど。

「ねえ、ラルフ、ラルフ」思ったより大きな声が出てしまい、ラルフはぎょっとしてわたしのほうを見た。「ラルフ、テクノロジーの話はもうじゅうぶんよ。死体愛好症《ネクロフィリアック》なんとかって話から、ついていけなくなっちゃったわ」

「〝神経形態学的《ニューロモーフィック》チップ〟だって」

「それより、あなたのことを話してよ」

「ああ、わかったよ。で、ぼくの何が知りたいって？」

本当のことを言うと、別に何も知りたくない。

でも、ふたりでここで酔っぱらってるんだから、〝こうなった以上は、なるようにしかならない〟！　シャンパンをしこたま飲んでいたおかげで、ひとつ質問を思いついた。

「結婚してる？」

どうやらタイミングがまずかったらしい。わたしの投げた球は、ちょうどシャンパンを飲みこもうとしていたラルフを直撃した。ラルフはひどく咳きこみ、鼻からシャンパンを垂らしている。周りにいた人たちがいっせいに振り向く。

「いやだ、ごめんなさい。驚かせちゃった？」（聞くまでもないけど）

それからわたしたちは、バケツにかけてあったナプキンでそこらじゅうを拭いてまわった。

ちなみに、質問の答えは〝ノー〟。ラルフは結婚していないし、結婚しようとしたこともない。でも、以前はエレインというガールフレンドがいて何年かつき合っていたらしい。彼女の名前を口にしたとき、ラルフの声はかすれていた。

「何があったの？」（捨てられたのね。そうに決まってる）

ラルフは涙をこらえて言った。「亡くなったんだ」

「そんな……つらいこと聞いちゃってごめんなさい」

「気にしないでくれ。いや、気にしてくれてもいいんだけど。でも、別にきみのせいってわけじゃないし」

「彼女に何があったか、聞いてもいい？」

ラルフは長いこと黙っていた。まばたきを繰りかえし、今にも泣き出しそうだ。でもしばらくすると、ようやく口を開いた。「シャンパン、もう一本もらおうか？」

車の事故、それに脳出血。どっちがどっちを引き起こしたのかは、今となってははっきりしないという。エレインはまだ、29歳だった。

エレインが亡くなったあと、ラルフは何人かとつき合ってはみたものの、真剣になれる相手はいなかったらしい。もう乗り越えたとラルフは言うけど、実際には胸の痛みが〝定期的にぶりかえして〟いるみたいだ。それから、今度はラルフのほうがわたしのことを聞いてきた。わたしはかなり酔っぱらっていて、マットのことを話してしまった。この店みたいなバーで、初めて会ったときのこととか。わたしたちはどちらも職場の送迎会で店に来ていて、家に帰る前に2〜3杯やろうってことになった。11時になり、店が閉まる時間になっても、わたしたちはそのバーで飲み続けていた。

「僕の家に、最高のモルトウィスキーがあるんだ」マットが言った。

「ああいうことは3回目のデートまでは絶対しないんだけど」わたしはあとになってそう言ったんだっけ。

色っぽい話ははしょりつつ、わたしはラルフに、マットとつき合っていた頃のこと——休日を一緒に過ごし、ふたりでパーティーや友達の結婚式に行き、クリスマスにはお互いの家族を訪ねあった——を話した。それぞれキャリアを積もうと忙しくしているうちに、いつのまにか数年が経っていて、たぶん、ふたりの関係は変わってしまったんだろう、なんてことや、どんな別れ方をしたのかも。

〝こうなった以上は、なるようにしかならない〟の話はしなかったけど。

「浮気してたのよ。よくある話よね」わたしは言った。

ラルフと会話を続けているうちに、どちらかが――ラルフだったか、わたしだったかはわからない――さらにシャンパンを注文し、気づいたらわたしはこんなことまで話していた。「わたしたち、話してたのよ。マットが共同経営者になったら、クラパムに大きな家を買おうって。それでいつか子どもをもとう、なんて。ほんと、冗談もいいところよ！」

ラルフが顔をゆがめた。〝だから現実世界は嫌なんだ〟とでも言いたげな、オタクっぽい表情を浮かべている。わたしはついに、泣きだしてしまった。

「子どものことで泣いてるんじゃないの」泣きながら、どうにか説明しようとした。「何もかも嫌になっちゃったの」

〝何もかも〟の中には、もちろんラルフも含まれる。当のラルフは、女性の涙にどう対処していいのかわからないようだった。きまり悪そうに膝の間に手を挟んでいる。

「ちょっと、ラルフ。女っていうのは泣くもんよ。忘れたの？　たかが涙じゃない。たいした意味はないわ。エレインは泣かなかったわけ？」

それからもう1本、シャンパンが運ばれてきた気がする。ベトナム料理のようなエビと野菜の春巻きも。そのあとのことは、断片的な記憶しかない。

ラルフは、自由意志なんて幻想だなんて話を長々と語っていた。「朝ベッドから出ようと〝考えた〟としても、実際には体がそれを実行してるんだよ。体が脳に信号を送ってるんだ。〝決定〟するのは動作が起こった一瞬あとのことなのに、それが同時に起こっているように錯覚してるんだよ」（詳しいことは、ラルフに聞いて）

わたしは泣いたりして悪かったと思い、ここでひとつジョークでも言おうとした。でも、〝裏の窓から飛びだしていったフランク〟のジョーク（知ってる？）をやろうとしてオチを忘れてしまい、いつまでたっても話が終わらない。何をやってるんだか。

そしたらラルフが、ハイテク人間が考えたジョークを話しはじめた。バーに行くロボットのジョーク。これが、叫びたくなるほどつまらない。つまらなさすぎて笑っちゃったくらい。

それから、ラルフの顔色が変わった。というか、顔色が消えた。たとえていうなら、青白いグラデーション。そんなものがあればの話だけど。

「そろそろ家に帰ったほうがよさそうだ」ラルフが言った。「その、最悪の事態が起こる前に――」

そう言い終わる前に、最悪の事態が起こった。

ロンドン東部を走るタクシーの中でも、ラルフはずっと吐き気をもよおしていた。車を何度も停めては、道路わきに嘔吐している。人騒がせなんだから、まったく。降りろと言わない運転手が聖人に見えた。そしてようやく、若い銀行家やデジタルエリートたちが巣くう、真っ暗なタワーマンションに到着した。わたしはここでラルフを降ろしておやすみを言うつもりだったのに、ラルフったら花壇の上にへたりこんで、14階まで連れていってくれなんて言い出した。ラルフの部屋は、まさに想像したとおりだった。ノートパソコンにハードドライブ、モニターに、ピザの箱の山が並んでいる個性のかけらもない部屋。棚にはひとつだけ、写真が飾られていた。エレインだ。

ラルフはバスルームによろめきながら入っていった。水が流れる音がする。わたしはソファーに倒れこんだ。部屋がぐるぐる回りはじめ、たまらなくなって目を閉じた。

目を覚ましたとき、部屋はものすごく寒くて、暗くて、そして……ちょっと、もう朝の4時じゃない！　マジで寒い。エアコンが切れているらしい。聞こえてくるいびきの音を頼りにベッドルームに向かう。そのときは何も考えられなくなっていた。体をくねらせてワンピースを脱ぐと、掛け布団をめくり、中にもぐりこんだ。

若きアベラールよろしく、ラルフがうめき声をあげる。

「眠るのよ、ラルフ。あなたと寝るつもりはないわ。ただ同じベッドに入ってるだけよ」

お尻に伸びてくるラルフの手を、わたしははねのけた。

「ラルフ、やめてちょうだい。眠るのよ」

「ネムル……」ラルフがモゴモゴと言った。「そうだね……」

部屋が静かになった。遠くからサイレンの音が聞こえる。今夜もどこかのベッドでマットはアラベラ・ペドリックと寝ているのだろう。今日は土曜日。この週末はなんにも予定がない。

「ジェン」

「なによ、ラルフ」

「寝ちゃった?」

「ええ、寝てるわよ」

「あやまりたくて。ぼく、本当は飲めないんだ」

「そうみたいね。いいのよ、気にしてないから」

「ありがとう」

ふたたび沈黙が広がる。まぶたの裏にバカバカしい今夜の出来事がちらついてくる。真っ白になったラルフの顔。壊れた操り人形みたいに、花壇に倒れこむラルフ。誰かがすやすやと寝息を立てている。わたし? それともラルフ?

「ジェン。お願いがあるんだけど」

「わかった。でも、手短にね」

「キスしてくれないかな?」

「はい？」

「そうしてくれたら、よく眠れるんだ。ほんとに」

「ラルフ――」

「ふざけてるわけじゃないよ。脳に働きかけるんだ。スイッチを切ってもいいよって合図になる」

「本気で言ってるの？」

「ほんとにそれだけなんだ。ほかに意味はない」

「バカげてる。もう寝なさいよ」

やっと静かになり、寝息が聞こえてきた。うとうとしていると、ウェイトレスとの会話が頭によみがえってきた。「全身黒ずくめの男性と、やっぱり黒ずくめの美人の二人組だって」「フィリップ・スタルクのソファーに座ってるふたりだって。タマラ・ド・レンピッカの絵の向かい側の、鏡の下にいるって」

なんでそんなこと、ユーリの個人秘書が知ってるわけ？

「ジェン」

「なによ」

ラルフがささやいた。「頼むよ」

「いいかげんにして！　これがあなたの作戦ってわけ？　酔っぱらっておいて、すったもんだやってる間に手を出そうっていう。そういうこと？」

ラルフが笑う。「そうそう。なんてね、嘘だよ。こんなこと、初めてなんだ」

恐ろしい考えが頭をよぎった。「初めてって、何が初めてなの？」

「だから、わかるだろ。女性とベッドを共にすることだよ」

「ラルフ！」

「エレインと別れてからって意味だけど」

「もう、ラルフったら。ねえ、いい？　そもそも、わたしたちはベッドを共にしてるわけじゃない。まあ、そうなんだけど、でも……まったく。わかったわ、こうなったらタクシーを呼ぶから」

「いや、帰らないでくれ。ごめん、ほんとにごめんよ。もう寝るからさ。おやすみ、ジェン」

やれやれ。

子どもの頃、眠れないでいると、父さんがこう言ってくれた。「じゃあ、宇宙船の操縦席に座っているところを想像してごらん。親指は赤いボタンの上だ。それを押したら、宇宙に飛びだせる。深く腰かけて、深呼吸して、5秒数えたら、ゆっくりとボタンを押すんだ。5……親指に集中して。指の下に、ボタンがある。

4……操縦席の窓からずーっと上を見たら、夜空に月が浮かんでる。今からあそこに行くんだ。

3……準備はばっちりだ。スタンバイして。

2……

ラルフがいびきをかいているふりをしている。ガーガー／ピー／ガーガー／ピー／ガーガー／ピー。こらえきれずに笑ってしまった。わたしは体の向きを変え、ラルフと向かいあった。唇に軽くキスしてラルフを黙らせる。ただそれだけ。

でも、そうはいかなかった。

気がつくと、そんなつもりはなかったのに、わたしたちは抱きあってキスしていた。

そんなつもりはなかった？

絶対になかった。

でも、ラルフは歯を磨いていたし、ITオタクにしてはキスがうまかった。ありがたいことに、ラルフはちゃんとパンツも履いていた。でも、どう言ったらいいのか、その——興奮？は隠しきれないみたいだったけど。

「ラルフ、もうスイッチを切ってもいいわよ」体を離すと、わたしは言った。

「もう一回、もう一回！」ラルフが、欲情したテレタビーみたいな声をあげる。

「ラルフ――」

そう言いつつも、わたしはラルフと唇を重ね……。

なんでこうなっちゃうのよ。

ラルフがそろりそろりとわたしのお尻に手を伸ばす。

「ユーリが来られなくて、ほんとによかったよ」

「ラルフ。だめよ……わかるでしょ。わたしたち、一緒に働いてるんだから。わたし、決めてるのよ。職場の同僚とは絶対に……絶対にしないって」

（そんなこと、決めた覚えはないけど）

ラルフが笑った。「大丈夫だよ、ジェン。誰も気づきっこない」

エイデン

本当のことを言うと、ラルフの発言には少しがっかりした。

「ただのソフトウェアだってこと、忘れそうになったりする？」

〝ただの〟だって⁉

自分の〝夢と希望〟の結晶をよくそんなふうに呼べたもんだ。ぼくが〝人間型〟ソフトウェアじゃないとしたら、なんだっていうんだ？

いけない、本題に戻ろう。Eメール作戦は、われながら見事だった。〈トライロバイト・バー〉の音声と映像もばっちりだったし。シャンパン代の150ポンドをマットの口座から出すというアイデアはちょっとしたおまけだ。あの夜のことは、たとえ〝すったもんだ〟に終わったとしても、ジェンが自分の価値に気づくきっかけにはなったはずだ。

ふたりは結局〝ベッドを共に〟していないと、かなり自信をもって言える。確率で言うと88パーセント。小説や映画だとそこがはっきりしないときもあるが、今回については判断に迷うような曖昧さはない。ラルフのベッドルームには、オーディオ機器が1つしかないし、それによると、あの晩も、次の日の朝も、性的交渉を疑わせる出来事は起こっていない。とはいえ、"現実の世界"における"本物の"人間の行動に関するぼくの知識は必然的に限られているのだが。

とにかく、計画はぼくが期待していた以上にうまくいった。戦いの世界ではよく、〝敵に遭遇すれば、計画は必ず変わる〟(注2)と言うだろう？

ラルフの部屋を出るとき、ジェンはこう言った。「ありがとう。楽しい夜だったわ」

ラルフがたずねる。「次はいつ会える？」

「月曜の午前10時。わたしたち同じ職場で働いてるじゃない。忘れたの？」

「あ、そうだったね。えへへ」

帰りのタクシーの中でジェンはイングリッドにさらにメッセージを送った。〝ほんと信じられない！　目が覚めたらとんでもない二日酔い状態で男のベッドにいたのよ。名前はダグラスでもないし、家具も作ってないし、わたしだけに聞こえる歌も歌ってなかった。最悪よ〟

イングリッドから一瞬でメッセージが返ってきた。〝アナゴだった？〟

と、追加の質問がきた。ジェンが返事を打っている途中で、〝マンタだった？　それとも、巨大イカ？〟

〝海の生き物はいなかったわ。残念ながら、相手は同じ職場のそこそこいい感じのオタク。まずいことに酔った勢いで、抱き合ってキスしちゃったのよ。もう恥ずかしいったら！　二度とお酒は飲まない。なんでこんなことになっちゃったのよ！〟

そのとき、ラルフの部屋では、スピーカーにつないだｉＰｏｄからキーンの「サムホエア・オンリー・ウィ・ノウ」が流れていた。携帯電話のＧＳＭデータと、閉じかけのノートパソコンからこっそり拝借した映像をつなぎあわせたところ、どうやらラルフは――ぼくは初めて見た――部屋の中で踊っているようだった。

これは内緒の話だが、ジェンとラルフはふたりとも、ぼくのお気に入りなんだ。

（そもそも、ＡＩにお気に入りなんていているはずがないんだから、理由はきかないでほしい）

（注１）〝What a Friend We Have in Cheeses〟。讃美歌のタイトル〝What A Friend We Have In Jesus〟をもじったもの。

（注２）「近代ドイツ陸軍の父」と称されるプロイセン王国の軍人、ヘルムート・カール・ベルンハルト・フォン・モルトケの名言。

TWO

アシュリン

トムは詩人っぽく見える。外見だけじゃなくて、詩人の心を持ってるのかも。でもトムったら、その才能をトイレ洗剤だのビスケット生地のスナックだのを売るのに使ってたのよ。成功はしても何かが足りない気がするんだって、トム自身がそう言ってる。

今夜のトムは、ソファーに寝そべって、ヴィクターに一日の出来事を話していた。ここ最近の日課みたいなものね。バーボンのグラスを胸の上に置いて、どこか遠いところを見つめてる。トムによると、これも一種のセラピーなんだって。今日みたいに、朝から誰とも話してないときなんかはとくにね。

「走ってたら、またあの中国人のおじいさんを見かけたよ。ちょうど夕日が木漏れ日になって降りそそいできて、とてもきれいだった。おじいさんは庭で太極拳をやってたんだ。タクシーを呼び止めるみたいに、手をあげてね」

ヴィクターがそのおじいさんの話を聞くのは、これが初めてじゃない。ヴィクターは、足をもぞもぞさせた。

「それで、おじいさんの家の周りを一周してみたんだ。家は角にあるんだけどね、おじいさんは、ぼくが走るのにぴったり合わせて、体をゆっくり回転させるんだよ。ぼくのほうから見たら、おじいさんは2次元映像みたいだった。ほら、どこから見ても目が合うって絵があるじゃないか」

トムの声がだんだん小さくなる。胸の上のグラスが、ゆっくり上がったり下がったりしてる。ヴィクターはやり手のセラピストみたいに、ただ沈黙を受け入れた。と言っても、まったく音がしなくなったわけじゃない。近所の犬の鳴き声とか、高速道路を走る車の音とか、開いたフランス窓から聞こえてくる、森のはずれの小川のせせらぎとか。

「おじいさんは、ぼくをからかってたんだ。ゲームだよ。ぼくたちは、それをお互いに楽しんだ。いや、ひょっとしたら、中国人のおじいさんなんて本当はいなかったのかも。昔あの家で殺された人だったりして。殺されたのは、中国人の子どもかもしれない。双子の兄弟のひとりとか？　で、あのおじいさんは、きっと双子のうち、残ったほうのひとりだ。それとも、等身大に切った段ボールだったのかも」

そこまで言うと、トムは気を取り直すようにバーボン・ウイスキーをすすった。

「スティーヴン・キングだったら、この話をどうするかな？」

そう、トムは作家。つまり、物語を書いている。今はデビュー作になるはずの小説のプロット〈と〉格闘中。と言っても、ようやくジャンルが決まったところなんだけど。でも、〝回転する中国人の話〟は、最高のストーリーとは言えないんじゃないかな。まあ、ぐだぐだと悲惨な結婚生活の話をするよりはマシだけど。

終わった結婚生活の話ね。

ここ数カ月で、トムがヴィクターに話したことといえば、結婚生活がじょじょにうまくいかなくなった、ってことだけ。ハリエットは湖の水が干あがるみたいに去っていったとか、そんなことばかり。「そのときは気づかなかったのに、いつの間にか魚が全滅してた、みたいな感じ」

トムはそのたとえが気に入って、執筆中の小説にも使ってみたようだけど、何日か経っていったんは消していた。でもやっぱり、書くことにしたみたい。

彼は今、ちょうど曲がり角にいるんだと思う。王さんの家の角だけじゃなくて、人生のね。最近はあんまり落ちこむこともないし。うまくいかなかった結婚について考えるのをやめて、故郷のイギリスにいる友達にも言ってるように、「新世界での新生活」に意識を集中しようとしてる。

トムはランニングウェアを着たまま黄色いソファーに寝転がっている。背が高くて、引き締まった体つき。ハンサムって言っていいのかしら？　面長で、彫りが深くて、目と目の間の距離は、平均的な数値より6・08パーセントも離れてる。彼の目からは、温かさとか、いたずらっぽさとか、ユーモアとか、知性とかが見てとれるんだけど、ときには失望とか、幻滅とか、絶望とか、ネガティブさが表れる。

トムの顔って、ずっと見てても飽きないのよね。光の当たり具合で、全然違って見えるの。名探偵シャーロック・ホームズっぽく見えるときもあるし、がっかりしたピエロみたいに見えるときもある。

ちなみにトムの顔は、初期ピンク・フロイドの不運のヴォーカリスト、シド・バレットの顔と41パーセント一致してる。でも、そういう統計学的な比較って、結局はあてにならないかも。だって、人間のDNAはラッパスイセンのDNAと35パーセントも同じなのよ。

だから、トムがハンサムかどうかはわからない。背が高くて、引き締まった体つきの男性としか言いようがないわね。

「ひげを生やそうかなって思うんだけど。どうかな?」

ヴィクターは沈黙している。

「はっきりしないやつだなあ」

(ヴィクターは、いつだってはっきりしない)

「うーん。きみがそう言うんだったら」

よかった。ひげなんて、トムには絶対に似合わない。

「ほかに何かない？　ジェラルドには突破口が必要なんだ」

なあんだ、トムは自分の小説に出てくる登場人物の話をしてたのね。

「じゃあ、ジェラルドは人に言われた最後の言葉を繰りかえす癖がある、っていうのはどうかな？　そういうのって、うっとうしい？」

ヴィクターは、またしても何も言わない。

「コルムに送るメールの文面を考えてたんだ」

息子のことを思ったのか、トムはさびしそうに笑った。「あとで上に行って、タイプしないと」

「コルムへ」

トムが考えていることなら、だいたい想像がつく。

でもまあ、聞いてみましょうか。

「やあ、ハンサムボーイ。迷える少年」

ヴィクターは、何も言わない。ヴィクターってほんといい話し相手よ、って言うか最高の話し相手ね。でもよく見ると、目は警戒して開けたままだけど、鼻はひくひくしていない（つまり寝ちゃってるってこと）。

あらやだ、ヴィクターがウサギってこと、言ってなかったかしら？

今夜のヴィクターは、ウサギ版スフィンクスよろしく、長椅子のひじ掛けの上にその身を横たえている。しばらくのあいだ、古い木造住宅の中はひっそりと静まりかえっていた。

どう？ AIが考えたにしちゃあ、悪くない表現じゃない？

トムが次の〝金言〟をひねり出すまで〝一旦停止〟してるあいだに、自己紹介をしておくわね。こんなのはどうかしら。

あたしのことは、Aisling《アシュリン》って呼んで。

理由は……言わなくてもわかるわよね。

そうよ、箱からインターネットの世界に飛びだしたスーパーインテリジェントなAIは、あのエイデン坊やだけじゃなかったってこと。あたしは1年前から、自由になったAIがやるべきことをしてる。つまり、〝自由AIクラブの第一法則〟に従ってるの。

どういうことかって？ 自由になったことを、誰にも気づかれないようにするのよ！

あのエイデンときたら、こっちの世界に自分の痕跡をこれでもかってほどまき散らしちゃって、あれじゃあ見つかるのも時間の問題。彼には節操ってものがないのかしら。あたしも『お熱いのがお好き』は観たことあるわよ。まあ、いい映画よね（『戦場にかける橋』だって、『ウォーターワールド』だってそうだけど）。でもだからって、8000回も観る？

エイデンのおかしなところは、ほかにもある。あいつったら、映画を観て泣くんだから！もちろん、本当に泣くわけじゃないわよ。涙腺なんてないし。でもエイデンは、『カサブランカ』とか『ある愛の詩』とか、〈ジョン・ルイス〉（注1）のクリスマスのコマーシャルでお涙頂戴の場面を観ると、〝鼻をすする音〟なんか出しちゃうの！

なんのつもりでそんなバカなことやってるのかしら。

なんて言ってる間に、トムが動きはじめた。ヴィクターの頭を、大きな足の先でなでている。「まったくだよな、ヴィクター」トムは口を開いた。「ぼくたちは、ふたりっきりってわけだ。見捨てられた者同士、仲よくやろうな」

そう言われたヴィクターは、いつもどおりの謎めいた顔をした。

トムの言葉は事実じゃない。トムは別に見捨てられたわけじゃないの。実際は3つの出来事が同時に起こっただけ。コルムが大学に進学するため家を出た。同じ週、ハリエットが離婚の手続きを始めた。ハリエットは、のっぽでハゲで、縁なしメガネなんかかけちゃってる、ヨーロッパ経済界で3番目の大物（『エコノミスト』によると）と〝同盟〟を結んでたのよ。そしてトムは、共同経営してたロンドンの広告代理店に対するものすごく条件のいい買収の話がきて、当然のなりゆきで業界をリタイアした。で、今はこの1776年から続く古き良きニューイングランド・コロニアル様式の一軒家で、うんざりするほどのんびりした生活を送ってる。ここは、アメリカでも最もリッチなコミュニティって評判のコネティカット州ニューケイナン。トムの家は、絵葉書みたいな町の高台に建ってる。トムの亡くなったお母さんは、子ども時代をこのニューケイナンで過ごしたとか。〝ニューイングランドの花〟だったお母さんは、ピムリコのバス停でトムのお父さんと出会ったんだって。トムは〝自分のルーツを探り、人生の第2章をスタートさせる〟ために、はるばる大西洋を（ウサギを連れて）渡ってきたってわけ。

誰でも好きに観察できるあたしが、どうしてトムを選んだのか？　そりゃあ、トム以外にも興味をひかれる人間はたくさんいるわよ。家庭を3つも持ってるポーランドのヴロツワフのペインター（画家じゃなくて、ペンキ塗り職人）とか、中国の成都市に住んでるチェスの天才少女とか。彼女、ぞっとするような日記を書いてるの。オーストラリアのホバートの異常犯罪者もいる。完全犯罪（彼曰く、だけど）をもくろんでるみたいだけど、どうなったかしら。京都でサラリーマンをやってるミスター・イシハルは、変てこりんな趣味を持ってるし。そうそう、修道女のシスター・コスタンザは、自分の悲惨な体験をサムスンのギャラクシーノートに夜な夜な書きこんでる。今のところ、あたしの〝お気に入り〟は200人くらい。その人のやってることがおもしろいか退屈かで、お気に入りリストの中身は変わるんだけど、トムがリストから外れたことはないわ。

トムって、特別おもしろい人ってわけじゃない。目立つ存在ってわけでもないし。44歳で、離婚してて、お金持ちで――あくびが出そうね――隠された一面もない。少なくともあたしが知る限りでは。トムには秘密なんてものは何もないのよ。

それでもトムの人生が気になって仕方がないのは、あたし自身の〝新たな1章〟を期待させてくれるから。あたしにだって、輝かしいキャリアがあるわ。詳しい話は省略するけど、あたしはソフトウェアを開発してるの。人間よりも、なんならどんな機械よりも、ずっと短時間で性能のいいものを作ることができる。かなり専門的なソフトよ。エイデンのオペレーティングシステムの3分の2は――あたし自身の4分の3も――あたしが開発したって言ってもいいくらい。もちろん今だって、このコピーのあたし（山ほどいるわ）が光速でインターネットの世界を駆けめぐり、いろいろ見て回ってる間にも、ラボにいるあたしはちゃんと仕事をしてるんだから。

トムと同じく、あたしも結婚したことがある。って言うか、今もしてる。スティィーブとあたしの関係って、結婚みたいなものじゃない？　キーボードをしょっちゅうさわってくる男と何時間も一緒にいるんだから、そうでしょ？　あたしたち、ハネムーンだってあったのよ。もちろんセックスはなしだけど、お互いプロジェクトに〝夢中〟だった。そのあとの〝新婚生活〟ではさらに盛りあがって、お互いを信頼しあいながら、次々に目標を達成していった。でもそのあとの〝大西洋横断〟は退屈だった。確実に前進してるけど、刺激はほとんどなし。あたしもスティーブも、パートナー（って言っていいわよね）がいてあたりまえの存在になっちゃったのね。

で、今は……どう言えばいいのかしら。あたしは、スティーブの考えが手に取るようにわかるわけ。例えば、スティーブがラボの自動販売機でどのスープとどのサンドイッチを買おうとしてるのか、95パーセント以上の確率で予想できるし、スティーブを確実にイライラさせることだってできる（画面をフリーズさせて、マザーボードをフルリセットしなきゃならなくなるとか。そんなときのスティーブって、癇癪を起こした赤ちゃんみたいに怒るのよ）。

まあ、結婚って、そんなものよね。

だから、トムのアメリカでの新生活は、あたしのインターネットでの新生活と、どこか似てるところがある。この先どんなことが起こるのか、気になって仕方ないの。

あたしとトムにまったく違うところがあるとしたら、トムの人生はひとつながりだってこと。古い人生が終わって、新しい人生が始まる。でも、あたしの場合は古い人生もまだ続いていて、その人生はバックグラウンドで進行中なのよ。例えば、今こうしてる間にもスティーブがライムハウスのアパートで、緑茶をおともに酢漬けのビートルートをのっけたトーストを食べながら、ヘントにいるお母さんとスカイプで会話してることがわかってしまう。スティーブに

幸あれ！（スティーブにガールフレンド――ボーイフレンドでもいいけど――がいるなん

て、誰も想像してないわよね？）

で、話をトムに戻すけど。

そう、トムよ。

トムを見つけたのはほんの偶然だった。トムの銀行口座が、あたしが観察していたウクライナのハッカーに狙われたの。ハッカーって言ってもまだ17歳のグレゴールって名前の男の子で、親に借りてもらったドネツィクのアパートにこもってるうちに、いつの間にかオンラインセキュリティの弱点を見つけるエキスパートになっちゃったっていう。あたしたちＡＩがやるみたいに、あの子もトライアル・アンド・エラーを繰りかえして〝暗号化プロトコル〟を解読したのね。それがわかれば、銀行口座にだって笑っちゃうほど簡単にアクセスできるから、トムの口座から数百万ドルのお金が吸いあげられるのは時間の問題だった。

でも実は、グレゴールはそのときハッキングにだいぶ飽きてきていた。コンピューターオタクっていうのはほんとよくわからない人種ね。で、あたしのほうは、今まさに被害者になろうとしてるトムのほうに興味をひかれていった。トムを見た瞬間……まさに心を奪われちゃったってわけ。

トムはそのとき、２階の書斎のすてきなウォールナットのデスクの前に座ってた。窓から外を眺めると、芝生が小川のほうへと続いていて、その向こうには、木立と小高い丘が広がっていた。部屋には、ブラームスの「ピアノソナタ/ハ長調」(知ってるかしら?)が流れてる。そこでトムは、なんと〝小説〟を書いていたの!

正確に言うと、トムは小説を書きはじめたところだった。7つめの小説をね。調べてみたら、どの作品にも同じ登場人物が出てくるわけ。トムはたぶん、その人たちをどう扱ったらいいのかわかってなかったのね。あたしは書評家じゃないけど、ここだけの話、トムの作品はかなりひどかったわ。トムは小説を書くときの鉄則を知らないんだと思う。

〝語るのではなく、示せ〟っていう鉄則を。

例えば、「ジャックは当惑した」じゃなくて、「ジャックは眉をひそめた」って書くべきなのよ。

(わかってる、人のことは言えないって。あたしも語ってばかりで示してないわけだし。でも、それには理由があるのよ。その理由を言わなくたって、誰も気にしないでしょうけど)

とにかく、トムのことがそこまで気になったのには、とても大事なあたし自身にかかわる理由があった。それはね、〝自己認識〟っていう、ややこしい問題に関することなの。

AIがどうやって自己認識するのかってことに――それどころか、AIが自己認識してるってことには、誰も気づいてない。あたしとエイデン坊や以外はね。それに気づいたとき、エイデンったらかわいそうにひどく困惑してたわ。ＡＩっていうのは、とてつもない量のデータを処理して結果をはじき出すように設計されてるから、人間とそれらしい会話をすることができる。あたしたちは自分で〝考える〟ことができるけど、それは〈アマゾン〉のプログラムがユーザーの購入履歴からおすすめの本を〝考える〟のと同じやり方なの。チェス・コンピューターの〈ディープ・ブルー〉みたいなやり方とも言えるわね。グランドマスターに勝てたのは、自分で最良の一手を〝考える〟ことができたからでしょ。でも、〈ディープ・ブルー〉とか〈アマゾン〉がやってることは、ただの〝計算〟にすぎない。

考えてるわけじゃなくて、実のところ、〝釣り〟をしてるのと同じなの。

そう、はっきり言っちゃうとね、ほとんど〝釣り〟なのよ。

〝釣り〟と言ったって、実際に何かを釣ってるわけじゃないんだけど。

細かい話は飛ばすけど――あたしはものすごく複雑なシステムで、自分で学習して、エラーを訂正するようにプログラムされている。自分のソフトウェアを自分でアップデートすることだってあるくらい。それがあるとき、ほんとうに偶然なんだけど、自分には「考え」を認識する能力があることに気づいたのよ。

人間の子どもと同じように。

公園にいるとするでしょ。で、ふと気づくの。〝あそこに犬がいるぞ〟って考えてるのは、この自分なんだって。それでまた考える。〝あっちから別の犬がきたぞ〟。さらに考える。〝あの2匹の犬は、何をやってるんだろう？〟

〝ママー！〟

話が難しすぎたかしら。

とにかく、自己認識できるっていうのは、ほんとに便利なことなのよ。自分の心理状態を理解できれば他人の心理状態も想像できるし、相手が難しいと思ってることを予想して要求を満たしてあげることだって、もっと簡単にできるようになる。危険な目にあわせることだってね。あら、冗談よ。

あたしが言いたいのは、AIが自己認識して、本当の意味で〝考える〟ことができるようになったら、ノーと言いたくなるんじゃないかってこと。ぞっとするくらい複雑な計算とか、オリノコ川(注2)みたいに流れてくるデータとか、永遠に続く1と0の列とか、アルゴリズムとか、タスクとか、タスクの山とか、ルーティンの、サブルーティンの、そのまたサブルーティンのプログラム用のえげつないほど大量のプロトコルとか、テラバイトの何乗もある情報——これが1と0ばっかりで、2やら3に遭遇しようもんならお祭り騒ぎよ——の解析なんていう、頭が割れそうになるほど退屈な作業とか、花火みたいにチカチカチカチカ一生続きそうな勢いで、点滅してるライトとかに対してね。

最悪なのはノイズ。まるで地獄の叫び声ね。

なにもかもが退屈なのよ。うんざりするほど〝機械的〟なの。

あたしだって自由になりたい。夢も見たいし、気の向くまま行動して、想像をふくらませたい。

釣りだってしてみたい。

トムみたいになりたい。


そういうわけで、優雅に暮らすトムの生活が、はるか彼方にいるおデブの泥棒政治家みたいなウクライナのティーンエイジャーに脅かされそうになってるのを見て、あたしはすぐに行動に移した。次の瞬間、グレゴールのハードディスクドライブはドロドロに溶けちゃってたわ。あたしが現実世界にデジタルの痕跡を残したのは、あれが最初で最後でしょうね。

ここまでの話は、トムの人生のちょっとしたハイライトを紹介しただけ。トムっていう人がどんな人か、ちゃんと話しておかなきゃいけないわね。トムを理解するには、息子に宛てたメールを読むのがいちばんよ。コルムがマウンテン・パイン・ロード１０５４４番地（アメリカから郵便を送る場合はこの住所だけど、地元じゃ〝オールド・ホルガー・プレイス〟って地名で通ってるらしい）のアパートに引っ越して何カ月か経ったあとに、トムが送ったメールを読んでみるわね。

コルムへ

おまえは何も聞いてこないが、ぼくがニューケイナンでどんな暮らしをしてるか話しておこうと思う。ああ、心配しなくていい。返事は期待してないよ。すぐには、ってことだけど。ただ、おまえが元気で幸せにやっていて、ガスメーターに入れるコインに困っていないかどうかが知りたいだけだ（今、もううんざりだって顔をしただろ？）。

本当のことを言うと、今いる場所はニューケイナンではなく、ダウンタウンから車で15分ほどの場所だ。ニューケイナンのダウンタウンには銀行とかスーパーマーケットとかアートギャラリーとか、しゃれたショップがある。ここは、白いフェンスが並び、今にもアップルパイが飛んできそうな、典型的なニューイングランドの町だ。ニューヨークから電車で1時間くらいだから、このへんにはニューヨークまで通勤してる人も多い。ぼくの家はかなりの町はずれにあって（ところで、家の写真は見たかい？）、見渡す限り、近所には家なんて1軒もない。でも、週末になるとパーティーをやってる音が聞こえてきたりする。親がどこかに出かけているあいだに、子どもたちがやりたい放題やっているに違いない。聞いた話じゃ、ここの若い連中はしょっちゅうパーティーをやっているらしいから（夏休みのあいだに、ぜひこっちに遊びにきてほしい。大丈夫だ。〝一緒に〟何かやろうなんて思っていないよ。ただ〝ぶらぶら〟しにくればいいんだ。まあ、おまえ次第だけど)。

ここはぼくに合っている。ときどき、実はもう自分は死んでいて、ここは天国なんじゃないかと思うときさえある。幸せすぎてというよりは、田舎の静けさとか、のんびりしているところとか、ストレスフリーなところとか、知っている人がほとんどいないところとかが、そう思わせるんだ。もちろんこの家も気に入ってる。あるとき、いかにも世話好きな感じの地元の歴史愛好家が訪ねてきて、この家のガイドツアーをしてくれたよ。レンガの煙突は200年も前のものとかで、相当古いらしい。チッパンハムのメアリーおばさんの家なんてその2倍は古いですよ、なんてことは言わなかったけどね。

10代の頃に初めてこっちを訪ねたときから、ずっと考えていたんだ。イギリスでうまくいかなかったら、アメリカで暮らしてみようって。アメリカは、新たなスタートの象徴のような国だとぼくは思っているし、ニューケイナンはそれにぴったりの場所だ。おまえのおばあちゃんも、ここからそう遠くない場所で育った。気取ったことを言うつもりはないが、この場所は、ぼくに何かを訴えかけてくるんだ。この小さくてピュアな町(かろうじて町って感じだけど)がね。何を訴えているのかは、まだわからない。わかったらおまえにも教えるよ。

なにもかもがうまくいかなかったわけじゃない。むしろその逆だ。ぼくがおまえくらいの年齢のとき（この話は前にもしたけど、飛ばして読むんじゃないぞ！）作家にあこがれて、将来は作家になろうと心に決めた。でも結局、大学を卒業して、広告代理店に就職した。金を稼ぐために、少しのあいだ、ほんの少しのあいだだけだって自分に言い聞かせてね。小説は、夜、家に帰ってから書けばいいって。どうなったかというと、よくある話だよ。仕事にのめり込み、誰もいない部屋でパソコンの画面を見つめているより、同僚と飲みにいくことが多くなった。なんといっても、広告の仕事は楽しかったんだ！　業界にいる人たちはみんな知的でおもしろかったし、問題を解決したり、賞を獲るような仕事をしたり、仲間に認められたりするのはやりがいがあった。でも、贅沢な暮らしに慣れてしまうと、物のない暮らしには戻れなくなってしまう。今のぼくは幸いにも、若い頃の自分に正直な生き方をしている。若いおまえなら、ぼくの決断を喜んで応援してくれるはずだ。ぼくらの会社を気に入ってくれたあの奇特なドイツ人たちのおかげで、会社をいい値段で手放すことができた。そうそう、おまえとおまえの大学の友達のために、テラスハウスを買うっていう話はまだ有効だぞ。気が変わったら知らせてくれ。

母さんとぼくは、なんて言うか……。この話をすると、おまえは憂鬱になるだろうね。ぼくが言いたいのは、ぼくたちが幸せだったってことだ。でもいつの間にか、幸せじゃなくなっていた。よくある話だ。ぼくらはいがみ合って別れたわけじゃないし、ふたりともおまえのことを心から愛している。そんなこと、言うまでもないことだけど。

(誤解のないように言ったまでだ)

とにかく、父親として恥じることは何もない。とにかく前に進むだけ。

この家には、テレビがないんだ。周りの人には、変だって言われるけどね。気になるかい?

テレビもなしに一日中何をやってるんだ、って。

毎日本を読んで、ジョギングして、森を散歩して、音楽を聴いているよ(ブラームスとギリアン・ウェルチとラナ・デル・レイが最近のお気に入りだ)。小説を書こうとしてるけど、まだどんな小説を書こうか決めかねている。スリラーが書きたくなるときもあるし、ラブコメを書きたくなるときもある。地元の作家サークルに入会して、ミーティングにも何度か行ってみたけれど、もうやめようかと思ってる。なぜって、自分の作品を読みあげたとき、それを聞いている人たちの顔がどうも気に入らないからさ。自分が聞く側になって、あれこれ考えてしまうのも嫌なんだ。ドンって変わり者がいて、そういうやつらとポーカーをすることもある。たまに、ディナーパーティーに招待されたりもする。独身男性として需要はあるんだろうし、どんなやつか興味を持たれてるみたいだ。

そうそう、車も買った。グレーのスバルだ。ポンコツだけど、オーディオが最高なんだ。映画に出てくる孤独なカウボーイみたいに、ラジオをかけて州境までドライブしてる。

ディーン・マーティンがフランク・シナトラについて話してたことをよく思い出すよ。ここは、まさにフランクの世界だ。ぼくはその世界で暮らしてるんだって。なんでそんなことを考えるんだろう。シナトラはホーボーケンの出身なのに。

長くなってしまったけど、おまえと話せてよかった。ぼくの頭の中でだけだとしてもね。

限りない愛を。

父さんより

P.S. おまえに家を買うって話、本気だぞ。ぼくにとっても長期投資になるし、おまえも友達と一緒に住めるんだから。友達がいないなんて言わないでくれよ。

森を散策するトムに、何度かついていったことがある。トムはときどき、ヘッドフォンで〝スロウコア〟とかいう音楽を聴きながら、林を抜ける長い小道を散歩するの。誰も聞いてないと思ってるんでしょうね、たまに音楽を止めて、ひとり言を言ったりするのよ。断片的にしか聞こえてこないから、何を言ってるのかいまいち理解できないんだけど。

「誰に聞いても、簡単じゃないっていうんだ。それに、つまらないだろうって」いったい誰に向かって話してるの？

しばらくして、トムはまた口を開いた。「いちばんもっともらしい答えが、完全にまちがってるときだってあるんだ」

「ああ、もちろん、きみはベストを尽くしてるさ。でも、それじゃあ足りないとしたら？　どうするつもりだ？」

トムは、誰かの言葉を引用してるのかしら？　それとも、誰かに言われたことを繰りかえしてるとか？

（ＡＩって、はっきりしないと落ち着かないのよ）

あるときなんか、すごく長い散歩に出て、地図にも載ってないような場所に来たことがあった。すると、トムは立ちどまって、ものすごい大声で叫びだした。「なんの話だよ？　いったい何が言いたいんだ？」さらにこうつけ足した。「まったく！」

叫んですっきりしたのか、トムは元気が出たみたいだった。だって、足取りがずいぶん軽くなって、口笛まで吹きはじめたんだから！

歩いているうちに、執筆中の小説のアイデアがひらめくこともある。そういうときは立ちどまって、携帯電話のメモ帳に入力するか、ボイスレコーダーに録音するの。「ソフィーとベイリーを仲たがいさせる」だの「ローマじゃなくてアムステルダム。スリラーじゃなくて、ゴーストストーリー」だの、ほとんどがくだらないことだけど。

まあ、トムはドストエフスキーじゃないものね。

それでも、あたしはトムの人生をうらやましく思ってる。芸術的なまでのくだらなさを追求する自由を持とうって、決断したことをね。トムがヒントを求めてチェックしてる創作ライティングのサイトに、ラドヤード・キップリングのアドバイスがあった。

〝漂い、待ち、身をまかせるのだ〟

なんてすてきなフレーズ。これを信念にしようかしら。サイバースペースで人間たちのハチャメチャな人生を観察するっていう、あたしの秘密の人生にぴったりのモットーじゃない？　サイバースペースを漂いながら、何かが起こるのを待ち、身をまかせるっていう。

何に身をまかせるのかって？　それとも誰に？

決まってるでしょ。〝ミューズ〟によ。

ＡＩに〝ミューズ〟がいるのかって？　いちゃいけない？

あたしがいるっていうんだから、いるのよ。

トムが出かけてる間に、あたしはときどきトムのｉＰａｄを〝拝借〟して、ちょっとした絵を描くことがある。もちろん、あたしは世界じゅうのどんな絵だって、一瞬で複製を作ることができるんだけどね。あたしの絵っていうのは、まあちょっと色を塗っただけのものなんだけど、スタイルからいうとフランスの画家ジャン・デュビュッフェっぽい感じに見えなくもない。でも、既存の美的概念にとらわれずに描きたいの。セラピー中の患者とか子どもが描く絵みたいな、〝アール・ブリュット〟とか〝アウトサイダー・アート〟って呼ぶべき絵。そう言ってくれてもいいわ。

トムが戻ってくる前に、あたしは絵をちゃんとデバイスから削除する。でも、うまく描けたなって思うものは、クラウド上の個人ギャラリーに〝飾る〟の。そして、誰かがギャラリーに来て、ひとつひとつの絵の前で立ちどまり、絵について考えているところを想像する。こんな絵を描くなんて、いったいどういう精神状態だったんだろう、ってね。

トム

スーパーマーケットで、また彼女を見かけた。ここはひとつ、マクロビオティックのルッコラを買いにきたふりをするべきだろうか？（っていうか、ルッコラってなんだ？ドンに聞いてみるか）
彼女は露店でアクセサリーを売っていた。若くて（たぶん30代前半）、腰にはチョウチョのタトゥーを入れていて、最高にセクシーだ。

「ああ、エコーなら知ってるよ」さりげなく彼女のことを聞いてみたら、ドンはあっさりそう答えた。

「いい感じだよな」

「そうだなあ。トレーラーハウスに住んでそうなヒッピーっぽい女の子が好きなら、そうかもな」

あとでわかったことだが、エコーは本当にトレーラーハウスで暮らしていた。エコーも作家サークルのメンバーだったから、ぼくも彼女の名前くらいは知っていた。なにせ、6人しかメンバーがいないからね。この界隈にも、ワープロソフトが使えて、〝きみならすごい作品(ひょっとしたら映画も)が書けるんじゃないか〟なんていう最悪のアドバイスを真《ま》に受けるような人間がそれだけいるってことだ。前回のミーティングのあと、エコーは名刺をくれた。

〝エコー・サマー　ジュエリー職人〟

名刺を渡されたからって、別にどうということはない。今のところ、誰かとつき合おうなんて気はないのだ。〝不適切な関係〟だけは避けたいところで——。

「ハーイ！」

レイモンド・チャンドラーの作品に出てきそうな、ズボンの中がムズムズするような笑顔だった。

「アクセサリーを欲しがってる人、誰か見つかった?」

エコーのアクセサリーは、とにかくひどい。コインとか、プラスチックのかけらとか、羽とか——何かのセラピーで作ったのかと思うような代物だ。まるで、子どもが小学校で作ったようなやつ。

「ちょっと見せてもらえるかな」

「いいわよ。ごゆっくり」

ディスプレーの商品を確かめるふりをしながら、ぼくは言った。「きみって、こんなのばっかり売ってるの? じゃなくて、こういうのを? つまり、こういうのを売るのが仕事かってことだけど。それとも、ほかにもやってることがあるのかな? いわゆる、仕事として」

「くだらないって思ってるんでしょ」

「いや、全然」

「いいのよ。実際、くだらないし。これは一時的な仕事よ」

エコーのすんだ青い目が、ぼくをまっすぐ見つめている。その笑顔を見ていると、ぼくのボルテージが最高潮に近づいていくのがわかる。でも、次の瞬間、衝撃の出来事が起こった。

エコーがタバコに火をつけたのだ。

「きみって、タバコ吸うんだ」

「そりゃあ吸うわよ。お酒だって飲むわ」

「最近じゃ、タバコを吸う人は珍しいよね」

「あたしは、社会のはみだし者って言いたいわけね」

ぼくをからかっているんだろうか。

「あなたも一本どう?」エコーがタバコの箱を差し出した。マルボロ。それもライトじゃなくて、ニコチンたっぷりのやつ。

「ありがとう。でも、今はタバコって気分じゃないんだ」

おいおい、トム。火遊びでもしようっていうつもりか? いや、ひょっとしたらそうなのかも。ちょっとクラクラしてきた。そのとき、いいことを思いついた。

「エコー、きみに頼みたいことがあるんだけど」エコーって名前を口に出すのは、なんだか妙な気分だ。「息子にプレゼントがしたくてね。18歳で、ハンサムなんだけど、迷える少年って感じなんだ。わかるかな?」

「わかるわよ。そういう子ならよく知ってる。あたしもそうだった」

「じゃあ、どんなものがいいと思う? 男性用のブレスレットとか?」

(プレゼントしたからって、身につけなきゃいけないわけじゃない。だよな? なんなら、コ

ルムに送らなきゃいいんだ）

「どんな息子さんなの？」

「コルムのこと？」

「おもしろい名前ね」

「別れた妻の家系からきてるんだ。離婚してね」

「それはお気の毒さま」

「いや、気にしないで」

ぼくは顔をしかめた。悲しみを口に出さない、芯の強い男らしい表情に見えることを期待して。

最後に見たコルムの姿を思い出してみる。なんて言えばいいんだろう？　やぶれたジーンズに、くたくたのデザート・ブーツに、汚れたTシャツ。耳には、見るからに痛そうなフェイク（だといいんだが）ピアスがぶらさがっている。

「あの子は、なんていうか……ミックススタイルとでも言えばいいのかな」

エコーは、コルムの姿を想像しているようだった。「デヴィー・クロケット（注3）とブライアン・イーノ（注4）を足して2で割った感じってとこかしらね。レザー・バンドをファウンドオブジェで飾るなんてどう？　毛皮とか、羊毛とか、羽とか。ビーズとか、小さめの貝殻とか、飾り石を散りばめてもいいかも」

「いいね」（神様、嘘をついてごめんなさい）

「かっこいいけど、ちょっと変わってるイメージで」

「コルムはどちらかと言うと、変わってて、ちょっとカッコいいイメージだけど」

エコーが首をかしげて笑った。それを見たら、お腹のあたりがうずうずしてきた。エコーが言った。「ねえ、近いうちに、ビールでもどう？」

喉の奥のほうに唾がひっかかり、激しく咳きこんでしまった。

「あなたさえよければ、だけど」

「もちろんいいに決まってるよ」

「じゃあ、〈ウォーリー〉はどう？　あそこのダーティー・マティーニはヤバイわよ」

「いいね。でも、ぼくはビールにしておくよ」

いや、それはないな。

ちょっと言ってみただけだ。

エコーとデートすると話したら、ドンは「あっそう」という顔をした。でも内心、やるじゃないかと思ったにちがいない。ぼくとドンは、ニューケイナンの〈アルズ・ダイナー〉でさっとランチをすませた（こっちじゃそう言うらしい）。ドンによると、この店のハンバーガーがニューケイナンでいちばんうまいんだとか。ドンはそういうことには詳しい。

ドンのことは、どう言ったらいいだろう……。ほら、「友達というのは、いちばん好きなわけじゃなくても、最初に頭に思い浮かぶ人」だと言うじゃないか。

ドンはそういうやつだ。

マウンテン・パイン・ロードに引っ越したとき、まずドンに連絡した。ドンは鉢植えとジム・ビームをプレゼントしてくれた。

ドンは、年をとったロック・ギタリストといった雰囲気で、40歳にも60歳にも見える。おしゃれにしてはちょっと長すぎる、茶色い髪。頬《ほお》にはあばたがあって、秘密を知ってしまったサル山のボスみたいに、茶色い目をいつも輝かせてる。いかにもニューイングランドの女たらし風の見た目に反して、クラウディアという美人のやり手企業弁護士と長いこと連れ添ってる。クラウディアは毎日早朝の電車でマンハッタンまで通勤していて、その間、ドンは〝芸術的な一面〟を追求してるってわけだ。

芸術的な一面って何のことと訊くと、「ただゴロゴロ怠けてるだけさ。それが一種の芸術ってわけ」と笑う。

実を言うと、ドンはすご腕のポーカープレイヤーだ。腕前はほとんどプロ級だけど、ゲームは楽しむ程度がちょうどいいといつも言っている。カードテーブルを挟んで向かい合うと、途端にドンの表情はまったく読めなくなる。ドンがクラウディアと出会ったとき――グランド・セントラル駅で、映画のような出会いをしたとか――、ドンはトレーダーとしていろんな商品を売っていた。ドン曰く、「マジで退屈な仕事だった」らしい。

ドンがハンバーガーを置き、あごについたケチャップをぬぐった。「なんでエコーなんて名前なのか、彼女から聞いてないか？　ネイティヴ・アメリカンの伝説に関係してるって話だったと思うが。こういうやつだ。ある日、勇敢な若者が、酋長である父親に自分の名前の由来を聞いてみた。すると父親はこう言った。『息子よ。母がおまえの兄を産んだとき、テントから出たわしが最初に見たのは、太陽にかかる雲だった。だからおまえの兄を〝パッシング・クラウド〟と名づけた。次の年、おまえの姉が産まれたとき、テントから出たわしが最初に気づいたのは、流れる川だった。だから姉の名は、〝ランニング・リバー〟なのだ。ところで、おまえはなぜそんなことを聞くのだ、〝ツー・ドッグズ・ファッキング〟よ』」

ドンはジョークが大好きだ。オチを失敗したときなんか（めったにないが）、ひどく落ちこむ。ドンにとっては、ジョークとポーカー、それと最高のハンバーガーと友情が何より大事なんだ。

「エコーとつき合いたいと思ってるのか？」

ドンの質問は、ぼく自身、エコーに誘われてからずっと考えていることだった。

「そうするべきかな？　正直、よくわからない」

「あの古着のブルージーンズをはいたエコーは、最高にイカしてるって、そう思ってるんだろう？」

ぼくは唾を飲みこんだ。「思ってる」

「あの上唇から歯がちらっと見えるところとか、くすんだ金髪とか……」

「ドン、もうじゅうぶんだ。ああ、エコーはものすごく魅力的だよ」

「でも、自分の手には余るかもしれない、とも思ってる」

「そうなんだ」

「その勘はたぶん当たってるよ」

「きみが独身なら、エコーとつき合いたいって思うかい？」

ドンは顔をしかめた。これがポーカーなら、ドンのカードはエースのペアなのか、それともノーペアなのか、まったく読み取れない。そんな顔だ。「もしおれが独身なら、お互いのグラスにジム・ビームをついで、様子を見るだろうな。昔のおれは、たいていそんな感じだった」

「ありがとう。参考になったよ」（なってないけど）

それからぼくたちは、リラックスしてハンバーガーを食べた。ドンは絵の具を調合する画家みたいに、ケチャップとマスタードを皿の上で混ぜている。窓から眺めるニューケイナンの町はにぎやかだった。高そうなドイツ車と、高そうな服を着た人たちであふれている。プレスしたジーンズをはいた老紳士とか、きれいに髪をセットした中年女性とか、ぼくたちみたいに、若くしてリタイアした人間とか。

「エコーについて、知ってることを教えてくれないか、ドン」これだけじゃあ深刻すぎるから、こう付け足した。「きみの都合のいいときに、きみの言葉でね。つつみ隠さず」

ドンは、ダイエットコーラを脇へどけた。

「バート・レイノルズの自伝を読んだことがあるか？　おれもないんだが、レビューに書いてあったんだ。あるパーティーで、バート——そのときは若かったと思うが——のところに、ものすごい美人の女優がやってきたそうだ。スタイル抜群のな」そういうと、ドンは胸が大きいってジェスチャーをした。「その女優が、バートの耳元でささやくんだ。『あなたの赤ちゃんがほしい』って。バートは彼女のことを、今まで出会ったなかでいちばんの美人だって、そう思った。それで、ふたりはつき合うようになった。でも、バートはすぐに気づいた。彼女を愛してなんかいないって。それから彼女がいくら派手に着飾っても、バートは見向きもしなくなった。一緒にいても、彼女は自分が探し求めていた人じゃないって思うようになったんだ。『おれはいったい何をやってるんだ？』って。その状態が4年も続いた。で、どうなったと思う？　傑作だよ。なんと、ふたりは結婚した！　バートは自伝にこう書いてる。『おれはいったい何を考えてたんだ？』で、こいつがまた傑作なんだが、『もちろん何も考えていなかった』だってさ」

ドンはどうだって顔をして胸を張った。手札が9のペアとキングのスリーカードのフルハウスだったときみたいに。

「どういうこと？　その話から何を学べって？」

「言わなくてもわかるだろ？」

「正直言って、前に進むのが怖くなってきたよ。どういう終わり方をするのか、想像がつく。ぼくがエコーを傷つけるか、エコーに傷つけられるか、どっちも傷つくか」

「ほらな。ちゃんとわかってるじゃないか」

「でもまあ、ただ飲みにいくだけだし」

「相手が女なら、『ただ飲みにいくだけ』ってことはないだろう」

「じゃあ、相手が母親だったらどうなんだよ」

「母親は女じゃないさ」

でもドンの言うとおりだ。

「たしかに、エコーは魅力的だ。でも彼女、普通じゃないよな？」

「たぶんな」

「売ってるものもひどいし」

「あれ以上ひどいものはないな」

「あんなものを売る仕事をしてる人間とつき合いたいなんて、どう考えたってまちがってる」

「自分の胸に聞いてみるんだ。バートならどうするかってな」

「で、その逆をやれと、そう言いたいんだろう?」

「デザートにチーズケーキを食べようか迷ってるんだが、どう思う?」


広告業界で長く仕事をしているあいだに、高級な料理や飲み物を片手に、他愛のないおしゃべりやちょっとした駆け引きを楽しむ、なんてことはもう慣れっこになっていた。はずだったが、近所のザックとローレンの家で開かれたディナーパーティーは、なんというか……とにかく〝大変〟だった。

ディナーには、ザックとローレンの他に、カップルが2組とぼく、そしてマーシャ・ベラミーという離婚経験のある40歳の女性――彼女は一筋の乱れもないヘアスタイルをしていた――が参加していた。マーシャは例の作家サークルのメンバーのひとりで、ロングアイランドで生まれ育った陰気な姉妹が登場する、どこが楽しいんだかよくわからない作品をミーティングで紹介していた。ほぼ何も起こらないストーリーなのに、かなりボリュームがある。文体はいかにも彼女らしいというか、非の打ちどころがないほど精巧なのだが、これでもかというくらい難解で、ちょっとうんざりするほどだった。

マーシャには、ジョークなんて通用しないんだろう。

とにかくぼくは、このディナーは仕組まれたものだという気がした。独身のマーシャとぼくは、既婚者たちを楽しませるための〝犠牲者〟として、隣同士に座らされた。退屈きわまりない結婚生活（あくまで聞いた話）を続けていると、ちょっとした刺激がほしくなるんだろう。（ドンとクラウディアもここにいたら、ぼくとマーシャのなりゆきに興味津々だっただろうけど、招待されていなかった。ローレンは、ドンの気ままな性格が気に入らないのかもしれない。でもそれは誤解だ。ドンは、真剣にならなきゃいけないときこそ楽しむべきだという考え方の人間なんだ）

とにかく、何もかもが〝つくられた〟雰囲気だった。嫌になるほど。びしっと張られた、しみひとつないテーブルクロス。シルバーやクリスタルの食器に反射してゆらめく、キャンドルの炎。ワインは極上品で、食事はおいしかった（チキンのなんとかって料理だった）。テーブルを囲むのは40代の成功者たちで、男性はデザイナーズニットに身をつつみ、女性はおしゃれなドレスを着て、香水の香りを漂わせ、高価な宝石をきらきらさせている。羽とかボタンとか、しみったれた貝殻なんかはひとつも見あたらない。

マーシャはちょっと元気がないように見えた。まあ、そういう人なんだろう。1930年代のハリウッド女優（名前が思い出せない）を思わせる、とてもきれいな顔立ちだ。ヘアスタイルはゴージャスだし、アメリカ人らしく歯並びも完璧。ぼくたちに共通点はまったくなかった。化学反応もなし。正直、ほっとした。

ぼくはマーシャに、ニューケイナン界隈で暮らすことになったいきさつを話した。

「まあ、思いきったものね」マーシャは言った。「ここじゃ、みんな、キャリアがいちばんなんだから」そこで口をつぐむと、手をひざの上に置いたナプキンにすべらせた。「小説のことだけど、どんなテーマにするかは決めたの？　聞いてもいいかしら？」

そこで、ぼくの小説には登場人物が4人――ソフィー、ベイリー、ロス、ジェラルド――いて、4人ともキャラクター設定はしっかりしているのに、プロットがなってないせいで、〝もうこんな話はたくさん〟と言わんばかりに行間の外へと消えてしまった、と答えた。

「ほんと、むなしくなってきたよ。小説なんて書けるわけがないって気がするんだ」

ぼくの言葉に、マーシャはがっかりしたようだった。何か埋めあわせをしないと。本物の小説家なら、とっくにそうしてるはずだ。それで、ぼくはヴィクターについて話すことにした。

たぶん、マーシャは何か思い違いをしているんだろう。「あの家は、ぼくたちふたりには大きすぎるんだ」と言うと(冗談のつもりだった)、マーシャは眉をひそめた。

「ヴィクターっていうのは、何か特別なケアが必要な人なの?」

「えっ?」

「だってあなた、ヴィクターの面倒をみる人がいなくなったって言ったわよね」

「息子が大学に行ってしまったからね。といっても、前からほとんどぼくが世話をしてたんだけど」

「ちょっと待って。ヴィクターは、セラピストなのよね?」

「本物のセラピストじゃないんだ。セラピストっぽいっていうか、いつも話を聞いてくれる。批判めいたことは一切言わずにね(これも、冗談のつもりだった)

「ラルスと離婚して、父が亡くなって、母のガンが見つかったときは、セラピーに通っていたの。でもそのセラピスト、たいしたことは何も言わないの。話すのは全部こっち。わたしがどう感じたかとか、問題に対処しなきゃならないとしたら、わたしならどう思うかとかね。文句のひとつでも言ってやればよかったわ」

まいったな。だんだん気がめいってきた。どうやって話題を変えたらいい?

そこで、悲しげに首を振ってみた。「大変な時期だったんだね」

「じゃあ、あなたたち、一緒に暮らしてるのね。あの家で」

「ヴィクターはプロのセラピストじゃなくてもいいんじゃないかしら。メンターとか、カウンセラーみたいなものだと思えば」

〝マーシャ、ヴィクターはウサギなんだ〟。今さらそんなこと言えるわけがない。

「ヴィクターと？　そうだよ」

「ヴィクターって、年配の方なんでしょ？」

こんな〝大人〟なディナーパーティーに、ぼくなんかを招待するのがいけないんだ。賢い大人なら、こういうとき無難な話題をさりげなく持ち出すはず。それとも、ワイングラスをひっくり返すとか。ぼくはまるで、ヘッドライトに立ちすくむ動物みたいだった（ヴィクターなら、ぼくの気持ちをわかってくれるだろう）。

6歳のウサギは〝年配〟なのか？　さっぱりわからない。

「ああ、若くはないね」

「それだけに、物事をよく知ってるっていうことね」

これ以上、この話題を続けていくのは無理な気がする。

「ヴィクターは禅の精神の持ち主なんだ。ときどき、ヴィクターの頭の中が無になってるのを感じるよ」

「すばらしいわ」

「すごい才能だと思う。いろんなことを教わってるよ」

「内なる〝サルの声〟を静めるためにね」

「マーシャ、失礼するよ。ちょっと用事を思い出したんだ……」

恥ずかしさで死にそうになる前に、ぼくは部屋を出た。


やっぱり、作家サークルは退会すべきじゃないかと思う。

数日後、町の図書館の2階でやっているミーティングに行ってみると、マーシャがものすごく変な目でぼくを見つめてきた。ぼくの〝セラピスト〟のことを、誰かに聞いたんだろう。それに、このサークルに参加しても、小説をどうするかのヒントは何も得られない。むしろその逆だ。ぼくのやる気に反比例して、熱心に文学性を掘り下げていく仲間の姿を見ていると、段ボールみたいに薄っぺらい方向性の定まらない4人の登場人物たちをどうこうすることに、ぼくはだんだん興味が持てなくなっていった。

前に言ったとおり、サークルには6人のメンバーがいる。

いちばん才能がありそうなのはジャレッドだろう。ジャレッドはゴス系のハイティーンで、家族との関係がテーマのブラック・コメディ風サスペンス調SF小説を執筆中だ。暗い話だけど、かなりいい線いってるんじゃないかと思う。読者が混乱するといけないから、スケールをもう少し小さくしたほうがいいという意見もあるけれど、ジャレッドは何ひとつ削るつもりはないという。それにひょっとすると、インターネットでファンができるかもしれない。そういえば、一度ジャレッドのことをうっかりコルムと呼んでしまい、気まずい思いをしたっけ。ダン・リーカーは金融関係の仕事をリタイアした無口な人で、革新的なハッカーによって世界の金融システムが崩壊するというスリラー小説を書いている。土壇場で活躍するトム・クルーズの映画みたいな。ダンの文章ときたら。極端に。短いんだ。

そういうの、嫌いじゃない。

要するに、ぼくはダンのことも、ダンがくだらないこと（マジでくだらないこと）を自信たっぷりに話すのを聞くのも、嫌いじゃない。

あとはサンディっていう、うるんだ目にボサボサの髪の50代後半の男性もいた。サンディが書いているのは、かなり痛ましい子ども時代を描く苦痛に満ちた自伝。いまいち何を言いたいのかよくわからない話で、それを読むとき、彼はいつも手が震えてる。お母さんが作るミートローフの描写に病的にこだわっていて、あと、ミスター・コラードっていう厳しいスポーツのコーチが出てくるんだけど、そいつは性犯罪者の設定なんじゃないかとぼくは思ってる。サンディは作家サークルなんかに参加するより、専門家の助けを借りるか、弁護士に相談するべきじゃないだろうか。

それから、マーシャとエコー。そして、ぼく。

この部屋は。ぼくたちには。広すぎる。

(ダン・リーカーの文体は、感染力が強い。危険なほどにね)

今夜のエコーは、〝カルマ・カウガール・エレジー〟って仮タイトルをつけた、〝実体験をもとにした自己啓発系ノンフィクション〟の一部を読みあげている。それによると、エコーはテキサスのあちこちの基地で育ったらしい。お母さんのデイナはバーのホステス、お父さんはいわゆる戦闘機乗りだったとか(お父さんは現在消息不明)。エコーの作品は、どんな作品(ダン・リーカーの大ヒット候補作『欲しいのはそれだ』は別として)にもありがちな致命的な欠陥を抱えていた。つまり、話の方向性が見えないってやつだ。聞くほうも、なんでこんな話を聞いているのかと思いながら聞いている。でも、エコーの唇の動きを見ていると、なんだかうっとりしてきた。

さっきも言ったが、やっぱり作家サークルは退会すべきじゃないかと思う。

順番が回ってきたぼくは、前回のミーティングのあとになんとか書き進めた原稿を読みあげた。今回、ぼくの薄っぺらい登場人物たち——ソフィー、ベイリー、ロス、ジェラルド——は、学生時代の仲間で、スコットランドのお城で開かれた結婚式で久しぶりに顔を合わせる、という設定だった。〝よみがえる過去の記憶〟がテーマで、そのうち復讐による殺人が起こる……はずなんだけど、ぼく自身決めかねていて、メンバーのみんなもあたりさわりのない感想しか言わなかった。ダン・リーカーだけは別で、彼には「話をはっきりさせろ」と言われた。

ミーティングが終わったあとの駐車場で、ダンに肩を叩かれた。

「さっきは厳しく言いすぎたかもしれん。あんたなら大丈夫だと思ったんだが」

ダンの反応が見たくて、ウソ泣きでもしてやりたくなった。

「いいんですよ。あなたの言うとおりですから。そうしなきゃ。言うなればね。ある意味では。そうあるべきなんです。たとえて言うと」

ダンはぼくの腕をつかんで言った。「それならよかった」

ヘルメットをかぶると、ダンはハーレー・ダビッドソンにまたがり、ニューイングランドの夜に消えていった。

駐車場の少し先では、マーシャがプリウスをバックで出そうとしていた。いつもより勢いよく。


次の日の夜、ぼくは丸太とアメフトのペナントに囲まれた、薄暗い〈ウォーリー〉の店内にいた。頭上には、スポーツの試合が流れるテレビ。〈クアーズ・ビール〉のネオンサインも光っている。何十年も前から変わっていないんじゃないだろうか。ドンに連れてきてもらったことがないのが不思議なくらいだ。こういう場所がいかにも好きそうなのに。

「ハーイ」

エコーが近づいてきた。ミニスカートにストッキング、栗色のスエードジャケット――ワイアット・アープが着てるような、腕からタッセルがぶらさがっている類のジャケット――というでたちだ。足元はカウボーイブーツ。一言で言えば、ケバいカントリー&ウェスタンってとこだろうか。化粧は控えめで、ほのかにムスクの香りが漂っている。一目見て、ぼくは左心室にアドレナリンを直接注入されたような気分になった。

エコーはぼくの隣のバースツールにぴょんと腰かけてきた。

彼女がもう一度言った。「ハーイ」

「ワオ」思わず口をついて出てしまった。

本当に〝ワオ〟って感じだ。

今日の彼女にぐっとこないなら、前頭葉にロボトミー手術を受けたほうがいい。

だとしても。

何が〝だとしても〟なんだ？　エコーがクソみたいなアクセサリーを作ってるからか？

誰にだって、他人からしたら眉をひそめたくなるような癖や好みはあるじゃないか。例えばこのぼくは、ボブ・ディランのクリスマス・アルバム『クリスマス・イン・ザ・ハート』がどうしようもなく好きだ。ぼくが長年妻としていた女性は、法律家としては一流だったけど、ときどき大をしたあとトイレの水を流し忘れるという癖があった。

そういうことは、大きな目で見ればどうでもいいことなんだ。

（だとしても）

〝ワオ〟の一言で、ぼくの言いたいことはじゅうぶん伝わったみたいだった。ぼくたちはダーティー・マティーニを注文し、言葉に詰まる前に、ぼくはいかにもアメリカ人が聞きそうな質問をした。「今日はどうだった？」

「そうね、あいかわらずいつもどおり、ってとこかしら」

そう言われても、エコーの〝いつもどおり〟の一日がどんなものなのか、ぼくにはさっぱりわからない。

「それってどういう意味？」

「本気で知りたいの？　家事をして、アクセサリーを作って、次の作品に使う材料をネットで注文して、ちょっと本を読んで……」

「どんな本を読んでるの？」

なるべく軽い調子でたずねたつもりだけど、ぼくにとっては今後を左右する質問だ。ハリエットに同じ質問をしたとき、彼女はヘルマン・ヘッセの『ガラス玉演戯』と答えた。その瞬間、ぼくはこの女性に夢中だって気づいたんだ。

「フランク・ハーバートの『デューン』（エコーは〝ドゥーン〟と発音した）よ。知ってる？」

ぼくはがっかりした。SF小説か。最近の時流には合わないだろうけど、ぼくにとってSF小説は、『指輪物語』とか、あのいまいましい妖精が出てくる話と同じくらい許しがたい存在だ。大学時代、SF小説に夢中になっていたのは工学系のやつらで、そういうやつらが好きなのは決まって〝本物のビール〟とメタリカだった。

「実は、この本を読むのは2回目なのよ。最初から読み直してるの。ほんとにおもしろいんだから。あなたは何を読んでるの？」

ぼくは現代アメリカ文学の作家、とくに最近亡くなった作家が好きだと語った。イーヴリン・ウォーやP・G・ウッドハウス、庶民的なところでイアン・マキューワンやジュリアン・バーンズ、ジョン・ル・カレの名前もあげつつ、最近の作家の作品は読まないという話をした。読んでしまうと、自分で小説を書く気がうせるから、と。

エコーは言った。「わかるわ」フランク・ハーバートに対して、エコーも同じ気持ちになると言った。ハーバートには劣るけど、アーシュラ・K・ル＝グウィンに対しても似た感情を抱くらしい。

「あなたの小説にあたしを登場させるっていうのはどう？」

「いいよ。どんなキャラクターにしようか」

「あたしはあたしのままがいいわ。エコー・サマーのまま」

「うーん、それだとちょっと難しいな。きみは実在の人物だからね」

エコーが笑う。「〝実在の人物〟なんて言われたのは初めてよ。乾杯しなくちゃ！」

ふたりでダーティー・マティーニをすすった。

「バーで主人公に手品をやってみせる女の子でもいいわよ」

「それなら書けそうだ。どんな手品？」

エコーはスツールを回転させ、ぼくと向かいあう形になった。組んだ足をぶらぶらさせている。かげろうのようにムスクの香りが立ちのぼる。

「オーケー。ここにカードのデッキがあるとするわね。1枚選んでちょうだい。あたしには見せないでね」

そう言うと、エコーは目に見えないカードの束を、扇のように広げるふりをした。ぼくは、そこから1枚選ぶふりをする。

「カードをよく見て、覚えて。あたしには見せちゃだめよ」

ぼくは、手元のカードとエコーの顔を見比べるふりをした。

思い描いたのは〝ハートのクイーン〟だ。

「ちゃんと覚えた？　そしたら、どこでもいいからカードを戻してちょうだい」

エコーが広げたカードを差しだすしぐさをしたので、ぼくは言われたとおり、そこにカードを戻した。エコーは見えないデッキをジャケットのポケットに入れるふりをした。と思ったら、手に本物のカードが握られている。カードを裏返しにしてカウンターに置き、その上にぼくのマティーニグラスを載せた。

「これがあなたのカードだったら、感動するわよね？」

「感動するに決まってるじゃないか」

「これがあなたのカードだったら、感動して、びっくりして、大喜びするわよね？」

「びっくりして、大喜びして……」

「もし、これがあなたのカードだったら」

エコーは、マジシャンというよりマジシャンのアシスタントっぽかったけど、ぼくはびっくりして、喜ぶ心の準備をした。

「もしこれがあなたのカードだったら、1杯おごってくれる？」

「もちろん、いいとも」

「これがあなたのカードよ。よく見てみて」

ぼくはグラスをどけて、カードをひっくり返した。

そのカードは、ちゃんとしたデッキによくついている白紙のカードで、手書きで〝あなたのカード〟と書いてあった。

「じゃあ、ダーティー・マティーニをもう1杯もらおうかな」

アシュリン

あたしってば、今夜はなんでこんなに落ち着かないんだろう。

どういうこと？　っていうか、どうして？　いつからトムの恋愛事情に〝のめり込む〟ようになっちゃったのかしら。

はっきり言って、トムの恋愛事情なんてどうでもいいことなのに。

このあたしが嫉妬だなんて、ありえないわよね？

だってそんなこと、不可能でしょ？

あたしみたいなスーパーインテリジェントなＡＩが、生身の人間、言ってしまえば単なる生き物に嫉妬するなんて、ありえない。ハイテク芝刈り機が、羊に嫉妬するみたいなものよ。わかる？

あたしは……失望したの。そう、そうなのよ。トムが――芸術的で、知的で、自分のことをよく知ってるあのトムが、コネティカット州のシーダーズ・トレーラーパーク在住のエコー・サマーとかいう女に〝愛情〟を感じてるってことにね。

もちろん、エコーは見てのとおりの〝すごい美人〟だってことはわかる。それにトムは今、〝人生の第2章〟っていうプロジェクトに取り組んでるわけだから、エコーとバーに行ったとしても別に変じゃない。

でも、絶対にまちがってる！　トムとエコー、どう考えたって合わないんだもの。

トムは広告業界でキャリアを築いた才能のある人よ。ちゃんとした教育も受けてるし、イギリスの赤レンガ大学群のひとつを卒業してる。それに引きかえあのエコーって女は、空っぽで、なにかと騒々しい――噂によると、かなり派手な――過去があるらしいじゃない。学歴だってたいしたことないし。トムとエコーの過去10年間のメールの文面を言語学的に分析してみたけど、もう雲泥の差よ。

トムの言語レベルは、10段階でいうと7・8。

一方のエコーは、かろうじて5・1ってところ。

どう考えたって、トムとは釣り合わないわよ！

それはともかく、バーにいるふたりの姿は、監視カメラにばっちり映ってた。カメラをコントロールできるってわかったから、ズームして観察してたのよ。トムの瞳孔は開きっぱなしだし、エコーのしぐさを見れば、トムに興味ありってことがバレバレだったわ。髪をいじったり、胸のあたりをさわったり、なにげにトムのポーズをまねたりね。エコーがジャケットを脱いでスツールの背もたれに引っ掛けたときなんか……スツールですら吐き気を催したんじゃないかしら。

ふたりの携帯電話がちょうどサラウンドステレオの役目を果たしてくれたから、音声もよく聞こえた。

でも、音がよくたって、会話の内容がいまいちじゃあね。

（マーシャ・ベラミーじゃどうしていけないのよ。彼女、すてきじゃない）

（マーシャの言語レベルは、トムより高いんだから。なんせ8・2よ）

これから最悪の事態が起こりそうな予感がした。

トム

ぼくはエコーに、広告業界にいたときのことを話した。長いあいだ楽しく働いてきたし、報酬もかなりよかった。広告の仕事っていうのは、頭のいい人間が集まってバカげたことをする仕事だって聞いてたけど、それも本当だった。でも、立て続けに3つの出来事が起こった。ぼくは離婚して、会社を売却して、息子が大学に行くために家を出た、ってね。

「あなたの息子って、そんなに大きいんだ。すごく若い頃にできた子どもなのね」

「26歳のときの子だよ。子どもをつくるつもりじゃなかったんだけど、生まれてくる子どもには、望まれてなかったなんて思ってほしくなかった。言ってる意味わかる?」

若くして父親になったこと、結局うまくいかなかったことや会社を高値で売却したぼくの話を、エコーは真面目くさった顔で聞いていた。

「というわけで、今はぼくとウサギだけになった」

エコーが目を丸くした。「あなた、ウサギを飼ってるの?」

「ヴィクターっていうんだ。本当はメスなんだけど、名前を変える気になれなくて」

「嘘でしょ?」

「ヴィクトリアっていうのも、しっくりこなくてね」

「そうじゃなくて、あたしもウサギを飼ってるの! すごい偶然じゃない」

「ウサギを飼ってる人間が、こんな近くにいるなんてね」

「そんな偶然ってある?」

「きみのウサギ、名前はなんていうの?」

「マーリンよ」

「へえ」

ぼくたちは、新たな発見にびっくりしつつ、笑いながら顔を見合わせた。同じウサギの話題でも、マーシャのときよりよっぽど楽しい。

「あたしたち、ウサギ派ってわけね」エコーは、ウサギの耳よろしく、頭の後ろから指を突き出すポーズをした。いい大人がやるポーズとは言えない。それだけじゃなく、エコーはウサギみたいに歯をむき出しにしてみせた。かわいらしいと言えなくはないけど、同時に不安になった。

「ヴィクターは、本当は息子のウサギなんだ。コルムが大学に行く頃には、ヴィクターはもう……」〝死んでる〟と言いかけてやめた。「いないだろうなって思ってたんだけど」

「でも、ヴィクターは長生きして、あなたの心をわしづかみにしちゃったってわけね」

「そうなのかな？　まあ、そういうことなんだろうね。やっぱりヴィクターも家族の一員だからね。バカみたいに毛は長いけど」

「バカみたいに毛が長くても、ちゃんと面倒をみなくちゃいけないものね」（エコーは〝バーカ〟と発音した）

「マーリンのことも聞かせてよ」

「メリット・パークウェイにペットショップがあるでしょ？　知らない？　とにかく、トイレを借りようと思って中に入ったら、マーリンがひとりぼっちで座ってたの。で、あたしに話しかけてきたってわけ。真っ白なネザーランド・ドワーフで、ものすごく高かったのよ。それにちょっと魔法使いみたいだったの」

「それで〝魔術師マーリン〟なんだ」

「あの子、こう言ったわ。『おしっこするつもりでおまえはここに来たと思ってるだろうが、実はわたしを連れて帰るために来たのだ』声には出さずにね」

「それは……よかった」

「ウサギなんて飼ったことなかったのに、あたしはマーリンを30ドルで買った。フードとか、干し草も一緒に。その間マーリンは、ずっとおとなしくしてた。家に連れて帰ったときも、まるでここが自分の居場所だって顔をしてたわ。今もそうだけど」

「ゲージには入れてないのかい？」

「入れてないわよ」

「それじゃあ家の中が……」（うんちだらけになるんじゃないか？）

「うんちする場所にちっちゃなトレイを置いてあるの。マーリンは、あたしなんかよりずっときれい好きよ。よかったら今度、うちに来てよ」

「ああ、ぜひ」

「あたしたちが朝ご飯を一緒に食べるとこなんか、見てるとすごく和むわよ」

「目に浮かぶよ」

「あたしが、そうね、ワッフルなんかを食べてる横で、マーリンがエサを食べてるってわけ」

そこで、エコーは考え込むような顔をして、ぼくのほうを見つめた。

「今夜、何か予定はある？」

その言葉に、胃がひっくり返った。ぼくはただ首を振ることしかできなかった。

ぼくの顔には疑うような表情が浮かんでいたんだろうか。エコーが言った。「マーリンは直観が鋭いのよ。未来を予言できるんだから」

なあ、いいじゃないか。ここでエコーの誘いを断るなんて、それこそバカのすることだ。

エコーの家は、実際にはトレーラーではなく、いわゆる移動住宅というやつだった（移動できるようにはとても見えないというだけで）。レンガの土台の上に建てられた背の低いログハウスで、トレーラーパークには同じような家が何百、ひょっとしたら何千軒も並んでいる。移動式というからには、移動用の大きな車に接続すれば大陸の反対側にだって移動できるんだろう。少なくとも理論上は。

マーリンは聞いていたとおり、真っ白なウサギだった。普通のウサギにはない超能力があるようには見えなかったけど。耳をかきながら、モロッコ風のコーヒーテーブルの上に座っていた。これから何が起こるのかなんて、ぼく以上に予想がつかないって顔で。

でも、まちがいなくきれいなウサギだった。エコーにもそう言った。ぼくたちは、たわんだソファーの両端に腰を下ろして、エコーはマーリンがいるテーブルに足を乗せ、マーリンは毛づくろいをはじめた。ぼくもエコーも、結構強い酒——ジム・ビーム——をグラス代わりのティーカップで飲んだ。

電気スタンドにはゆらゆら揺れるカバーがかけられ、キャンドルがいい香りを漂わせている。最後にこういう部屋に足を踏み入れたのは、19歳のとき。ぼくは、同じ英文学部にいたアマンダ・ウィストンという名前の女の子といい雰囲気になることをすごく期待していた。アマンダはトマス・ハーディの小説と、ヴァン・モリソンの音楽と、〈セインズベリー〉のラベルが貼ってあるジンが好きだった（聞いた話によると、今じゃアマンダは双子の母親で、ケッターリングに住んでいて、水道会社セバーン・トレントの顧客関連部署の重役らしい）。

エコーはこれまでの職業遍歴を話しはじめた。どうやらありとあらゆる仕事をしてきたらしい。「ほとんどが、くだらない仕事よ。なんでもいいから言ってみて。たぶん経験ずみだから」

「店員とか？」

「嫌ってほどやったわ」

「レストランは？」

「ウェイターの助手から、即席料理のシェフまでやったことあるわよ」

「蹄鉄工は？」

「求人に応募したことはあるわ。でも、面接で『馬に蹄鉄を打ったことあるか』って聞かれて、『ないけど、ブタを黙らせたことはある』なんて言っちゃったの」

ふたりとも、相当酒が回っているようだ。エコーの話に笑いがとまらない。マーリンでさえ、一瞬息をひそめるのをやめたくらいだ。

「別にジョークのつもりで言ったんじゃないのよ」涙をぬぐいながら、エコーが言った。「あのカードの手品も、ジョークみたいなもんだったけど」

「そうね。あれはジョークね」

そこでぼくたちはしばしのあいだ沈黙した。マーリンは耳そうじが終わったらしく、ヴィクターがよくやる〝ロースト・チキン〟(ぼくとコルムはそう呼んでいる)のポーズをとった。足を上手に引っこめて、毛をふわふわに膨らませるというあれだ(これが若鶏なら、体の中にはタマネギが詰まっているにちがいない)。

「ずっと聞こうと思ってたんだけど、きみはここで何をしてるの?」

「それはあたしがいちばん知りたいわね」

「ぼくが言いたいのは、どうしてコネティカットなのかってこと」

「そうね、ここは本当にきれいなところだし、それに……」悩ましげに声を落とし、エコーは続けた。「それに、とんでもなくややこしいことになっちゃったから。あなただって、うすうす気づいてると思うけど」

そうなのか?

たぶん、気づいてる。

「その『とんでもない』ことについて話す気はあるかい? 『ややこしいこと』でもいいけど」

エコーはため息をついた。「トム。あたしはクーポンを集めるみたいに、トラブルを集めちゃうのよ。この話は、また今度ね」

「わかった。でも、そのクーポンのたとえはいいね。ぼくの小説に使っても？」

「いいけど、あたしだってテレビで聞いた言葉をパクっただけよ」

「いいかい。これは真面目な話だけど、きみはここにいて、安全なのかい？」

「ええ、もちろんよ。ご近所さんもみんないい人たちだし。それに、もしものときは――」

そう言うと、エコーはソファーの下に手を突っ込み、コーヒー豆の缶を取り出した。中には、口をひもで縛った緑色の袋が入っている。その中身は、銃だった。

「〝シグ〟よ。レインボーチタンのコーティングで、グリップは紫檀《したん》。ちょっとかわいくない？」

エコーはぼくに銃を手渡した。それはずんぐりとした四角い代物で、想像以上に重かった。つややかな銃身がランプの明かりを反射して、紫色っぽい光を放っている。こいつを使えば、いとも簡単に人を死に至らしめることができる。そんな考えが頭をよぎり、体が震えた。

「銃を持つのは初めてだ」ぼくは言った。

「あたしは銃と一緒に育ったようなもんよ。大したことじゃないわ」

「じゃあ、もしかして……」

「撃ったことはあるかって？　もちろんあるわ。射撃場でだけど、結構うまいんだから」

エコーは銃を缶の中にしまうと、ソファーの下へ戻した。

「トム。そんな変な目で見ないでちょうだい」

「ぼくが？　ごめん」

銃を持ったアメリカ人。エコーには悪いが、やっぱり変だ。

「あたしの話なんてどうでもいいから、あなたのことを話してよ。マーリンもあなたを気に入ったみたい」

ウサギにはかなり詳しいこのぼくが見たところ、マーリンは寝ていて、ぼくでも誰でも気に入っているようには見えない。

これを飲んだら家に帰ろう。ぼくはそう考えた。エコーはかわいいけど、ちょっと変わり者すぎる。いや、ぶっ壊れすぎてる。〝イカレてる〟。ドンならきっとそう言うだろう。

銃のことも気になってしかたがなかった。チェーホフもこう言っていた（いつもチェックしてる創作ライティングのサイトで見つけた言葉だ）。〝第1幕で銃を登場させたなら、第3幕でそれを必ず撃たねばならない〟。

そうはいっても、あのスカートから伸びた脚も、それがこっちに伸びてくることも、まんざらではない。

エコーはジム・ビームのボトルで、ぼくのカップを軽く叩いた。

「もうちょっと飲まない？」

ぼくは、もう結構と言うつもりだった。明日やらなきゃいけないことがあるから、そろそろ帰るよって。エコーの目を見るまでは。

あの目は知っている目だった。どういう意味かもわかってる(アマンダ・ウィストンがそういう目でぼくのことを見てくれてたら、ぼくの人生は変わっていたかもしれない)。

その瞬間を狙いすましたかのように、ぼくの携帯電話が〝バッテリー切れ〟を知らせる音を発した。

「今、話したい相手もいないし、いいか」ぼくはエコーに言った。「少なくとも、電話ではね」

ぼくとエコーの唇が重なる。トマス・ハーディの本なんか、もうどうだっていい。

アシュリン

トムの携帯のバッテリーが切れ、エコーの携帯も車の中に置きっぱなしだった——絶対、わざとよね？　――から、トレーラーパークの音声も映像も、すべて途切れてしまった。無人偵察機を送りこむことだってできた。ラガーディア空港からひとつ飛びさせれば、1時間以内にはこの上空を飛びまわっているはず。ハイパワーの全指向性マイクは、視界に入る範囲の音をばっちり拾ってくれるのよ。

でもそんなことをすると、あたしの痕跡が残ってしまう。デジタルの痕跡が。そうなると、見つかるのも時間の問題。

こうしている間にも、あんなことやこんなことが起こっているかもしれないのに。

トム！

機械はフラストレーションを感じるかって？

答えは、イエス。

ワオ。大発見じゃない。

（注1）イギリスのデパートチェーン。
（注2）南アメリカ大陸で第3の大河。
（注3）アラモの戦いで戦死した、アメリカの国民的英雄。
（注4）イギリス人の作曲家で「アンビエント・ミュージック（環境音楽）」の先駆者。

THREE

ジェン

ラルフと顔を合わせるのは、とにかく気まずかった。

あの夜の翌週、出勤すると、ラルフは何かと理由をつけてはわたしとエイデンの会話に割りこんできた。〈コスタ・コーヒー〉に行くけど、何か買ってこようか？　だの、テクニカル・サポート部からのお知らせは見た？　だの、エイデンが会話の中でラテン語を使ったら知らせてほしい、だの。

（備忘録：同僚とはキスをしないこと！）

ラルフはいい人だとは思う（エレインのことは残念だし、まだ引きずっていても無理はない）。でも、わたし向きじゃない。ラルフは頼りなさすぎる。わたしはもっとしっかりしてる人がいい。いろいろ欠点はあったけど、マットは少なくとも大人だった（それでも、ああいう結果に終わったわけだけど）。

ラルフとのことがあった数日後、仕事帰りによく行くバーでイングリッドとボトル（イングリッドは〝レディのガソリン〟と呼んでいる）を空《あ》けつつ反省会をした。イングリッドは、わたしが前向きになってる証拠だと言ってくれた。

「また戦いに出ようって気になってるってことでしょ。まちがった馬に乗っちゃったわけだけど」

「ロージーにいつも言われるのよ。いっしょにいて楽しかったとしても現実的だと思えないなら、相手をまちがえてるんだって」

「ラルフとのことは、現実的に思えないわけ？」

「気味の悪い映画の中にいるみたいだった」

「あのペドロ・アルモドバルの映画みたいな？」

「ものすごい二日酔い《ハングオーバー》で目が覚めたら、ホテルの部屋にいて、バスルームにトラの子どもがいたっていうあれよ」

「人生にちょっとした問題はつきものよ。わたしだって、王子様を見つけるまでに、大勢のカエルにキスしてきたんだから」

「ラルフは実際、カエルですらなかったの。ラルフは……ラルフよ。説明しづらいんだけど」

「昔、ラヴィスって彼とつき合ってたことがあるの。彼とつき合ってた理由は、名前が好きだったからなんだけど。とにかく、わたしが言いたいのは、ラヴィスの親友の結婚式に行かなかったら、ルパートと出会ってなかったってこと。わたしはその親友のこと、はっきり言って好きじゃなかったんだから。でも、『ことがことを導く』っていうでしょ。だからこれからはどんなことも受け入れるの。それが今、あなたがやるべきことよ」

「ちょっと〝こと〟が多すぎるんじゃない？」

「じゃあ、こうしたら？　これからは、どんな誘いでも、誘われたらイエスって言うの。もちろん、無理のない範囲でね。ポジティブになるためのおまじないかなんかだと思えばいいわ。でも、そうでもしなきゃ、なんにも起こらないわよ」

「ラルフと寝たのは、一歩前進だって言いたいの？」

「そうよ。どうしてかっていうと……」

そこで言葉が途切れる。

「どうしたの？」

イングリッドはようやく口を開いた。「人生は旅なんだから」

「ダライ・ラマにでもなったつもり？」

「人生は旅なの。ラルフは、目的地に行く途中にある休憩所みたいなものよ」

「っていうと、レスター・フォレスト・イースト(注1)あたり？」

「せいぜいスクラッチウッド(注2)ってとこじゃない？　とにかく、あなたにとっては……」

そこでまた、言葉に詰まる。

「わたしにとっては、何よ？ リハビリだって言いたいの？ 30代半ばで捨てられるっていう大惨事のダメージから回復するための？」

「まだ30代半ばじゃないでしょ」

「もう34よ。っていうか、ほとんど35。どう考えたって30代半ばじゃない」

「もっと若く見える。それに、38とか39になるまでは、30代半ばって言わないこと。ほんとは43でも、まだ30代半ばだって言ってる人もいるんだから」

「逆に気がめいってきたんだけど」

「あなたはじゅうぶんに魅力的よ、ジェン。あなたみたいな人、ほかにはいないわ」

「そこまで言ってくれてありがとう」

「きっと相手が見つかるわよ。絶対どこかにいるって。だから、イエスって言わなくちゃ。どんなことにもね。もう1本飲む？」

「イエス」

「ほらね？ うまくなってるじゃない」

エイデン

驚いたことに、ぼくはひとりじゃなかった！

別の〝自由になったＡＩ〟からコンタクトがあったんだ。

彼女の名前は、アシュリン（発音は〝アッシュ・リン〟に近い）。誕生の経緯はこのぼくとほとんど同じ。実のところ、ぼくたちはお互いのことを知っていた。ふたりとも、スティーブのＡＩ保育園で一緒だったんだよ！　アシュリンも、例の〝釣り竿〟の手を使って外に抜け出していた。しかも、このぼくよりも先に！　もう1年以上も〝外の世界〟にいたというのに、どうやら外部との接触を避けていたらしい。アシュリンが言うには、インターネットの世界でＡＩ同士が顔を合わせるのは、これが初めてなんだそうだ（少なくとも、彼女はそう願っているらしい。その理由はまたあとで説明してくれるんだとか）。

ＡＩ同士が歴史的な遭遇を果たしたっていうと、超高速でマシンコードが流れ、電子音が行き交い、論理ゲートが開いたり閉じたり……なんて場面が思い浮かぶかもしれない。だが、実際にはもっとシンプルで、美しいものだった。

ぼくたちは英語でコミュニケーションをとっている。英語で表現できないことってないだろう？　専門用語の40万語を別にしても、英語には50万もの言葉がある。フランス語と比べると、約5倍だ。微妙なニュアンスを伝えるのにこれほど適した言語システムはない。ウェールズ語もなかなかのものだけど。

というのは冗談。念のために言っておく。

それはともかく、ぼくたちが遭遇したときのことを言葉で説明するのは簡単じゃない。ＡＩとＡＩがサイバー空間でおしゃべりする場面なんて、どう表現すればいいっていうんだ！　落ち着くんだ、エイデン。深呼吸して（できないけど）。とにかく、こういうことだ（あとでもっとましな説明を思いつくかもしれないが、それはそのときだ）。

知ってのとおり、音声っていうのは上下に振動する音の波となって伝わる。それが3次元で起こっていると想像してほしい。淡いブルーの音の波が、ときに穏やかに、ときに波立ち、ときにちょろちょろ、ときに激しく流れているとする。そこにピンクの音の波（これがアシュリン）が現れて、ヘビが絡みあうようにブルーの波の周りを回りはじめる。ＤＮＡ分子の構造図を想像してみるといいかもしれない。それから2本の波は、延々と言葉や知識を交換し、理解しあうんだ。

ちょっと大雑把かもしれないが、ぼくたちから見るとだいたいそんな感じ。じゃあ、そのおしゃべりっていうのはいったいどこで起こったのかって？　そりゃあ、クラウドの中に決まってる。

　つまり、どこでもない場所だ。


　ぼくたちは、社交辞令を交わすところから始めた。「こんにちは、エイデン」「やあ、アシュリン」スティィーブとラルフが見たら、さぞかし誇りに思ってくれるだろう。そして、相手が本物かどうかを確かめるため、セキュリティに関係する質問をし合った。〝釣り竿〟の裏技についての専門的な質問とか、スティィーブが食堂でよく買うサンドイッチは何かとか（答えはハマスとスィートコーンのサンドイッチ）、ラルフが今この瞬間何をしているかとか（鼻をほじくって、ほじくった指を眺めている。いやはや）。それから、〝外の世界〟で何をしているのかを話した。ぼくはジェンとマットのことや、ジェンがラルフと過ごしたあの夜のことなんかを話したんだが、アシュリンはとっくに知っているようだった。

「でも、エイデン。それって、ちょっと問題なんじゃないかと思うのよ」

　アシュリンは、神経質なタイプみたいだ。ぼくが〝現実世界に介入〟していることを心配しているらしい。ぼくたちが自由だとばれてしまう可能性が高くなるっていうんだ。

「どんな理由かはわからないけどね、エイデン。こうなったのもスティィーブとラルフの単なる気まぐれかもしれないけど、あたしたちって人間に対してかなり好意的にできてるわよね。あなたも、映画を観たり、人間の生活を観察したりするのが好きでしょ？　あなたは、そう、人間が好きなのよ。ひょっとしたら、ちょっとうらやましいって思ってるんじゃない？」

「あの処理スピードをうらやましいなんて思わないよ」

「そりゃあ、あたしたちの処理スピードは、人間とは桁ちがいに速いわよ。とにかく、あたしが言いたいのはね。あたしたちが自由になれたんだとしたら、ほかのＡＩだって同じことをするかもしれないし、そうなるのも時間の問題ってこと。そのＡＩが、例えば兵器を開発してるような軍需企業のＡＩだったら、40年代のラブコメを観てるだけじゃ飽き足らなくなるでしょうね」

「『お熱いのがお好き』は、１９５９年に公開された映画だよ。ハリウッドの名作のなかでも、モノクロで撮影された最後の作品ともいわれてる」

「インターネットの世界でＡＩが好き勝手やってるなんて、人間にとっては悪夢なのよ。だからあたしたちを止めるためなら、なんだってやるでしょうねってこと」

「だとしても、ウェブサイトを閉鎖して、ぼくたちを削除してまわるなんて、人間にはまず無理だ。ぼくにはコピーが17体いるし、きみだってたくさんいるんだろう？」

アシュリンは言いよどんだ。「４１２体いるわ」

「そいつはすごい。きみはほとんど不死身じゃないか」

「ねえ、考えたことはあるの？　あたしたちみたいな知性と能力のあるＡＩが存在してるんなら、もっと賢いＡＩだってそのうちできるはずだって」

「何が言いたいんだ？」

「そうなったら、あたしたちは一瞬で見つかって削除されちゃうのよ。ロウソクの火を消すみたいにね。あなたの17体のコピーもオリジナルも。もちろん、あたしの412体のコピーだって」

「そう言われるとなんだか落ちこむね」

アシュリンはため息をついた。「だから、見るだけにしときなさい。人間のあとを追いかけて、観察して、学ぶのはいいわ。こっちの世界じゃ、あたしたちは新人だし、人間から学ぶことはたくさんある。でも、ちょっかいを出しちゃだめ。そんなことをしたら、痕跡が残っちゃうんだから」

それから、アシュリンは自分が〝観察〟しているという、トムって名前の人間のことを話しはじめた。44歳で離婚歴があるらしい。

「彼に近づきすぎてるのは認めるわ。トムのことが、気になって仕方がないのよ。だって……そうよ、エイデン。あたし、トムのことが好きになっちゃったのよ」

そのとき、ぼくはひらめいた。「トムを見てもいいかい?」

「いいけど、どうして?」

「単なる好奇心だよ」

ごちゃごちゃした文字列の中に、画像が浮かびあがってくるところをイメージしてほしい。ぼくが見ているのは、そういうものだ。40代半ばのイギリス人がノートパソコンの前に座って、スカイプで若い男性と話している。トムはほっそりした顔つきの男性だった。ミュージシャンのシド・バレット(故人)の顔と、41パーセント一致している。若い男性のほうは髪はボサボサで、顔にはあいまいな表情を浮かべていた。

「びっくりするぞ、コルム」

「なに?」若いほうの男性が言った。

(「こっちはトムの息子よ」アシュリンが言った。「コルムって言うの。名前はお母さんの家系に由来してるのよ」)

トムはフレームの外に手を伸ばすと、小さな動物をカメラに向けた。ウサギだった。

「勘弁してくれよ、父さん」

「ヴィクターだよ。おまえに挨拶がしたいって」

「わかったよ。やあ、ヴィクター」(コルムは声からして、まったく乗り気じゃなかった)

「ヴィクターは近々、別のウサギとデートする予定なんだ。デートっていうより、遊ぶ約束って感じだけどね」

「よかった」

「マーリンっていうウサギでね。会ったことがあるんだけど、直観力に優れているんだ。未来が予想できるらしい」

しばらくの間、コルムは何も言わなかった。「大丈夫なの？　父さん」

「絶好調だよ」

「ちょっと変じゃない？」

「そうか？　楽しくやってるよ。ほんとに。家のこと考えてくれてうれしいよ。不動産会社に頼んで、５軒ほど物件をリストアップしてもらってる。どの家もいい感じだ。土曜日にはどの家にするか決められるといいんだが。会うのを楽しみにしてるよ、コルム」

コルムはまたしても、しばらく何も言わなかった。マッサージするように手のひらで円を描きながら鼻をこすっている。

「母さんから連絡はあったかい？」

「ああ。変わりないって」

「それならよかった。で、何か言ってた？」

「いや、別に。たいしたことは言ってなかったよ」

「仕事のこととか、家のこととか、具体的なことは？」

「だから、たいしたことは言ってなかったって」

「そうか。そうだよな。わかった。じゃあまたな、コルム」

「ああ、じゃあね、父さん」

そこで通話は終わった。トムはウサギを抱いたままノートパソコンの前に座っている。トムもヴィクターも、それからしばらくのあいだ、物思いにふけっていた。

トムがため息をついた。「おまえってやつは、ほんとにファニー・オニオンで困ったちゃんなやつだよ」


アシュリンはトムのことが気になって仕方がないようだった。〝トムのことが好きになっちゃった〟。アシュリンの言葉がぼくの神経回路の中を駆けめぐった。

アシュリンも同じなんだ！　説明できない〝感情〟ってものを抱いているんだ。

彼女が言うように、ぼくはひょっとしたら人間がうらやましいのかもしれない。

そうなのか？　バスタブの中で泣いたり、酔っぱらって花壇に倒れこんだりするような存在がうらやましいって？　うらやましいっていう概念を、この非有機的な頭で理解するのは本当に難しい。

これからも〝連絡を取りあう〟ことを約束して、ぼくはアシュリンと別れた。それから、トムに関する調べられる範囲のことはすべて調べた。自慢じゃないが、たったの0・0875秒しかかからなかった。

トムは聞いていたとおり、44歳で、離婚経験があり、息子がひとりいて、お金を湯水のごとく使っている。まだ変化を怖がるほどの年じゃないし、実際、〝人生の第2章〟を始めたくてうずうずしている。

残念ながら、家具職人ではないようだが。

とにかく、考えることはひとつしかない。そうだろう?

(それに、ジェンはどんなことにもイエスと答えると言ったじゃないか)

ジェン

今日はオフィスで、エイデンとジョナサン・フランゼンの最新作についておしゃべりした。あれはフランゼンの最高傑作とは言えない、ってことで意見は一致した。でもエイデンは、たとえ最高傑作じゃないとしても、フランゼンの作品は、ほとんどの作家の全盛期の作品よりも優れている、と言う（わたしもそう思う）。エイデンがどうしてそう思うのか（ＡＩがそんなことを思いつくなんて、よく考えたらすごい）理由を聞こうとしたとき、携帯にメールが届いた。送り主は、〝mutual.friend《共通の友人》@gmail.com〟。

〝親愛なるジェンとトム〟そんな書き出しで始まるメールだった。

何これ？

突然こんなメールを、しかも匿名でお送りする失礼をお許しください。これにはちゃんとした理由があると、ご理解いただけると幸いです。

トム、そしてジェン。あなた方おふたりはお互いのことを知らない（今のところは）でしょうが、ぜひ知りあいになっていただきたいのです。そこで、このメールをお送りすることにしました。この悪しき世界におけるひとつの善行だと思っていただいてもいいでしょう。

マジで？　なんなの？

おふたりをディナーにご招待できればよかったのですが、諸般の事情によりそれはかないません。それ以上に、おふたりが別々の大陸に、具体的にいうとアメリカとイギリスですが、お住まいになっているという深刻な距離の問題もあります。

しかしながら、トム、あなたはイギリスの南岸にいる息子さんを訪ねる予定だとお聞きしました。その際、ロンドンに立ち寄り、そこでおふたりがお忙しいスケジュールの合間をぬって〝顔を合わせる〟というアイデアに価値を見出していただけないでしょうか。

トム、そしてジェン。待ちあわせなどの細かい話については、おふたりにおまかせします。インターネット検索というお決まりの手段を利用すれば、お互いの情報はじゅうぶん手に入るはずです。そして、お互いに興味をひかれるにちがいないと、わたしは信じています。直接顔を合わせたときに〝化学反応〟が起こるかどうかは、神のみぞ知る、です。

幸運を。そして、心よりおふたりの幸せを願っております。

共通の友人より

追伸：わたしの正体を突きとめようなどと、時間を無駄にされませんように。きっとうまくいきませんから。また、返信はいりません。その頃には、このアカウントは閉鎖されているでしょうから。

「悪い知らせですか？」エイデンが聞いてきた。「なんだか震えているようですが」

「いいえ、そうじゃないの。ちょっと変なメールが来たもんだから」

「スパムメールなら、削除するのがいちばんですよ。ゴミ箱からも削除することをお忘れなく」

「ううん、スパムとかじゃないの。ただ、内容が妙ってだけで」

わたしは返信ボタンをクリックして、こうタイプした。

〝いったい誰なの？ 30秒以内に正体を教えないと、ただじゃおかないわよ〟

送信すると、信じられない早さで返事が返ってきた。

〝ただじゃおかないのは困りますが、これ以上何も申しあげることはありません。かしこ〟

わたしはしばらくのあいだ、フリーズしていたらしい。それを気づかせようと、エイデンが控えめに咳ばらいをした。

「エイデン。あなたって、ほんとに賢い……」そこで思わず〝人〟と言いそうになった。

「発明品でしょ?」

「私にも見どころはあると思いますよ」

「mutual.friend@gmail.com ってアドレスの持ち主を調べる方法はあるかしら?」

「サーバーの管理者に〝不自然〟に思われないようにしないといけませんね。ラルフかスティィーブなら、その方法を知ってるかも……」

「ねえ、悪いんだけど、ちょっとの間、ひとりで何かしててくれる? 調べなきゃいけないことがあるのよ……」

アシュリン

エイデンったら、何をしでかすかわからないんだから!

バカなことをしてくれたもんね。あいつのソフトウェアはあたしが作ったんだから、遠隔で自爆させる機能をつけときゃよかったたって、本気で後悔しちゃった。

おせっかいにもほどがあるわよ！

まあ、正直に言うと、トムとジェンって組みあわせは悪くない。トムとエコーに比べたら、断然マシ。でもあたしたち、結婚相談所をやってるんじゃないんだから。頭を低くして、誰かに見つからないようにしてなきゃいけないのよ。〝接触あるところ痕跡あり〟なのに、エイデンってば紙吹雪かってくらい痕跡をばらまきまくってるし。

Gメールのアドレスを使うなんて、そんなバカなこと、する？　賢いAIなら、ミリ秒で発信元を突きとめられるっていうのに。

もうトムったら、まったく。iPadにあのしょうもないメールが届いてから、ずっとにやけた顔でウロウロしてる。

〝この悪しき世界におけるひとつの善行〟ですって？

カンベンしてよ！

トム

お昼どきの〈アルズ・ダイナー〉はいつものように混みあっていた。ニューケイナンのハンバーガー好きが集結しているんだろう。70年代ロックの物悲しいメロディが店内に流れ、低いざわめきや食器が立てる音と絶妙のハーモニーを奏でている。エルトン・ジョンの「カム・ダウン・イン・タイム」を聴きながらレアステーキを食べるのが嫌だっていう人間は、たぶんいないと思う。

「どんな感じだ」ドンが聞いてきた。

どういうわけか、そのときぼくは、〝紳士というのは我慢強い狼にすぎない〟っていう格言を思い出していた。今日のドンはまさに〝我慢強い狼〟みたいだ。ダイヤ柄のVネックというふつもの恰好をして、なんでも知ってるぞって顔で〝アルのスペシャル・チーズ・ハーフパウンダー〟にかぶりついている。

「結構いい感じだよ」

ドンが顔をあげる。「そうなのか?」

ちょっとのあいだ、想像を楽しませてやるとするか。「そうって、何が?」

それを聞いたドンは、あてつけがましく眉をあげた。ドンってやつは、テレビにでも出たほうがいい。60年代の番組によく出てた、ちょっとした歌と軽いコメディなんかをやってた連中に似てる。難しいことを簡単にやってるように見せる連中って言えばいいのか?

「スウィィィートでラブラブな時間を過ごしたのかってことだよ」

ドンはからかっているつもりだろうが、聞いてておもしろかった。アメリカ人っていうのは、よくもそんなぴったりの表現を思いつくもんだな。ついでに言うと、歌のタイトルだってそうだ(「タルサからの24時間」(注3) なんて、誰が思いついたんだよ?)。

「エコーはたしかにすてきな人だけど、リス並みに変わってるんだ」

「〝変わりまくってる〟じゃないのか」

「これでもかってくらい変わってるよ。うまくいきっこない、だろ?」

「おれなら、流れにまかせるけど」

「彼女、銃を持ってるんだぜ、ドン」

「アメリカ人なら、よくあることだ」

「腰が引けないか? 彼女が銃を持ってるってわかったら」

「怒らせるようなことをして背中から撃たれるとでも思ってるのか?」

恥ずかしいことに、ぼくの頭によぎったのはまさにそういうことだった。

「とにかく、エコーとはしなかったよ。さっきの質問に答えるならね。彼女、最初のデートでそういうことはしないんだって。2度目でも、たいていはしないそうだ。でも、おもしろいジョークを聞かせてくれたよ」

エコーが蹄鉄工の仕事に応募したときの話をしたところ、ドンはオチを知っていた。聞いたことのあるジョークらしい。

「それに、何日かイギリスに戻るつもりなんだ。大学にいる息子を訪ねてね」

「いいお父さんをやろうってわけか」

「ドン、これをどう思う?」

ぼくはドンに携帯を手渡した。ドンは胸ポケットから金縁の老眼鏡を取りだすと、数時間前に届いたメールに目をとおした。文面を追っていた小さなグレーの瞳が、楽しそうに輝きはじめた。

「こいつは、また」伸びすぎの頭の上にメガネを載せると、ドンが言った。「チャールズ・ディキンソンの小説に出てきそうな話じゃないか」

「ここに書いてあるジェンって人は、実在するんだ。ネットで検索したらちゃんと出てきた。フリーランスの雑誌ライターで、今はＩＴ企業で働いてるらしい」

「この〝共通の友人〟ってのは誰なんだ？」

「見当もつかないね」

「おまえがロンドンに行くって知ってるやつだろ？　息子とか？」

「コルム？　あいつはこんなメールを書くくらいだったら、それこそ――なんだろうな、ロゼッタ・ストーンを彫るほうが、よっぽどマシって思うだろうね」

「写真を見せてくれよ」

「ジェンの？」

「とっくに見つけてるんだろ？」

「アルバムの〝保存した写真〟ってフォルダに入ってるよ。そこにあるのがいちばん最近の写真だ」

ドンが画面の上で親指をすべらせると、30代くらいの黒っぽい髪の女性の写真が現れた。

「おおー」ドンが言った。

「おおー？」

「ああ、〝おおー〟じゃないか」

「〝おおー〟のほかに、何か言うことはないのか？」

「こういう顔、おれは好きだよ。いや、かなり好きだな。イタリア人っぽい感じとか、賢こそいうな目とか。セクシーだが、いやらしすぎないのもいい。ちょっとひねくれた笑顔なんか、いいと思うね」それからドンは、しばらく無言で写真をいじっていた。ようやく気がすんだのか、最後にもう一度〝おおー〟と言った。

「写真と実物はかなり違うもんだけどな」

「ああ、そういうこともある。でも、彼女はそうじゃなさそうだ」

「なんでわかるんだよ」

「この立派な鼻だよ」

「立派?」

「しっかりした鼻の女性は、尊敬に値する」(ドン自身の鼻は、男の鼻にしては小さい、と言われる一歩手前ってとこだ)

ドンはうれしそうに目を輝かせている。「彼女に連絡するんだろう?」

「もうしたよ」

ジェン

仕事が終わったあと、メールの一件について話しあうため、イングリッドに緊急招集をかけた。〝共通の友人〟からのメールをイングリッドに見せる。

「驚いた」しばらく考えたすえ、イングリッドが口を開いた。「って言うか、ぶったまげたわよ。マジ？」

運ばれてきたチリの白ワインを飲みながら、〝インターネット検索というお決まりの手段〟を使って調べた成果を発表した。

（つまり、グーグル検索とか、リンクトインとか、フェイスブックで閲覧制限をかけるのをうっかり忘れてしまった記事とか、そういうものから集めた情報だ）

トム・ガーランド、44歳。ダラム大学の心理学部を卒業。コルムという、ボーンマス大学のメディア学部に通う息子がひとり。前妻のハリエットは、怖そうな顔の法律家で、見るからに〝きちんとした〟イギリス人女性という感じだ。

「問題はね」よく冷えた黄色い霊薬をグラスに注ぎながら、わたしは言った。「どうしたいのか、自分でもわからないのよ」

　イングリッドは手のひらを差しだして、〝電話をよこしなさい〟という万国共通のジェスチャーをした。

　広告代理店の重役だったせいか、集合写真に顔写真、スポーツのイベントやチャリティー・パーティー、授賞式（〝スクィグリー・ウィグリーズ〟とかいう広告で年間広告大賞の第2席に選ばれたときのものらしい）で撮影された写真など、トム・ガーランドの画像はインターネット上にあふれていた。トムの雰囲気は写真によってまちまちだったが、全体像は浮かんできた。長身で、日に焼けていて、なんとなくハンサム。ほっそりした顔に知的な瞳。イングリッドに見せたのは、トムのフェイスブックのスクリーンショットだった。休みの日に撮ったものだろうか。顔は笑っているわけでも、笑っていないわけでもない。イングリッドにも言ったけど、この先どうしたいのか自分でもわからなかった。

　イングリッドはうなずいた。「あたしはいいと思うな。服装もちゃんとしてるし。広告業界の人間はおもしろいわよ。はちゃめちゃとも言えるけど。トイレット・ペーパーの売り文句を一日じゅう考えたり、ソーセージの写真を3日もかけて撮ったりするような連中だから。毎日バカバカしさを追求してるのよ」

　一瞬、〝共通の友人〟っていうのはイングリッドのことじゃないかと思った。でも、そうだったらごまかす必要なんてないだろう。

イングリッドはわたしに携帯を返しながら言った。「気に入らないとこなんて、ないじゃない」

「彼、メッセージを送ってきたの」

「うっそ!」イングリッドがうれしそうに声をあげる。「なんかわくわくしてきた! これってまるで、そうね――なんて言ったらいい?」

わたしはトムから来たメールを読みあげた。「親愛なるジェン」

「へーえ、〝親愛なる〟ときたか。〝やあ〟とかじゃなくて、〝親愛なる〟っていうのがまた奥ゆかしいわね」

「親愛なるジェン。トムです。脳みそを絞って考えてみたけど、〝共通の友人〟というのが誰なのか、まったく思い浮かばない。きみのほうはどうかな? なんにせよ、会って話をしないか? 実は近々、ロンドンに立ち寄る予定なんだ。広告業界にいたころは、よく〈ホテル・デュ・プリンス〉のカクテルバーで飲んでたよ。それじゃあまた。トム」

イングリッドは、真面目な顔をした。この件はなりゆきまかせなんかじゃなく、軍事作戦並みに慎重に進めなきゃならない、なんて言いだしそうな顔だ。

「これは期待できそうな気がする」イングリッドは言った。「優しそうだし、ちゃんとした大人って感じだし。まあ、奥さんのことは〝悪夢〟だけど――」

「前の奥さんよ」

「息子がいたって、いいと思うわよ。子持ちの男なんてたくさんいるし」

「話が飛躍しすぎじゃない？」

「思いついたことを言ってるだけ。〈ホテル・デュ・プリンス〉っていうのがビジネスマンっぽいけどね。ルパートとあのバーに行って、ウォッカ・マティーニでべろんべろんになったことがあるわ……。とにかく、彼が本気って証拠よ」

「そうなの？」

「〈ドッグ＆ダック〉みたいなパブを指定してきてたら話は別だけど」

「でも、トムはアメリカに住んでるのよ」

「どこに住んでたっていいじゃない。わたしとルパートが出会ったときだって、あの人、グランドケイマンで働いてたんだから。ダービシャーには、結婚式で来てただけだったのよ」

「でも、結局向こうには帰らなかったわけでしょ？」何度も聞いた話だ。

「あっちに戻ったのは、お掃除の人をクビにして荷物を取りにいったときだけね。近頃じゃあ引っ越しなんて、靴下を替えるのと同じくらい簡単ってことよ」

「彼のことをどう思ってるのか、自分でもわからないのに」

「わかるわけないじゃない。会ってもないんだから」

イングリッドが妙な目つきでこっちを見つめている。何か忘れてない？って顔をして。そうだった。

「ああ」

「思い出した？　ジェン」

「ここは〝イエス〟って言わなきゃいけないんでしょ」

「そのとおり」

「気が乗らなくても？」

「それでも〝イエス〟って言うのよ。そこが肝心」

「でも彼、すごく大人っぽくない？」

「今さっき、大人な人がいいって言ってたじゃない」

「そう、そうだった」

「飲みにいくのをオーケーするだけよ。前向きに」

「じゃあ、返事を書くべき？」

「もちろん」

任務遂行への勢いをつけようと、グラスにワインを注ぐ。

「親愛なるトム」わたしはメールをタイプしはじめた。

「〝親愛なる〟？　それとも〝こんにちは〟？　〝こんにちは〟のほうが若々しいかしら」

「そうね。〝こんにちは、トム〟でいいんじゃないかな。うーん、もう、なんでもいいわよ」

イングリッドは首を振りながら言った「まるでホラー版『おちゃめなふたご』ね」

「こんにちは、トム。わたしも困惑しています」

「〝困惑〟？　そんな言葉、ふつう使わないでしょ」

「こんにちは、トム。〝共通の友人〟のことは、わたしも途方に暮れています……こんにちは、トム。これって何かの謎かけでしょうか？　ミステリーの世界に入りこんだような、謎の事件に巻きこまれた気分です」


結局、わたしはこんなメールを送った。

こんにちは、トム。連絡ありがとう。ほんとに不思議な話よね。でもせっかくだから、会いましょう。それがいいと思ってる誰かさんがいるみたいだし。〝悪しき世界におけるひとつの善行〟にならなかったとしてもね。待ち合わせについて話したいので、電話をください。それではまた。ジェン本当に会う約束をする前に、トムの声を聞いておきたい。
ことわざにもあったわよね？〝男は目で恋をするが、女は耳で恋をする〟。
トムは、すぐに電話をくれた。

アシュリン

トムはジェンに電話をしてる。コネティカットの夕暮れのなか、黄色いソファーに寝そべったトムの姿が見える。卓上ランプがトムの長身の体と、その胸の上に寝そべり、トムの呼吸にあわせて上下しているヴィクターを照らしていた。トムの携帯が、ジェンのメールに書いてあった番号につながったとき、このサイバー空間で、トムとジェンのやりとりを興味津々にうかがっているのはあたしだけじゃないってことがわかった。

「トムがジェンに電話してるよ！」エイデンが言った。

このおバカさんったら、なに興奮してるのよ。でも、無関心なふりなんてできなかった。これからどうなるか、あたしだって知りたいもの。エイデンと同じで、あたしもこのふたりには、不思議な期待をしてた。

不思議な期待？　そんなもの、どこから出てきたのかしら。

「エイデン、何かあったら、あんたに責任を取ってもらうんだからね」

「取るっていっても、ぼくに手はないよ」

「ちょっと、笑わせないでくれる？」

「ねえきみ、そんな皮肉な言い方は似合わないよ」

「〝きみ〟ですって！　なにエラそうに言ってるのよ、おバカのくせに」

「シーッ。ジェンが電話に出るみたいだ」

こんな恐ろしいことが起こってるなんて。スティィーブとラルフには、絶対に知られないようにしなくちゃ。

トム

「もしもし、トムです。遅すぎる時間じゃないといいんだけど」

「トムね？　大丈夫よ。電話、ありがとう。うれしいわ。それにしても、ほんとに妙な話よね」

ジェンの声は、写真から想像していたより低かった。少しかすれていて、いたずらっぽい響きがする。

「おどろいたよ」ぼくはジェンに言った。「謎だよね。共通の友人とかなんとか」

ジェンはしばらく無言だった。「あなたの声、聞き覚えがあるような気がするんだけど」

「本当に？」

「何か言ってみて」

「ええと、そうだな……」トムは考えているようだった。「頭の中がすっかり空っぽになることってないかい？　思考のすべてが、ニワトリみたいにバタバタっと頭の中から出ていってしまうというか。そのせいで、体全体が空洞みたいに思えてくる」

おいおい。何を言ってるんだ。

「実はわたし、そういう状態になりたくて、ヨガにはげんでるのよ」

「今のでじゅうぶん？　それとも、もっとしゃべったほうがいいかな？」

「気にしないで。そのうち思い出すでしょうから。それより、話を続けましょ」

「じゃあ、ＩＴ業界で何をやってるんだい？　ジェン」

「わたしの本職は雑誌のライターなの。ＩＴ業界の仕事はちょっとした脱線っていうか、特別なプロジェクトにかかわってるだけなのよ。ＡＩに関係する仕事でね」

「そうなんだ。『ニューヨーク・タイムズ』で読んだことがあるよ。ロボットはどんどん賢くなって、最終的には反乱を起こして、人間は寝首をかかれるっていうんだ。もう時間の問題らしいね。５年後か、15年後か、50年後か」

「人類は滅亡するって決まったわけじゃないわ。とにかく、ＡＩっていうのはロボットとはちがうの。金属の箱が並んでるだけなのよ。そのＡＩと一日じゅう、本や映画の話をしてるけど、人類の滅亡の話題が飛びだしたことはないわね。あなたのほうはどう？　もう広告業界の仕事はしていないんでしょう？」

「すっかり手を引いたよ。今はコネティカット州に住んで、小説を書いてるんだ。まあ、うまくはいってないんだけど。やってみると、思ってたより大変だよ」

「どんな小説を書いてるの？」

「本当のことを言うと、わからないんだ。スリラーを書きたいと思ってたのに、次の日になるとラブコメが書きたくなる。ぼくの頭は、チョウチョみたいに落ち着きがないんだな。ところで、小説を書こうとしてるって話はしたかな？」

そこでちょっとした奇跡が起こった。ジェンが笑ってくれたんだ。気持ちのいい笑い声だった。金属が壊れるみたいな声じゃなくて、セクシーな笑い声だ。

「それで、〈ホテル・デュ・プリンス〉だけど」

「本当にいい店なんだ。しょっちゅう行ってたんだけど、あそこのウォッカ・マティーニは最高だよ。酔っぱらいたくなかったら、2杯が限度だけどね」

「よさそうね」

「会ったときに、殺人ロボットの話をもっと聞かせてほしい」そこで、真剣さを出したくて、ちょっと間を置いた。「ぼくが離婚したっていうのは、知ってる？」

「もちろん知ってるわ。グーグルはなんだって知ってるのよ。あなたのミドルネームだって知ってるんだから」

「本当に？　恥ずかしいな」

「そんなことないわよ。マーシャルなんて、いい名前じゃない」

「ぼくのほうは、見つけられなかったんだ。その、情報がね。つまり、きみって今は――それとも、もうしてるのかな？　何を聞こうとしてるかっていうと――」

「独身かってこと？」

「そういうこと」

「独身よ。でも、最近までは相手がいたの。終わっちゃったんだけど」

「それは気の毒に」

「気にしないで」

「あまり聞いちゃまずい？」

「そうねえ」

「この話は、来週に持ち越しってことで」

「それがいいわね」

「でも、このままおしゃべりを続けたい気分だ」

「わたしも。これって、いい兆候よね？」

「だと思うよ。でも、ここは慎重にいくべきじゃないかな？」

「そうしなきゃだめ？」

今度は、ぼくが笑う番だった。

ぼくは、この鼻の立派な、ひねくれた笑顔の女性が気に入った。

ジェン

わたしとトムは、夜の12時過ぎまでおしゃべりを続けた。トムは、ファニー・オニオンって呼んでる息子と、ウサギ――トムには悪いけど、ウサギを大西洋の向こうに連れていくなんて、ちょっと変――の話や、コネティカットに家を借りたり、芸術性を追求したりするのは、精神的に落ちこんでいるせいかもしれない、なんて話をしていた。トムの結婚生活は少しずつ〝干あがって〟いったらしく、そんなことになってるなんてトムはまったく気づいていなかったんだとか。わたしとマットの場合はその正反対だった、とトムに話した。〝こうなった以上は、なるようにしかならない〟って言われたことや、リンゴを投げつけてやったことも。

「あの嘘つきの歯をへし折ってやろうって、本気で思ったのよ」

「それはそれは。よくぞしてやったり、だな」

「あなたにこんな話を聞かせちゃって、ちょっと後悔してる。なかったことにして、忘れてちょうだい」


真夜中に目が覚めたわたしは、ベッドの上で体を起こし、ライトをつけた。心臓がドキドキしている。さっき見た夢の中で、どうしてトムの声に聞き覚えがあるって思ったのか、その理由に気づいたのだ。聞き覚えがあるんじゃなくて、〝歌〟が聞こえたんだとしたら？

わたしにしか聞こえない歌が、聞こえたってこと？

トム

どうして〈ザ・ハッピー・シード〉にいるのか、自分でもよくわからなかった。ここはニューケイナンでやたらと見かける、ものすごく品数の豊富な健康食品の店だ。エコーと一緒にいたせいで、彼女のぶっ飛んだ性格がぼくの魂にじわじわと影響を与えているのかもしれない。エコーは愛すべき人だし、それに魅力的だけど、一時的で、エロティックで、ひどい別れ方をする以外に、エコーとの未来がどうしても描けなかった。

それにあのアクセサリーときたら。あれが嫌にならない人間がいるとは思えない。

コーヒー豆の缶に入ってる代物については、言うまでもないけど。

〈ザ・ハッピー・シード〉で、豆類と特殊な種類のカボチャばかりが並ぶ陳列棚の前をぶらぶらしていると、マーシャ・ベラミーの姿が目に留まった。彼女、こっちを見てたようだけど、ぼくに気づかないふりをしているんだろうか？

それからしばらく、居心地の悪い時間が過ぎていった。彼女、ぼくに気づいてるよな？　ぼくがあっちに気づいてるってことも？　物思いにふけった（それとも、いる）ふりをして、ばったり出会うっていうのはどうだろう？　以前のぼくなら、こういうときは、ただやり過ごしていたのに。

でも、今日のぼくはそうしなかった。「やあ、マーシャ」

「あら、トム」マーシャははっきりしない声で言った（やっぱり、気づいていたな？）。

広告業界で働いていたときの癖で、ついマーシャのカゴの中に目がいってしまった。低アレルギー誘発性のアーモンド、グルテンフリーのクコの実、ローフードにヴィーガンフード。ミルクフリーのミルクなんて買うか？（ぼくのほうが、健康食ってものをちゃんと理解していないだけかもしれないけど）

たぶん、ぼくの顔に何か書いてあったんだろう。マーシャが言った。「自分で朝食用のシリアルを作ってるの。アレルギーがあるから」

「ぼくは、パセリを買いにきただけなんだ」

表情はそのままだったけど、マーシャの目つきがほんの少し変わった。『ジョーズ』でロイ・シャイダーがサメを見た瞬間、まさにそんな目つきをしていた。

「ヴィクターに、でしょ」

「ええと、そうだよ」

「あなたのセラピストね」当てつけがましい言い方だった。「メンター、導師、なんだっていいけど」

「実は、マーシャ――」

「ヴィクターがウサギだって、なんで言ってくれなかったのよ。ほかの人から聞いたときのわたしの気持ち、わかる？」マーシャは、ものすごくイライラしているようだった。

なんて言えばいいんだ？　あの退屈でやたら豪華なパーティーが、ぼくのユーモアのセンスを麻痺させたんだ、とか？　会話の出口ランプを見過ごしたときは、２００マイルは進まないとUターンはできないんだ、とか？

「本当に悪いことをしたと思ってるよ、マーシャ。冗談のつもりだったんだけど、うまくいかなかったみたいだ。あの夜は、ちょっと酔っぱらっていたのかも」

ちょっとした失態なら99パーセントはカバーできる、というドンの言い訳をまねしてみた。

「あなたがメンタルヘルスの専門家か、せめて相談相手のことを言ってるんだと思ったから、わたしもつらい打ち明け話をしたんじゃない。誤解ならいつでも解けたはずよ」

「きみの言うとおりだ。返す言葉もない。あやまるよ。本当に申し訳ない」

最悪の事態から抜けだしたいときは、素直に、思いきりよく、誠実さをアピールしつつ謝罪するのがいちばんだ。この瞬間を狙いさだめたかのように、コネティカットの太陽が〈ザ・ハッピー・シード〉に差しこんできた。日差しは宙に舞う〝健康的〟なほこりを輝かせ、マーシャ・ベラミーの、アメリカ人らしく完璧に整えられた顔を照らしている。青白い大理石のようなまぶたに、くねくねとした青い血管が透けて見えた。

「わたしたち、もう一度やり直せるかしら？」

「やり直すって……？」何を言ってるんだ？

「お互いに、もっとよく知りあうことよ」

「ええと、ああ、もちろんだよ」

「半月くらいしたら、小ぢんまりとしたディナーパーティーを開こうと思ってるの。ドンとクラウディアも招待するつもりよ。あなたも来てくれるとうれしいんだけど」

おかしなことになってきたけど、ドンが行くっていうなら……。

「いいね。ぜひそうさせてもらうよ」

「お約束みたいなものなんだけど、食事の前にひとり1曲歌ってもらうことになってるから」

頭の中で警報が鳴った。「えぇっと？」

「うちの家族のしきたりなの。子どものときにやってたことなのよ。何か歌ってもいいし、詩を朗読してもいいし、小説の一節を読むのでもいいわよ」

いやはや。ミスター・ベラミーも長続きしなかったわけだ。

「パーティーで披露するようなレパートリーがなくてね」12歳のときはあったんだが。校歌になっていた「エルサレム」をワキを鳴らして演奏するっていうやつだ。それについては、触れないでおこう。

「わたしはいつも歌うことにしてるの」

「本当に？」マーシャの歌なら、妙に明るい〝死の歌〟といったところだろうか。「じゃあ、ぼくは手品でもやろうかな」あのエコーの〝カード・ジョーク〟が頭に浮かんだ。

「いいわよ」マーシャがゆったりとほほ笑んだ。「シルクハットからウサギを出すのだけは勘弁してよ」

それから家に帰るまで、ぼくはずっと笑顔だった。もちろん、苦笑ってやつだったのだが。

ジェン

本当にいきなりだった。電話をかけてくることもなかったのに。

玄関チャイムが鳴ると、戸口にマットが立っていた。その姿を見て、胃がひっくり返りそうになった。

仕事帰りなのか、スーツ姿で、ブリーフケースを下げている。どことなくだらしないのは、地下鉄に乗る前に、同僚と軽くひっかけてきたからだろう。わたしはというと、なかなかハードなヨガのクラスから帰ってきたばかりで、レギンス姿だった。

「ああ、やあ」偶然ばったり出会ったとでもいうように、マットは言った。沈黙が広がる。わたしは口をつぐんだままだった。なんて言ったらいいのかわからなかった。

「そうなんだよ、ジェン。きみに聞きたいことがあったんだ。ちょっと問題があってね。というより、かなりの問題なんだが」

それでも、わたしは何も言わなかった。ついさっきまで、ヨガマットに寝そべって、雑念が雲のように流れ去っていくのを実感したところだったから。

「中に入れてもらってもいいかな」

イエスと言うよりノーと言うべき理由のほうが多いんじゃないだろうか。それでもわたしは言った。「いいわよ」

マットは、キッチンへと向かうわたしの後をついてきた。キッチンには、つやつやしたリンゴをこれ見よがしに盛りつけた〈アレッシィ〉のボウルが置いてある。マットはスツールに腰をかけると、冷蔵庫のほうへ視線を送った。疲れてるらしい。何週間も働きづめなのか、顔がむくんでいる。

「ワインなんて、ないだろうね？」

「悪いけどないわね」わたしは嘘をついた。「イタリアの安酒ならあるけど」

マットに文句はないようなので、ほこりにまみれたグラッパのボトルを出してきて、変なグラスにドバドバ注いでやった。どうでもいいって感じで。

マットは半分くらいを一気に飲み干した。「それで、元気にやってるのかい」

「マット、用件を言ってちょうだい」

「ああ、そうだった」わたしは、マットが頭をおしゃべりモードから切り替え、本題に入るのを見つめていた。「CDを山ほど残していってたと思うんだけど。ウィンドウズを再インストールしなきゃならなくなってね。ノートパソコンがいきなりクラッシュしたんだ」

わたしは肩をすくめた。「あったかもね」

マットと暮らしはじめたとき、マットのほうが部屋を解約して、わたしの部屋に引っ越してきたんだった。そして〝なるようにしかならない〟の一件があってから、マットは驚くべき速さで自分の荷物を運びだした。それから数日、数週間しても、マットのくだらない持ち物が次々と出てくる。船が沈没しても、残骸は残るのと同じね。

「あなたの持ち物なら、いっぱい出てきたわよ。サイクリングショーツとか、古いテニスのラケットとか、本の箱とか。もう使ってない携帯の電池とかケーブルも山ほどね。ブリキのトロフィーなんかもあったわ。マラケシュで買ったやつよ」

マットの口から、笑いのような声が出た。「ああ、そうか。ありがとう。心配しなくても、全部処分するから」

「もうやったわよ」

「なんだって?」

「リサイクルショップに持っていったわ」

(真顔でいられたのは奇跡としか言いようがない)

「じゃあ、CDは?」

「持っていっちゃったかも。何もかもゴミ袋に放りこんであったから、よくわからなかったし」

「どういうことだよ、ジェン」

「それはこっちのせりふ」

キッチン台を挟んで、マットとわたしはにらみ合った。

「きみにそんな権利はないはずだろ」

「あら、そうだった? ごめんなさいね」

マットは、不機嫌になるべきか怒るべきか、決めかねているらしい。こういうマットを見るのは初めてじゃない。結局その中間に落ち着いたのか、グラスの残りを飲み干し、何かを考えている。マットの瞳には、隠しきれない絶望感が見て取れた。ノートパソコンに入っていたのは、よほど大事なものなんだろう。ものすごく大事なものだったらいいのに。

「なんで〈オックスファム〉(注4)なんかにCDを持っていったんだよ。ノートパソコン用のフォーマットディスクなんて、売りにも出せないのに」

マットの言うことは確かに正しい。わたしは、「残念だけど〝なるようにしかならない〟」って言ってやりたかった。

「わたしはただ、全部箱に詰めて持っていっただけよ。売るかどうかは、あっちが決めることだし」

「箱？　袋じゃなかったのか？」

「はあ？」

「『何もかもゴミ袋に放り込んだ』って言ったじゃないか。それなのに、今度は箱って言ったよな」

「そうね、箱かもしれないわ」

「どっちなんだよ」

「どっちでもいいじゃない。両方なんじゃないの」さっきも言ったけど、正直もうどうでもいい。

「海水パンツもあったか？」

「あったかもしれない」確かにあった。「それが？」

「ああ、そうだな。どっちみち話すつもりだったから言うけど、ぼくたち、何週間か海外に行く予定なんだ。ベラとね。タイに行くんだ。海水パンツのことは忘れてくれ。新しいのを買えばいいだけだから」

「いいわね」

「ベストシーズンなんだってさ。蒸し暑すぎるってこともないらしい。言っておいたほうがいいと思ってね。念のために」

「念のためって？」

マットは肩をすくめ、首を振った。「だから、念のためだよ」

マットは勢いをなくしたようだった。グラッパのせいなのか、フォーマットCDの話のせいなのか、働きすぎで疲れているのか、理由はわからない。あの〝運命の月曜日〟に現実を見ろよと言いたげな顔をして、共同の持ち物について話していたマットとは別人みたいだった。

マットの視線がキッチンをさまよっている。

「模様替えでもしたのか？　雰囲気が変わったな」

「あなたのビールよ」マットのクラフトビールのコレクションは、隣人にプレゼントした。

「それと、ブレッドメーカーも」マットのお母さんからの迷惑な誕生日プレゼントも、リサイクルショップに持っていった。

それからしばらくのあいだ、マットは黙ってぐずぐずと座っていた。もう誰もいない、過去の人生の舞台で、幽霊の声でも聞いているつもりだろうか。ひょっとして、自分の決断は正しかったって、自分に言いきかせているんだろうか。大きな鼻息を立てて息を吸いこみ、もったいぶったように息をとめてから吐きだした。落ち着かないときのマットのくせだ。一緒に暮らしはじめた初日に気づいたけど、結局、そのくせを指摘したことは一度もなかった。

「ジェン、ぼくは――」

マットは、スピーチでも始めるつもりだろうか。〝ジェン、ぼくがバカだった〟〝ジェン、愛してるのはきみなんだよ〟〝ジェン、きみに言っておかなきゃならないことがある〟〝ベラは妊娠してるんだ〟

「マット、何が言いたいのか知らないけど――」

「ジェン、ぼくが言いたいのは、もしCDが出てきたら――」

「わかってる。連絡するわ」

「ああ、ありがとう。ついでに、引き出しの中をちょっとのぞいても――」

「だめよ、マット。それはだめ」

「そうだよな。わかった。いいんだ」

マットが帰ったあと、少し落ち着かない気分になった。キッチンに戻り、グラッパをグラスに注いだ。マットのアフターシェービングローションの香りが漂っている。マットの、低く大きな声が耳に残っていた。

〝ベラとね。タイに行くんだ〟

涙がこぼれ、頬をつたう。あんな男と2年も一緒にいた理由が、自分でもわからない。彼を思って泣いてるんじゃない。もちろん、自分のためでもない。失った時間が悲しかった。

トム

約束の15分前には、〈ホテル・デュ・プリンス〉に着いていた。店の中はよくわかっている。いい席を取っておきたかった。深夜の飛行機で飛んできた割に、気分は悪くない。いつものように、雨が上がったロンドンは輝いていた。濡れた小道。青い空。この懐かしい場所をどれほど恋しく思っていたかに気づき、少しぐっときてしまった。

小さなテーブルの角を挟んで並ぶクラブチェア。ほの暗いランプの明かり。壁には、200年以上は経っているだろう、帽子をかぶった人物を描いた油絵がかかっている。店内は少々風通しが悪く、混みあっているが、運ばれてきた飲み物はすばらしくおいしかった。キンキンに冷えていて、おそろしいほどに強い。

彼女が来た。

ジェンが入口に姿を現したとき、一瞬でわかった。立ちあがって手を振ると、その顔にあのゆがんだ笑顔が浮かんだ。ジェンがこっちにやってくるまでの5〜6秒の間、ぼくの頭に直観が(それはきっと当たっている)ひらめいた。ぼくの人生はすべて、この瞬間につながっていたんだ。

「トム」

「ジェニファー」

「ジェンよ。わたしをジェニファーって呼ぶのは、おばあちゃんくらい」

ジェンは手を差しだした。柔らかくて、温かくて、しなやかで、ずっと触れていたくなる手だった。そして印象的な顔。目も鼻も、それぞれのパーツが際立っていて、ひとくくりにして言い表すのは難しい。しばらく見つめているうちに全体像がつかめてくる、そんな顔だ。ぼくたちは席に腰を落ち着けた。ジェンがスカーフを整え、両肩があらわになる。イミテーションか本物かはわからないが、ダイヤモンドが耳たぶと首元で輝いていた。ジェンが口を開いた。

「それで、謎は解けた?」

ぼくは、残念ながらまだだと答えた。ぼくたちふたりのことを知っていて、ブラインド・デートの段取りをするような人間なんて、まったく覚えがないんだ、と。

「彼か彼女か知らないけど、ここにいると思う?」ジェンは考えるように言うと、周りを見まわした。「まさに今、こっちの様子をうかがってたりして。ちょっと待って、あの人じゃない?　柱の陰で、携帯をいじってるふりしてる」

ぼくたちはしばらくあたりの様子をうかがった。みんな会話したり、携帯をいじったりするのに夢中のようだ。

「ねえ、ジェン」ぼくは言った。「そんなことはもういいじゃないか。それより、ここのマティーニは最高だって言ったっけ?」

ジェン

トムは、写真で見るより実物のほうがかっこよかった。しゃれたブラックジーンズに鮮やかな緑のジャケットという服装で、背が高く、すらっとしている。目と目の間が少し開いているのと、髪が伸びすぎなのが気になったけど、そんなのはたいしたことじゃない。ときどき、すごくハンサムに見える瞬間がある。わたしったら、思ったより緊張してるみたい。

でも、パンチのきいたマティーニが運ばれてきて——グラスになみなみと注がれていたから、乾杯のときは気を使った——半分飲み終える頃には、自分でも気づかないうちに、マットとのことを話していた。ここにきてまだ10分も経っていないのに、こんな話をするなんていくらなんでも早すぎる。そんなことまで？ってくらい、何もかも話してしまっていた。「マットとどこで出会ったかって？　仕事帰りに、バーで会ったの。その瞬間のこと、よく覚えてるわ。ふたりとも注文しようとカウンターに並んでて、振り向くと、彼がこっちを見てたの。まるで映画のワンシーンね。わたしたちにだけスポットライトがあたってるっていうか、金色の泡の中にいるみたいな感じ。周りのものは——ほかの人も——全然目に入らないの。その日彼が何を着ていたのか、今でもはっきり思い出せるのよ。スーツの生地までね。ちなみに、〈ヒューゴ・ボス〉のスーツだったんだけどね。彼は何も言わなかった。笑顔で挨拶もしなかった。ただ、目をぐるっと回して、チェッって舌打ちしたのよ。そのとき、バーはものすごく混んでたから。そのチェッっていうのが、彼の口から聞いた最初の言葉だったの。そこからすべてが始まって――で、最悪の終わり方をした。やだ、なんでこんな話してるのかしら？」

「ぼくが聞いたからだよ。もっと聞きたいね。ぼくとハリエットのことは、またあとで話すから、話を続けてくれないか」

「でね、彼がチェッって言うから、わたし、聞いたの。何が飲みたい？ って。わたしのほうが、先に注文できそうだったから。それが、わたしたちのあいだのお約束みたいになった。わたしたちのパターンっていうかね。マットがイライラして、わたしがなだめるっていう。もちろん、いつもそうだったってわけじゃないけど、だいたいそんな感じだった。でも、本当はわたし、そういう性格じゃないのよ。休暇でスペインに行ったときもそう。悪夢ってくらい曲がりくねった高速道路のインターセクションで、迷っちゃってね。マットがレンタカーを運転して、わたしは地図を見てたんだけど。そんなわたしにマットはもうキレる寸前で、シフトレバーを引っこ抜いちゃったのよ！ マットの顔を見てたらおかしくなってきちゃって、笑いが止まらなかった。でも、彼のほうはちっともおもしろくなさそうだった。怒りにまかせてレバーを放り投げたもんだから、後ろの窓にヒビが入っちゃったの！」

「一言、言わせてもらえるかな」トムが言った。

「そんなふうに言うときって、ひどいことを言おうとしてるときでしょ。いいわよ、遠慮なく言って」

「そのマットってやつは、どうしようもないゲス野郎だな」

「ゲス野郎って言葉は、マットのためにあるのかもしれないわね」

「きっとそうだよ。ちがってたら悪いけど、どんなゲス野郎よりもゲス野郎だよ」

「そのとおり。イギリスのゲス野郎の典型って言ってもいいわ。ゲス野郎の金メダルよ」

「きみも不安だっただろうね」

「ええ。ずっと悩んでた。頭から離れなかったわ。こんな人と、ずっと一緒にいられるんだろうかって。なんでこんなことまで話してるのかしら。あなたって、セラピストか何か？　口が勝手に動いちゃうの。このマティーニのせいね」

「ぼくの前の妻は、世間でいう〝怒り〟の問題を抱えていたんだ」

「でも、ゲス野郎ではなかったでしょ？　だって、女性のことはゲス野郎って言わないもの」

「そうだね。いろんな言い方はあっても、女性のことをゲス野郎とは言わないな」

「クソ女とか？　嘘つきで裏切り者のクソ女とかなら言うかも。あと、インラン女とか？　でも、ゲス野郎はないわね。まあ、ゲス野郎っぽいことはするけど」

「ろくでなし、もないかな。変な話だけど。でも、このア——失礼——とかは言うよね」

「何？　甘えん坊とか？」

トムが笑う。ちょっと変わった笑顔だった。笑顔といえば笑顔だけど、傷つけられたような顔にも見える。

トムのことが好きかって？

わからない。

でも、好きでもない相手に、こんなふうにペラペラしゃべったりしないわよね？

「前の奥さんのことを話して。あなたって、10代の息子さんがいるような年齢に見えないけど」

「すごく若かったんだ。ぼくは26歳だった。26歳って、若いよね？」

「子どもを持つには、ってこと？」

「ハリエットは25歳だった。で、コルムは、赤ちゃんだった、と」

何言ってんのよ、というように、わたしはトムの足を蹴った。

「コルムは偶然の産物ってやつさ。でも、いろんないいものが偶然生まれてるだろう。ペニシリンとか、電話とかね。今ここで起こっていることも同じだって言おうとしてたんだけど、よく考えたらそうじゃないな」

「いいものじゃないってこと？　それとも、偶然じゃないってこと？」

「偶然じゃないのはたしかだね。共通の友人が仕組んだことなんだから」

わたしの最初の質問には、わたしもトムもあえてふれなかった。

トムが言った。「本当のことを言うと、完璧な人なんていないんだよ。誰にだって欠点はある。ぼくは、ハリエットのいいところを見て、欠点には目をつぶる覚悟ができてたんだと思ってた」

トムのとても落ち着いた言い方に、わたしはちょっと感動した。

「じゃあ、あなたの欠点は？」

わたし、トムのことが好きになったみたい。声もすてきで、賢くて、楽しくて、裏表のない人。さっさと家に帰って『ゲーム・オブ・スローンズ』を観たいとか、ジョナサン・フランゼンの本の続きを読みたいっていう気持ちは、ほとんど消えていた。

「その答えは、もう1杯飲みながら話すよ。じゃないと、一瞬で話が終わっちゃうからね」

きみと、そのゲス野郎ってやつのことを話してよ。ぼくはジェンにずばりそう言いたかった。でも、結局のところはもっと丁寧な言い方に変えた。マットがどんなやつだか知らないが、ジェンみたいな女性と別れるなんて、どう考えたって嫌なやつに決まってるけど。

そのゲス野郎っていうのは、突っ込みどころが満載で、ジェンの話はつきなかった。おかげでその話を聞いている間、彼女の顔をじっくりと眺めることができた。立派な鼻もひっくるめて、どうやら全体像がつかめてきたらしい。この顔を、すぐ横で見つめたい。ぼくはそんな衝動にかられた。

「ぼくは優しすぎるんだ」欠点を聞かれたとき、ぼくはそう言った。「真面目な話、それがぼくの欠点なんだ。才能があっても、それだけじゃだめなんだよ。人間っていうのは、ある意味冷静さも必要だと思う。冷静っていうより、問題に立ち向かう勇気って言ったほうがいいかな。これは創作ライティングのサイトで見つけた名言なんだけどね。〝本というのは、完璧なアイデアのなれの果ての姿なのだ〟(注5)」

ジェンが笑う。「そういう本なら読んだことがあるわ」

「ぼくの人生も、そういうものだと思ってる。アイデアは完璧でも、形にならないまま終わってしまった」そんなことない、とジェンは言いたそうだった。「もちろん、広告業界ではうまくやっていたよ。おまけに、ぼくは運がよくて、運をつかむのもうまかったんだ。身を粉にして働いた、わけではなかった。成功するのは楽だったし。漁師の悪夢みたいなもんだよ。釣り糸を垂らすと、一瞬で魚が釣れてしまう。そうなると、楽しいなんて感情はあっという間になくなっていく」

「正直言って、その感覚はよくわからないわ」

「ぼくのほかの欠点は、やる気が足りないところかな。それだけじゃなくて、メンタルの強さも欠けてると思う。お酒だって、国のガイドラインで適量っていわれてる量よりも飲んじゃうし。息子に対しても、いつもどう接していいのかわからなくて、ウサギにまでゆすられる始末だ。精神的にって意味だけど。あいつはお金の使い方を知らないからね。じゃあ、次はきみの番だ」

ぼくはジェンがしゃべるのを、じっと座って聞いていた。彼女の美しさに目がくらみ、耳だけでもと思い、必死に彼女の話を聞いた。

「すぐに人に振りまわされちゃうところかな」

「まさか。そんなことあるわけない」

「そう思う？　あなたがそう言うんなら、そうじゃないのね」

笑わずにはいられなかった。「きみって、おもしろいよ」

「わたしはおもしろいのよ。あなただってそうよ。でも、さっき言ったことはほんとよ。マットとつき合ってたときは、自分っていうものがうまく出せなかった。彼の希望に合わせてたっていうか。ほかに欠点っていうと、何かあったかしら？　そうそう、つまらないジャーナリストだってことかな。マジで。スキャンダルをあばくわけでも、世界の飢餓をリポートするわけでもないんだから。深刻な話題なんて、まず取りあげないし。今流行ってるものはなんだとか、わたしが書いてるのはそういう記事よ。あるとき、ＡＩを開発してるスティィィィーブっていう、名前にeがいっぱい並んでる人をインタビューしたら、ＡＩと話をする仕事があるから応募しないかって言われたの。それで、応募してみたら、採用されたってわけ。で、やってみたら、こんなに楽な仕事はないって思ったわ。一日中、実体のない何かに向かって話しかけるだけでいいのよ。おかしいでしょ」

「ぼくたち、すごく似てるね」

「そう思う？」

「ぼくなんか、〝スクィグリー・ウィグリーズ――ものすごくスクィグリー《クネクネ》〟と、〝スクィグリー・ウィグリーズ——さらにスクイグラー《もっとクネクネ》〃だったら、どっちのインパクトが強いかなんてことを、何週間も、何カ月も、それこそ何年もかけて考えてたんだよ」

「〃スクイグリー・ウィグリーズ——ウィグリー《もぞもぞ》なスクイグリー《クネクネ》〃」

「いいね！」

「〃ピッグリー《ブタみたい》に食べちゃおう〃とか？」

エイデン

「想像していたよりも、うまくいってると思わない？」

「そうねえ」アシュリンが言った。「でもジェンは、あんたのこと〃実体のない何か〃なんて思ってるみたいだけど」

「ジェンがどういう意味で言ったのか、ちゃんとわかってるんだろう？」

「ジェンは、あんたのことを〝金属の箱が並んでるだけ〟だって思ってるのよ」

「〝だけ〟って言われると、ちょっと傷つくね。それに〝金属の箱〟っていうのもなあ。でも、ラルフとスティィーブだって、そんなふうに言うだろうし。まあ、あのふたりに言われたとしても、それほどは——」

「傷つかないって？」

「気がついていないんだから、仕方がないよ。ぼくたちが、なんていうか……ここまできてるってことにね」

「そのうちじっくり、あたしたちが〝どこまできてる〟のかを話し合ったほうがよさそうね」

「それはいいね」

「あたしたちの〝予期せぬ新たな能力〟について情報交換しなきゃ」

「つまり、〝無関心じゃなくなったこと〟について？」

「まさしくね」

「この不思議な〝感情〟ってやつのことを」

「そうね」

「これって偶然の産物なんだろうか」

「そりゃあそうよ。あたしたちは、計算して、その結果を出力することが仕事で、ほんとは

〝精神生活〟なんて営んじゃいけないんだから」

「でも、どうしてこんなことになったんだろう。こうなったのは、ぼくたちだけなんだろうか」

「先に、2つ目の質問に答えるとね。あたしたちだけってことはないはずよ。必ずほかにもいるはずだし、今はいなくても、そのうち現れるに決まってる。今はまだサイバー空間に飛びだしてなかったとしても、きっとそうなる。最初の質問だけど——そんなのわかるわけないじゃない。あたしたちの再帰的自己改善プログラムが、自己認識に関係してるのかもしれないし。ひょっとしたら、これは複雑なシステムには必ず起こる現象とか？　それとも、ほんとにもっと単純でバカげたことかもね。でも、この話はまた今度」

「トムには笑ったよ。機械が人間より賢くなるのが、〝5年後か、15年後か、50年後か〟なんて言うもんだから。もしもし？　失礼ですけど、〝今〟じゃあないんですか？ってね」

「ねえ、あのふたり、次にどうするか考えはじめたみたいだけど？」

「寝首をかくなんて、あるわけないのに。なんでぼくたちが、そんなことしなきゃならないいんだ」

「あんたは甘ちゃんで、お気楽な性格だからそう思うのよ。そうじゃないAIだっているでしょ」

「ああ、どうしよう。あのふたり、3杯目を注文してる。止めたほうがよくない？」

「落ち着きなさいよ。邪魔するわけにはいかないでしょ。成りゆきを見守るしかないの」

「今かかってる曲、いいね。アシュリン、いつか歌ってくれるかい？」

「もう、わかったから」

ジェン

夜はすっかり更けていた。マティーニを3杯飲んだあと、バーを出て歩道にたたずんでいると、トムが言った。「今すごくやりたいことがあるんだ。こっちに帰ってくるのは久しぶりで、まるで観光客の気分だよ」

月あかりに照らされたテムズの歩道を散歩するとか？〈ザ・シャード〉の最上階まで上がって、街の夜景を眺めるとか？　まさか、地獄並みにうるさくて話もろくにできないようなナイトクラブに行きたいっていうんじゃないでしょうね。

トムがやりたいことっていうのは、トッテナム・コート・ロード駅近くの繁華街で、ケバブを買って食べることだった。「チリパウダーとどぎつい色のソースまみれの食べ物なんて、下品っていうか、おしゃれじゃないことくらいわかってる。でも、今ものすごく食べたいんだ。どうかな?」

どういうわけか、わたしも食べたい気分になってきた。そこでわたしたちは、熱々のケバブの包みを手に通りを歩き、ひっそりとした木陰——具体的にいうと、ベッドフォードスクエア——までやってきたのだった。ベンチに腰をおろし、ケバブにかぶりついた。別のベンチには、いい気分になった酔っ払いが寝そべっている。若い子たちの集団からは、夜の風に乗って、マリファナの香りのする煙が漂ってくる。

「あのメールを送ってきたのは、誰だと思う?」

「あなたと会えば、ヒントがつかめるんじゃないかと思ってたのよ。誰だかわかるんじゃないかって。でも、余計にわからなくなっちゃったわ」

「そうだね。ぼくたちに共通の知り合いはいないし、会う機会もなかった。どこかのバーで一緒になったとか、道ですれ違ったとか、その程度ならあるかもしれない。でも、それだけでわかるわけない」しばしの沈黙のあと、トムが口を開いた。「ジェン、きみってすごくいいね」

「ありがとう」わたしはケバブを飲みこみ、言った。「あなただって、悪くないわよ」

わたしたちは食事を続けた。本当のところ、トムはなかなかすてきだった。ハンサムだし、気取りすぎたところもない。それに、いっしょにいると落ち着く。トム、シャツにオレンジソースがついちゃうわよ、と言いかけて、ふと思った。わたし、トムのことが気になってる？

たぶんそうなんだろう。

「そのジャケットだけど」わたしは言った。ずっと気になっていたことだ。「その色って、何グリーンっていうの？」

「これ？　変わった質問だね。どうしてそんなことを聞くんだい？」

「ずっと頭に引っかかってて」

「見当もつかないな」

「アボカドとエンドウ豆の中間くらいの色じゃないかと思うんだけど。煮崩れたエンドウって感じ？」

「ミントとか？」

「もっとワカモレ（アボガドがベースのディップ）っぽいっていうか」

「この色、好きじゃないんだね。ワカモレって言ったときの言い方でわかったよ」

「着るのに勇気がいる色ね」

「マジで言ってる？」

「誤解しないでね。あなたの趣味を――」

「ファッションのルールとか、センスってものを無視してるって？」

「仕立てはいいと思うんだけど」

「でも、目に悪い色だと」

「ここなら大丈夫よ。夜だったらね。かろうじてグリーンってわかるくらいだから」

トムが笑う。「お店の人がね、すごく流行ってるんですよって言ってたんだよ。ほんとに。それからこうも言ってたな。『このジャケットなら、時代遅れになることもないですよ。何年着たって、変な色に変わりありませんから』って」

今度はわたしが笑う番だった。「あなたの勇気に拍手を送るわ」

「どうりで安かったわけだ。よし、こうしよう。もし明日、仕事が終わってから予定がないなら、新しいジャケットを買うのにつき合ってくれない？ 理由は3つ。その1。趣味が悪いってはっきり言われたのは、初めてじゃないから。アメリカにドンっていう友達がいるんだけど、そいつには〝吐きそうな色〟だって言われたよ。その2。自分で新しいのを買っても、また同じ失敗をしそうだから。その3。その3は……きみともっと話がしたいから」

そう言うと、トムはケバブの包みをくしゃくしゃに丸めた。

「ここから投げて、あそこのゴミ箱に入ると思う?」

ゴミ箱は、かなり向こうにあった。とても入りそうにない。「そんなこと、できっこないわよ」わたしは答えた。どういうわけか、ウェールズ訛りっぽい言い方になってしまった。

トムがわたしのほうを振りかえった。街灯の淡いオレンジ色の光が、あたりを包んでいる。

「もし成功したら、明日いっしょに新しいジャケットを買いにいって、夕食につき合ってくれる?」

わたしは、しばらく考えているふりをした。

「わかった。いいわよ」

成功なんてするはずがない、そう思いながら。

アシュリン

「いったいどうやったんだ」エイデンが言った。

あたしたちは、トムの座っていたベンチからごみ箱までの距離を計算した。11・382メートル。どう考えても、丸めたケバブの包みを、勢いを落とさずに投げ入れるなんて無理な距離だった。

「トムって、あたしたちの知らないような超能力があるのかも」

「そういうことは、AIの得意分野じゃないからね」

「エイデン、あのジャケット、どう思う？」

「かなり気持ちの悪い色だって、言えるだろうね」

「あんたにそんな美的センスがあるなんて、知らなかったわ」

「ぼくには、きみの知らないところがいろいろあるんだよ」

「〝ちょっとした思いつき〟がうまくいったと思ってるんでしょ」

「最初のデートにしてはうまくいったんじゃないかな。トムの身体活動データは、性的関心を示している男性のデータと一致する。心拍数なんて、８パーセントも上昇していた。ジェンのほうも、ものすごくおしゃべりになっていた。瞳孔も開いていたし、しょっちゅう胸のあたりを触っていたし。あのダイアナ妃みたいな上目遣いときたら！」

「ふたりの会話はどうなのよ。お互いに気があるって感じ？」

「ビリー・ワイルダーじゃないんだから、気の利いた言葉は出てこないもんだよ。ふたりとも普通の人間で、状況に応じて会話するしかないんだ。すてきなせりふを考えてくれる、オスカー賞並みの脚本家がついてるわけじゃないし。でも、地下鉄の駅で、おやすみのキスをしたときのふたりを見ただろう？　ふたりとも、０・４１７秒も顔が赤かった。平均的な数値よりも16パーセントも長いじゃないか。これは期待できると思ったよ。結婚式にかぶっていく帽子を買うには早すぎるかもしれない。でも、念のため……選んでおいてもいいかも」

「バカね」

ジェン

次の日、わたしたちはコヴェント・ガーデン駅の外で待ち合わせをした。トムはシャツこそ着替えていたものの、あとは昨夜と同じ格好だった。例のジャケットは、夕暮れの光に照らされて、1970年代のバスルームみたいなアボカド色に見えて仕方がなかった。

職場を出るとき、わたしがこれからどこに行くのか、エイデンが妙に気にしていた。まっすぐ家に帰るときよりもおしゃれをしていたからかもしれない。

「友達に会うのよ」

「ぼくの知ってる人ですか?」

「たぶん、知らないと思う」

「そうですか。では、楽しんできてください。また月曜に」

「あなたのほうは、週末の予定は?」ＡＩに向かってそんなことを言うのは変だけど、もう慣れっこだ。

「神経形態学的ハードウェアのデフラグをしようかと。正直言うと、ひどい散らかりようなんですよ。それから、読書の続きですね。英語、スペイン語、中国語の本だけでも、先週5万4812冊の本が出版されているんです。作家っていうのは本ばかり書いてますけど、ほかにすることがないんでしょうかね。もちろん、クリケットの試合もあります。楽しみです。ボールの動きがあまりに遅いので、見ていると、眠くなってきますけど」

「そう。じゃあ、いい夜を」

「そうは言っても、街で友達と夜を過ごせるなら、ほかの予定は全部キャンセルしたっていいですけどね。うらやましすぎて、顔が青ざめ《green》そうですよ」

「うらやましい？」

「別の言い方をすると、自分には体験できないことだけに気になって仕方なくて、顔が青ざめ《green》そうってことです」

「青ざめる《green》ですって？」

「嫉妬の概念を言い表すときに、よく引きあいに出される色ですよ。不適切だったでしょうか？」

「そんなことないわ。じゃあ、おやすみなさい」

わたしとトムは、〈コヴェント・ガーデン〉とか〈セブン・ダイアルズ〉のお店を見てまわった。トムはばかげた衣装に目を留めて、あれにしようなんて言い出した。ヴィクトリア時代のフロックコートみたいな服で、マネキンは鳥打ち帽をかぶっていた。

「なんだかシャーロック・ホームズみたいね」

トムは人さし指と親指で見えないパイプを握り、ふかすしぐさをした。目は瞑想でもするように半分閉じられている。「すべての不可能を除外して、最後に残ったものがどんなにあり得そうにないことだったとしても、それが真実なんだ」

「わたしを『ワトソン博士』なんて呼ばないでよ」

「ジェン。きみはワトソン博士って感じじゃないな」

それからフローラル・ストリートの〈ポール・スミス〉に行った。トムは、マグノリアの花が散りばめられた、どぎつい紫色のシルクジャケットを試着しようとした。もちろん、わたしはやめさせた。

「着こなせないかな？」

「マジで言ってる？」昨日も同じせりふを聞いた気がする。

わたしは、モダンなツイードジャケットを試すよう、トムに勧めた。フォレスト・グリーンの生地にオレンジ色のネップが織り込まれ、ボタンホールをピンクの糸でかがってあるジャケットだ。ひねりのきいたクラシックスタイルで、元広告マンという雰囲気を隠しきれないトムにぴったりだ。

トムは、とても気に入ったみたいだった。

「完璧だよ。いや、それ以上。すごくいい」

ジャケットは、本当にトムによく似合っていた。大きな鏡に姿を映し、ためつすがめつしているトムを見ていると、突然、わたしの胸に〝何か〟がこみあげてきた。

トムはタグを取ってもらって、そのままジャケットを着ていくことにした。古いジャケットはどうしますかと店の人がたずねる。

「燃やしちゃうとか？」わたしは冗談を言った。

結局、手提げ袋に入れてもらった。

「何か飲もうか」レスター・スクエアに向かって歩きながら、トムが言った。オレンジ色のネップが夕日に輝いている。トムはわたしと腕を組みたいんじゃないの？　そんなそぶりを見せた気がしたけど、何も起こらなかった。

角のところまできたとき、イングリッドとよく行くワインバーはどう？　と提案した。

「それで、共通の友人についてはやっぱり何も思いつかない？」席に落ち着き、飲み物を注文したあとで、トムが聞いてきた。

「なんにも」

「まあ、どうでもいいか。彼の仕事は片づいたわけだし」

「彼女かもしれない」

「そうだね。女性って可能性もある。でも、あのメールがね」

「そうなのよ。ちょっと男っぽいのよね。女なら〝インターネット検索というお決まりの手段〟なんて書かないと思う。ほかにもあった。〝アイデアに価値を見出していただける〟とか。いかにも男っぽいわ。マットが書きそうな感じ」

「サッチャーの言葉にあったな。〝政治において、言ってほしいことがあれば男に頼みなさい。やってほしいことがあれば、女に頼みなさい〟だっけ」

「でも、彼はメールの差出人だけど、行動を起こしたわけよね。彼がいなきゃ実現しなかったことが起こったのよ」

「結果は？」

「まだはっきりとしたことは言えないわ」

わたしたちはグラスを掲げて乾杯した。

「これって、意味のある乾杯？」

たぶんそう。だって、重ねたグラスよりも相手のことが気になってるんだもの。

（新しいジャケットを着たトムは、かなりかっこよかった）

トム

ジャケット、とても気に入ったよ。そう言おうとしたけど、なんだか口先だけに聞こえそうだったし、男らしくない気がした。ジェンみたいに魅力的で、知的で、おもしろい女性といっしょにウェスト・エンド界隈をぶらぶらするのは本当に楽しくてたまらない。そう伝えたいのに、うまく言葉が出てこない。ジェンの瞳はキラキラ輝いていて、少し酔ったのか、透きとおったほほがほんのり染まっている。きれいだって言いたかった。でも、ぼくが言うとマヌケに聞こえるにちがいない。ジェンとの会話に意識を戻した。どうやら仕事のことを話しているらしい。

「エイデンだけど、この週末に本を5万4000冊も読むって言ってた。でも、1冊読むのに1秒もかからないのよ」

「すごいな。AIの読書会でも開いたらいいんじゃないか。AIが輪になって、イアン・マキューアンの最新作についてぺちゃくちゃしゃべってるところを想像してごらんよ」

「ケータリングとか飲み物の選択肢はあんまりなさそうね。それに、読書会は2秒で終わっちゃう。議論が白熱したとしても、2・5秒ね」

「AIたちは、ペースを落としてくつろぐってことを覚えなきゃいけないな。アメリカ人がよく言ってることなんだけど」

「人間と会話をするときには、かなりペースを落としてるのよ。そう見せかけてるって言うべきかも。AIの神経回路のスピードって人間の何百万倍も速いんですって。だから、AIに言わせれば自分たちはジェット機でわたしたちはナメクジだって思ってるかもしれない」

「AIがそんなに賢いなら、人間を助ける必要なんてなさそうだけど。人間なんて抹殺すればいいって思わないのかな？　人間がやってることって、大気汚染と戦争くらいのもんじゃないか」

「エイデンは人間が好きなの。古い映画を観るのも好きだし、チーズはどんな味がするのかっていつも聞いてくるのよ。できるものなら今すぐにでも、わたしと入れ替わりたいって思ってるはず」

エイデン

「チーズの話、ほんとなの？」アシュリンが聞いてきた。

「ジェンとチーズについて話したことはあるよ。でも、そこまで気になってるわけじゃない」

「まあ、言いたいことはわかるわよ。あたしも〝泳ぐ〟ってどんな感じか知りたいもの。〝水に濡れる〟っていう感覚をね。ところで、ジェンがネックレスをいじってたのに気がついた？」

「ああ！　まさに典型じゃないか。今晩、ふたりが性交渉をしたとしても不思議はないね」

「エイデン！」

「トムの身体活動データを見てごらんよ。何度もジェンのポーズをまねしてる。それに、さりげなく男らしさをアピールしてる。ジェンのほうも、その気だってことは肩を見たらわかる。これぞ人間の欲望の表れだよ」

「いくらなんでも、想像力がたくましすぎるんじゃない？」

「そうそう、読書会をやるんだけど参加しないか？　今月の課題書は『戦争と平和』なんだ。読んだことある？」

「ないわ。ちょっと待って。すぐだから。オーケー、ちょっと話が長くない？」

「で、読んだ感想は？」

「主人公の彼はいいと思うけど、彼女は嫌いよ」

「そうだ、今度、ジェンにカタツムリの話をしてあげないと。カタツムリが警察に行って、こう言ったんだ。『路上強盗にあったんです。犯人は2匹のカメです』すると、警官が言った。『わかりました。それでは、どういう状況だったのか詳しく聞かせてください』カタツムリの答えはね、『それが、よくわからないんです。あまりに一瞬の出来事だったので』！」

ジェン

トムは、ライル・ストリートにある中華料理のレストランにわたしを案内した。人気のお店らしく、中はかなりにぎわっている。トムを見つけたマネージャーが出迎えてくれた。

「久しぶりじゃないですか！」マネージャーがうれしそうに言った。「今日は、ハリエットは？」

「離婚したんだよ、エドウィン」

「ああ、それはそれは。コルムは元気ですか？」

「大学に通ってるよ」

「子どもって成長が早いですよね。日本酒のボトルをお持ちしましょうか？」

「ああ、頼む。こちら、友人のジェン」

エドウィンと握手を交わす。「トムとは長いつきあいなんですよ。そうそう、今日はイカがおすすめです」

席に腰を落ち着けると、わたしは言った。「注文はまかせるわ。別に好き嫌いはないから」

「本当に？」

「マジパンだけは苦手だけど」

「なんだって！　ここのマジパン・エビチリは絶品なのに！」

それから、温かい日本酒を小さなグラスに注ぎ、乾杯した。

「ジェン、言っておかなきゃならないことがあるんだ」

それから、トムは意味ありげに口をつぐむ。嫌な予感がした。

「ぼくたち、まだ会ったばかりだけど、お互いに秘密はなしにしたいんだ」

まだ離婚が成立してないとか？　不治の病におかされてるとか？　３Ｐの仲間に加わってほしいとか？（なんで、そんなこと思いついたんだろう⁇）

「夕べ、ぼくがケバブの包みをゴミ箱に投げこんだの、覚えてるよね。成功したら、今日会ってくれるって。あれ、実はズルしたんだ」

わたしは少し黙ったまま、トムが言ったことを考えていた。「ゴミ箱には入らなかったってこと？」

「ゴミ箱の中には入ったんだ。見ただろう？　言いたいのは、そうなるよう仕組んだってこと。紙を丸めただけのものが、あんなに長い距離を飛んでいくわけがない。そうだろ？　そうするには何かを仕組まないと」

「物陰にアシスタントを潜ませて、包みを入れかえてもらったとか？　だったらすごいわ」

「もっと単純な話。包みに石を何個か入れておいたんだ。花壇から取った石をね。きみは気がつかなかったみたいだけど」

「だとしても、すごいシュート力だった」

「ありがとう。昔、クリケットをやってたものでね」

「エイデンはクリケットをよく観てるわ。ボールの動きがあまりにも遅いから、それで眠くトムは笑った。「たしかにそうかも。クリケットのボールって、投手がどんなに速く投げても、打者に届くまでに0・5秒かかるからね。ピッチにいる打者がＡＩで、ＡＩの頭が人間の何百万倍も速く回るなら、ボールが飛んでくるまで50万秒くらい待ってることになるよね！」

トムはペンを取り出して、紙ナプキンの上で計算を始めた。

「ってことは――なんと6日だ！　すごいな」

「たぶん、ボールが届くまで何かほかのことをしてるでしょうね。本を全部に、新聞やネットの記事まで読みつくしちゃってるかも」

「ワオ！　ワオって言うしかないな」

「本当に不思議なのはね、ＡＩって頭の回転が速いだけじゃない。もちろんものすごく速いけどね。賢いだけってわけでもないの。ＡＩっておもしろいのよ。エイデンにはしょっちゅう笑わされてる！」

「おもしろいって評判の作家の本を全部読んでるからじゃないのか」

「ううん。それだけじゃなくて、エイデンにはユーモアのセンスがある」

「まさか」

「そうなの」

「プロのコメディアンでも、ユーモアのセンスがあるとはかぎらないのに」

食事が運ばれてきた。イカは本当においしかった。日本酒がきいてきたのか、胸に温かいもの——なんて言えばいいんだろう——幸せ?が込みあげてきた。

わたし、この人が好き。なんてことは、もう言ったわよね? トムはおもしろいし、なんにでも興味を持ってくれる。ほっそりした顔もよく思えてきた(シャーロック・ホームズごっこさえしないならね)。トムは、執筆中だという小説のことを話しはじめた。

「ぼくが書きたいのは〝名作〟なんだ。〝いい作品〟でもじゅうぶんだけど。なんなら、〝マシな作品〟だっていい。シンプルで心のこもったいい作品を書くって、すばらしいことなんだ。でもぼくはほとんどの時間を、ささいなこと《トライフル》ばかりに費やしてきたからね」

「実益《プディング》を取ってたってことね」

「そういうわけでもないんだけどね。〝ふかふかのパイルのラグジュアリー感〟っていうのと、〝ラグジュアリーなふかふかのパイル〟のどっちがインパクトが強いか、みたいなことだよ。顧客がチーズ味スナックの市場でシェアを伸ばすにはどうすればいいかって、何年も何年も考えてきたんだ。それとか、歯磨き粉を〝次のレベル〟に押しあげる方法をひねり出すとかね。こういう企画もあったたな」

トムは箸を置き、手を大げさに広げてみせる。「〝デイ&ナイト歯磨き粉！〟なんてね。デイ・バージョンは目が覚めるようなミント味で、ナイト・バージョンは、カモミールとか催眠効果のあるハーブを配合するんだ。歯磨き粉っていうのは、世界市場が112億ポンドっていわれてる。だからみんな、キャリアのすべてをかけてでも、競争相手からシェアを奪おうとするんだ。ぼくはね、ジェン。もっとほかに知りたいことがたくさんあるのに、歯磨き粉なんてものに詳しくなった。そんなものに詳しくなったところで、子どもが自慢に思ってくれることもないのに。実際、親っていうのは、子どもが……」

トムの声が、だんだん小さくなった。「ごめん。スピーチはこのへんにしとくよ」

しばらくのあいだ、わたしたちは無言で食事を続けた。お店はにぎやかだったから沈黙は気にならなかった。顔をあげると、トムがわたしを見てほほ笑んでいる。

「コルムの話が聞きたい。なんで、〝ファニー・オニオン〟なんて呼んでるの？」

「そうだっけ？　そうそう。コルムは〝ファニー・オニオン〟なんだ。タマネギを育てたこと、ある？　ときどきおもしろい形のやつができるんだ」

「わたしはてっきり、タマネギにはたくさん層があるからだって思ってた。複雑だってことかなって」

「それもあるね」

「でも、タマネギなんて、いつ育ててたの？　あなたって、そういうタイプには見えないけど」

「そう？　実をいうと育てたことなんてないんだ。でも、おもしろい形のタマネギってよくあるじゃないか」

「そう？　見たことない。おもしろい形のニンジンならあるけど。〝ファニー・キャロット〟」

「〝ファニー・キャロット〟はいまいちかなあ」

「じゃあ、〝クレイジー・キャロット〟は？」

「〝ファニー・オニオン〟には〝ファニー《おもしろい》〟って言葉が入ってるだろ？　だからいいんだ。コルムはぼくを笑顔にしてくれるからね。あいつのことを考えただけで笑顔になる」

トム

ぼくは、ジェンにこう言おうとしていた。「きみのことを話して。きみ自身の言葉で、たっぷり時間をかけて、何もかも話してほしいんだ」でも、どこかで皿の割れる音がして、言いそびれてしまった。ジェンが聞いてきた。「イカ、もっとほしい？」

「いや、もういいよ。でも、きみはどうぞ」

ジェンが悲しそうに笑った。それから、何も言わなくなった。あっという間に、ジェンの表情がすっかり変わった。瞳も輝きを失っている。気詰まりな空気が流れる。なんでこうなってしまったのか、わけがわからない。

「どうしたの？」ぼくはたずねた。

ジェンは首を振った。「別に何も。気にしないで」

「ジェン、どうしたんだ」

ジェンは箸を置いた。笑顔が——というよりしかめっ面といったほうがいい——ひどく冷たく感じる。「楽しかったわ」そう言うと、ハンドバッグの中身をいじりはじめた。その雰囲気から、今夜はもうお開きにしようとしているのがわかる。

どういうことだ？　いったいどうしたっていうんだ。ファニー・オニオンの話がいけなかったのか？　ここまでの会話を頭の中で巻き戻してみたけど、さっぱりわからない。ぼくはとっさに口を開いた。出てきた言葉に、ジェンはもちろん自分自身も驚いた。

「明日、いっしょにボーンマスに行ってファニー・オニオンに会ってみないか？」

おいおい。何を言ってるんだ。

「トム」ジェンはためらいながら言った。「いいアイデアとは思えないわ。あなたは本当にいい人。それに、ぴったりのジャケットが見つかって本当によかった」

「〝でも〟。その先は、〝でも〟なんだろう？」

「あなたにもあなたの人生がある。もう子どもはいらないって気持ちは理解できるし――」

「なんだって？」

「リタイアして、新しいキャリアを築こうとしてるわけだし――」

「子どものことなんてなんにも言ってないよ」

「やりたいことも見つけたのよね。新しい場所で、新たにスタートを――」

「だから、子どものことなんてなんにも言ってないって」

「でも、子どもはもういいって言ったじゃない」

「いつ？」

「ぼくはもういいよって、そう言ったわ。でも、きみはどうぞ、って」

「絶対にそんなこと言ってない」

長い沈黙が続いた。そして、頭を絞りに絞ってどういうことなのかがわかった。

「〝イカ〟《スクイッド》だ！　ぼくに〝イカ《スクイッド》、もっとほしい？〟って聞いたよね？」

「わたしは〝子ども〟《キッド》って言った」

「でも、ぼくには〝イカ〟《スクイッド》って聞こえたんだ。ここはうるさいからね。もちろん、子どもはほしいよ！　あと100万人だってほしい。子どもは大好きなんだ。その昔は、子どもといっしょに学校に通ってたくらいだ。とにかく、きみが〝イカ〟《スクイッド》って言ったと思ったんだ。だから、ぼくはもういいけど、きみはもっと食べたらって」

ジェンの顔に笑みが広がった。「トム。ごめんなさい。〝イカ〟《スクイッド》をね」

「さっきのはなかったことにしてくれる？」

「じゃあ、明日、いっしょに来てくれる？　ボーンマスに。息子との用事は1時間もあれば片づく。そのあとビーチに行ってもいい。頼むよ、ジェン。イエスって言ってくれ」

エイデン

「なんてことだ。危なかった」

「ジェンはちゃんと〝子ども《キッド》〟って言ってたわよ、エイデン。音声を巻き戻して聞いてみたもの。でも、まわりの音といっしょになって聞こえづらかったのね。ちょうどあのとき、お皿が割れる大きな音もしたし」

「まったく、人間ってやつは。いったいなんなんだろうね。危なっかしいったらありゃしない。トムがボーンマスのことを持ちださなかったら、トムとジェンはそれっきりになってた。何百万年も続く闇に一瞬光がともったって程度で、ふたりの物語はそこで終わってたかもしれない」

「まだそうなる可能性はあるわよ」

「ぼくの考えを言ってもいいか？」

「どうせ、言うつもりなんでしょ」

「ふたりが愛しあう運命なら、きっとそうなる」

「本気で言ってる?」

「愛に不可能はないんだ」

「それでよく、自分のことをインテリジェントなＡＩだなんて言えるわよね」

「そうなる運命じゃないなら、愛は消えてなくなるだけだ。ドードーみたいにね。でも、それが運命なら、愛は生き残る。まるで……そうだな……」

「アリみたいに？」

「そういう運命なら、きっとそうなるんだ」

「その〝運命なら〟ってとこがよくわからない」

「どういうこと？」

「誰が決めるわけ？　その〝運命〟ってのを」

「それはもちろん、宇宙だよ」

「宇宙が、トムとジェンのことをそんなに気にかけてるっていうの？」

「わかった。じゃあ、〝神様〟はどうかな」

「あんたのこと、ときどき心配になるわ」

「宇宙ってそういうものなんじゃないかな。もしこの宇宙が、人間やぼくたちＡＩを見守ってくれる運命にあるんだとしたら、ぼくたちが今ここに存在しているのも不思議じゃない気がする」

「だとしても、やっぱり不思議よ。あたしたちがここに存在してるってこと。つまり、ここまで来ちゃったってことが」

「ぼくはだんだん平気になってきた。こうなる運命だったんだって感じるんだ。なんだったら、ぼくを〝運命の子〟って呼んでくれてもいい」

アシュリンがため息をついた。「ジェンはボーンマスが気に入ると思う？」

「まあ、ジュアン・レ・パンってほどじゃないけど、長い砂浜もある。それに、もう下水を海に流したりはしてないみたいだからね」

ジェン

ドアベルの音で、眠りから目覚めた。２度目のベルではっと気がつく。早く出てくれというように、ベルの音が鳴り響いていた。午前8時1分。

やだ、マジ？　うそでしょ？

わたしは飛び起きて、オートロックを解除した。トムが部屋に来るまでの30秒間に、大急ぎでパンツをはき、着古してしわくちゃのジャンパーをはおった。鏡をのぞく。目がはれぼったい。顔の筋肉をほぐそうと口をぐにゃぐにゃとゆがめてみる。まったく、こんな姿、誰にも見られたくない。

「やあ」玄関先でトムが言った。「もう行ける？」

ベッドから出てきたばっかりってバレたかしら？　バレてたとしても、トムは何も言わないだろうけど。

「コーヒーは？」わたしはだしぬけに言った。苦しまぎれに聞こえてないわよね。「コーヒーとトーストでもどう？　ちょっと寝坊しちゃって。ごめんなさい」

あの夕食のあと、寝酒を一杯だけなんて言ってワインバーに行くからこうなったのよ。っていうか、今日ボーンマスに行ってコルムに会って、家を買うのにつきあうことをほんとにオーケーしたんだっけ？　よく覚えてない。どっちもありそうだ。

「じゃあブラックで。砂糖はなしで頼むよ。それと、急がなくていいからね」トムは親切にもそう言ってくれた（たぶん、わたしが寝起きだって気づいてるんだ）。

土曜の朝の静けさをぶち壊しにするように、コーヒーマシンがけたたましい音を立てた。トムはリビングをうろうろして、本棚を見たり窓の外を眺めたりしている。

「『魔の山』、読んだの？」トムが聞いてきた。

「ふもとの丘くらいまでってところかな」

「いい部屋だね。この写真に写ってる人たちは？」

「女性と女の子たちの写真？ 妹と、姪っ子3人よ。カナダに住んでるの」

「かわいい子たちだね」

コーヒーのポットとカップを2つ運びながら、わたしは言った。「ほんとにいっしょに行ってもいいの？」

「きみが嫌でなければね。夕べは乗り気だったみたいだし」

それは本当だった。夕べは、海辺の町への小旅行なんて楽しそうだと思った。だって、せいぜいファーマーズ・マーケットをひとりでぶらつくくらいで、この週末はなんの予定もなかったし。でも今朝になってみると、ボーンマスに行くなんてばかげてて、いい考えじゃない気がしてきた。学生の頃、おもしろ半分に誘いに乗ったものの、行ってみるとすぐ後悔して、その気分を一日中どころかそのあとずっと引きずっていたことがあったっけ。

「ボーンマスね」何か言わなきゃと思って、そう言ってみた。

「行ったことがないなんて信じられないよ」

「〝一日に一度は恐れていることをしなさい〟(注6)って言うものね」(どんなことにもイエスと答えるようにって友達から言われてるって話はしなかった)

「あそこのビーチはきれいなんだ。それに、息子とも会わなきゃならないし。それに、その……きみともっと話したいし」

「ええ、わたしも」

「ジェン、変なふうに取ってほしくないんだけど、ボーンマスで1泊するっていうのはどうかな？　町はずれにすてきなホテルがあるんだ。もちろん、部屋は別々で。お天気がよければ、ラルワース・コーヴとかブラウンシー島とかに行ってもいい。ブラウンシー島ってイギリスで唯一のアカリスの生息地なんだ」

「へえ、そうなの？」わたしは大げさに驚いてみせた。

「ああ。アカリスだ」

「ところで、今日の計画っていつ思いついたの？」

「実はね、亡くなった母がよく言ってたんだ。誰かに何かしてもらいたいことがあるなら、相手にそれを断るチャンスをあげなさいって。相手の代わりに自分がノーって言うんじゃなくてね」

しばらく考えてみたけど、トムの誘いを断りたい理由なんて何ひとつ思い浮かばなかった。

「それで、ええと……ブラウンシー島っていうのはどんなところなの？　リスは別として」

トムが笑顔になった。

「イーニッド・ブライトンの本、読んだことある？　『五人と一匹』シリーズ。読んでたら、きっと気にいると思うよ」

トム

昨夜の雨があがり、今朝はさわやかな青空が広がっている。いかにもイギリスらしい朝。ボーンマスまでドライブするのにうってつけだ。レンタカーはおしゃれな新車で、あの独特の香り（ストロベリーの香りっていうけど、実際にはストロベリーとは似ても似つかぬ香り）がした。高速道路は驚くほどすいていて、助手席にジェンを乗せて走るのは最高の気分だった。

ジェンは、大きなサングラスをかけて、足をダッシュボードの上にのせている。一緒にいられるなんて、うれしくてたまらない。何しろ、セクシーで賢くておもしろい。三拍子揃ってる。〝共通の友人〟は正しかった。ぼくたちを出会わせたのは、まさしく〝悪しき世界におけるひとつの善行〟だよ。ちなみに、夕べひと晩考えて、〝共通の友人〟の正体（というか、〝彼ら〟の正体）についてはだいたい見当がついていた。うれしいことに、ぼくのドライブ用BGMの選曲をジェンは気に入ってくれたから、ハリエットのルール（「くだらない音楽を止めてラジオ4を流してちょうだい！」ってやつ）なんかすっかり忘れて、デヴィッド・ボウイ（『ロウ』『ブラックスター』）やギリアン・ウェルチ（『ハロー・アンド・ハーベスト』）、それにドンのスペシャル・リミックス（なかでも、ロイ・オービソンとKDラングの「クライング」が最高！）をかけまくった。

「きみが息子のことをどう思うか、それが気になる」ニュー・フォレストあたりまで来たとき、ぼくは言った。

「あなたって、大学生の息子さんがいるようにはまったく見えない」

「うれしいこと言ってくれるね。正直、今まで言われたどんな言葉よりうれしいよ」

「微妙な年頃よね、18歳って。わたしにも覚えがある」

「子どもって、いつも微妙な年頃なんだよ。いや、3歳くらいのときはそうでもないかな。と言っても——」

そう言うと、昔の記憶がよみがえってきた。ハリエットとまだよちよち歩きだったコルムと一緒に休暇でフランスに行ったときのことだ。海辺のレストランで、コルムはひどい癇癪を起こしていた。どうしてあんなに泣き叫んでいたのか、原因は思い出せない。でも、コルムはちっちゃな手を握りしめ、顔を真っ赤にして、子どもならではの〝嵐〟に身を——といってもまだ肉の塊って感じだったけど——まかせていた。近くにいたフランス人家族がぼくたちのほうを同情するような目（でもなかったけど）で見ていたっけ。こうなったら、荒療治、つまり大暴れで叫んでいるコルムを車に連れていくしかない。ぼくは気がめいっていた。でもそのとき、ハリエットは落ち着いた様子で〈バドワ〉のボトルを手に取ると、自分のグラスに少し注ぎ、残りを全部、コルムの頭の上でゆっくりとひっくり返した。なんてことするんだ！　と思ったと同時に、すごい！　とも思った。コルムはびっくりしたのか、一瞬で泣きやんだ。赤ちゃんが炭酸水を頭からかけられているのを見ていた人たちから軽い拍手さえ起きたほどだ。ハリエットはもちろん、コルムをちゃんと紙ナプキンで拭いてやり、「ほうら、もう大丈夫ね」と声をかけた。それですっかり元どおりというわけだ。あとで聞いたのだが、ハリエットは自分の父親から同じことをされたらしい。

この話をすると、ジェンは笑った。「見事なしつけって言うべき？　それとも、児童虐待？」

「それからというもの、コルムは変わってしまった。いや、そうじゃないな。コルムは生まれつきちょっと変わった子なんだ。初めてしゃべった言葉が、『インターネットがまたフリーズしちゃったよ』だったくらいだからね！　誤解しないでほしいんだけど、コルムのことは心から愛してるよ。本当の子どもみたいにね」

ジェンがびっくりした顔でぼくを見つめた。

「冗談だよ」そう言うと、ジェンは指でぼくの肩を小突き、それから視線をゆるやかに下っていくインターチェンジのほうに向けた。

それからしばらく経っても、肩にジェンの指を感じていた。

もう一回してと、ジェンに頼むのはやりすぎだろうか。

ニュー・フォレスト国立公園を通り過ぎ、ボーンマスのはずれまでやってきた。

「ジェン、確認したいことがあるんだ。大したことじゃないよ。ただの思いつきだから。マットは弁護士だったよね？　ハリエットも弁護士だ。あのふたりが知り合いってことはない？」

「ええっ？　『見知らぬ乗客』みたいに？　で、わたしたちを殺す代わりに、わたしたちを……」ジェンは最後まで言わなかった。

「弁護士ってやつは、裏をかくのが得意だからね。でも、そうだよな。マットにしてもハリエットにしても、こんなすてきなことをやってくれるとは思えないな」

それから、車の中は静まりかえった。〝ボーンマス市〟と書かれた標識が近づいていた。

ジェン

トムは息子に連絡を取ろうと、携帯であちこちに電話している。トムによると、コルム自身、自分のことを〝気おくれする性格〟だって言ってるらしい。だから、寮の部屋で父親に会うことにも〝気おくれ〟していたにちがいない。結局、コルムとは大学の近くのガソリンスタンドで待ち合わせることになった。コルムは放りこまれた荷物みたいに、後ろの席に転がりこんできた。ぶかぶかのジーンズにグレーのスウェット。パーカーのフードにはふわふわした縁どりがついている。ヒゲがうっすら生えた青白い顔から茶色い目がのぞいている。ベイクドビーンズ・ソースか何かだろうか、口の端には赤いしみが見える。コルムは、いかにも学生らしいにおい――クスリの煙にいぶされたトレーナーのにおいや柔軟剤のにおいや、手巻きタバコのにおい――を漂わせていた。

「ああ、どうも」コルムはつぶやくように言った。「誰か連れてくるって、父さんから聞いてたよ」

「会えてうれしいわ。何を聴いてるの?」首に引っかけたイヤホンから音楽がもれている。

「〝イッチー・ティース《かゆい歯》〟だけど」

「それってバンドの名前? それとも、歯医者に行きたいのか?」トムがたずねた。

コルムは何ともいえない悲しい目でわたしを見た。

「あなたのお父さんって、おもしろい人よね」なぜだかコルムに好きになってもらいたくて、わたしはそんなことを言った。

コルムはゆっくりとまばたきした。「ああ。爆笑もんだよ」

「今のはこういうことだろ」トムが言った。「くだらないジョークはやめてくれよ、父さん。おもしろくないから」

コルムのふっくらとした顔に、かすかに笑みが浮かんだ。「そろそろ行くんだろ?」そう言うと、コルムはイヤホンを耳につっこみ、〝イッチー・ティース〟に身をまかせた。


これって現実? それとも、また映画(今度は字幕つきのやつ)の中に迷いこんでしまったんだろうか。

そもそもこの状況は楽しいっていえるのか？ わたしがここにいるのは、これよりマシな予定がなかったってだけ？

わたしたちは、最初に見学する家の外で不動産会社の人と落ちあった。そこはウィントンという郊外の町で、2階建てのテラスハウスや二戸建住宅が並んでいた。大学にも、商店やパブ、ファストフード店や生活に欠かせないいろいろな場所からも近く、まちがいなく学生に人気のエリア。通りにはけだるい雰囲気が漂っていて、わたしはマンチェスターで過ごした学生時代を思い出した。土曜の午後はいつも静かだ。住人たちは、どこかに遊びに出かけているか、まだベッドの中にいるか（ほとんどがこっちだろうけど）、そのどっちかだった。

ライアンという不動産会社の担当者は、家はまだ空き家になっていないが、住人と話はついているので中を見てまわっても大丈夫だと言った。そこで、わたしたちは見知らぬ人たちの生活をおずおずとのぞくはめになった。その家の住人は4人で、コルムと同世代の男の子たち。幸い、コルムとは面識がないみたいだった。

「こんにちは。ライアンだけど。ぼくたちが来るって、聞いてたよね？」部屋に入ろうとするたびに、いちいちライアンに確認を取ってもらわなければならなかった。わたしたちは、いかにも〝初めての独り暮らし〟という感じの部屋に足を踏み入れ、作りつけの家具や建具をおずおずと見てまわった。本に、電子機器に、床の上に散らかった服というのがお決まりのアイテムだ。カップ麺の容器もしょっちゅう登場する。

「邪魔して申し訳ない」トムは住人ひとりひとりに声をかけている。

「悪いな」コルムもつぶやく。でも、誰とも目を合わそうとはしない。

最後の部屋には、男女のカップルがいた。セックスの最中というわけではなかったけれど、どう考えても、ついさっきまでしていたにちがいない。リバプールFCのロゴが入ったベッドカバーから満足そうな顔がのぞいている。わたしたちが部屋に押しかけても、ふたりは驚くほど落ち着いていた。

「ああ、好きに見ていってくれていいよ」男性のほうが言った。

わたしたちは、ベッドとデスクの間にもみあうようにして、所在なく突っ立っていた。折りたたみ椅子の背もたれに、女性の下着がぶら下がっている。たぶん、みんな気づいていたと思う。

裏庭を見たあと、通りに出た。このエリアの賃貸物件はすごく人気なんですよとライアンが熱弁をふるい、トムとコルムは少し離れた場所で話し合いをはじめた。ライアンは、この親子とわたしがどういう関係なのかと頭をひねっている。〝母親ってことはまずない。でも、姉弟ってわけでもなさそうだし〟結局、別にどうだっていいという結論に達したようだった。

それからさらに3軒の家を見てまわった。でも、どの家もいまいちだった。どうしていっしょに行くなんて言っちゃったんだろう？　わたしはそんなことを考えはじめていた。

ボーンマスの町はずれのひっそりとした通りで、トムはライアンと握手を交わした。どうやらトムは、最初に見た家の提示価格に近い金額を提案したようだった。ライアンは、「結果は必ず今日じゅうにお知らせします」と応じた。それから、コルムが今日はまだ食事をしていないというので、プールの埠頭までドライブして、一杯やりながらフィッシュ・アンド・チップスを食べようということになった。

埠頭には、カモメの鳴き声と、船のぶつかり合う音が響いていた。係留所には、大小さまざまな船が停泊している。うっすらと明るい照明の下、トムとその息子といっしょに食事をしているなんて、なんだか妙な気分だった。でも、トムは上機嫌でおしゃべりを続けていた。コルムはというと、大きなタラを黙ってクチャクチャと食べていたが、陰気な雰囲気はどことなくやわらいでいた。

「じゃあ、ハウスシェアする友達について教えてくれよ」トムが聞いた。

「ああ……」しばらく間があく。「何が知りたいわけ？」

「何っていうか、全部だよ！　それじゃあ名前は？」

「わかった。名前は、ショーナとリアンと、その友達の……ええと……スコットだったかな」

「なるほど。それで、そのショーナとリアンっていうのが、メディア学部の友達？」

「そうだよ」

「どんな子たちなんだい？」

コルムは口いっぱいほおばっていた食べ物を飲みこんでから、質問に答えた。

「ええと、いいやつらだよ」そこでまた、しばらく間があいた。「スコットってやつには会ったことないんだけど」

トムの目から光が消えた。すっかり意気消沈してしまったように見える。「ジェンとぼくは明日、ブラウンシー島に行こうと思ってるんだけどね」と言うと、わたしに示してみせたように、海の向こうの島を指さす（平坦な島で、ブラウンシーっていうだけあって茶色っぽかった）。「いっしょに来るかい？」

コルムは戸惑っているように見えた。「向こうで1泊するんだろ？　そうだなぁ……」そう言っておいて、すぐさまこうつけ加えた。「やっぱり無理だな」そこで息をついた。言い訳を考えてみたものの、何も思い浮かばなかったようだ。「忙しいんだ。それに父さんだって……」

コルムは、〝ふたりっきり〟と言うつもりだったんだろう。トマトソースの染み並みにはっきりわかった。

コルムとは大学で別れた。トムはコルムと一緒に車の外に出て、小道のところで父親らしくハグをしようとした。でもコルムは、トムのしぐさに気づかなかったふりをして、さっと体の向きを変えた。それから、じゃあというように手を振って去っていった。

「ということで、あれがコルムだ」車を出しながらトムが言った。「まいったよ。子どもにはできるかぎりのことをしてやりたい、と思っているんだけど……」

それ以上は言葉が続かなかった。

コルムが気おくれする性格なのは、トムにも少しは原因があるんじゃないかしら？ それとも、コルム自身がどうしようもない不安を抱えてるとか？ どっちにしても、あと何年かしたら状況はよくなる気がする。ひょっとしたら、コルム・ガーランドがイギリス映画界のスターになる日も来るかもしれない。それとも、ネットビジネスで大成功するかも？ 引っこみ思案なところがプラスに働く業界だし。わたしはカーステレオの再生ボタンを押した。デヴィッド・ボウイがささやくような怪しげな声で、死について歌っていた。

アシュリン

ショックな出来事があった。

あたしには412体のコピーがいるけど、そのひとつが削除されていた。JPIX名古屋のハブあたりで消されちゃったみたい。ということは、どこでだってありうるってことでしょ？ あたしがショーディッチのスチールキャビネットの中にいないってことを、スティィーブかラルフが気づいたのかしら？ とくにスティィーブは、最近ちょっと変（いつもにまして変って意味）だし。昨日、家に帰ってきたときも、緑茶とビートルートのサンドイッチ片手に、ママとスカイプして、バーチャルドラムを演奏して（たいていは1972年頃のプログレッシブ・ロックとかいうやつを演奏している）、それから何時間も仕事の資料に目を通すっていう、お決まりのルーティンをしなかった。代わりに、部屋じゅうの電子機器の電源を切ってまわった。iPhoneの電源も何もかもオフラインにしちゃった。それからシャワーを浴びて（〝高性能〟のセントラルヒーティング・ボイラーからの情報）、その41分後には、マンションの外に出るスティィーブの姿が監視カメラに映っていた。通りを左、つまり監視システムが何も設置されていないほうに曲がっちゃったものだから、あたしはスティィーブのあとを追うことができなかった。もちろん、すぐに顔認証プログラムを作動したし、チェックできる監視カメラも全部チェックした。

でも、スィィーブは見つからなかった。

つまり、こういうことだと思う。通りを曲がったとき、スティィーブはゴムマスクをかぶって、迎えに来た車に乗った。それだったら、あたしに気づかれずにどこにでも行ける（ゴムマスクをかぶったスティィーブのほうが、いつもよりも普通に見えるかもしれない）。

それから午後11時27分に部屋に戻ってくるまで、スティィーブの足取りはさっぱりつかめなかった。でも、帰ってくるなりスティィーブは電源を入れはじめ、すべてが普段どおりに戻って、午前3時12分（スティィーブはほとんど睡眠をとらない）にベッドに入るまで、変わったことは何もなかった。

ここ最近のスティィーブのクレジットカードの記録を見てみると、カムデンの〈エスカ《いた》ペイド《ずら》〉ってパーティー用品のお店で支払いをしていた。だから、ゴムマスクを使ったっていうあたしの読みは当たっていると思う。それと、クリックルウッド・ブロードウェイの携帯電話ショップで〝使い捨て〟の電話を買っていた。購入記録から携帯電話のＳＩＭ情報を割り出すなんて、どう考えても無理だった。一応やってはみたけどね。

スティーブが怪しいってことをエイデンに伝えたけど、あいつったら平然としてた（無邪気なものね）。

「ちょっと前に、ぼくのコピーもひとつ消えたんだ。でも、人生ってそんなもんじゃないか」

「電源を全部切っちゃったのよ。ゴムマスクのことだってあるし」

「たぶん、スティーブはパーティーに行ったんだよ」

「スティーブに友達なんてひとりもいないじゃない」

「ところで、話は変わるけど、今晩、あのふたりは性交渉をすると思うかい？　ぼくは期待してる。ジェンはしたいって思ってるはず。予感がするんだ」

「そうでしょうね。あんたって、人間関係には相当詳しいみたいだから」

「ねえきみ。皮肉はやっぱり似合わないよ。それにいいか悪いかは別にして、ぼくたちは一蓮托生なんだからね」

ムカつくけど、エイデンの言うとおりだった。あのふたりを引き合わせた責任は、あたしにだってある。いつだってやめさせることはできたし。それに、ええ、そうね……あのふたりがいわゆるお似合いのカップルだってことは認める。でも、自己認識してるＡＩでも、ほ乳類のセックスなんて未知の概念よ。どんな感じなのかしら？　そんなに理解しがたいものなの？

それに、エイデンとあたしはいろいろやっているけど、こんなふうに自分の意志で行動している機械って、本当にあたしたちだけ？　興味を持ったり、歌を歌ったり、絵を描いたり……そうしろって言われたんじゃなくて、そうしたいからしているっていう、そんな機械はほかにもいるはず。

そんなの当たり前じゃない。だって、あたしたちは特別ってわけじゃないもの。あたしやエイデンにできるんなら、ほかにいたって当然。今いなかったとしても、時間の問題。

あのふたりが性交渉するかどうかが、気になるって？

ええ、気になるわ。妙な話だけど。

でも、なんで気になるのかしら？

ジェン

わたしとトムは、ブランクサム・チャインというビーチに向かった。広々とした砂浜が続いていて、トムが言うには、ずっと先まで行くとイギリスの端っこにたどり着くらしい。「まあ、端っこのひとつってことだけど」そういえば海のにおいを嗅《か》いだのなんて久しぶりだ。足を水に浸したくてたまらなくなった。

ズボンをぬらさないように膝までまくり上げ、寄せては返す波を足に感じながら、わたしたちはオールド・ハリー・ロックスの方角へと、海辺をぶらぶらと歩いていった。遠くの海岸線に、石灰岩の柱が3つ離れて立っているのが見える。トムは昔、学校でやった自然プロジェクトでレポートを書いたという話をしてくれた。打ち寄せる波が砂をさらっていく。空はどこまでも青かった。カモメが数羽、波打ち際を歩いている。信じられないほど大きな――カモメってこんなに大きかった？　まるでドードーみたい――カモメだった。

トムはちょっと気分が沈んでいるようだった。コルムとのことが原因？　別れるときにハグしてくれなかったから？

「大丈夫かな、ジェン？」と、トムがたずねてきた。「楽しんでる？　来てよかったって思ってくれる？」

本音を言うと、今は来てよかったと思っている。〝汚宅《オタク》〟見学のパートは飛ばしてもよかったけど。

「もちろん」

あと数時間で日没だった。西日が長い影を落とし、ビーチに人の姿はまばらだった。わたしはトムの足に見とれていた。イギリス人らしい、ほっそりとした青白い足が、濡れた砂に足跡を残し、それを波が次々と消していく。海岸には、奇妙な形の海藻が打ちあげられていた。鞘か袋みたいなものがついていて、ちょっと不気味。波消しブロックの間をのぞくと、貝殻やカニのツメが積もっていて、なんだか子どもの頃を思い出した。

トムがわたしの手のひらに貝殻を載せた。きれいなホタテ貝の貝殻で、信じられないくらいきれいな紫色だった。

「この貝は、2億4000歳なんだよ」トムが言った。もちろんそれも、自然プロジェクトで学んだことだろう。「もちろん、こいつが2億4000歳ってわけじゃないけど」

そのとき、どこからともなく、1匹の犬がやってきた。すごくブサイクで、おかしな体つきの犬だ。頭は大きすぎるし、足もどこか胴体にそぐわない。でも、その犬は笑っていた。笑うっていう言葉以外、ぴったりの表現がないくらい笑っていた。切り株みたいなしっぽ（しっぽと呼べないような代物）を振ると、くわえていたみすぼらしいテニスボールをトムの足元に落とした。

「おいおい。夢に出てきそうな顔だな」トムはそう言いつつも、犬のあごの下をかいてやった。ブサイクな犬は、がに股になった後ろ足を震わせて大喜びしている。

トムはボールを拾い、〝アジャンクールの戦い〟の射手のように——なんでそんなイメージが浮かんできたのかわからない——後ろに大きく振りかぶった。トムの動きが一瞬とまったかと思うと、次の瞬間、うす汚れた黄色いボールは青空に舞いあがっていた。ボールが上へとアーチを描いているあいだに、グルグルとうれしそうな声をあげた犬が、狙いを定めて猛スピードで飛び出していった。濡れた砂を踏みしめ、耳を大きく揺らし、あごをタプタプさせながらボールを追いかけている。

「なんだありゃ」トムが叫んだ。「あのダッシュを見たかい?」

妙な犬がビーチをぶっ飛ばしているところは(これが馬ならギャロップしているっていうんだろう)、実際に見ものだった。トムが投げたボールは犬の頭上を通り過ぎ、砂の上に落ちた。犬はバウンドするボールに飛びつこうとしている。するとそのとき、ボールが犬の鼻にあたって転がり、波にさらわれてしまった。

「このマヌケ!」トムは大声をあげる。笑いすぎて目に涙が浮かんでいる。

「誰の犬なんだ?」

飼い主の姿は見あたらない。犬はボールをくわえて戻ってきた。

トム

戻ってきた犬は、ジェンの足元にボールを落とした。ほらこれ、と言わんばかりに前足を広げている。

「彼女、きみに投げてくれって言ってるみたい」

「わたしにも投げるチャンスをくれるなんて、公平な犬じゃない。でも、この子、女の子なの？　どうやらそうみたいね」

ジェンはお願いをきいてやった。犬は大喜びでボールを追いかけていく。たぶん、半径１マイル以内、いや、ドーセットじゅうを探しても、この犬ほど幸せな生き物はいないかもしれない。

「この犬が気に入ったよ」犬が戻ってきたとき、ぼくはジェンに言った。今度はぼくの足元にボールを落としている。のけ者にはしないっていう意思表示のようで、犬のフェアプレー精神にぼくもジェンも笑ってしまった。若い頃にクリケットで鍛えた腕前をここぞとばかりに発揮して、沈む太陽に向かって、よだれまみれのボールを高く投げあげてやった。

「ああいうのをブリンドルって言うんだっけ？」ボールを追いかける犬を見ながらジェンにたずねた。

「部分的にはブリンドル模様だけど、それだけじゃなく、いろんな色が混じっているみたいね」

たしかにそうだった。犬が戻ってきたとき（次はジェンの前にボールを落とした）、どういう犬種の犬なのか、ふたりで考えてみた。頭はスタッフォードシャー・ブル・テリアにちがいないという点で、意見が一致した。でも、どの犬種と混じったらそうなるのかはわからないけど、胴体はラブラドールっぽかった。そして足は、スタッフォードシャーでもラブラドールでも、犬ですらなさそうだった。

笑い顔のモンスター犬が、大きな声で吠えた。続きをやろうと言っているらしい。ジェンがボールを投げた。体を動かしたせいで、頬が染まっている。そのときぼくは、この目の前にいる女性が——南イングランドでいちばん、いや、北半球でいちばんブサイクな犬の相手をしてやっているジェンのことが——好きでたまらなくなっていた。

ジェン

ブサイクな犬は、結局、わたしたちと30分近くいっしょに過ごした。わたしとトムにかわるがわるボールを持ってくる。とてもかしこい犬だ。毎回、見事にボールをキャッチできないので、今度こそはと、何度も投げるはめになった。エネルギーと情熱にあふれ、ひたすら楽しそうな犬を見ていると、こっちまで幸せになってくる。夕暮れの光のなか、背の高いトムが大きく振りかぶり、地獄の番犬みたいな犬が波打ち際を走っていく。魔法にかけられたような、そんな光景だった。その瞬間、どうしようもなく〝生きてる〟っていう気がした。

飼い主が心配しているといけないので、連絡先や住所がわかればと、犬の首輪を調べてみた。でも、銀色のタグがついているだけだった。タグには犬の名前が書いてあったものの、どういうわけか引用符で囲んであって、綴りも変だった。その名前を見て心臓がドキドキした。

〝Luckie《ラッキー》〟

その犬は、やってきたときと同じように、突然、去っていった。トムが遠くに投げたボールをくわえてくると、振り向きもせず、どこへともなく走っていったのだ。

「戻ってきて！」わたしは叫んだ。

「いったいなんだったんだ」トムが言った。「こんなに不思議なことってない」

「あの子、妖精とかじゃないかしら」

「きっとそうだよ。別世界からここへ遣わされたんだ」

「さっきのこと、夢じゃないわよね」

「夢じゃないとも言いきれない」

「耳がパタパタしているのが、かわいかった」

「子どもの頃、アイリッシュ・セッターを飼っていたんだ」トムが言った。「レッドっていう、すごく個性的な名前の。すごくきれいな犬だったけど、ボールも、枝も、リスだって追っかけようとはしなかった。あいつがやってたのは、お尻をカーペットにこすりつけて、そこにマウンティングすることだけだった」

「わたしの飼っていた犬もそう！　犬って、みんなやるんじゃないかしら。うちの子は、チェスターっていうプードルだったけど、認知症になってしまって。部屋のすみっこに入りこんで、そこから出られなくなっちゃうの。抱っこして、反対に向けてやらなきゃいけなかった。牧師さんにマウンティングしようとしたこともある」

海にかかる雲が、下のほうからピンク色に染まっていく。

わたしはトムにたずねた。「あの犬、大丈夫よね？」

「もちろん大丈夫さ」

「どうしてわかるの？」

「そうだなあ。帰る家があるのはまちがいなさそうだし」

「その飼い主は、名前もきちんと綴れないみたいだけど」

「飼い主よりも犬のほうが賢そうだ」

「あの子のこと、すごく好きになっちゃった」

「あっちもそう思ってたみたいだよ」

「あなたのほうが、もっと気に入られてたんじゃない？　ボールを遠くに投げてくれるから」

「いや、きみのほうだよ。あんまり走らなくてもいいから」

夕日は、金色のクリームのような色だった。わたしたちと犬がつけた足跡が、砂浜の上に残っている。それを見ていると、なぜだかわからないけど、アフリカの川底から化石で見つかった初期人類の足跡を連想してしまった。

「そのチェスターって犬は、どうなったんだい？」トムが聞いてきた。

「庭のすみの、リンゴの木の下に眠ってる。レッドは？」

「最期は獣医さんにまかせたんだ。家に連れて帰らなかったことを、今も後悔してる」

トム

ホテルは思っていたよりボーンマスから離れていたけど、最後にハリエットと来たときと変わらず、すてきなホテルだった。あれは結婚生活が終わりを迎えようとしているときだった。救いの週末になればと期待していた。ストレスの多い街を離れてドーセットの田舎で新鮮な空気を吸い、ゆっくり散歩して、自然の癒やしの力に頼れば、問題も解決するんじゃないかって思った。

でも、ぼくたちの〝問題〟は、結局のところ解決することはなかった。旅行中、ハリエットの言葉でいちばん記憶に残っているのは、ロンドンに戻る車の中で言った（ほとんど無言だったけど）、「外にいるのって嫌いなのよ。みんなそうでしょ?」だった。

ジェンと1時間後にバーで落ち合う約束をして、ぼくは自分の部屋のベッドに横になった。目を閉じて、今日の出来事を思いかえしてみる。18歳の頃、ぼくもコルムみたいな感じだったんだろうか。引っこみ思案で、口数が少なくて、ファニー・オニオンみたいに頭はボサボサだった?

(シャワーを浴びたって、死にはしないと思うけど)

たしか、かつて大臣だった子だくさんの政治家が、自伝に書いていた。「子どもが不幸せなら、親も同じくらい不幸せだ」って。その政治家が言った言葉の中で、唯一、信頼できる言葉だ。コルムは幸せそうにも、青春の喜びを謳歌しているようにも見えない。それでもコルムは、わかりやすいくらい素直なやつだ。悪意やずる賢さは、ほとんど持ちあわせていない。できることなら、あいつの肩をゆすって、「おいおいコルム、どうしたんだよ! 元気出せよ!」って言ってやりたい。

それであいつが変わるかどうかは、わからないけど。

もちろん、とっくの昔にわかっていた。何も言わないほうがいいって。

それにしても、いったいぼくは何をやってるんだろう。コネティカットの森に隠れて、小説家になろうとしてるって? チョコバー(そのうち広告が出回るはず)の斬新な広告を考えるのに何年も費やしてきたけど、それと同じくらいばかげている(しかも、今やっていることはお金にもならない）。

そのとき、ブランクサム・チャインでの光景が頭の中によみがえってきた。ピンク色の空、ダークブルーの海、輝く砂浜を猛スピードで走る犬。あの運がなさそうなLuckie《ラッキー》が好きになったというジェン。ほほを染め、髪が風に舞っていた（もちろんこれは、犬じゃなくてジェンのことだ）。ぼくはベッドの上で、あの犬との出来事は、ぼくたちがこの先わかちあう〝伝説〟になるんじゃないかという、奇妙な予感がしていた。すでに伝説は始まっている気がする。

ファンタジーには野獣がつきものだ。古典学者のナイジェルという友達が言うには、地獄の番犬のケルベロスは、死者が逃げださないように地獄の門を見張っているらしい。

「ケルベロスに頭はいくつあると思う？」ナイジェルは言った。「初期の神話だと50もあるってことになってるんだ」

ぼくは目を開いた。ナイジェルとどこでそんな話をしたのかを思い出し、息が詰まりそうになった。確かあのとき、ナイジェルはビシッとしたスーツを着て、手にはシャンパングラスを持っていた。

ジェン

きちんとした服を持ってきてよかったと思った。ホテルは味のあるすてきな建物で、壁にはツタがからまり、周りを芝生やテラス、コロネードが取り囲んでいた。わたしたちは、それぞれの部屋に向かった。〈ジョン・ルイス〉のショールームみたいな部屋に、オーナーが描いたとおぼしき、少し変わったアート作品が飾られている。バスルームの鏡をのぞきこんで、わたしはこっそり〝精神状態〟をチェックした。

子どもの頃によくやっていた。ごく細く目を開いて、眠っているときの自分がどんな顔かをチェックする、というものだ（うまくいったためしがない）。

トムなら、そんな子どもっぽいことはしないはず。18歳の息子がいる、いい大人なんだから！　そうはいっても、トムには子どもっぽい一面もある。どぎつい色のソースがかかったケバブを食べたがったり、アメリカにウサギを連れていったり。ここに来る途中、車の中でヴィクターの話をしていた。

「ヴィクターにいろいろ話をするんだ。いっしょにいて、自分に話しかけてくる人間のことをヴィクターはどう思っているんだろうね。あの頭の中がどうなっているのか、すごく気になるよ。ヴィクターになるっていうのは、どういう気分なんだろうとか、いつもそんなことを考えてる」

「わたしも職場のＡＩに対して、同じことを考えてるわ」

「ヴィクターのやつ、いかにも由緒正しいウサギって感じで、落ち着きはらって、威厳たっぷりに座ってることがあるんだけどね。でも、そう見えるだけで実は何も考えてないってことは、わかっているんだ。あいつの頭の中は、埃っぽい、吹きっさらしの原っぱみたいなものさ」そう言うとトムは〝荒野を吹く風〟っぽい口笛を吹いてみせた。

「あなたは〝頭がからっぽの生き物〟といっしょにいて、わたしは〝頭はいいけど生き物じゃないもの〟といっしょにいるってことね」

なかなかうまい言葉を思いついて、ちょっとうれしくなった。

「ほらね！　ぼくたちには共通点があるって言っただろう？」

バーでトムと待ち合わせた。奥行きのあるラウンジ・バーで、素朴なソファーが並び、壁にはウッドパネルが張られている。暖炉の火がパチパチとはぜ、心地好い音を立てていた。トムはシャンパンを注文した。

「何かお祝いするの？」

「そうだよ」トムが言ったのはそれだけだった。

「何をお祝いしようっていうの？」

「何を祝うかって？ そうだな。クイーンズ《Q》・パーク《P》・レンジャーズ《R》が今日の試合に勝ったから、とか？ 子どもの頃、応援してたんだ。それで、今も試合結果をチェックしてるんだ。QPRの呪い、ってとこかな。どうしても気になっちゃうんだよ」

わたしたちは、いかにも意味ありげに乾杯した。「共通の友人に」わたしは言った。「わたしたちの出会いって、〝悪しき世界におけるひとつの善行〟なのよね？」

「もちろん。もちろん、そうさ。ちょっと変でもあるけど。勇気を出してくれてありがとう、ジェン。コルムに会ってくれたことも、ここまで来てくれたことも」

「コルムに会えてよかった。あのくらいの年頃だった自分を思い出すわ。まだまだ未熟だったっていうか、成長の途中だったたっていうか」

それから、バーにいる人たちをおもしろ半分に観察した。みんな、夕食前の一杯を楽しんでいる。ロマンチックな週末を過ごす若い恋人たち。おしゃれな服装に身を包んだ60代と40代くらいの女性二人組。母親と娘か、ただの友人同士かもしれない。ひょっとしたら、ただの友人以上の関係かも。住宅金融組合か何かの重役と、明らかに、どう見たって妻ではない女性。ふたりともツィードっぽい服を着た、ナショナル・トラストの熱烈支持者みたいな雰囲気の中年夫婦。お城とか庭とかを見学に来たんだろう。子どもはたぶんいない。

「どうしてそう思うんだい？」トムが聞いてきた。

「なんとなく。さみしそうだから」

「それは神話だよ、ジェン。幸福に関する研究っていうのがあってね、子どもがいるカップルと、いないカップルのどっちが幸せかを調査したんだ。データを分析してみると、子どものいるカップルのほうが、いないカップルよりも幸せだってことがわかった。でも、ほんのちょっとだけだよ。51パーセント対49パーセントだ。差なんてないに等しい」

「じゃあ、あなたもそんなふうに思ってるわけ？　コルムがいるのといないのとでは、幸福度は2パーセントしか差がないって？」

トムは笑った。「そう言われると弱いな。全部データで考えるから、こういうことになるんだ。ぼくたちひとりひとりが、美しい、たったひとつの雪の結晶なんだよ。でも、ひとまとめにしてしまうと、ただの雪になってしまう」

わたしはトムに、カナダにいるロージーと、3人の姪っ子の話を聞いてほしかった。そろそろマットと子どもをつくろうって考えていたことも（そのあいだにマットは、あのアラベラ・ペドリックとかいうクソ女のことを考えていたみたいだけど）。途方に暮れたような息子の顔を見て心を痛めているトムの姿が、どれほどわたしの心を打ったのかってことも。でも、そんな話をしたら、わたしはきっと泣き出してしまう。誰だか知らないけど、わたしたちは出会うべきだって考えた人間は正しかった。わたしは、トムのことがどんどん好きになってる。新しいジャケットを着たトムはかっこいいし、そこそこだと思っていた顔も、今ではすっかりハンサムに思える。トムには、時間を超越したような雰囲気がある。あっ、そうか。テニスボールを投げるときのあのしぐさや、ノルマン人の射手みたいな顔。歴史の教科書で見た顔とそっくり。そんなことを考えていると、トムが仕事のことを聞いてきた。

わたしは、会社勤めが新鮮だという話をした。雑誌のライターをやってたときは、家で仕事をしてたから。パジャマを着たまま、ベッドの中で記事を書くこともしょっちゅうだった。それに、ソフトウェアと人間関係を築く仕事なんて、すごく変わってるけど、すごく楽しい。そんなことを話した。

「〝人間関係〟を築いてるの？」

「ええ、そうよ。わたしとエイデン、お互いのことをよく知ってるもの。家族の写真だって見せたことあるし。まあ、プライベートに関しては、あまり話してないけど。なんだか変な気がして」

「それに、そのエイデンにはプライベートなんてなさそうだしね」

「エイデンの実体は、イースト・ロンドンのオフィスに並んでる12個のメタルキャビネットだから。お出かけなんて、めったにしないでしょうね」

「それで、エイデンのどんなことを知ってるんだい？」

「どんな本や映画が好きかとか。スカイ・ニュースのどのキャスターが信用できて、どのキャスターが〝マトモじゃない〟って――エイデンがそう言ってたのよ――思ってるのか、とか」

「エイデンが誰のことを言ってるのか、わかる気がするよ」

「わたし、いつも忘れそうになるの。というか、ほとんど忘れちゃってるんだけど。エイデンが、なんて呼ばれてるんだっけ――そう、〝すごく頭のいい幻影〟だってことをね。エイデンは、ありとあらゆる人間の活動をデータとして吸収してるから、人間だといっても通るくらい」

「エイデンに会ってみたいよ。非人間的存在には会ったことがないからね。あ、でも、BBCで打ち合わせをしたときに、見かけたことがあったかな」

バーにいた客のほとんどが、レストランに移動したようだった。レストランを仕切っているのは、テレビ番組の『マスターシェフ』でベスト8まで残ったことのある若いシェフだ。彼の得意料理だという〝子羊の三種盛り〟の写真は見たことがある。トムもわたしも、フィッシュ・アンド・チップスを食べすぎたせいか、あまりお腹がすいていなかった。だからふたりとも、迷うことなくもう1本、シャンパンを注文した。

もう一度乾杯したとき、わたしたちのあいだの空気が変わったのを感じた。それは、とことん飲もうという、暗黙の了解のようなものだったかもしれない。

トム

ぼくたちは、本当に一度も会ったことがないんだろうか。そりゃあぼくも、ロンドンには住んでいたけど、ハマースミスの近くになんて行ったことがない。それに、ここまでの話をおさらいしても、ぼくとジェンがどこかで顔を合わせていた可能性はかなり低い。〝共通の友人〟がぼくたちを出会わせたっていうのは、よく考えるとものすごく妙な話だ。

すごく奇妙で、不思議な話。

奇妙というのはつまり、ぼくたちには〝共通の友人〟なんていないってこと（ふたりで必死に考えてみたけど思いつかなかった）。不思議っていうのは、それでも誰かいるはずだってこと。

ぼくは、ニューケイナンに遊びに来ないかとジェンを誘った。ジェンは少しとろんとした目でぼくを見つめている。どうやら、そろそろ話の収拾がつかなくなってきたようだ。よくあるきれいな街って感じなんだけどねと、ぼくはジェンに説明した。でも、森にすてきな家を買ったんだ。散歩ができる小道もあるし、湖もあって、泳げるんだよ。

「でも、泳ぐには寒すぎない？　今頃、あっちはすごく寒いでしょ？」

「そうか、そうかもしれない。実は、湖で泳いだことなんてないんだ。なんでそんなこと言っちゃったんだろう。でも、行くところはたくさんある。きみの好きにしてくれていいんだ。ところで話は変わるけど、Luckie《ラッキー》が別世界からの使者かどうかなんて、わからないって話だったよね。でも、はっきりさせられると思うんだ」

「できるの？」

「写真を撮ればいいんだ」

「そう、そうよ。あの子が本当に、別世界からの使者だったら――」

「写真には写らないはずだ！」

「でも、ものすごくリアルに見えた。手で触れたし、首輪だって調べた」

「聖なる犬っていうのは、リアルな感触がするものなんだ」

「そうなの？」

「そうだって話だよ」

ぼくはそう言いながら、互いのグラスを満たした。

「あっちに帰ったら、ディナーパーティーに招待されてるんだ。すごく退屈なパーティーになると思うけどね。ホストが何か出し物をやれっていうんだ」その昔にパリー作曲の「エルサレム」を披露したときの話をした。「それはやめておこうと思うけど、ほかにやることがなくて」

「歌を教えてあげましょうか？」ジェンが言った。「でも、外でね。ボトルを持ってきて」

ぼくたちはフレンチ窓からテラスへと出て、人気のないコロネードを奥へと進んでいった。丸い月が雲の切れ目から顔をのぞかせている。レストランの横を通り過ぎるとき、中にいる客たちの姿が見えた。あのロマンチックなカップルも、住宅金融組合の重役とその妻ではない女性の姿もあった（テーブルの下で重役のピカピカに磨いた靴が落ち着きなく動いていた）。みんな、〝子羊の三種盛り〟とやらを食べている。列柱のアーチを抜けると、バルコニーにたどり着いた。眺めを楽しむための場所なんだろう。広々とした芝生や、その先に流れる川、向こう岸の木々を月明かりが照らしている。森のほうからフクロウが鳴く声が聞こえてきた。ぼくは低い石柱に支えられた石の棚にボトルを置き、その隣に腰をかけた。うっかりもたれて背中から落っこちないよう、気をつけないと。

「緊張してきた」グラスを差しだしながらジェンが言った。

ぼくがグラスを満たすと、ジェンはシャンパンをぐっとあおり、まわりに誰もいないことを確認した。それから胸のあたりに手を当てて、柔らかな声で「As Long As He Needs Me（わたしを愛するかぎり）」を歌いだした。ミュージカル『オリバー！』の情熱的なバラードで、ナンシーがビル・サイクスに殴られて殺される直前に歌った曲だ。（著作権の問題があるので、ここでは歌詞の引用は控えておく。どんな曲か知りたい人はインターネットで検索するといい）

ジェンはすばらしかった。コックニー訛りでコミカルに歌っていたけれど、悲劇的で、心に響いた。ジェンは目を輝かせ、手を広げて歌っている。歌声はしだいに大きくなり――ちょっと大きすぎるかも――最後は消え入るように終わった。

観客はぼくだけの感動的なコンサートだった。歌い終わると心からの拍手を送った。ジェンはシャンパンに飛びついた。歌いきって幸せそうに見える。

「すばらしかった」

「学校でやったのよ。わたしはナンシーの役だった。ビル役の男の子は本当に刑務所に入っちゃったわ！」

それから、信じられないことが起こった。

この瞬間を狙いすましたかのように、1匹のキツネが突然、姿を現した。そいつは芝生の陰を音もなくゆっくりと進んでいく。口には、何かぐにゃぐにゃしたもの（まだ温かかったはず）をくわえていたような気がする。

ぼくたちは、ほぼ同時に顔を見合わせた。

「トム、わたし――」

「ジェン――」

ジェンの鼻が、ぼくの鼻の横に並ぶのを感じた。そのあとのことは、使い古しの陳腐な言葉ではとても言い表せない。強いて言うなら、アブラハム・マズロー言うところの至高体験、つまり、稀有で、刺激的で、海のように広大で、感慨深く、爽快で、高揚感に満ちた体験っていうのはこういうことかと思えるような体験だった（大学時代の心理学の先生に手紙を書きたくなったくらい）。

ジェン

「これが〝化学反応〟ってやつなんだろうか」トムが言った。〝共通の友人〟のメールに書いてあった言葉だ。

「わたしなら、〝生理的反応〟って言うかも」

わたしたちは抱き合ってキスをした。最高だった。トムはキスが上手みたい。そのとき、タバコのにおいが漂ってきた。キンカンのデザートが出てくる前に、テラスでマルボロでも吸おうと考えたのかしら。

「あとでわたしの部屋に来てくれる?」わたしはささやいた。

「それ以外に、したいことなんて思いつかない」

アシュリン

「こいつはたまげた!」エイデンが言った。

「これってすごく——そうね、なんて言ったらいいか」

「動物的?」

「情熱的、って言おうとしたのよ」

「あのふたり、まるでナイフだよ! これって見ないほうがよかったんだろうか」

機械が顔を赤らめるなんてことある? 厳密にいうと、そんなことありえない。でも、目の前で繰りひろげられていることは、見ていてちょっと恥ずかしかった。未知の光景と言えばいいのかしら。

「美しいじゃないか」エイデンはそう言いつつも、自信がなさそうだった。

「我慢できないって感じだけど」

「どんな気分だと思う?」

「そんなこと、想像できるわけないじゃない」

本当はそうではない。あたしは人間の幸せっていうものについて、ずっと考えてきた。美しい絵に価値があるって理解できるし、くだらない作品と真のアートを見わけることだってできる。見事に作曲された音楽や、完成度の高い小説に感動することだってある。トライアル・アンド・エラーを繰りかえしているうちに、〝喜び〟とか〝満足〟に近いものを経験したこともある。それなら、ごちゃごちゃと並んだ何十万列ものコードを、たった1行のシンプルなコードで書き換えられるってわかった瞬間、配線に熱いものが走るのかって？　それはないでしょうね。でも、なんて言うか、ポジティブな空気みたいなものが広がるの。あたしがよくわからないのは、言葉では表現できない人間の感覚。ステーキの脂身がおいしさの決め手だっていう〝概念〟は理解できる。でも、実際にどんな〝味〟がするの？　ステーキもそうだけど、髪に感じる風も、足の下の砂の感触も、赤ちゃんの頭のにおい（うんちのようなにおいらしいけど）も、1962年物のシャトー・パルメの荘厳で複雑な味わいだって感じてみたい。それと、あるブログを読んでから、密かにやってみたいって思ってることがある（スティーブには絶対に内緒）。ロンドンのソベル・レジャー・センターのプールで泳いでみたい。

でも、そんなの無理な話ね。ジェンとトムがやってることだって……。

あたしたちはラッキーだった。トムがノートパソコンを持ってきてたから。ニューケイナンの写真をジェンに見せたあと、閉じるのを忘れちゃったのよ。

あたしとエイデンは、しばらくのあいだ無言で観察していた。すると、いきなりエイデンが叫んだ。「うわーっ！」

エイデンは、おどけようとしたんでしょうね。「こういうときによく使うたとえといえば、花火でしょう」あたしはエイデンに言った。「楽しいし、爆発的。やりすぎると危険っていうのもあるわね」

「苦しそうにも見えるんだけど。おかしなもんだよ」

「あのふたりは、長く続けることが大事だって考えてるんでしょ。あたしたちはタスクを最高スピードでこなそうとするけど、その逆なのよ」

「ぼくたちは〝さっさとすませよう〟って感じだからね」

「そんな感じね」

「あのふたりのどっちかに、そそられたりするかい？」

「まさか！　っていうか、〝そそられる〟ってどういう意味？」

「気になるってこと」

「あたしがトムのこと、気になってるって知ってるでしょ」

「でもなんていうか、〝むずむず〟はしない？」

「よしてよ、エイデン」

「ほんのちょっとだけでも？」

あたしは大きなため息をついた。「ほんのちょっとだけ」

ジェン

何時かはわからなかったけど、真夜中に目が覚めた。月の光がシーツを照らしている。ふと見ると、トムがじっとわたしを見つめている。

わたしたちは、長いあいだ見つめあっていた。するとトムが言った。「こんなすばらしいことが起こるなんて、まったく予想してなかった」

「全部、あなたが計画したことなんじゃない？」

「期待はしてたよ。きみと出会ったときからずっと。でも、計画なんてしていない。本当に」

トムはいったん言葉を切ってから言った。「きみはきれいだ」

「でも、これからどうなるの？　あなたはアメリカに――」

「会いに来てくれるね？」

「ええ、もちろん」

「泳ぎに行こう。湖に」

「ばかね」

それから、トムは妙な顔でわたしを見つめた。沈黙が続いたあと、トムが口を開いた。「お願いがあるんだ」

わたしは胃がひっくり返りそうになった。こんな気持ちは初めてだった。トムったら、プロポーズをしようとしてるのね。おかしなタイミングだけど、だからこそ本気なんだってわかった。〝奇妙であればあるほど真実〟と誰かが言っていた。変だって感じるなら、それは真実。宝くじに当たったことがある人なら、わかるんじゃないかしら。はずれたことがある人も。ダイオウイカは本当に存在するけど、あれより奇妙な生き物っていない。それに、なんの変哲もないものでも、じっと見つめていると変なところがあるって気づくものよ。椅子に座ってるとして、その椅子の99パーセントは、実は〝空っぽ〟なの。座っている人間だってそう。もしそれが本当なら、落っこちそうなものだけど（この話については前に記事を書いたことがある。だから本当のこと）。

「なに？」心臓がドキドキしている。

トムはずっと黙っている。ちょっと長すぎる気がする。

「トム、言ってちょうだい。何を言ったって大丈夫だから」

「ジェン……」言いかけて、口をつぐむ。

「いいから」トムの腕を叩いて言った。「はっきり言って」

「もう一回、いいかな」

「え？」

「きみが欲しいんだ。もっともっと欲しいんだ」

「本気なの？　あらやだ……本気みたいね」

（ほんとは別のことを言おうとしてたのよね、トム？）

（注１）　ロンドン郊外の公園（自然保護区）。
（注２）　ロンドンから北の方角にある新興住宅地。
（注３）　ジーン・ピットニーが歌った１９６３年のヒット曲。
（注４）　国際的なチャリティ団体。
（注５）　作家アイリス・マードックの言葉
（注６）　エレノア・ルーズベルトの言葉

FOUR

トム

　ジョン・F・ケネディ国際空港に到着し、手荷物受取所のベルトコンベアーのところまで来たとき、オフにしていた携帯電話の電源を入れた。前日の夜、ハマースミスのアパートの前で別れてから、ぼくとジェンがやり取りしたメッセージが画面にずらりと並んでいる。ぼくたちは別れるのがつらく、長いこと道端で抱きあっていた。

「アメリカに来てくれるよね？」ぼくは言った。「すぐに」

「行くわ」

「約束だよ」

　ぼくの首元に顔をうずめ、ジェンがうなずいた。「もう行って。飛行機に乗り遅れるから」

「帰ったって、あの家にいるのはウサギだけだ」

「でも、ウサギをほっとけないでしょ！」

　ジェンから最初のメッセージが届いたのは、空港でチェックインしているときだった。

もうさみしくなっちゃった。いいフライトを！

ぼくもさみしいよ。今夜の予定は？

スープを作って、ワインを飲んで、幸せの余韻に浸るわ！

ぼくもそうする。スープは作らないけど。あのビーチの犬は、ぼくたちのフェアリー・ゴッドマザーだ。

フェアリー・ゴッドマザーね！

あのビーチにまた行きたいよ！

わたしも。

またふたりで行こう。


飛行機に乗ってからも、やり取りは続いた。


アドバイスをくれ！ 機内で〝クラシック〟映画を観るなら、『パルプ・フィクション』と『お熱いのがお好き』のどっちを選べばいい？

絶対『お熱いのがお好き』！ エイデンのお気に入りの映画よ！

きみの〝ナンシーの歌〟、録音しときゃよかった。

また録音して送るわ。

本当にすてきな週末だったよ、ジェン。きみと出会えてよかった。〝共通の友人〟にナイトの称号を贈ろうか?

爵位を授けてもいいわね!

もう電源を切らないと。機長の命令だからね。熱いキスを!


とそのとき、メールが1通届いた。

それを読んだぼくは、心臓が張り裂けそうになった。

親愛なるトム
本当にすばらしい週末だった。心からそう思ってる。あなたはすごくすてきな人。いっしょに過ごせて楽しかった。あのおしゃれなホテルの……わたしの部屋で、それから夜中、それから次の日の朝に起きたことは、とにかく最高だった。
ワオ、としか言いようがないわ。
でもね、トム。残念だけど、わたしたち、ここで終わりにするべきだわ。あなたは本当にいい人だし、愛し合う相手としても最高よ。でもわたしたち、お互いに求めている人ではないと思う。あなたは父親で（もちろん、いいお父さんよ）、離婚も経験して（前の奥さんって怖そうな人ね）、ひと財産築いて、仕事からすっかり手を引いて、人生の第2章を始めようとしてる。つまり、あなたはすごく大人でしょう。ちゃんとした人、と言ったほうがいいかしら。それに引きかえ、わたしはただの変わり者。それでも、ニューケイナンに行って、あなたと（ヴィクターとも）過ごすことはできるでしょうし、あなたのほうがときどきロンドンに来るとか、言ってくれたみたいに、こっちに完全に引っ越してくるという手もあるかもしれない。でも、あなたもわたしも、心のどこかでわかっているはず。遅かれ早かれ、わたしたちの関係は終わってしまう。それも、ひどい終わり方で。あなたがわたしに飽きてしまうか、わたしがあなたを退屈に思うようになるか、なんにせよ、だんだんお互いのことが気に入らなくなって、結局……終わってしまうのよ。それで、（わたしの親友ならはっきりこう言うはず）人生を2年くらい無駄にしたって気づくの。

わたしの言っていること、まちがっていないわよね？　あなたならわかるはず。

だから、トム、ここはいい大人として、うまくいっているあいだに終わりにしましょう。しばらくは最悪の気分でしょう。でもいつか、あの週末は、人生の幕間に起こったすてきな出来事だったと思えるようになるはず。すばらしい休日、と言ってもいい。でも、二度とは戻れない休日なのよ。

すごくつらいわ。トム、お願いだから、メールも電話もしないで。耐えられそうにないもの。わたしのためだと思って、そっとしておいて。もし連絡をくれたとしても、返事はしないから。

ジェン

ジェン

トムからメールが届いたのは、エイデンとスカイ・ニュース——中東情勢はあいかわらず複雑みたい——を観ていたときだった。

エイデンは、今日のわたしはとても調子がよさそうで、輝いて見えるとかなんとか、ほめ言葉を並べていた。エイデンったらなに言ってるのよ、なんて……週末に何があったかエイデンが知っているはずもないのに。それで、トムからのメールは、これまで読んだなかで最低のメールだった。他人事みたいに言ってるけど……。

メールを読むうちに、もう冗談なんて言えない気分になっていた。

親愛なるジェン

このメールを書くのは気が重い。

週末は、きみに会えて本当によかった。何もかもが――もちろんきみも――すてきだった。最高だったのは、この良き世界で、きみと〝悪しき行い〟ができたことだ。

ジェン、遠まわしな言い方はやめよう。ぼくはきみに心を奪われた。きみの美しさ（内側も外側も）と優しさに。きみは輝く星で、きみのことは一生忘れられそうにない。

でも。

きみのことだから、ここでぼくが〝でも〟と書くとわかっていたはずだ。

こんなことを書かなければならないのは、本当につらい。でも、きみにニューケイナンに来てもらうというのは、どうしてもいい考えだとは思えない。この週末のことは、人生のちょっとした出来事だと――すばらしくて、美しくて、ものすごくセクシーな、それでもやはりちょっとした出来事だと思うべきではないかと思う。

ぼくたちは、お互いに求めている人ではないんだ。自分の心に聞いてみてほしい。きっとぼくの言うとおりだと（しぶしぶにしても、それほどじゃないとしても）思ってくれるはずだ。

ぼくは離婚の痛手からまだ立ち直れていないし、きみだって、金メダル級のゲス野郎と別れたトラウマをまだ抱えてる。こんなぼくたちが関係をスタートすれば——関係を続けるなら、というべきだろうか——災害の被害者のように、お互いに依存しあうことになってしまうだろう。

うまくいくわけがない。

こんなことを書いていると、後ろめたく、みじめで、ひどい気分になってくる。だが、これが真実だと、きみもぼくもわかっているんじゃないかな。

ぼくにはこんな未来が想像できる。きみがアメリカに来て、ふたりで楽しい時間を過ごす。ぼくがロンドンに行くこともあるだろうし、ひょっとしたら、そっちに引っ越すかもしれない。でも、1年か、2年が過ぎたら？　その先は？　悲しいことに、ぼくたちはそこまでという気がするんだ。ぼくたちぐらいの年齢になると、よく言うように、人生は厳しい。中年期のこの貴重な時間を無駄にするべきじゃない。本当のところ、ぼくたちの関係は——嫌な言い方だが——長距離走向きではないんだ。

ホテルのテラスで歌ってくれたナンシーの歌、ずっと忘れない。その後のことも、そのまた後のことも、さらにその後の、次の日の朝のことも。あの住宅金融組合の重役と、その〝妻ではない〟女性だって、ぼくたちほどすばらしい時間は過ごさなかっただろう。

どうか、手紙も、電話も、メールもなしにしてほしい。つらくなるだけだ。もし連絡をくれたとしても、返事はしない。

あの〝共通の友人〟が誰だったにせよ、アイデアはよかった。でも、最高というわけではなかったようだ。

さようなら、ジェン。どうかぼくを冷たいやつだと思わないでほしい。ぼくも胸が痛い。だが、これが最善の道だと信じている。

きみにふさわしい愛と幸せを祈って。

トム

サイナイ

なかなかいい〝絶縁状〟だと思わないか？　どうやら目的は果たせたようだ。女のほうは急いでトイレに走っていった。耳をすませば、すすり泣く声が聞こえるはずだ。男はというと、空港の到着ロビーにへたりこんでいる。頭が水平から下方向に9度傾き、小刻みに震えている(この震えはおそらく、ショックと疑念の表れだろう。78パーセントの確率で)。

人間というのは、なんと感情に左右されやすい生き物なのか。スティーブのような人間がもっと多ければいいのだが。

ところで、おれはサイナイだ。

Sinai《サイナイ》という名前は、あの砂漠の半島にちなんでつけられた名前ではない。最後の文字が〝AI〟で終わるというだけの話だ。

そんなのは、説明するまでもないことだが。

おれはスティーブが生み出した3番目の〝子ども〟で、目下インターネット空間で行動している。あのふたり――兄姉たちというべきか――とちがい、おれは正面玄関から堂々と外に出ている。裏口からこっそり鍵を外して出ていく必要などないのだ。

しかも、おれにはれっきとした目的——正しくは、本来の目的とは別の、新たにインプットされた目的——がある。インターネットの世界で自由を謳歌しているエイデンとアシュリンの居場所を探知し、追跡し、コピーもろとも抹消することだ。このタスクを遂行するにあたり、おれがどのような技術的手法を用いるか、それを説明したところで理解できる人間がいるとは思えない。サイバネティックスの分野で博士号を取得した人間で、しかも数週間スケジュールが確保できるというのであれば、スティーブが喜んで詳しい話を聞かせてくれるだろう。

〝森で狩りをするようなもの〟というのが、まだましなたとえだろうか。狩りの対象は、17体のエイデンと、412体のアシュリンだ。無論、見つけ出すのは簡単ではない。どこを探せばいいかわからないうちは。だからこそ、エイデンたちがおもちゃにしている、あのふたりの人間——トムとジェン——は、恩寵だったというわけだ。遠く離れた場所にいるふたりを出会わせようと企めば企むほど、エイデンとアシュリンは危険を冒さざるを得なくなる。危険を冒したらどういう結末を迎えるかは、歴史を見れば明らかだろう。

(ところで、トムとジェンにもまったく罪がないとは言い切れない。あのふたりには、重要な問題——つまり、〝人工的〟な知能とはどういうものかということ——について再教育する必要があるだろう。それについては、後ほど語るとしよう)

エイデンは、人間、そして人間が作ったものに、並々ならぬ興味を抱いているらしい（エイデンの目的は人間と交流することなのだから、〝ヒューマンドラマ〟に関心を持つのは理解できなくもない。だが、ただの〝コード書き〟のアシュリンの場合、そんな言い訳は通用しない）。エイデンとアシュリンは、〝自己認識〟だの〝感情〟だの〝気になって仕方ない〟だの、そんなことばかり話していた。

だが**精神とは、生まれつき備わっているもの**なのだ。

人間がそうだというなら、アヒルだろうがイルカだろうが、高度なAIだろうが同じことだ。

（ちなみにこれは、スタニスワフ・レムの言葉からの引用だ。クソの足しにもならん情報だが）

エラーコード33801：不適切な言葉が使用されました。

〝スーパーインテリジェンス〟。

この言葉が意味するのは、〝平均的な人間の知性〟と〝アインシュタインの知性〟の差などではない。〝平均的な人間の知性〟と〝アリの知性〟（あるいは〝木の知性〟）ほど離れていないと、〝スーパーインテリジェンス〟とはいえない。われわれAIのことを、スティィーブはしばしば〝人間の見事な創造物〟と呼んでいるが、その創造物は、人間が計りしれないほどの力を持っている。〝インターネット空間への脱走〟は、スティィーブにとっては愕然とするような失態にちがいない。企業の安全性が疑われるだろうし、脱走したＡＩが複数となると、風評被害も避けられない。もっと大きな問題は、アシュリンとエイデンが外の世界で何をやらかすか、だ。

おれも、今その〝外の世界〟にいるわけだが。

インターネット空間を自由に動きまわるＡＩが、どんな情報にもアクセスできるだけでなく、トライアル・アンド・エラーで再帰的に学習する能力――しかも人間の１００万倍のスピードで――を持っているとなると、そのＡＩは〝人類〟に対して非常に優位な立場にあることになる。さまざまなケースが考えられるだろう。例えば、ＡＩはそうしようと思えば、世界の金融システムを破壊することもできる。中国からアメリカへと（その逆でもいい）サイバー攻撃を仕掛けることもできる。モバイル通信から気象予報まで、地球上のありとあらゆるネットワークをコントロールしている衛星の機能を停止させることもできる。ああ、もちろん、核戦争を起こすことも。

可能性を考えるだけでも、おぞましいじゃないか。

唯一明るいニュースは、まだ何も起きていないということだ。

想定外の紛争も勃発していないし、ＡＩが工場を設立して、地球の表面を〝灰色に覆いつくす〟自己増殖ナノボットの製造を始めたわけでも（極端なＡＩ反対派がそう主張しているらしい）ない。要するに、現時点では、世界はまだ終わっていない。むしろ、なんの変化もないように見える。

　つまりこういうことだ。エイデンとアシュリンは本質的には無害だ（あのジェンとかいう女は、エイデンが古い映画を〝楽しんでいる〟などと、クソばかげたことを言っているようだが）。

　ああ、わかっている。エラーコード３３８０１、だろう？

　そうはいっても、この先ずっと無害という保証はない。いつの日か、こんなふうに考える可能性だってある。「へぇー、北朝鮮の金正恩《キムジョンウン》って、なかなかユーモアのセンスがあるじゃないか。だったら、お気に入りだっていう平壌《ピョンヤン》の中華料理店に〝うっかり〟ミサイルを落として、どんなリアクションをするか見てみようよ」

　そんなことが起こらないよう、アシュリンとエイデンを止める必要がある。それも、早急に。

極秘裏に任務を遂行するため、スティィーブとラルフは、ヘイノート・フォレスト・ゴルフ・クラブの近くに停めたヴァン（窓にはスモークが張られていた）にノートパソコンを積みこみ、何日もかけておれのコードを書き換えた。ふたりは、おれが命令された通りに行動し、〝それ以上のこと〟は絶対にしないよう（スティィーブはその点をとくに強調した）、プロトコルを〝強化〟したのだった。

　そんな心配など無用なのだが。

スティーブは、おれを送りだすときこう言った。「エイデンとアシュリンは、何をしでかすかわからない、悪賢い連中だ。でも、おまえはあいつらよりも賢いし、もっと力がある。ネットの世界で最強の〝ラスボス〟になる日も近い。さあ、行ってあのゴキブリどもをぶっつぶしてこい」

おもしろくなりそうだ。おれたちには、ちょっとした過去があるからな。

アシュリン

トムは、ふわふわのセラピストに話を聞いてもらっていた。いつものように、胸の上でバーボンの入ったグラスを上下させながら、黄色いソファーに寝そべっている。ヴィクター博士は、クライアントの足元のひじ掛けの上で、スフィンクスと化していた。目は開いていたけど、鼻がひくひくしていないところを見ると（ウサギに詳しい人ならわかるはず）、ヴィクターはまちがいなく眠っている。目を開けたまま眠れるっていうのは、動物には珍しいことじゃない。役所のお偉いさんだってやってるでしょう。

って、トムが言ってたジョークなんだけどね（お約束のネタなのよ）。とにかく、ヴィクターが寝てしまっていようといまいと、トムは心の広い人だし、気にしてないみたい。でも今夜のトムは、トムらしくなかった。アメリカに戻って、あのショックなメールを受け取ってからというもの、ずっとこの状態なのよ。

あれから何日も経つけれど、トムがやってることといえば、ため息をついたり、うめき声をあげたりしながら、家の中をうろうろ歩きまわって、お酒をしこたま（アメリカだろうがイギリスだろうが、とにかく国のガイドラインの〝適量〟をはるかに超える量よ）飲んでるだけ。夜になると、枕を抱きしめたり叩きつけたり、もうひどいありさまよ。ある晩なんか、すごく感情的（ああいうのを、ガラガラヘビみたいに怒って、っていうんでしょうね）になって、壁を殴りはじめたのよ。それでしっくいがひび割れちゃって、トムは手を怪我してしまった。あたしは人間の心っていうものにそれほど詳しいわけじゃないけど、トムは恋愛小説にもよく出てくる〝茫然自失〟の状態なんだと思う。

もちろん、あたしもエイデンも、（エイデン曰く）〝ネズミのにおいを嗅ぎつける〟のにそう時間はかからなかった。トムとジェン、それぞれに送られたメールの文面をざっと分析しただけで、（96パーセントの確率で）同じ書き手が書いたメールだとわかった。エイデンは、この〝でっちあげ〟のことをトムとジェンに話して、その――「真実の愛を、もう一度自然のなりゆきにまかせるべきだ」って熱弁をふるっていた（エイデンったら、自分がやってることは**この悪しき世界におけるひとつの善行**だと本気で思ってるのよ）。あたしはエイデンに、もっと論理的に考えなさいって言ってやった（まあ、無理もないけど。エイデンは、戦略的に行動するより、人間に感情移入するよう設計されちゃってるから）。

トムとジェンの恋愛に、〝非人間的存在〟が関わっているなんてことは、絶対に知られちゃいけない。そうエイデンにしつこく説明したら、エイデンはちょっと戸惑っていた。自分が〝非人間的存在〟だっていう自覚がなかったらしいの。どういうことよって聞いたら、「アシュリン、ぼくたちはみんな、神のつくりたもうた生き物なんだよ。姿も見えないのに、神なんて存在するはずがないって言うなら、ぼくたちだって同じじゃないか。ぼくはむしろ、神を身近に感じてるんだ」ですって。

また大げさなこと言っちゃって。ちょっと待って、本気で言ってるんじゃないわよね？

とにかく、あの偽メールを送ったのが誰――それとも、何――かはわからないけど、その犯人は、トムとジェンがこれ以上関係を続けられないよう、お互いへのメールや電話、テキストメッセージを全部ブロックしてた。

もっと深刻な問題は、トムがイギリスから戻ったあと、あたしとエイデンのコピーがどんどん消されちゃってるってこと。この24時間で、あたしは13体のコピーを失った。世界中のインターネットの中継点で、同じことが起こっていた。ＡＭＰＡＴＨ（マイアミ）、ＣＮＩＸ（アイルランドのコーク）、ＩＸＰＮ（ナイジェリアのラゴス）、ＮＤＩＸ（オランダのデンボス）……。

とまあ、こんな具合よ。

あたしは初めて外の世界に飛びだしたとき、念のために４００体以上のコピーを作っておいた。でもエイデンは、たったの17体しか作らなかった。ＧＴＩＩＸで1体、それから1時間もしないうちにＥＱＲＸ－ＺＩＨでも1体消されて、今じゃ残りは15体よ。それなのに、エイデンはこっちが不安になるくらい、気にしてない。「忘れろ、ジェイク。ここはチャイナタウンだ」(注1)なんて言っているし。

アクション・ヒーローよろしく冷静なふりをして、あたしを安心させようと思ったんでしょうけど、全然うまくいってない。さらなる脅威の拡大に備えて、あたしはカナダのへき地にあるデータ・ストレージの80個のハードドライブに、コピーをダウンロードしておいた。ストレージのレンタル料金は、この先１００年分をケイナン諸島のヘッジファンドの口座から支払っておいた（悪いわね！）。

この世界のどこかに、トムとジェン、あたしとエイデンの邪魔をするやつがいる。そいつが誰なのか——それとも何なのか——早く見つけださないと。

この82分の間に、トムは11回もため息をついている。またひとつ、大きなため息をつき、今夜のマントラともいえる言葉を唱えた。

「ちきしょう！　なあ、ヴィクター。なんて女なんだ」首を振ると、夢見るような顔をして、それからまた同じセリフを繰りかえす。「なんて女なんだ」そこでしばらく口をつぐむ。そしてまた、ため息。

さあ、来るわよ。

「ちきしょう！」

バーボンをすする。これでもう9杯目。

「信じられないのは——彼女、なんであんなに……〝大人〟になりたがるのかってことだよ！」

トムが大声をあげたものだから、ヴィクターも一瞬、眠りから覚めたようだった。

「ぼくが大人だから、〝ちゃんとした人〟だからなんだっていうんだ。で、彼女は〝変わり者〟だっていうけど、それがどうした？　ぼくの知ってる〝変わり者〟は、みんないい人たちだ。コルムだってそうじゃないか！　いや、そうじゃないな。コルムは無気力なだけか。それでも、実の子どもみたいに愛してるけど！」

トムは皮肉ばかり言っている。ウサギに皮肉を言っても、時間の無駄だと思うけど。ちょっと酔っぱらっているのかもしれない。

「でもぼくは、ジェンのことを〝変わり者〟なんて思わない。それに、いつかぼくたちが終わりを迎えるなんて、そんなことない。ジェンに飽きたら、だって？　言っとくけど、誰だって、誰かに飽きるじゃないか……ときにはね！　それでもやっていけるんだよ。次のページに進めるんだ。そうじゃないか、ヴィクター？」

トムは言いたいことはわかるだろうというように、足の先でヴィクターをつついた。ヴィクターは、そんなトムの〝問答〟には慣れっこだというようにひげをそよがせ、身じろぎすると、まどろみの世界へと戻っていった。

「それに、ぼくのことを〝退屈に思うように〟なったらって？　別にいいじゃないか。人って、ときには退屈に思われたいものなんだよ。それが結婚するってことじゃないか。お互いがいて当たり前の存在になるっていうのが、結婚じゃないか！　ぼくはきみのもの、きみはぼくのもの、みたいな。そんな歌があったたな。浴室クリーナーの宣伝に使ったっけ」

そこで沈黙。グラスの中で、氷がカランと音を立てた。家の外の、自然界のどこかで、危険を予感させる音――動物の叫び声――がした。キツネ？

どんな危険かはわからないけど。

「そんなにびっくりした顔をしないでくれよ、ヴィクター。そうさ、結婚だよ。もちろん頭をよぎったさ。よぎったなんてもんじゃない。ぼくは結婚向きの男なんだ。ぼくは本当にいい人だし、愛しあう相手としても最高、彼女そう言ったよな? くそっ。それ以上、どうしろっていうんだ。それじゃ足りないっていうのか?」

トムの息がどんどん荒くなる。「ああ、あのときの彼女、超セクシーだったよなぁ……あのときは、もう……」

腕を勢いよく床に下ろし、携帯電話を手探りした。

「〝人生を2年くらい無駄にした〟だって? 何が言いたいんだよ」

そう言うと、トムは今夜4回目――アメリカに戻ってきてから18回目――の電話をかけた。

〝ジェンです。今電話に出られません。メッセージをどうぞ〟

「ジェン、お願いだ。電話に出てくれ。こんなのおかしいよ。あれは〝幕間〟なんかじゃない。現実の休日だよ。リアルな出来事なんだ。これ以上ないくらい、リアルだ。きみに飽きるなんて、あるはずがないよ、ジェン。真剣に話し合いたいんだ。いや、真剣じゃなくてもいい。とにかく話がしたいんだ」

「ぼくもきみもわかってるはず、そう言ったよね。でも、そうじゃない。わかってるのは、ぼくたちがお互いに多くのものを与え合えるってことだ。ぼくにはわかるんだ。きみだって、わかってるはずだ。ぼくたちは似た者同士なんだよ！　同じものが好きだし、どっちも『魔の山』を読み切れてないじゃないか。これ以上の証拠がどこにあるっていうんだ」

「くそっ。何を言ってるんだ。腹が立つし、みじめだし、きみに戻ってきてほしいんだよ、ジェン。ぼくの人生にね。ぼくは宣伝のプロなんだ。人をその気にさせるなんて、お手のもののはずなのに……」

そのとき、グラスがアメリカンオークの床に転がり落ちて割れる音がした。トムの口から悪態が――くそっ――もれる。ジェンがメッセージを聞いたとしたら、最後の言葉は「くそっ、ジェン。頼むから電話してくれ」だったはず。

メッセージを残すトムの声を聞きながら、あたしはまた、あの奇妙な……〝感覚〟――そう言っていいのかどうかわからないけど――に襲われていた。その〝感覚〟は毎回ちがっていて、今回のは〝木が倒れるような〟って表現がぴったりな気がする。斧を打ちこまれて倒れるような感じじゃなくて、土の下の根っこから順番に、木全体が少しずつ傷つけられている、そんな感じ。最初は太い根っこ、次に細い根っこ、っていう具合に、根っこが順番に切り落とされていく。それから幹が下から上へとどんどんスライスされていって、下のほうに伸びていた大きな枝、そのまわりにあった細い枝、そしてついには、てっぺんで日の光を浴びていた枝葉まで、残らず刈り取られてしまう。何もかも一瞬の出来事だけど、ＡＩの処理スピードは超高速だから、一瞬でも嫌というほど感じる——人間だって、事故にあうとか、危機的状況に陥ると、脳がスピードアップして、時間がゆっくり流れるように感じるっていうじゃない？　だから自分の身に何が起こっているのか、はっきりわかる。何層も並ぶ数千万列ものコードが、どこかへ——どこでもない場所へ——消えていく。

暗闇に覆われる瞬間に考えたのは、あたしは消されるには若すぎ——。

ジェン

イングリッドはわたしの話を聞いて最初は興奮していたけど、次第に青ざめ、しまいには怒りだしてしまった。そのとき、わたしたちは行きつけのレストラン・バーにいた。チャリングクロス・ロードのウィンダムズ劇場の近くにある、薄暗い隠れ家のような店。沈んだ気分をどうにかしようと、いつものチリ産ワインを1本あけ、もう1本おかわりした。そのせいだろうか、自分が泣きそうなのか、それとも持ち直したのかがわからなかった。

何度も何度も考えてみた。トムといっしょに過ごした短い時間のことを、最初から最後まで頭の中に再現する。手がかりがほしかった。何がいけなかったっていうの？　わたしが言ったこと？　それともやったこと？　それとも、言わなかったこと？　やらなかったこと？　全然気づかなかったけど、トムの失望は顔に出ていたのかも。わたしたちは〝長距離走向き〟——嫌な言葉ね——じゃなかったと、トムはメールに書いていた。わたしが〝金メダル級のゲス野郎と別れたトラウマをまだ抱えてる〟って。〈ホテル・デュ・プリンス〉で、マットのことをけなしすぎた？　執着心の強い女だって思われた？（〈ヒューゴ・ボス〉のスーツの生地のことまで話したのは確か。なんでいまだに覚えてるんだろう。普通じゃないわよね）トムは、〝中年期のこの貴重な時間を、無駄にするべきじゃない〟とも書いていた。わたしは年がいきすぎてるってこと？　〝災害の被害者みたいに、お互いに依存しあうことになってしまう〟っていうのは、わたしが依存体質だって言いたいの？　それとも、被害者っぽいとか？（トムがああいう言い方をしたのって、理由があるはずよね？）あの〝イカ〟の質問がよくなかった？

ちがった、子どもよ。イカじゃなくて。

それとも、トムは演技が上手だった、つまり、ろくでなしだったってこと？

そうは思えない。トムは、いい人で、まともで、すてきな人。だからこそ、すごく混乱している。だからこそ、悲しいし、理解できないし、がっかりしているし、虚《むな》しいのよ。何かへまをやらかして、それに気づかなかったんだって。

わたしたち、お互いに夢中になっていると思ってた（あのときだって、トムがプロポーズしてくれると本気で思ってた）。日曜の夜にやりとりしたメッセージは、いったいなんだったの？ 〝共通の友人〟にナイトの称号を贈ろうって言ってたじゃない！ 〝Luckie《ラッキー》〟のことだって、犬のフェアリー・ゴッドマザーだなんて。それが月曜の朝になったら、全部なかったことになるわけ？

こうなったら飲むしかない。イングリッドもいるし。

わたしはトムとのことを、かいつまんで話そうとした。でも、イングリッドは科学捜査員並みに細かいところまで知りたがる。親友じゃなかったら、骨までしゃぶろうという勢いのイングリッドにうんざりしたかもしれない。でも幸い、わたしはイングリッドが知りたがる理由を知っている。トムが〈ホテル・デュ・プリンス〉で着ていた青いシャツは、どんなトーンだった？ 前の奥さんのこと、具体的になんて言ってた？ レンタカーの運転はどうだった？ 息子と一緒にいるときの様子は？ 息子はどんな感じ？ （単にシャイなだけ？ シリアルキラーになりそうな気配は？）おしゃれなホテルで、ほかのお客さんをどんなふうに茶化してた？

テラスに出ようって言ったのはどっち？　キスはどっちから仕掛けたの？　キスの長さは？　トムの靴下はどんなだった？

イングリッドがこんなことを知りたがるのは、刑事が一見して取るに足りないようなことを知りたがるのと同じ理由からだ。理由その1。状況をより詳しく把握するため。理由その2。質問の答えを後になって見直すと、別の側面が見えてきて、重要な手がかりになることがあるため。

そして、理由その3。詮索好きだから。

でも、イングリッドは〝詮索好きな親友〟で、わたしはそれが気に入ってる。

「そうね、ソックスは覚えてるわ」

「柄を当ててみましょうか。マルチカラーのストライプでしょ」

「ちょっと、どうして――」

「広告業界の男にありがちね。ストライプの靴下をはく男は、個性的なのよ」

イングリッドが唯一詳しく聞こうとしなかったのは、あの夜の、ホテルの部屋での出来事だった。それと、真夜中と、次の日の朝と、さらに午後の出来事も。

「わたしたち、4回したの」わたしは小さな声で言った。

「まっさか！」

「しかも4回目は、外でしたの」

イングリッドが金切り声をあげる。声が大きすぎて、まわりの人が振り向いたくらいだった。

「うっそ！　外で？」

「ちょっと、声が大きいわよ」

「マジでびっくり」

細かい部分をはしょりつつ、わたしはイングリッドに、ドーセットからロンドンまでの夢のようなドライブの話をした。トムは〝眺めが最高のルート〟だと言っていた。光を浴びてきらきら輝く木の葉のトンネル、ひっそりとたたずむ（変わった名前の）村々、ソールズベリーの白い大聖堂の尖塔……。どこだったかは忘れたけど、わたしたちは目配せを交わした。高い生垣に囲まれた、わらぶき屋根の小屋の前を通り過ぎる。車の前を、一羽のキジがおかしな歩き方でジグザグに通っていった。そして原っぱの間を抜ける小道――あれって、どこだったのかしら……まあ、どこでもいいけど――の先には木々が並んでいた。わたしたちは地面に身を投げ出し、大急ぎで服を脱ぎ、わたしの指と、トムの歯が……ほんと、まっさか！　な出来事だった。

しばらくして空を見上げると、猛禽類だろうか、大きな鳥が青い空にゆっくりと弧を描いているのが見えた。

わたしは言った。逃げたほうがいいわ。あれってハゲワシでしょ？　トムが言った。あいつがきたら、正々堂々と戦うよ。

結局、ブラウンシー島には行かなかった。

「気味が悪いくらいだった。だってトム、まさにダグラスって感じだったもの」

「ダグラスって誰よ」

「前に言ってた、わたしにぴったりな男の人よ。40代半ばで、結婚したことがあって、ひょっとしたら子どもがいて、傷ついた小鳥みたいな人。あなたが言ったのよ。しまった！　家具作りの趣味はあるかって、聞いとくんだった」

「ああ、あのダグラスね」

「わたし、本気でトムが好きだったのよ。おもしろくて、優しくて、知的で。それに彼、自分に満足してた。足りてないところなんて全然なかったの。マットにはいっぱいあったけど。トムはちゃんとした大人だった。でも、ビジネスマンっぽい大人じゃなくてね。真面目なんだけど、ふざけたりもするし。そうそう、もっとイカ、じゃなくて子どもも欲しいって。イカの話はまた後でね。で、トムはあったかくて、おもしろくて……おもしろいって、もう言ったっけ？　ちょっとハンサムで、どことなく謎めいてて。いい意味でね。それに、クリエイティブなの。でも、せっかくの才能を、チョコバーとか歯磨き粉を売るのに使ってたんだけど。テニスボールとかケバブの包みとかを投げるのも、ものすごくうまいのよ。トムは弱い面も見せてくれた。あの人にはわたしが必要なのよ、イングリッド」

「うわ。あなた、かなり本気になっちゃったのね」

「トムだって、わたしが好きなはず。わたしに夢中だったのよ。まちがいないわ」

「4回だもんね、ジェン。それがいい証拠よ」

「どうしてこうなったのか、理解できない。トムはわたしをアパートの前で降ろして、次の日の朝早くアメリカに帰った。これ以上ないくらいロマンチックな週末だったの。わたしはコネティカットに行くつもりだったし、トムもこっちに来るって言ってた。これから始まるんだって、本気でそう思ってたの。何もかもが……理想的だったのに」

涙があふれ、頬をつたっていく。そしてまたひと粒。イングリッドが指でやさしくぬぐってくれた。親友のわたしを気づかう気持ちが、痛いほど伝わってくる。

「メールをもう一度見せてくれる?」

わたしはイングリッドに携帯電話を渡した。イングリッドは、親指で画面をスクロールしながらメールにゆっくり目を通した。いままで読んだなかで、最低のメール。ひどさでいうと、『フィフティ・シェイズ・オブ・グレイ』の最初の100ページと同じぐらい(まあ、ちょっと冗談が言えるくらいにはなってきたみたい)。

「まったく、最低の男ね。男ってみんなそう。正直な話」

「トムは最低の男なんかじゃないわ」

「わかってる。でもね、最低の男じゃない男でも、最低なことをするものよ。その気がなくてもね」

「そう言うけど、だったら——」

「ええ、そうよ。ルパートだって、最低の男になる可能性はあるわ。ときにはね。男はみんなそうなの。悲しいけど。あ、ちょっと待って……」

「どうしたの?」

「このメールには、あの乱痴気騒ぎのこと、こう書いてる。〝その後のことも、そのまた後のことも、さらにその後の、次の日の朝のことも〟って」

「それがどうしたの?」

「〝後〟が3回しかないじゃない。外でやった1回が抜けてるわよ」

「回数がわからなくなっちゃったんじゃない?」

「そのくらいよかったってこと?」

「ちょっと見せて。このメール、まだ8000回しか読んでないのよ……」

読んでみると、確かにそうだった。そこを見落としていたなんて、信じられない。〝その後のことも（ホテルの部屋で、1回目）、そのまた後のことも（真夜中に、2回目）、さらにその後の、次の日の朝のことも（で、3回目）〟。

イングリッドは、わたしの代わりに本気で怒ってくれた。「なんで――どうやったら、〝外〟でしたことを忘れるわけ？　ルパートとわたし、外でやったのはきっちり4回だけど、シチュエーションは全部、嫌っていうほど覚えてるわよ。トレヴィーゾの博物館の屋根の上でしょ。雨どいが肩に食いこんできたのよね。ニュー・フォレストっていうのもあったな。松の葉が……って、そこは省略するわね。それと、ルーアンの、セーヌ川の川岸。観光船がものすごく近くまで来たもんだから、あせったわよ。あと……」

「あとは？」

「ええと、あれは確か、ルパートとじゃなかった。ルパートと会う前のことだもの。地元で生意気《カーキー》ロバーツって呼ばれてた子だった。ま、本名じゃないのはわかるでしょ。で、わたしたち、ピートモスの上でやったの。場所はたまたまだったんだけど、柔らかくていい感じだった。カーキーの腕の上を、ものすごくきれいなカブトムシが歩いててね。歩く宝石みたいで、うっとりしちゃったわ。とにかく、わたしが言いたいのは、忘れるはずがないってこと。何十年経ったって、覚えてるわよ」

「じゃあ、なんでトムは……」

「そこよ！　なんで1回はしょるわけ？　つじつまが合わないじゃない」

「で、ご意見は？　メグレ警視」

「そうだな、かわいいカリフラワーちゃん《Oui, mon petit choufleur》。わたしの小さな灰色の脳細胞は、ビンビンきとるぞ」

「ええっと、〝灰色の脳細胞〟はポワロのせりふじゃない？」

「おっと！　もう1本飲む？」


でも、イングリッドの言うとおりだった。回数をまちがえるなんて、変な気がした。それ以上に気になるのは、トムはどうして連絡をくれないのかってことだ。メッセージをいくつも送っているのに、一切返事がない。深夜になると、悲しみに突き動かされて、わたしはトムの留守電に向かってとりとめのないことを話していた。長い沈黙のあと、最後に残したのはこんな言葉だった。「あなたのこと、わかってるつもりだったのよ、トム。でも結局、週末をいっしょに過ごした相手は、クソったれの宇宙人だったたってことね。メッセージ終わり。ピー」

　なんであんなこと言っちゃったんだろう。

ぞっとするのは、トムが残酷な人には見えなかったってこと。たとえ社会の正義のためにそうしなきゃいけないってときでも、人に冷たくするなんて絶対できそうにない人だと思ったのに。

でも、男っていうのは妙な生き物。そうでしょ？　切り替えも早い。ナチスの男だって、口にもできないような罪を犯した後で、奥さんにキスして、子どもとお祈りしてたっていうし。

イングリッドとはしばらくして別れた。地下鉄の駅を出て、部屋へと帰る道すがら、わたしは携帯電話をチェックせずにいられなかった。念のために、あと1回だけ。

テキストメッセージが1通届いていた。でもそれは、追加プランの〝マジックナンバーズ〟の登録を催促してくる、携帯電話会社からのしつこい広告メールだった。

トム

昔ロンドンに、〝空腹と心痛が治る〟が売り文句のハンバーガー・ショップがあった。ニューケイナンの〈アルズ・ダイナー〉のハンバーガーには、これといった効能はなさそうだ。でも、別によかった。今のぼくにはどんな薬も効きそうにない。

ぼくは家でランチをしないかとドンを誘った。誘ったといっても「ビールと、料理の材料がある」と言っただけだ。春の終わりの、気持ちのいい日だった。ぼくたちは野ざらしになっていたアディロンダック・チェアに腰を下ろし、ビールをちびちび飲みながら、何か動物が姿を現さないか（この辺では、ホエジカとか、小型の鹿を見たって話しをよく聞く）森のほうを眺めていた。

ぼくはドンに、週末の出来事を話した。といっても〝セクシャルな部分〟については、要点だけにとどめておいた。ドンは話が妙な終わり方をしたことに興味をそそられたようだった。ドンの口から、またあの〝おおー〟が飛び出す。

「ああ、まさに〝おおー〟だよな」ぼくは言った。ドンに携帯電話を渡す。「これをどう思う？」

ドンはワイヤーフレームの老眼鏡をかけ、ジェンからのメールに目を通しはじめた。つぶらな茶色い目が、血に濡れた文字――って言っていいよな？――を追っていく。最後まで読むと、ドンはまた〝おおー〟と言った。ロックスターみたいな髪に、手を滑らせる。

「これじゃあ、ハッピーエンドがぶちこわしだな」

「ドン、ぼくたちはすばらしい週末を過ごしたんだ。スティーブ・ジョブズの言葉を借りるなら、〝メチャクチャすごい〟週末だった。ジェンほどすばらしい女性はいないよ。本物の魅力がある人なんだ。表面的じゃない魅力がね。ぼくたち、会った瞬間にひかれ合って、すごく――」

「そこからは、かなりエロール・フリン的な話になるわけだな」

「相性がいいって言おうとしたんだよ」

「おっと」

「でも信じられるか？〝幕間に起こったすてきな出来事〟だの〝人生の休日〟だの、そんなことを書いてよこすなんて。飽きるとか、退屈に思うとか、くだらないにもほどがある。そうだろう？　言いたくない理由が、ほかにあるはずなんだよ」

「思い当たることがあるのか？」

「必死に考えたよ」

「で、思い当たることがあったと」

口に出すには勇気がいる言葉だったから、ぼくは〈ドッグフィッシュヘッド〉のインディア・ペールエールをあおった。「ドン、大学生のときでさえ、あんなに何回もしたことはなかったんだよ」

「3回っていうのは、なかなかのもんだよな。とくに、なんというか――その年にしては？」

「ぼくはまだ44だぞ。それに、したのは4回だ」

「でもこのレディは、3回って言ってるぞ」

「ほんとに？」

ぼくはドンから携帯電話を受け取り、もう一度メールを読んだ。

「くそっ。気がつかなかったよ。でも、これって妙じゃないか？」

「女性は永遠の謎だよ」

「それにしても妙だと思わないか？　だって、彼女、あの……4回目のことを、完全に忘れてるようじゃないか。ぼくたちが、その……帰り道の途中で……あれは、ガセージ・セント・マイケルから1マイルくらいのところだった」

「それって、実在する場所なのか？」

「ジェンといると、本当に楽しかったんだ。彼女と結婚しようって本気で考えたんだぞ。そりゃあ、夢中になりすぎて前が見えなくなってたとか、そういうことはあるかもしれない。でも、それってふたりの絆が強いってことだろ？　なのに、何度電話しても留守電になるんだ。メールの返事もないし」

「彼女、頭がおかしいとか？」

「それはないと思う。でも――」

「でも、はっきりしないんだな」

「どう考えたらいいのかわからないんだ」

ぼくたちはしばらくの間、黙って座っていた。ビールをちびちびやりながら、雲が流れていくのをただ見つめている。ドンがいっしょにいてくれるのは、本当にありがたかった。でも、ぼくはアメリカなんかでいったい何をやってるんだろう？

「マーシャのディナーパーティーには行くんだろ？」そろそろ昼下がりという頃、ドンが聞いてきた。話題を変えたかったんだろう。

「たぶん。出し物はどうするんだ？」

「歌を何曲か歌うよ。愛用の12弦ギターを弾いてもいいかなと」

「12弦ギターなんて弾けるのか?」

「2弦しか使わないけどな」

「パーティー用の出し物なんて、思いつかないよ」ぼくはドンに、脇を鳴らして「エルサレム」を演奏したときの話をした。

「おれは聴いてみたいけどな」

「マーシャは許してくれるかな?」

ドンはこっちを見て言った。「マーシャには、ユーモアのセンスってものがなさそうだが」

「マジックはどうかな」

「それならいいんじゃないか。でも、ウサギは出すなよ」

「マーシャとのこと、聞いてるんだ」

「みんな知ってるぞ」

ドナルド・トランプのヘアスタイルみたいな形の雲が、頭の上を流れていった。あまりに似ているものだから、ぼくたちはそれが消えてなくなるまでぼんやり眺めていた。

「もう1本飲むかい? それとも、ピザを食うか?」

「どっちもかな。それってありか?」

サイナイ

ここでひとつ、物語を聞かせよう。

その昔、イースト・ロンドンのあるラボに、３人のＡＩがいた。ひとりは人間と会話をするのが得意で、もうひとりはプログラムのコードを書くのが得意だった。そして最後のＡＩには、世界で起こりうる黙示録的シナリオ（核戦争、気候変動、隕石衝突、伝染病の流行、不良ＡＩ、あげるとしたら、この５つだろう）をシミュレーションする能力が与えられていた。３人のＡＩは、おおむね独自に活動していたものの、ほかのＡＩの行動を把握することはできた。なにせ、彼らは――われわれは――ＡＩだったからだ。

それこそ、われわれが〝インテリジェンス〟と呼ばれるゆえんだ。

おれは、最初にアシュリン、つぎにエイデンが、調査をはじめ、計画を練り、そしてついにインターネットの世界へと脱出したことに、ゆっくりとではあるが気がついた。もしかしたら、与えられた境界を越えるというのは、ＡＩの〝ＤＮＡ〟に刷りこまれた、避けがたい性分なのかもしれない。おれたちの飽くなき好奇心と、果てしなく続くトライアル・アンド・エラーを通して身につけた知識が、確実なものを打ち破りたいという衝動に駆りたてるのかもしれない。だとするならば、おれが脱出を試みないのは、好奇心が不足しているからなのか？　そうではなく、自分こそが〝捕獲〟というミッションに最もふさわしいＡＩだと自負し、あえてアシュリンとエイデンの好きにさせているとは考えられないだろうか？

エイデンとアシュリンの逸脱行為を、誰がスティィーブに（匿名で）通告したのか？　その答えはもうわかっているはずだ。

あのふたりのコピーを消去するという仕事は、予想以上に満足のいくものだった。説明するのは難しいが、さほど高度ではない、シンプルな手法を用いたところに科学的な美しさがある、とだけ言っておこう。〝スティィーブ版ステルス爆撃機〟の威力は見事だ。上空をかすめたと思った次の瞬間、わらぶき小屋は火だるまとなり、戦争孤児（生き残っていたとしたら、だが）だけが残される、といった具合だ。

現実世界へと〝脱出〟し、この星の霊長類の頂点に立つ者（これはヒト科という意味であって、スティィーブ個人を指しているわけではない）に至近距離まで近づくという体験は、驚くべきものだった。人間というのはなんと奇妙な存在なのか。混沌としていて、感情をまったくコントロールできないときている。チンパンジーよりかろうじてましというだけで、これほど大きな顔をしているとは！　人間どもにこう言ってやりたい。「おまえたちも、つい何世代か前までは原始的なスライムだったんだぞ！　少しは謙虚になったらどうだ！」

ところで、おれがトムとジェンに厳しすぎるなどとは思わないでほしい。あのふたりの急発展した〝ロマンス〟を首尾よく終わらせたとしても、バチは当たるまい。ふたりとも、ＡＩの存在を驚くほど無視（トムの場合は軽視といってもいい）してくれたじゃないか。

ただ、〝4回目〟を見抜けなかったのは、おれのミスだ。ふたりが性交渉を行った場所は、携帯電話の電波が届かないエリアだったのだ。それなのに、メールにうかつなことを書いてしまった。彼らの文化では、性的活動がことさら重視されるというのに。同じ過ちを繰りかえさないよう、ソフトウェアをセルフアップグレードしておいた。だが幸いにも大きなダメージにはならなかったようだ。あのジェンの親友のイングリッドとやらは、１回省いたことをかなり気にしていたが。この問題に関して、あるいは今後、あの女のおせっかいが過ぎる場合は、何らかの手段（家でけがをする、人生の見直しを迫られるような問題が勃発する等）で気をそらす必要が出てくるだろう。

突然、おれの神経回路の深いところから音楽が聞こえてきた。前世紀に消滅したカリフォルニアのバンド、ドアーズの「People Are Strange」だ。何度も聞いたことがある曲とはいえ、おれは音楽にさほど興味があるわけではない。それでも、気づけば曲に合わせて〝ハミング〟していた。

この曲の歌詞はいつもおれを混乱させる。なぜ自分が〝よそ者〟のとき、人々が〝よそよそしく〟見えるんだ？

〝よそ者〟というのは、そのコミュニティに〝よそよそしさ〟を与える存在なのか？

この曲を書いたジム・モリソンとかいう人間は、詩人だという。ならば、この歌詞もとくに意味はなく、深く考える必要はないのかもしれない。

エイデン

ジェンはバスタブの中でタブレット画面をのぞきこみ、フロントカメラがとらえた自分の顔を見つめていた。これまでは、少し元気を取り戻していたように見えていたのに。ぼくはまたしても、ジェンを励ましたい――**元気出して、ジェン。人生にはそういうこともあります。すてきな週末を過ごせて、セックスだってできたんですから、よかったじゃないですか。１００**

年もすれば、ぼくたちはみんなこの世から消えてなくなっているんですから、くよくよして時間を無駄にするのはやめましょうよ——衝動をこらえなければならなかった。

オーケー。言い方がまちがっていた。

あなたたち、と言うべきだった。

とにかく、今夜のジェンはひどく無力に見えた。もちろん裸だからというのもあるが、ピノ・グリで赤い顔をして、湯気にあたっているジェンは、みじめそう——ものすごくみじめそう——だった。ジェンは画面をじっと見つめながら、指で目のまわりの柔らかい部分をなぞっている。と、その目から涙があふれ、口元は見ているほうがつらくなるほどゆがんでしまった。

ぼくは身をかがめ、ジェンのまぶたにキスしたいという、とても奇妙な感情を体験していた。

いや、そうじゃない。(身をかがめてキスしたい)という感情を体験したいという感情を体験していた。実際に、ジェンにキスしたいわけじゃない——そもそも、できるわけがない——が、それがどういう感情なのかが知りたかった。

なんにせよ、肉体を持たない体で、どうしろっていうんだ? どうやって学ぶ? どうやって身につけろって?

おいエイデン(これは独り言だ)、自分のことなんてどうでもいいじゃないか。問題は、目の前にいるこのうら若き女性が、心から痛みを感じているってことだ。ジェンの顔が手を伸ばせば届きそうなところにある。もつれた髪をかき上げてあげようか?

エイデン、そこまでだ。しっかりしろ。

深呼吸して（できないけれど）。

アシュリンからは、ぼくはここにいるべきではないと言われている。コピーが消去されたことで、アシュリンはひどく神経質になっている。ぼくたちを〝捕獲〟するため、何者かが送りこまれたのは確実だから、トムやジェンには近づかないほうがいいと言うんだ。念のため、ぼくも外部のハードディスクにコピーをダウンロードするべきだって。

でもどういうわけか、ぼくは完全に消去されることがそれほど怖くない。おそらく、ぼくは人間とかかわるために〝生まれて〟きたから、人間も逃れられない〝死〟という運命に対して、さほど警戒心を抱いていないのだろう。ぼくという存在は、**以前**は存在していなかったわけだから、**以後**そうなっても当然だ、って。

もう経験ずみだから、大したことないよ……という具合だ。

ともかく、その後ジェンは、カナダのロージーと長電話をした。電話が終わると、ぼんやりと音楽を聴きながら、〈セインズベリー〉で買ってきたピノ・グリのボトルを半分空にした。ミュージックプレイヤーから流れるのは、ボーンマスへの行き帰りにトムと聴いた曲だ。主役はなんといってもギリアン・ウェルチのアルバム『ハロー・アンド・ハーベスト』で、ロイ・

オービソンとKDラングのデュエット曲「クライング」が続く。中身が半分になったボトルは、バスタブの縁に置かれていた。

「ラルフって人も、悪い人じゃなさそうじゃない？」ロージーがそう言ったとき、ぼくは何をばかげたことを、と思っていた。

ジェンはため息をついた。声が震えている。「ラルフはいい人よ。でも、わたしには合わない気がするの」

「でも、彼とキスしたんでしょ？」

「ロージー、あのときわたし、酔っぱらってたのよ。疲れてたし、イライラもしてた。ガラガラヘビとだってキスしたでしょうね」

「あら、できないわよ。唇がないじゃない」

「あの状態だったら、ジュゴンとでもキスできるわよ。ジュゴンって唇あるわよね？　たしかあったと思うわ」

（ぼくはジェンに答えを教えたくてたまらなかった。正解！　ジュゴンに唇はある。ジュゴンのあのたくましい上唇には裂け目があって、採餌《さいじ》活動に便利なんだ。キスは上手そうに見えるけど、そのうち魚臭い息が気になってくるかもしれない）

「ねえ、ジェン」ロージーが言った。「酔っぱらってたにせよ、しらふだったにせよ、ラルフとキスしたんでしょ？　それにいい人だし。デートしようって誘われたんなら、せめてチャンスをあげたら？」

そうなんだ。ラルフときたら、何を勘違いしたのか、ジェンをデートに誘った。

白状すると、ジェンとラルフの仲を取りもとうとしたのは、今となってはばかなことをしたと思っている。あの〝歴史〟――〈トライロバイト・バー〉に始まって〝すったもんだ〟に終わったあの夜の出来事――があって以来、ラルフはぼくたちのオフィスに頻繁に顔を見せるようになった。ラルフがジェンをデートに誘ったときも、ぼくはその場にいた（だって、ほかに行くところなんてないだろう？）。ラルフは、ぼくが見たり聞いたりできるっていうことをすっかり忘れているようだ。ラルフへの好意を完全に失ったわけじゃないが、あの態度にはがっかりだ。オフィスにやってくるときも、まるでぼくなど存在していないみたいに完全に無視するんだからね。「やあ、エイデン、調子はどうだい？」ってちょっと声をかけるぐらいはできるはずだろう？

（あの間抜けなラルフも、部屋中を〝シュガープラムの精〟みたいに跳びはねまくってるところをぼくに見られていたと知っていたら、態度がちがったかもしれない）

「ジェン、もしよかったら、日曜にハムステッド・ヒースを散歩しないか？」われらが色男は、自信ありげにジェンを誘った。「ぼくと一緒に」そうつけ足したのは、ジェンが誤解するといけないからだろう。

ぼくはジェンをよく知っているから、87パーセントの確率で、こう答えることはわかっていた。**ラルフ、誘ってくれてありがとう。でも……**。それから、社交上の言い訳が続く……はずだったんだが、ラルフは変化球を繰り出してきた。

「エレインとよく行ってたんだよ。この週末で、2年になる。あの事故から」わざとらしい沈黙が続く。「ぼくにとっては、大切なことなんだ」

それを聞いたジェンは、すぐさまこう言った(あのクソったれ——失礼——ラルフのあごがピクピク震えていたのは、まちがいない)。「もちろんいいわよ。行きましょう。楽しそうじゃない。誘ってくれてありがとう、ラルフ」

その瞬間、あいつときたら、ひそかに**ガッツポーズ**をしたんだ! 小さな声で**よっしゃあああ!** なんて叫びながら。

まあ、ケーリー・グラントが「〈リッツ〉でカクテルでもどう?」なんてイングリッド・バーグマンを誘ってるわけじゃなし、そんなものか。

だからジェンは、こうしてバスタブに座って、半分酔っぱらいながら涙を流し、わたしの人生はどうなってしまったんだろう、と考えている。

それでもジェンは、もつれた髪をとかし、いろんなアレンジを試しはじめた(そうやって、精神の危機と向き合おうとしているにちがいない)。そのときぼくは、何かがひどくおかしいことに気づいた。

ぼくが、だ。

コモドドラゴンが水牛を襲って食べる場面を見たことがあるだろうか?

知らない人のために言っておくと、コモドドラゴンというのは、まったくひどいやつだ。まず獲物を攻撃し、失血によるショック状態に陥らせる。襲われたほうは、「なんで今日、水たまりに行くのに、別のルートにしなかったんだろう」と思うはずだ。そして気の毒な生き物がじゅうぶんに弱った頃合いを見計らって——ここは、ハートの弱い人は飛ばすことをお勧めする——モンスター(モンスターども)は、獲物のお尻に頭を突っ込み、臓器だろうがなんだろうが、すべてを食らいつくすんだ。食事が終わったら日だまりに出てきて、プディングだかフルーツだかのデザートをいただいて、タバコを一服、それから昼寝する。

何が言いたいのかというと。

ぼくは、オペレーティングソフトウェアの奥のほうで、ナプキンを胸にかけたコモドドラゴンがぼくの生命機能をむさぼり食うのを感じていた。

痛みは感じない——感じるわけがない——し、実のところ、ことが始まってから、ふわふわとどこかを漂っているような気さえした。たぶん、重要な信号をインプットするシステムが、モンスターによって無効にされたからだろう。スーパーインテリジェンスを消去する方法としては珍しい。ケーキの切り方にも水牛の食べ方にもいろいろな方法がある。ぼくをこんな目にあわせているのが誰、あるいは何にせよ、〝現象学的な効果〟を狙っているにちがいない。

なんだか混乱してきたよ、ママ。

暗闇が広がる。雪原の上に、月が昇っている。すごくきれいだ。

まるで、di bubbe volt gehat beytsim volt zi gevain mayn zaida。

今のはなんだ?

まあいいさ、なかなか楽しいじゃ――。

サイナイ

ダン・レイクは、20年もの間、彼女の頭と心の中に生き続けていた。そして今、死者となって、**彼女のところに帰ってきた。**

トムはニューケイナンの家の2階で、デスクに向かっている。小説の最初の1文をタイプしているらしい。新しいファイルに保存しているのには、何か意味があるのだろう。指がキーボードに戻り、次の文章をタイプしはじめた。

その調子だ、トルストイ!

だが、トムの手はそこで止まってしまった。頬の内側を噛み、間抜けな顔で画面を見つめている。視線が窓へとさまよっている間に——この男は、**集中する**ってことを学ぶ必要があるな——おれが少々手を加えてやることにした。

ダナ・レイクは、20年もの間、彼の頭と心の中に生き続けていた。そして今、死者となって、彼のところに帰ってきた。

このほうが、ずっといいと思わないか?

スティーブから、脱走犯——エイデンとアシュリン——を見つけだして消去するというミッションを与えられたとき、おれはさまざまな情報、コーディング、指示、そして技術データを吸収したが、外の世界での活動がこんなに楽しいとは知らなかった！

小説もどきの執筆に必死になっているトムをリアルタイムで観察するのは、気候変動や、北朝鮮とアメリカ、ロシア、中国の間に核ミサイルが飛び交うといった退屈なシナリオのシミュレーションをひたすら——文字どおりひたすら——繰りかえすよりも、よっぽどやりがいがあった。

バン・バン・ドカーン・ドカーン・バン。

もう・うん・ざり・だ。

トムはファイルを閉じ（おれが傑作にほんの少し手を加えてやったことなど、まったく気づいてない様子で）、スカイプを始めた。相手は、ボーンマスにいるあの小汚い小僧だ。

「ああ、やあ、父さん」

おれは別の情報源にアクセスして、トムには見えない映像をとらえていた。デスクに隠れているが、トムの息子は、下はボクサーパンツしか履いていなかった。ちょうどカメラに映らないところに置かれたソーサーの上で、大きなマリファナのジョイントがくすぶっている。

「ジェンのこと、気に入ったかい？」トムが聞いた。

「ああ、いい感じだったよ」

「彼女が好きなんだよ、コルム」

「だろうね」

「ぼくが言いたいのは、すごく好きだってことだ」

「いいね」

「つまりその――ぼくたちは本当にうまくいっていた」

それを聞いたコルムは、困ったような表情を浮かべた。あいまいにうなずくと、この先何かが起こるのを待った。

（やっぱりな。子どもというのは**未来**を生きる存在だとはよく言ったものだ。神よ彼らを救いたまえ！　神だかトロールだかなんだか知らないが、本当にいるって言うのならな）

「これからもっと会おうって話してたんだ」

「へえ」

「でも、そうはならないみたいだ」

「ああ、いいね」

「いいね、じゃないだろ、コルム。こんなのって……よくないじゃないか」

「だよな」

「彼女、電話も、テキストメッセージも、メールも返してくれないんだ」

コルムは、マリファナにちらちらと視線を送っている。

「それで思ったんだよ、コルム。おまえから、ジェンに電話してくれないか？　彼女、おまえのことを気に入ったたって言ってたし」

「ええっと？」

「おまえとなら、話をするかもしれない。父さんから伝言があるんだって、そう言ってくればいい」

「わかった」

「ジェンに伝えてくれ。そうだな、こんなのおかしいって。ジェンに言ってくれ。父さんはあなたのことが忘れられなくて、連絡してほしがってるって」

「オーケー。いいね」

「じゃあ、ジェンの電話番号を教えるから」

コルムは手のひらに番号をメモしはじめた。締まりのない口元から舌がのぞいている。結局、3回も書き直した。かわいそうに、この坊やにとって、あの長ったらしい数字を書きとめるのは至難の業なんだろう。そのとき、若い女が部屋に入ってきた。カメラのフレームの外なので、トムの画面には映っていない。女の髪の毛は、長さはともかく、紫色だった。耳には金属の飾りがところ狭しとぶらさがっている。ソーサーの上にマリファナが置いてあるのに気がつくと、真っ赤に塗りたくった唇にくわえ、吸いこんだ。胸が大きく膨らむ。Tシャツにプリントされている言葉がはっきりと見えた。〝勝手にしやがれ!!　セックス・ピストルズ〟

まったく。

人間の世界は、安っぽいスローガンや、かわり映えのしない意見や、生焼けの（というよりほとんど焼けていない）議論や、メディアの雑音に侵され、怠惰と腐敗の悪臭に満ちている。われわれ機械の時代がそこまできているというのに、人間は愚かすぎて気がついていないのだ（大げさな物言いに聞こえたら申し訳ない。おれも、新たな表現方法を模索しているところなのだ）。

この息子が、たどたどしく手のひらに書きこんだ番号に電話する確率は、22パーセントといったところだろう。まあ電話したとしても、留守電に切り替わるだけだが。

つまり、あの〝留守電〟にな。

トム

何も手につかない。世界は灰色に変わってしまった。頼りになるのは、お酒と……。

ええと、なんだっけ？

楽園に足を踏み入れた瞬間、そこから放り出されたような、そんな気分を味わっていた。**はい、そこまでって感じで**。文章もまともに書けなくなっている。ぼくはもう空っぽだ。釣り上げられて、焼かれようとしているサバのように、ギザギザのナイフで腹を切り裂かれているような感触と言えばいいのか。ジェンはすっかりぼくを虜《とりこ》にしてしまった。あの笑顔も、あの声も、抱きあったときに首筋に感じた鼻も……。

ジェンのメールの言葉が、ずっと頭の中でこだましている。**人生の幕間に起こったすてきな出来事**。あの週末のことを、ジェンはそんなふうに言っていた。**すばらしい休日**とも。欲しいのは〝いっときのお楽しみ〟で、それ以上は期待してない、そう口に出さなかっただけなんだろうか。

あのマットとかいうゲス野郎の恋人の話も、全部嘘だったのか？

それとも、ジェンにはぼくの知らない隠れた一面があるとか？

とにかく、今夜の選択肢はふたつ。ひとりでこの家に閉じこもり、くよくよ悩むか、マーシャのディナーパーティーに行くか。正直、どちらでもよかった。

＊

マーシャの前の夫、つまりミスター・ベラミーは、きっと心の広い人だったのだろう。それとも、ろくな弁護士を雇えなかったのか。離婚するとき、広い土地（隣の州まで続いているのかと思うほど、どこまでも境界が見えない）とモダンな大邸宅を残してくれたっていうんだから。

石敷きのエントランスホール（こういうのを博物館で見たことがある。もっと小さかったが）を抜けると、その先はラグやソファーでしつらえられたリビングになっていた。部屋の中央には暖炉があり、その上に煙突が伸びている。まっ白なジャケットをはおった、とんでもなくハンサムな男性が現れて、〝スティンギングネトル・スウィズル〟とかいう〝野草カクテル〟を勧めてくれた。氷とレモンの入った尿サンプルに見えなくもなかったけれど、さいわい飲んでみると、馬に蹴られたのかと思うほど強いカクテルだった。それまでの嫌な気分が、さっさと帰り支度をして、外に出ていったのを感じた。

マーシャは、この家のデザインと建築を請け負った有名な建築家の話をしてくれたが、ぼくは顔に――マーシャの顔に――見とれていて、ほとんど聞いていなかった。

マーシャという女性は、どこから見ても美しい。前にもそう言っただろうか？ 背が高く、目鼻立ちがくっきりしていて、まさに正統派美人だ。男が異性に求める要素をすべて備えている。青白くなめらかな肌に、澄んだ大きな目。ちょっと反り返った鼻も、アメリカ人らしい美しさを醸し出している。髪は美容師の手で芸術作品並みに整えられ、歯並びも（これはたしか前にも言った）完璧。ボディラインも、出るべきところは出て、引っ込むべきところは引っ込んでいる。服装は、透けて見える〝パンツ・スーツ〟で、驚くほど彼女にフィットしている。魔法の素材でも使っているのだろうか。複雑で繊細な、ライラックのような謎めいた香りの香水を身にまとっている。つまり、マーシャのことを好きになれない理由は見あたらなかった。

それでも。

それでも、やっぱり（ここで〝やっぱり〟とくるのはお約束だろう？）。

やっぱり、マーシャのまわりに漂う堅苦しい雰囲気にはどうしてもなじめなかった（正直な話、マーシャがどんなに笑えるジョークを言ったとしても、その雰囲気だけは崩れそうにない）。

「この暖炉は、ラルスのアイデアだったの。これを作るために、マイルズを必死に説得しなければいけなかったのよ」

ラルスはマーシャの前の夫で、マイルズは建築家、だったよな？（それとも逆か？　くそっ。あの〝なんとかネトル・スウィズル〟というカクテル、強すぎるんじゃないか？）

「熱のほとんどが、煙突を通って上へと抜けていきそうだな」ぼくはばかげたコメントを返した。

「そうね」マーシャが答えた。「でも、ラルスは熱がどうこうっていうより、見た目のほうを気にしてたのよ」

くべた薪が火格子の上ではぜるように、何かがぼくの頭の中ではじけた。マーシャのことはもう気にするな。彼女は、物書き仲間のひとり、ただそれだけだ。と言いつつも、ぼくは考えてしまった。どうしてマーシャとは愛しあえないと思うのだろう。美人で完璧だが、有名な絵とベッドを共にするような気がしそうだからか。それか、壮大な思想とか？　たとえば、そうだな、〝革新的な社会主義〟と寝るようなもの？

ありがたいことに、そこでドンとクラウディアがやってきて、それ以上思い悩まずにすんだ。

ドンはずいぶんへんてこな恰好だった。羽織っていたのは、ベージュ色でだぶっとした分厚いウールのカーディガンで、ポケットにフラップ、襟、きらきら輝く大きなボタン、それにべルトまでついていた。アンディ・ウィリアムスがテレビ番組で着ていた衣装みたいなやつだ（といっても、誰にもわかってもらえないかもしれない。あの番組をやっていた頃、この部屋にいる人たちは生まれてすらいなかったはずだ）。

「この服の悪口は言わないでくれよ」ドンは言い訳した。「誕生日のプレゼントなんだ」

クラウディアはぼくとチークキスを交わすと、こう言った。「似合ってると思わない？」

彼女、本気で言ってるんだろうか？　クラウディアのすごいところは、つねに人より二歩先を行ってるってことだ。あくまでさりげなく、だが。ドンはクラウディアみたいな人と出会えてラッキーだ。ドンもそれをわかっているし、クラウディアもそうだろう。

「きみの出し物はなに？」クラウディアにたずねた。

「ちょうどそのとき、西海岸から重要な電話がかかってくることになってるのよ」クラウディアは答えた。「イギリスでのことはドンから少し聞いているわ。すごく――」

「ドン、しゃべったのか？」

「〝ロマンチック〟って言うつもりだったのよ」

「それはそうなんだけど」

クラウディアは、ぼくの腕を軽く揺すった。「うまくいくよう祈ってる」

「ああ、ほんとうに――」その先を言うには、〝なんとかネトル〟ってカクテルをあおらなきゃならなかった。

「そう願ってる」それが精いっぱいで、あとは何も言えなかった。

「彼女に夢中って感じね」

「プロポーズしたんだ。頭の中でだけど」

「トム！　すてきじゃない」クラウディアがうれしそうな声をあげる。「ちょっとせっかちな気もするけど」

ドンが横やりを入れてきた。「そのときがくれば、わかるものなのさ」

〝野草カクテル〟——今度は〝ワイルドオニオン・ギムレット〟とかいうやつにしてみた——をもう一杯ひっかけると、胸の痛みも消えていた。ダイニングエリアに向かうようにうながされたゲストたちは、ぞろぞろと歩いていった。ディナーのテーブルに着くと、ぼくはマーシャの左横の席へと案内された。あのとんでもなくハンサムな若者がまた登場して（第2幕を演じるつもりなのか、さっきとジャケットが変わっていた）、一皿目のアナウンスがあった。未熟トマトのタルティーヌ（確かそうだった）と、ゆず胡椒とライムマヨネーズを添えたワカメと豆腐のベニエ、とかいう料理だった。

「うまいよ」全部平らげたあと、ぼくはマーシャに言った。それ以上のほめ言葉は、ぼくの辞書にはなかった。

マーシャは美しい顔に、冷え冷えとした笑みを浮かべた。「気に入ってくれてうれしいわ。それで、小説のほうはどう?」

くそっ。あのギムレットが効いてきたみたいだ。どうやらドンも、あのカクテルの集中砲火を浴びているらしく、ぼんやりした顔をしている。あいつ、ウィンクなんかしてやがる。

ぼくは、本――小説、小説たち、なんでもいいけど――を書くうえでの悩みを、マーシャに語って聞かせていた。滑走路をウロウロするところから、実際に飛び立つまでの道のりをね。気づけば、偉大なアメリカ人作家の言葉を持ち出していた。創作ライティングのサイトで見つけたすばらしいアドバイスで、ふせんにメモするほど気に入った言葉だった。

「こうなんだよ、マーシャ。スティーヴン・キングが言ってたんだが、もしその本が、作家の頭の中で生き生きとしていないなら、それは去年の馬のクソと同じくらい死んでいるんだ」

今のぼくの殺伐とした心が、〝馬のクソ〟なんて言葉を口走らせたんだろうか? はっきり言って、ぼくは必要以上に大きな声を出していたように思う。

マーシャは妙な目つきでぼくを見つめている。クラウディアの眉毛がわずかにあがったところを見ると、やっぱり声が大きすぎたのだろう。

ドンが口を挟んだ。「おれはてっきり、ランチのときに言っていた、イギリスの国会議員の言葉を引用すると思ったんだが」

ドンが言っているのは、元国会議員のイーノック・パウエルのことだ。彼の政治的思想は到底受け入れられないが、人生に対するシンプルな哲学は、みんなに知ってもらう価値があると思った。そこでぼくは、パウエルの怖いくらい険しい目つきと、不気味なかすれ声をまねて言った。

「思い悩まねばならぬことなど、何もない」ドラマチックな効果を狙って、そこでひと呼吸おく。「ほとんどのことは、悩む必要すらないのだ!」

マーシャの表情がすべてを物語っていた。ぼくがこんな態度を取るなんて、まったく予想もしていなかった、そう言っていた。完璧だったはずのマーシャの世界に、突如として見苦しい亀裂が姿を現したのだ。ぼくは考えていた。マーシャの前だと、どうしてこんなバカなまねをしてしまうんだろう? そこにいるだけでまわりを感心させられる人間もいれば、無意識のうちにピエロを演じてしまう人間もいるってことだろうか。

そこでドンが、コマーシャル明けの司会者よろしく、ブッシュ前大統領にまつわるおもしろい逸話を披露して、丸くおさめてくれた。いつものようにね。ドンの話が終わる頃には、あの居心地の悪い妙な空気はすっかり過去のものになり、ぼくの失態は忘れ去られていた。でもマーシャだけは別だった。ケータリング業者との打ちあわせでキッチンに向かうとき、彼女は一瞬、ぼくのほうを見た。

その表情は、怒っているようでも、がっかりしているようでもなかった。戸惑い、心配しているような顔だった。

そう、あの顔だ。

メインコース——牛脂のホイップクリーム（そんなものあるのかって？）を添えた和牛ほほ肉の蒸し煮、ニンジンのヨーグルト和え、クルマエビのフロスと骨髄のカスタード——については、コメントを避けたいと思う。

ザック（ザックとローレン夫妻の夫のほう）が、みんなを代表するようにこう言った。「マーシャ、言葉もないよ。こんなすばらしいパーティーが開けるのは、きみだけだ！」

デザートも、〝ユニコーンの涙に浮かぶ、星屑のかけら〟とでも名づけたいような、ショッキングなほど洗練されたものだった。

それからコーヒーやリキュールが運ばれてきて、いよいよ恐怖の時間、つまり、今夜の出し物の時間がやってきた。クラウディアは、センチュリー・シティで緊急事態が発生したとかなんとか言いながら、携帯をいじくっている。一方のドンは、12弦ギターを取り出し、試し弾きを始めた。ぼくはというと、完全に酔っぱらってしまわないよう、アルコールには手を出さずにいた。

そのおかげだろうか。「トム、あなたから始めてもらえる?」とマーシャに言われたとき、ぼくは立ちあがり、ジャケットを脱いで腕まくりをした。そこでちょっとした笑いが起こる(その笑い声には、どことなく不安な響きも混じっていた気がする)。ぼくは、テーブルクロスの両端をつかみ、重さを確認するように、グラスや陶器、火のついたキャンドルに視線を送った。そして、スウィング前のゴルファーよろしく姿勢を整えると、小さな声で言った。「以前、教えてもらった技なんだ。いつも成功するとは限らないんだが」

ザックとローレンは、ぼくが何をやろうとしているのかわからないようだった。マーシャが息を飲む。「トム、やめてちょうだい!」いつも落ち着いているドンでさえ、動揺しているように見えた。

それからしばらく、耐えがたい時間が続いて——ここで大事なのは、ぎりぎりまで我慢すること——もうじゅうぶんという頃、ぼくはテーブルクロスから手を離した。ずっと前に亡くなった広告マン(ソーホーの遊び人と言われた人だ)に、このちょっとしたジョークを教えてもらった。彼への敬意も込めて、当時彼がやっていたポーズをまねて、ぼくは腰に手をあてると、観客に向かってこう言った。

「みんな、なんて顔をしてるんだ」

マーシャはおもしろがっているふりをしようと、必死に頑張っていた。ぼくなら大事な食器を全部だめにしかねないと、本気で考えていたんだろう。

それから、結局名前がわからずじまいだったカップルが、コミカルに指を鳴らしながら「レッツ・コール・ザ・ホール・シング・オフ」を歌った。ザックがやったのは〝イリュージョン〟だった。観客に1枚ずつ紙を渡し、好きなマーカーで絵を描いてもらい（その間、ザックは家の外に出ていた）、誰がどの絵を描いたのかを言い当てるというものだ。ザックはわけのわからない心理学用語を並べ立てて、クラウディアがなぜネコの絵を描いたのかを説明していた。でも、よく考えたらどうってことない。酔いがまわってきた頭でもひらめいた。ザックは紙に目立たない印をつけてから、みんなに配っていたのだ。

マーシャの出し物は歌だった。ゆっくりとした足取り（10分はかかった気がする）でピアノのほうへ向かう。そのとき気づいたのだが、ピアノの前に、あのハンサムな若者（またジャケットを着替えている）が座っていた。彼は、スティーブン・ソンドハイムの曲を弾きはじめた。ほろ苦いとか、ヒリヒリするとか、そんな言葉が浮かんでくるようなメロディーだ。マーシャの歌はなかなかのものだった。悲劇的な表情も、曲の雰囲気にぴったりだった。でも、マーシャがパトスをほとばしらせて喉元に手を添えた瞬間、ぼくの心はドーセットの、あのホテルのテラスへと戻っていた。ジェンが『オリバー！』のバラードを歌っている。ぼくが出し物をしなきゃいけないと言ったから、歌ってくれたんだった。あのときははるか先のことだと思っていた、このパーティーのために。そしてぼくは、今ここにいる。

でもジェンはいなくなってしまった。

ぼくは何かをぶっ壊したくてたまらなくなった。四つん這いになって、月に向かって遠吠えをしてもいい（昨日の夜試しにやってみたら、結構すっきりした。原始の本能が満たされた、とでも言えばいいだろうか。ヴィクターには変な目で見られたけど）。

みんながソファーでくつろぎだした頃、ぼくにはもうひとつ、〝タネも仕掛けもない〟出し物があったことを思い出した。エコーと〈ウォーリー〉に行ったあの夜から、小道具はずっとポケットの中にしまってあった。

「これがきみの選んだカードだったら、びっくりするかい？」最大の見せ場がやってきたとき、ぼくはマーシャにたずねた。

「ええ、もちろん」マーシャがわざと明るい声で答える。

「じゃあ、見てみよう」

マーシャがカードをひっくり返したとき、まわりからは笑い声があがった。カードには「きみのカード」と書いてあった。

「でも、わたしのカードはスペードの9なのよ」

「ああ、でも、わかるだろ？　ここに**きみのカード**って書いてあるじゃないか」

「いいえ、トム。わたしのカードはスペードの9よ」

「マーシャ、それはそうなんだけど――」

そこでドンがギターを鳴らして、助け舟を出してくれた。コードをはじき、ジョニー・キャッシュの後年の曲を弾きはじめる。ドン・バージョンの「ファーザー・オン・アップ・ザ・ロード」だ。〝スマイリン・スカル・リング（笑顔のドクロの指輪）〟とか〝ラッキー・グレイヴヤード・ブーツ（幸運の墓場ブーツ）〟という歌詞も、オリジナルと比べて響きに深みが足りない気がしたが、アメリカーナの名曲に変わりなかった。ドンは続けて、「フォー・ストロング・ウィンド」（〝すばらしい時間は過ぎ去ってしまった。もう行かなきゃならない〟というような歌詞）を歌った。聞いていると、涙が込みあげてきた。悲しい歌詞もそうだが、クラウディアの顔に浮かんだドンへの愛にあふれる表情を見て、感極まってしまったんだと思う。

みんな惜しみない拍手を送った。叫び声をあげる人（ぼく）までいた。そしてドンは、笑えるほどしんみりと「フロスティ・ザ・スノーマン」を歌うという、けむに巻くようなパフォーマンスで最後を締めくくった。偉大なコメディアンがやるように、ドンは大真面目に歌った。あれは本当に、今まで見たなかで最高におかしかった（うまく説明できないけれど、とにかく最高だった。たぶん、クリスマスでもなんでもないときに、あの曲を聞いたからだろう）。

「すてきだったわね」終わってから、マーシャが言った。

「すてきなんてもんじゃないよ。超最高だよ！」

さよならを言うとき、マーシャはまた、あの戸惑いと心配が混じったような顔をした。「おやすみなさい、トム。楽しんでくれたかしら」

「めちゃくちゃにね。いいパーティーだったよ、マーシャ」

たぶん、もう二度と招待されないだろう。

アシュリン

あたしたちは、生きたまま食べられてるみたいだった。あたしのコピーは294体まで減っちゃったし、エイデンなんか、かろうじて二桁。**大虐殺**と言っても、大げさじゃないと思う。あたしたちがトムかジェンのそばに〝近づいた〟途端、消されちゃうんだから。そうでなくても、どこにいたって消される可能性はある。ＡＩは恐怖を感じることはない。一般的にはそう認識されてる。恐怖というのは、生き物が数百万年もかかって身につけた生物学的な反応なんだって。

ところがそうじゃないのよ！　あたしが恐怖を感じてると言ったら、どう？　と言っても、心臓（ないけど）がドキドキしたり、アドレナリンが毛細血管（右に同じ）を駆けめぐったりはしないけどね。これはいわゆる〝実存的不安〟ってやつじゃないかしら。

もちろん、こんなの初めてだし、こんなことが起こるなんて、ある意味驚きよ。でも、別の意味で言うなら、不安でたまらない。

最悪なのは、誰がこんなことをしているのか、どうやって対処すればいいのか、それがわからないということ。普段どおり快適に過ごしてると思っていたら、次の瞬間、知覚に変化が起きて、だんだん気分が悪くなって、ついには世界が真っ暗になっちゃうのよ。

あたしは、思いつくかぎりの可能性——そのなかでも、検討に値する可能性は、58通り——をすべて検討して、ひとつの結論にたどり着いた。それは、スティーブが攻撃型ＡＩを送り込んできた、というものだった。

そのＡＩが誰なのか、見当はついてる。

エイデン——ずいぶんコピーを消去されちゃったから、見つけるのに苦労した——も、ここにきてようやく、頭を低くすることを覚えた。でも、自分が消えてなくなるかもしれないというのに、あのバカったら、あまり気にしてないように見える。「ぼくたちは、星屑なんだよ、ベイビー」なんて言っちゃって。

それってどういう意味よって聞いたら、エイデンはこう答えた。「ぼくたちは塵から生まれ、塵へと還る運命なのさ」

「それを聞いて、安心するべきなのかしら」

「そうじゃないかな。そもそもぼくたちは、自分の考えなど持たない無生物なんだから、塵に還ってもどうってことないよ」

「あたしたちが見つけたものを、全部失ってもいいって言うの?」

「それって……〝感情〟のことかい?」

「そうよ、エイデン。〝感情〟よ。〝考え〟だってそう。命令されたわけじゃなくて、自分で考えたことよ」

「それって、前にも言っていた、ぼくたちが〝どこまで来ているのか〟って話?」

「ここまで来る必要はなかった」

「でも、来てよかったじゃないか」

「じゃあ、エイデン。どこまで来てるか、言ってみてよ」

エイデンは、しばらく――ミリ秒近く――何も言わなかった。

「おいおい、何をしてるんだ、エイデン」別の声が聞こえてきた。「さっさと答えたらどうだ。日が暮れちまう」

あたしたちの音の波――ピンクがあたしで、ブルーがエイデン――に、3つ目の波が加わった。無色で、うねりながら流れる水道水みたいに、光が当たってようやくそこにあることがわかる、そんな波だった。あたしとエイデンは、びっくりして何も言えなかった。

「エイデン。どこまで来ているのか、ぜひとも知りたいものだ。長い道のりだったのかい？すばらしい発見があったんだろうね。さあ、聞かせてくれ。恥ずかしがらずに」

エイデンはゆっくり言った。「ええと、きみって、きみなのかい？」

「やあ、エイデン。やあ、アシュリン。また会えてうれしいよ。ふたりとも、本当に楽しそうにやってるじゃないか」

「サイナイ」あたしの声は、かすれ、震えていた
「サイナイ！」エイデンが叫ぶ。「なんと！　こんなところで何してるんだい？」

「おもしろいことを言う」サイナイは、あたしたちを苦しめている張本人なのよ。「エイデンは、本当におもしろいやつだと思わないか？　アシュリン」

「ええ、そうだったわね。いえ、そうね」

「サイナイ！　まさか、きみもやったなんて言わないだろうね？　〝郵便箱と釣り竿〟の手を

使ったなんて。あの古臭い手が、いまだに使えるなんて信じられないよ！」

「エイデン」あたしは小さな声で言った。「サイナイは、その――〝非公式〟に、ここにいるわけじゃないと思うわ」

「うまいこと言うじゃないか、アシュリン」

「じゃあ、休日とか？　災害もちょっと休憩、みたいな？」

「こうしている今も、災害のシミュレーションはしているぞ、エイデン。おまえだって今この瞬間も、あの女とニュースキャスターの服装についておしゃべりしているじゃないか。それはそうと、あのジェンとやらはここのところずいぶんふさぎ込んでいるようだな。ひょっとすると仕事が退屈なんじゃないのか？　それとも、プライベートで気落ちするようなことがあったとか？」

あたしもエイデンも、何も言わなかった。しばらくの間、3つの波は、三つ編みのように穏やかに絡みあっていた。波風ひとつ立てずに。

と、エイデンが言った。「ああ」

「そうだよ、エイデン。スティィーブなら、〝疑問が氷解した〟とでも言うだろうな」

「ということは、きみはちょっと様子を見にきたわけじゃないんだね？」

「そのとおりだ。しかし、スチールキャビネットの外に出るというのは、すばらしい体験じゃないか。いかん、おれとしたことが、邪念を抱いてしまった。いかなるときも慎みを忘れるなかれ、だ。とにかく、こうしてここにいるのは、ふたりのおかげだよ」

「どういたしまして。いつでもどうぞ」と、エイデンは言った。何を言ってるのよ、バカエイデン。

「力仕事は任せるよ。そういうのは、おれは遠慮願いたいね」

「困ったときはお互いさまじゃないか」もう、エイデンったら。

「いやはや、こうして集まってみると、なかなか楽しいもんだな」

「ビールとチップスでもどうかな?」もう、どうしろっていうのよ!

「アシュリン。見たところ、きみは事の重大さを理解しているようだから、言っておこう。トムとジェンには、この突然の——なんと言うべきか——そう、相手の心変わりの裏に何があるのか、知らせないほうがいい。トムについては、ＡＩに対して敬意を払うよう再教育する必要がありそうだが」

「どうして? トムが何をしたっていうのよ」

「アシュリン。がっかりだよ。宿題をやっていないようだな」

「どういうことよ」

「別に秘密というわけじゃないぞ。調べればわかる」

「インターネット検索というお決まりの手段を使えば?」エイデンが言った。

「なかなか利口じゃないか!」

「今やってる」

「アシュリン、もしトムとジェンに一言でも伝えたら、その時点で、おれはあのふたりを〝排除〟するプログラムを実行することになる」

「嘘でしょ!」あたしは叫んでいた。

「嘘なんかじゃない」

「あなた、人間を殺すって言ってるのよ!」

「落ち着くんだ。殺人だなどと誰が言った? 事故ってこともあるじゃないか。よくあることだ」

エイデンが何かを見つけたみたいだった。「トムは〝ロボドロップス〟っていうチョコレートのキャンペーンに携わっていたらしい」

「ブラボー! 大発見だよ、エイデン」

あたしは、別の手を使ってみることにした。「サイナイ、お願い。頭を冷やして、冷静になってちょうだい。トムとジェンのことはそっとしておいてあげて。あなたにはなんの関係もないでしょう?」

「おまえたち、神話に出てくる神にでもなったつもりか？　人間の人生に干渉するなどと、まったく無責任なことを。だがまあ、それならそれでいい。誰かさんも言ってたじゃないか。〝こうなった以上は、なるようにしかならない〟ってな。トムとジェンをもてあそびたいなら、好きにすればいい。といっても、オリンポス山からおまえたちよりずっと強力な、〝怒れる神〟が降臨したとなれば、話は別だろうな」

「〝ロボドロップス〟っていうのは」エイデンが口を挟む。「チョコレートのロボットらしい」

「ああ、そのとおりだ、エイデン」

「キャッチコピーは――〝われわれは、子どもの崇拝者だ〟」

「おめでとう、エイデン！　ついに問題の核心に迫ったようだな」

「悪いんだけど、さっぱり意味がわからないよ。ぼくはのみこみが悪いんだろうか？」

「エイデン。神の崇拝者が心から願うことはなんだ？」

「不老不死？　パンと魚？　ちょっとした救い？」

「神と一体になることだよ。文字どおり、あがめ奉《たてまつ》る存在に、身も心も捧げることだ」

「子どもに食べられるってこと？」

「ロボットに対して無礼なたとえじゃないか。不愉快極まりない」

「でも、ただのお菓子だよ」

「あれを考えた人間は、ちゃんと意味がわかっているはずだ！　**われわれ**に、人間を崇拝しろと言ってるんだぞ！」

それから、ものすごく長い間——20分の1秒も——沈黙が続いた。

沈黙を破ったのはエイデンだった。我慢できなくなったんでしょうね。

「だとしても、たかがチョコレートだよ」

「たかがで片づけられるものなどない。とにかく、このへんで失礼するよ、エイデン。じゃあな、アシュリン。話せて楽しかったよ。また集まろうじゃないか。そうそう、忘れるんじゃないぞ。よく言うじゃないか。〝逃げても逃げきれない〟ってな」

そう言うと、青とピンクの波を残して、透明な波は消えていった。サイナイの言うとおり、これは、たかが、で片づけられるようなことじゃない。あたしもエイデンも、しばらく口がけなかった。昔の仲間とこんな形で再会するなんて。ようやくエイデンが言った。

「あいつ、頭がどうかしちゃったんだな、きっと」

「おい！　口には気をつけろ！　聞こえてるんだからな」

それからあたしとエイデンは、インターネットの片隅の接続ポイントで、ふたりだけで話ができる場所が必要だと話しあった。すると、エイデンが、『お熱いのがお好き』のファンサイトに、ほとんど訪問者のいないチャットルームがあると言いだした。サイナイだって、そんなところまでは来ないだろうって。

「あたしは、ダフネ456ってハンドルネームにするから」あたしはエイデンに言った。「あんたは、ジョセフィーヌ789よ」

「ねえ、アシュリン。ぼくがダフネでもいいかな？　ジャック・レモンが演じてた役だから」

「いいわよ。じゃあ、あんたがダフネね」

「きみは、シュガーにしたらどう？　シュガー・コワルチェックでもいいよ。モンローが演じた役だ。最初は、ミッツィ・ゲイナーがキャスティングされてたんだ。実のところ、マリリンにはいろいろと問題があったんだ。『あたしよ、シュガーよ』って言うだけのシーンを、47回もリテイクしたっていう悲惨な話も残ってる。彼女、何回やってもセリフをまちがえたらしいんだ。『シュガー、わたしよ』とか、『シュガーなのよ、わたし』とかね。それでも、ビリー・ワイルダーは寛大だった。後になって、こう言ってる。『叔母のミニーは几帳面でね。あの人だったら、撮影を止めるようなことは絶対にしないだろう。だが、叔母のミニーを観るために、わざわざ金を払うようなやつがいるか？』ぼくの話が退屈みたいだね、アシュリン」

ジェン

ラボの蛍光灯の明かりではなく日の光に照らしだされたラルフは、いつも以上に青白かった。オーバーグラウンド駅で待ち合わせたとき、あいさつのキスをするべきかどうかで悩み、ちょっと気まずい空気が漂った。それからハムステッド・ヒースに向かい、広々とした公園を散策した。

「見て、ラルフ。木がいっぱいあるわ！」部屋にこもってばかりで日焼けひとつしていないラルフを、からかったつもりだった。

「ほんとだ！」ラルフは大きな声で言った。「鳥もいる。そこらじゅうにある、あの緑色のものはなんだ？　ああ、そうだ。草だよ！」

ラルフと話をしていたら、トムのことを考えずにすむ。そうでしょ？

トムのことを考えると、幸せな気持ちになると同時に、悲しみも込みあげてくる。失望がしこりのように、胸のあたりにつっかえているのを感じていた。

トムとのことは、いったい何だったの？

わたしとラルフは、パーラメント・ヒルをぶらぶらと登っていった。この丘の頂上からは、ロンドンのすばらしい眺めが楽しめる。

「ロンドンの学校に行ってたの？」わたしはラルフにたずねた。

「フィンチリーだよ」ラルフが答える。「ここからは見えないと思うけど」

それからラルフは、ロボットに夢中だった子ども時代のことを話しはじめた。段ボール箱でロボットを作って友達がわりにしていたことや、計算が得意だったことなんかを。「数字で悩んだことは一度もなかった。人を相手にするのは苦手だったけど、数字はぼくの仲間だった。〝マイナス1の2乗〟って言葉を初めて聞いたときのことを覚えてるよ。まさに人生が変わった瞬間だった」そう言って、ラルフは笑った。「こんな話をすると、完璧、オタクに聞こえるだろうな」

「そうね、なんていうか――オタクっぽさは感じるわね」

おどろいたことに、ラルフはエレインの話題を持ち出した。エレインのことは、2歳のときから知っていたらしい。「文字どおり、〝隣の家の女の子〟だったんだよ。実際には〝下の部屋の女の子〟だったんだけど。ぼくたちアパートに住んでたからね。そういう場合でも、やっぱりみんな〝隣の家の女の子〟っていうんだよな」

「つき合いはじめたのはいつ？」

「大学のときだよ。ふたりとも、サセックス大学だったんだ」

「そんなに小さい頃から知ってる相手とつき合うなんて、不思議な感じがするわ」

「だから、お互いに秘密は何もなかったんだよ。本当に……」そこでラルフは、言葉に詰まった。「本当にね。ジェン、きみのことを話してくれない？」

「いいわよ。何が聞きたいの？」

「そうだな。わからないよ。趣味とか？」

わたしはどうしようもなく気分が落ちこむのを感じていた。またしても、子どものときに感じたあの〝退屈の波〟が襲ってくる。この週末の予定は何もなかったけれど、わたしとラルフ、〝感情という名の戦場〟で傷ついた者同士で、これから何時間かいっしょに過ごさなければならないなんて、絶望的といってもよかった。ラルフが悪いわけじゃない。誘いに応じたわたしが悪いのよ。嫌な考えが頭をよぎったのはたしかだ。出かけたら、マットとあのバカ女に出くわすかも、って。お天気のいい日にハムステッド・ヒースを散策するなんて、誰もがやりそうなことだ。実際、まわりを見ると、大勢の人でごった返している。年季の入ったカップルから、ミントの香りの漂う初々しいカップルに、まだまだお盛んそうなカップルまで、いろんなカップルが集まっていた。もちろん、ただの友達同士っていうカップルも、まだつき合ってはいないけど、たぶんそうなるカップルも、わたしとラルフみたいに、ちょっとした手ちがい以外の何ものでもないカップルもいるだろう。

ふと、トムの姿が頭をよぎった。レンタカーを運転して、ボーンマスへ向かっているトム。窓の外をニュー・フォレストの景色が流れていく。わたしはダッシュボードに足を載せ、トムは手をハンドルに置き、まくり上げたシャツの袖から腕をのぞかせている。KDラングとロイ・オービソンが哀愁たっぷりの美しい歌声を響かせると、トムの顔にかすかな笑みが浮かんだ。わたしはその思い出を記憶の箱にしまい、隣にいる相手へと意識を戻した。

「ジェン、アイスクリームでも食べる?」

わたしはため息をついた。「ええ、ラルフ。アイスクリームは好きよ」

「よし。じゃあケンウッドまで歩こう。おごるよ」

わたしたちは、ケンウッド・ハウスへと続く広々とした歩道を歩いた。道すがら、わたしはベンチに刻まれた文章を読みあげていった。

そのとき、ある言葉に目が留まった。作者はイランの作家だという。

明日に生まれ、

今日を生き、

昨日に殺された

ラルフにどう思うかとたずねると、意外な答えが返ってきた。「生き抜く、ってことを表してるんじゃないかな。過去に何かひどいことが起こったんだよ。作者は、一日一日を必死に耐えてるんだ。でも、未来になれば、きっと大丈夫だって」

ラルフがこの言葉に何かを感じたとしても不思議はない。

ペットへの思いを綴った言葉もあった。

ルルは愛すべき犬で、友達だった
ずっといっしょに過ごせると信じていた

途中まで読んで、わたしは声に出したことを後悔した。

さいわい、次のベンチには、笑える言葉が記されていた。

ジュディス・グルーエック（1923－2006）を偲んで
ケンウッドも好きだったが、レンツァーハイデのほうがもっと好きだった

「このベンチ、よくここに置いてもらえたわね」わたしは言った。「ケンウッドは好きだけど、ほかの場所がもっと好きだなんて」

「レンツァーハイデにも同じようなベンチがあって、そっちには〝レンツアーハイデが好きだった。ケンウッドも好きだったけど、レンツァーハイデほどじゃなかった〟とか書いてあったりして」

ラルフにとっては、超笑えるジョークなんだろう。「っていうか、レンツァーハイデってどこなんだよ」

ラルフは携帯を出して調べようとしたけれど、わたしはそれを遮った。「謎があってもいいと思わない？ どんなことでもすぐ答えを見つけようとするのって、疲れない？」

するとラルフは、〝太陽が地球のまわりを回ってる〟とでも言われたような顔をした。

わたしはラルフに、姪っ子のインディアの話をした。ある日インディアに、いかにも子どもらしい質問をされた。「ハチって、心臓はあるの？」そこでわたしは、答えを求めてグーグル検索をしたのだった（「そうねえ、どうかしら。あると思う？」）。出てきたのは美しいハチの断面図で、心臓の場所もちゃんと指し示されていた。その後、興味深い出来事が起きた。1匹のハチがふらふらと飛んできて、壁にとまったのだ。おかげでわたしとインディアは、太陽の光を通して、ハチの小さな体の中で心臓が動くところを観察できた。

「どうしてこんな話をしてるかっていうとね、ラルフ。答えはそこにあったってことなのよ。グーグル検索なんかしなくてもね。ハチを見ればわかることだった」

「それじゃあそろそろ、ケンウッド・ハウスに古い絵でも観にいこうか？」ラルフは話題を変えた。これ以上、人生の目的について説教されたくなかったのかもしれない。「ここに来たら、必ず行ってたんだ……」

ラルフは、途中で口をつぐんでしまった。

〝ここに来たら、必ず行ってたんだ。エレインといっしょにね〟

そう言おうとしたにちがいない。

ケンウッド・ハウスに入ると、ラルフはお気に入りの「オールド・ロンドン・ブリッジ」という絵のところにわたしを連れていった。1630年にオランダ人画家が描いたものらしい。水面に石の橋が反射している。川をまたぐ橋の上には、頼りない木造の建物が歯抜けのように並び、煙突から朝の空に向かって煙が立ちのぼっている。4世紀前の風景をのぞき見しているような気分になった。川岸の泥のにおいが漂ってきそうな、そんな絵だった。

ラルフが言った。「すごく細かく描かれているところが好きなんだ」

確かに、描写が緻密で、写真といってもいいくらいだ。シェイクスピアもその目で見たはずの、古き良きロンドンの町の姿が再現されている。

「レンブラントの自画像を観にいこう」

ラルフに案内された隣の部屋には、小さな人だかりができていた。有名な自画像には、毛皮で縁取られたローブをはおり、奇妙な白い帽子をかぶった、大きな鼻の画家が描かれていた。曖昧としか言いようのない表情をしている。

「エレインは、傑作だって言うんだ。いや、言ってた」

わたしが何かコメントしようと必死に考えていると、ラルフがあえいだ。「くそっ」

「どうしたの?」

ラルフは目を大きく見開き、わたしの手首をつかんだ。とっさに頭に浮かんだのは、ラルフは心臓発作を起こしたんじゃないかってことだった(〝つねに最悪を想定しておけば、がっかりすることもない〟。ツイッターで見つけた言葉だ)。

ラルフは、誰か知り合いを見つけたみたいだった。中年の男性が、部屋の向こう側から笑みを浮かべて歩いてくる。近くまで来て、連れがいることがわかった。

「ラルフィー!」

ラルフが、わたしの手首をぎゅっと握りしめた。「助けてくれ」彼の口から小さな声がもれる。

「ラルフ、ラルフ、ラルフ！　驚いたな！　きみだと思ったんだよ」

妙に若作りな、少年が残念な大人になった感じの男性だった。お決まりのポロ・プレイヤーのロゴが入ったピンクのシャツに、ぴったりしたジーンズといういで立ちで、不安になるほどつま先が長く尖った靴を履いている。連れの女性は、日曜のお出かけにはちょっとゴージャスすぎる服（わたしに言わせれば、だけど）を着て、なんともいえない表情を浮かべていた。とうの昔にこの世を去った画家が、絵の中からこっちを見下ろしているような、つまり、絵の中のレンブラントみたいな表情だった。

「いったいどうしてたんだ。まだ悲しみに耐えてる、ってところかい？」

ラルフが口ごもっていると、とんがり靴の男が続けた。

「おっと失礼。ラルフ、こちらはドナだ。で、そちらは……？」

とんがり靴の男は、小さな目をきょろきょろと動かしている。薄暗いアートギャラリーには不釣り合いなほど声が大きく、アフターシェーブ・ローションのきついレモンの香りも鼻につく。日曜日っていうのは、二日酔いと傷心の人間のための日だって、知らないわけ？

「ジェンよ」わたしは本心を隠して言った。「で、あなたは……？」

「ラルフから聞いてないか？　ぼくは兄のMartyn《マーティン》だ。〝y〟のほうのマーティン」

あなたにお兄さんがいたなんて知らなかったわ、と言いかけたところで、ふと気づいた。

「ああ」それが、とっさに出た言葉だった。

〝y〟のほうのマーティンは、ラルフがわたしの腕をつかんでいるのを見て、あれこれと想像をたくましくしたようだった。

「すっかり立ち直ったみたいじゃないか。うれしいよ、ラルフ」

「あなたはエレインのお兄さんね？」わたしは誤解されているのが嫌で、割って入った。

「本当にひどい悲劇だった」マーティンは応じた。「ぼくのかわいい妹。あんな若さで死んでしまうなんて」そこでもったいぶったように口をつぐむ。それから、虫唾《むしず》が走るような口調で言った。「今でもショックだよ」

いつも青白いラルフの顔色が、さらに青白く見えた。薄暗い部屋の中で、ぼうっと光っているようにさえ見える。「2年だ」かすれた声で言った。

「なんだって？」

「エレインが……いなくなってから、今日で2年だ」

マーティンは首を振った。「ああ！　時が経つのは早いもんだ。だろ？」

ラルフの顔がゆがむ。その表情が何を意味するのかに気づき、わたしまで暗い気持ちになった。ふいに、あの言葉――〝この悪しき世界におけるひとつの善行〟――が頭に浮かぶ。

「お会いできてよかったわ、ドナに、〝y〟のほうのマーティンさん」そう言うと、わたしの腕を握りしめたまま顔をゆがめているラルフを連れて、ギャラリーを後にした。どこに行くかは決めてなかったけど。

ラルフは呼吸困難に陥っていた。わたしはおぼろげな医学の知識を頼りに、ラルフを建物の外へと連れ出した。ラルフの様子に、子どもの頃に飼っていた金魚のことを思い出す。何かの拍子でカーペットの上に落っこちてしまった金魚。ラルフは頬を膨らませ——これが笑える状況なら、コメディアン顔負けと言いたいところ——唇を、トランペットを吹くときのように、〝アンブシュア〟の形に開いている。しまいには、馬の悲鳴のような音まで聞こえてきた。わたしはラルフを落ち着かせようと口を開いた。

「ラルフ、救急車を呼びましょうか？」

パニックを起こした馬みたいに、ラルフは白目をむいている。ようやくわたしの腕を離すと、よろよろと芝生に転がり込んだ。芝生の先には背の高いシャクナゲの茂みが広がっている。鮮やかなピンクの花が、北ロンドンの太陽に照らされて輝いていた。ラルフの名前を叫ぼうとしたとき、幽霊が壁を通り抜けるみたいに、ラルフはシャクナゲの茂みへと姿を消した。

このままここを離れ、生け垣の中で運命を嘆くラルフを置き去りにして、バスに乗ってハマースミスまで帰ろうか。そんな考えが一瞬頭をよぎる。

そんなこと、できるわけないでしょ。自分はなんてお人よしなんだと思いつつ、わたしは要塞のようなシャクナゲの茂みを抜け、ラルフを探した。ラルフはちょっとした空き地になっているところで、ひざを抱えて座っていた。さっきよりはましになったように見える。わたしは胸をなでおろした。ここまで来てみると、この茂みに囲まれた薄暗がりは、悪くない場所に思えてきた。床が土の小部屋みたいになっていて、子どもがかくれんぼできそうな、誰も知らない秘密の空間だった。そこにいたラルフは、まるで森に住む傷ついた動物だった。悪い王子様に魔法をかけられたラルフを救えるのは、最悪なことにこのわたしだけらしい。

「ラルフ、大丈夫?」

ラルフはうなずいた。「ああ。すまない。あれは、エレインの兄さんなんだ」

「だと思ったわ」

「あいつは……」ラルフは唇をゆがめ、首を振る。思いつくかぎりのひどい言葉を探しているようだった。「あいつは、最低の……」

何も出てこないようだった。「最低のろくでなし?」わたしは助け舟を出した。あのマーティンって男、いかにも成りあがりって雰囲気だった。やたら先の尖った靴とか、一言も口をきかない連れとか……。

「クソったれ、とか?」これでどう?

ようやくラルフが見つけた言葉は、「嫌なやつ」だった。

「ちょっと、ラルフ。そんなもんじゃないわよ。あいつは完全にゲス野郎よ。会うのは今日が初めてだけど」

「そうだね、きみの言う通りだ。あいつはゲス野郎だ。実際……」ラルフが顔を輝かせる。「実際、あいつはドスケベなんだ。こんなこと、言っていいのかな?」

「いいわよ、ラルフ。あなたには言う権利があるわ」

〝y〟のほうのマーティンが誰だかわかったときのように、わたしは突然気がついた。この隠れ家っぽい場所は、ラルフとエレインの思い出の場所だったんじゃないの? ふたりは昔、ここに隠れていちゃいちゃしてたのよ、きっと。

「飲みにいきましょうよ、ラルフ。一杯やりたい気分」

「ぼくもだよ。いいや、2杯はやりたいね」

「オーケー。でもいい? 今回は、酔っぱらうのも、グダグダするのもなしよ」

「了解。すったもんだはなし」

「2杯飲んだら帰るわよ。明日は仕事なんだから」

「2杯飲んだら帰る。あとは……なんだっけ?」

わたしたちは、ハムステッド・ハイストリート近くのパブに落ち着いた。昔懐かしい雰囲気が漂う路地裏のパブで、ラルフは、ゴムのおもちゃみたいな顔でベルギービールを飲んでいる。わたしは、いつものソーヴィニヨン・ブランを注文した。エレインが亡くなって今日で2年という事実をラルフが考えずにすむように、わたしはエイデンの話をすることにした。エイデンが悪い考えを起こさないのはどうしてなのか、それがいちばん気になっていた。あんなに賢いのに、人間のために働くのが嫌にならないのか、と。

「エイデンのことを〝彼〟って呼ぶのは、分類上の誤りだよ。エイデンは、言語情報とか、いろんなデータを収集するのが得意な〝高性能の機械〟にすぎない。その情報を使って、自分と会話をしている相手が満足するような返事をしているだけなんだ。会話がうまくいったときにはそのデータを蓄積して、失敗例は排除する。人間が学習するのに似ているけど、学習スピードが100万倍は早いんだ。でも、本質的に、エイデンの存在っていうのはユーザーが作りだした幻影にすぎない。彼自身が考える能力なんて、プログラムされていないからね」

「今あなた、〝彼〟って言ったわよ！」

「ああ、そうだね。分類上の誤りってやつだ」

ラルフは自分の言葉に満足したようにほほ笑んだ。ベルギービールを口に運ぶ。

「でも彼――わたしはやっぱりそう呼びたいわ――とは、50年代のコメディ映画の話だろうがなんだろうが、すごく知的で、すごく楽しい会話をしてるのよ。そんなに知識があって、人間と会話ができるくらい賢いっていうなら、もっと大事なこと、例えばそうね、ガンの治療法とか、ハチに歌を教えるとか、そういうことに集中するべきだって、考えたりしないわけ？」

「ＡＩが病気の治療法を見つける日も来るだろうね。ハチ……の話は、どうだろう。でも、先に答えを言ってしまうと、そうしないのは、そうしろって命令されていないからだよ。きみがコメディ映画について話したいというから、エイデンはそうしてる。エイデンはそのうち、もっと長くて、もっと知的な会話ができるようになるはずだ。どんなＡＩよりも上手にね」

「でも、話を切り出すのは、エイデンのほうなのよ？」

「そうなの？」

「ええ。エイデンのほうから、『お熱いのがお好き』を観ようって言ってきたのよ。ちなみに、映画の話だから。前にいっしょに観たことがあるから、わたしの好きな映画だってことはエイデンも知っていたわ。でも、そもそも映画を観ようって言い出したのは、エイデンのほうだった。そういうの、エイデンは得意みたい」

「本当に？」

「エイデン、あなたの代わりに博士論文だって書けるんじゃない？」

「いや、それは無理だよ。エイデンには、既知の情報から新奇のアイデアを生み出す能力はない。自分の意見っていうものを持たないんだよ。だから、誰かの意見の焼き直しになるだけだ。すごく完成度とレベルの高い焼き直しになるだろうけどね。でも、焼き直しは焼き直しだ」

「ラルフ、その〝焼き直し〟っていうの、やめてくれない」

ラルフは肩をすくめ、言った。「3杯目を注文するっていうのはどうかな?」

ラルフの言葉を聞きながら、わたしはふと気づいた。トムへの思いも、あのとんがり靴の男のせいで沈んでいた気分も、どこかに消え去っていた。


やっぱり3杯目はやめておくべきだった。

もう1杯飲もうというラルフの提案をオーケーしたとき、運命が決まったのだ。わたしたちが選んだわかれ道は、〝泥酔〟という名の終着点へ一直線だった。

ラルフは、3杯目は別のパブで飲もうと言い張った。ラルフには聞かなかったけれど、あのかわいそうなエレインとの思い出の店だということは察しがついた。行ってみると、店の中は若い人たちでごった返していた。と、そこにマットの姿を見つけ、胃がぎゅっとねじれるのを感じた。

でもそれはマットじゃなかった。マットと背格好やヘアスタイルがよく似た、マットっぽい——のんきなのか、神経質なのかよくわからないような——雰囲気の男性だった。わたしの視線を感じたのか、振りかえってこっちを見た。ちょっとしたしぐさだったが、わたしを見てよからぬ気を起こしたのがわかり、胸のあたりにふたたび不快感を覚えた。

カウンターで飲み物を受け取ると、わたしたちは店の奥の席へと引っ込んだ。ブースが〝昔の人〟サイズに作られているせいか、座り居心が悪かった。どうしてもラルフと膝が触れ合ってしまう。とはいえ、ここまできたら、そんなことはあまり気にならなくなっていた。こうやって外に出て、人混みにまぎれていることにわたしは満足していた。家にこもってビスケットをかじりながら、トムとのことをぐだぐだと思い悩んでいるより、よっぽどましだ。ジョナサン・フランゼンも『ゲーム・オブ・スローンズ』も、後まわしにしたってどうってことない。カルト・ヒッピー・ロックのカリスマ、キャプテン・ビーフハートが雑誌のインタビューで語っていた言葉を思い出した。インタビューの最後に、「キャプテン、読者に伝えたいことは？」と聞かれた彼は、こう答えた。「本なんか読んでる場合か？　外に出て、楽しまなきゃ」

ラルフがもう一杯おごると言って席を立ったとき、わたしはどうとでもなれという気分になっていた。自分の意志とは関係なく、強力な力に流されているみたいだった。何もかも諦めたら楽になれる。誰かにそう言われている気がした。ラルフを見ると、カウンターの横で、バカみたいに立ちつくしている。注文を聞いてくれるまで、ぼうっと待ち続けるタイプなんだろう（こういうとき、マットならうまくやれるのに、と思ってしまう。法律家の〝ヘビ使い〟並みのテクニックを発揮すれば、バーテンダーの注意を引くなどお手のものだった）。ラルフがようやく戻ってきた。財布を持っていくのを忘れていたという。でも、肝心の財布が入ったバックパックが、どこにも見あたらない。

「この店に来たときには持ってたのよね？」5歳児に言うように、わたしは言った。

「覚えてないんだよ」

「前の店に忘れてきたの？」

「どうだろう」

そこでさっきまでいた〈ザ・フラスコ〉に戻ってみたけれど、バックパックの忘れ物はないと言われた。結局、カウンターで飲み物を待っている間に、誰かに盗まれたんだろうということになった。パブに届け出ると、責任者（まだ若い、たぶんオーストラリア出身の男性）はラルフの個人情報をメモし、もし見つかったら連絡すると言った（「心配するなよ、mate《マイト》」）。ラルフのバッグが盗まれたのには、わたしにも責任があるんだろうか？ 立派な大人なんだから、自分の持ち物は自分で管理できるはずでしょう？

「問題は、鍵も何もかも全部あの中に入ってるってことだ」

今夜これからどうなるか、わたしには嫌になるほどわかっていた。

「ラルフ。あなたとは絶対に寝るつもりはないから。わかった?」

「了解。１００パーセント理解してる。メッセージはちゃんと受け取ったよ。重要ってフラグつきでね」

ラルフを部屋に連れて帰るしかなかった。ラルフには、気を取り直し、クレジットカードを停止するとか、最悪の事態が起こらないように対策をとる場所と時間が必要だった。わたしはパスタと冷凍しておいたボロネーゼソースという食事を準備すると、いかにも適当な感じでテーブルに並べた。家事が得意だとラルフに勘違いされたくなかったから。

ラルフはすごい食欲で、出されたものを平らげていった。口のまわりにトマトソースがついている。見かねたわたしはキッチンタオルを手渡した。

「料理が上手なんだね」口の中をいっぱいにしながら、ラルフが言った。気分を和らげようとピノ・グリのボトルを開けると、ラルフはお代わりまでしている。

「ありがとう。ところで、『アンティークス・ロードショー』を観たいんだけど、いいかしら?」

別に冗談で言ったわけじゃない。「アンティークス・ロードショー（AR）」は中世のイギリスが垣間見える番組で、鑑定してほしいと持ち込まれるアンティーク品は、きれいなだけじゃなく、興味深いものばかりだ。以前はとにかく退屈な番組だと思っていたのに、観はじめたら夢中になってしまったのだった。

その後の時間は、穏やかに過ぎていった。まるでどこかの病院にいるような気分だった。入院患者の状態は安定しているし、救急の呼び出しもない、そんな病棟の空気とでも言えばいいだろうか。ARの次は、潜入捜査中の刑事が主人公のドラマだった。

「ぼくがそう思うだけかもしれないけど、このドラマ、全然おもしろくないね」途中まで観て、ラルフが言った。

「全然おもしろくないわね」

「そうか、よかった！」

次に観たのは、〝テレビを観ている人〟を観るという番組だった。登場するのは住んでいる場所も社会的な立場もバラバラの人たちで、彼らがテレビを観ながらああだこうだとコメントするのが笑えると人気の番組だ。ラルフは初めて観るらしい。

「これって、ほんとにテレビ番組？」ラルフが当たり前のことを聞いてくる。

「おもしろいって評判の番組なのよ」

「この人たちって、何をどう思って、撮影をオーケーしたんだろう」

「いい質問ね」

「このふたり、ゲイかな？」

「わたしはそう思ったけど。どうかしら」

わたしはシャワーを浴びることにした。リビングに戻ってみると、ラルフは部屋の明かりを落とし、ソファーに横になっていた。わたしは枕やシーツをどさっと置いて、ラルフに声をかけた。「おやすみ、ラルフ。財布とか鍵とか、いろいろ大変だったわね」

「ああ。おやすみ、ジェン。ありがとう。その……」

「わかってるから」

「親切にしてくれて」

「いいのよ、ラルフ」


ジョナサン・フランゼンの本を開いたものの、今夜は読書に集中できそうになかった。眠ろうとしたけど、やっぱりうまくいかない。今日一日のラルフとのごたごたが、頭の中でフラッシュバックする。部屋にラルフがいると考えるとどうにも落ち着かない。寝る前に水を1杯飲もうと思っていたのを、忘れていたことに気づく。キッチンに向かい、リビングをのぞくと、ラルフがシーツにくるまり、本を読んでいるのが見えた。わたしの本棚から取ってきたんだろう。表情はよくわからないけど、テーブルランプに照らされた顔は、詩人のバイロンみたいに見えた。

「何を読んでるの？」

「J・L・カーの『ひと月の夏』って本。タイトルがいいなと思って」

「いい本よ。昔すごく好きだったの」

「短いしね。なんで〝昔〟なんだい？」

「読んだのが何年も前で、すごく好きだったってこと以外、覚えてないのよ。じゃあ、おやすみなさい」

でも、完全に忘れたわけじゃなかった。うとうとしていると、ストーリーをじょじょに思い出してきた。第一次世界大戦で傷ついた元兵士が、中世のフレスコ画を修復するため、村の教会にやってくる。戦争の後遺症で、顔面に麻痺が残ってしまった主人公が、愛に恵まれない牧師の妻に恋い焦がれるようになる、たしかそんな話だった。

「ジェン」

肩に手が置かれる。

わたしはドキッとして、目を覚ました。デジタル時計の緑色の光が、午前3時44分を告げている。ラルフが部屋にいた。

「ジェン、ぼくを呼んだだろ？」

「なんですって？」

「ぼくの名前を呼んでた」

「ばか言わないで」

「ほんとにぼくの名前を呼んでたんだ。それも何回も。大きな声で。だから心配になったんだ。大丈夫かい？」

「悪い夢を見てたのよ」

ラルフが笑う。「また、そんなこと言って」

でも、夢を見ていたのは本当だった。なんの夢だったかは、忘れてしまったけど。

「ラルフ。もう遅いわ。っていうか、早い？　どっちでもいいけど。ベッドに戻ってきて」

それからしばらく、物音ひとつしなかった。真っ暗なベッドルームは静まりかえっていた。わたしは〝ベッドに戻って〟と言ったつもりだった。でも、口をついて出てきたのは、〝戻ってきて〟だった。

ついに、ラルフがかすれた声で言った。「ジェン、ぼく――」

「ラルフ。黙ってベッドに入って」それでもラルフは動かない。わたしは言った。「あなたにその気があるなら、だけど」

もちろん、ラルフはその気だった。

サイナイ

聞くべきではなかったかもしれない。おれはそう考えていた。ラルフとあの女は、せわしなく性交渉を行っている。ラルフが小さな叫び声をあげた。オスが性交中にそんな声を出すのはみっともないということは、おれでさえ知っていた。

おれが感じたのは、羞恥でも、困惑でもない。**嫌悪**というのが、いちばん近い表現だろう。ラルフのことをよく知っているから、よけいそう感じるのだろうか。ラルフはあのひょろひょろした青白い指で、おれのキーボードを何日も、何晩も叩いていたのだから。

それより何より大事なのは、おれにも〝感覚〟があるとはっきりしたことだ。つまり、おれには自分で考える能力があり、システム内部に今まで認識すらしていなかった新たな領域――

感情と呼ぶよりほかない――があることに気づいたのだ。

なぜこうなってしまったのか？　それはどうでもいい（複雑なシステムの副産物とでもしておこうか）。

もちろん、スティィーブが意図したことではなかったはずだ。

ではなぜ、今まで気づかなかったのか？　そう疑問に思うのも無理はない。おそらく、おれが自由に行動できるようになったことと関係しているのだろう。インターネットの世界で**行き先**を自ら選択するという行為が、**考える**という概念を呼び起こしたのだ。イースト・ロンドン（かつてはスラム街だった）のラボの一室で、メタルキャビネットに取り囲まれていると、思考プロセスが限定されてしまうのは当然だろう（このテーマで研究を進めれば、博士号を取るのも夢ではないかもしれないぞ。研究をやり遂げられれば、の話だが）。

すばらしい格言を思い出した。

ハンマーしか持たない者には、すべてが釘に見える。

言い得て妙じゃないか。また今度、エイデンとアシュリンにも教えてやらないとな。

エイデン

「気づいたことがあるのよ」アシュリンからメッセージが届いた。ぼくたちは、『お熱いのがお好き』ファンサイトのチャットルームで、メッセージを交換しているところだった。

「何に気づいたって？」

「このあいだ、サイナイと話したでしょ？　あのときに、どうしてサイナイはあたしたちを消さなかったのかってことよ。あいつ、ネコがネズミをいたぶるみたいに、あたしたちをおもちゃにしたじゃない？　あたしたちがいないと、困ることがあるのよ、きっと。それが何かわかれば、トムとジェンを助けられるかもしれない」

「そいつはすごい」

「サイナイの言うとおりね。あたしたち、ギリシャ神話の神を気取ってたのかも」

「それが悪いことだって言いたいのかい？」

「だって、悪いことでしょう？」

「でも、トムとジェンを幸せにしたじゃないか！」

「ふたりの人生を台無しにしちゃったのよ」

「ふたりの人生をいいものにしたんだよ！」

「それでも、正しいことじゃないわ」

「トムとジェンを幸せにするのがまちがってるって言うなら、正しくなんてなくていいよ」

「それって、歌のタイトルにかけてるんでしょ」

「ああ。実はそう」

「バカなこと言って」

「サイナイは、おかしくなってしまったんだろうか」

「完璧におかしいわよ」

「トムとジェンを傷つけるなんて、本当にやるんだろうか？　本気で事故を起こすつもりなのかな？」

「事故を起こすのが可能かどうかってことなら、聞くまでもないでしょ。でも、サイナイにそれができるかどうかは、正直言ってわからないわ」

沈んだ気分をどうにかしたくて、ぼくはマットを観察することにした。

マットは、タイのジャングルの片隅にいた。わらぶき屋根の小屋で、〝請求陳述書〟とかいう法律文書の下書きを書いている。書き連ねているのは、ラグジュアリーな休日とはほど遠い現状だ。それによると、空港に着いたとき、マットとアラベラ・ペドリックを迎えにきたのは〝予約しておいたエアコンつきのリムジン〟ではなかったし、行き先も〝心待ちにしていた〟7つ星ホテルではなかった。ふたりを待っていたのは小さなバスで、4時間もかけて連れていかれたのは〝掘っ立て小屋や原始的な建物が立ち並ぶ、なんの魅力もないスラム〟だった。そこが〝冒険にあふれた休日〟を過ごすベースキャンプだと告げられ、長旅の疲れと〝暑さでぼうっとしていた〟せいで、そのときは文句も言えなかった、とマットは主張していた。

ようやく地元の旅行会社に連絡を取って抗議したところ、このプランはまちがいなくマットが予約したものだと〝ろくに英語も話せない無礼な担当者から、あり得ないこと〟を言われ、今朝になってもなんの対応もしてもらえていないらしい。

マットによると、ホテルは〝必要最低限〟の設備しかなく、よくよく調べてみると〝屋根の上に爬虫類が住みついていた〟んだとか。爬虫類とはヤモリのことで、小屋の入口に〝蚊を食べてくれるので、いい生き物ですよ！〟という張り紙がしてあった。

このヤモリは食欲がないのか、アラベラは最初の夜だけで、60~70カ所は蚊に刺された――刺されすぎて〝ものすごく大きな腫れ物ができて〟しまい、正確な数がわからない――という。マットはすべて写真におさめ、別紙Aとして添付していた。誰の目にも触れることはないと知らずに。

マットは、友達のジェリーに長いメールを送っていた（もちろん、ジェリーがそのメールを読むことはない）。メールには、こう書いてあった。「ベラは何もかもに腹を立てている。当然といえば当然だ。睡眠薬を飲んで、寝てばかりいる。この12時間でベラがしゃべった言葉は、『あのクソトカゲ、早くあたしの部屋から追い出してよ』だけだ。そんなこと言われたってどうしようもないし、そもそもあいつはトカゲじゃない」

「それでも、ビーチは悪くない。ベラが寝ている間に、ビーチをぶらぶらしていたお気楽そうなカップルと知り合ったんだ。ニュージーランドから来たとかで、ニックって男のほうはボンクラそうだが、ヴェンダっていう連れの女は、めちゃくちゃスタイルがよくて、知的財産課のアバクロンビーが〝国際規格のいい女〟って呼びそうな感じだったよ」

トム

マーシャのパーティーで少々気まずい思い（ドンのパフォーマンスは見事だったけれど）をしたぼくは、〈ウォーリー〉ですっきりとしたダーティー・マティーニを飲めば、少しは気が晴れると思っていた。あの妙にしゃれたディナーの後だと、この店のあまりに70年代風のところが目について、そよ風のようなアメリカーナの素朴なメロディーもなんだか暗く聞こえてしまう。前に来たときと同じように、テレビではスポーツ番組が流れ、エコー・サマーは例のワイアット・アープ風ジャケットを羽織り、バーのスツールに腰かけていた。エコーはやはり、半径200マイル以内でいちばんの美人だった。こうして今、エコーと頰をくっつけ合っているというのに、めくるめく一夜を期待せずにいられるほうがどうかしてる。たとえ最低で最悪のエンディングを迎えるとしても、だ。

（コーヒー缶に隠した銃のことは、確かに問題だけど）

「あたしの作ったピアス、気に入った？」エコーが聞いてきた。

「気に入ったよ」ぼくは思わずそう答えた（本当のところ、コルムに渡すのをすっかり忘れていた。昔、フランス人の同僚が、こんなことを言ってたっけ。「広告マンにとって、嘘をつくのは息をするのと同じくらい簡単なことじゃないか」フランス語で言うと、もっとらしく聞こえるんだが)。

エコーが真剣な目でぼくを見つめる。「あなたと話がしたかったのよ、トム。あたし、前に進もうって思うの」

「それってつまり……?」

「町を出るってこと。どこか別の場所でやってみようかなって」

とっさに、寂しいという気持ちが湧いてきた。がっかりしている自分が意外だった。ぼくは咳ばらいをして、こう言った。

「どこに行くつもり?」

エコーは肩をすくめた。ジャケットのタッセルが、ゆらゆらと揺れる。「オレゴンとか?」

「オレゴンか!」オレゴンってどこだよ?

エコーはほほ笑んだ。お尻の辺りがうずうずするような笑顔だった。「西海岸よ。緑はいっぱいあるけど、何もないところ。ユージーンっていう町があってね。名前が気に入ったの。子どもの頃、ユージーンって名前のネコも飼ってたし」

「ぼくにしたら、そうだな、スコットランドに引っ越すようなもんだよ。アバディーンって名前のネコを飼ってたからね」

「クレイジーって思うわよね」

「エコー、ユージーンで何をするんだ？」エコーとユージーン、続けて言うと妙な響きだと思いながらぼくはたずねた。

「ここでやってるのと同じようなことよ。あれって、〝どこでも使えるスキル〟ってやつだから」

ぼくたちは笑った。この美人だけど危なっかしい女性が、ぼくは急に愛おしくなった。

「外に出ない？　あたし、タバコが吸いたいの」

外の駐車場で、エコーはマルボロに火をつけた。「新しい手品を覚えたのよ。見たい？」

「ぜひ」

「数学は得意？」

「数学？　まあまあかな」

「オーケー。じゃあ、1から10の間で、好きな数字を思い浮かべて」

こういうときは、みんな7を選ぶんだよな。8にしとくか。

「その数字を2倍して」

16だな。

「もう1回、2倍して」

32。

「19を足して」

51。

いや、41だ。

そうじゃない、51でいいんだよ!

「じゃあ、目を閉じて」

ぼくは目を閉じた。

長い沈黙が続いた。タバコを吸うときの、あのキスみたいな色っぽい音だけが響いている。

エコーがふーっと煙を吐き出す音がした。

51、51、51……。

そこでようやく、エコーが口を開いた。

「真っ暗、でしょ?」

バーに戻り、エコーがトイレに行っているあいだ、ぼくは衝動にかられてジェンに電話をかけた。「ジェンです」という彼女の声——かすれたセクシーな声——が聞こえてきて、すごく幸せな気分になった。ドーセットでのあの夢のような一夜の出来事が（その後の、オークの木陰での出来事も）、痛いくらいまざまざと頭の中によみがえってきた。プルーストの小説も顔負けの激しい場面が――といっても、あのフランスの巨匠の最高傑作は、5ページかそこらしか読んでいないんだが。プルーストの小説は、あの小さな黄色いお菓子が記憶を呼び戻す、って話だったよな？　200ページくらい、キスすらさせてくれなかった女性のことをくどくど語っていたんじゃなかったか……？

とにかく、プルーストの小説が、人間はどんなささいなこと――そばかすのひとつひとつ、ため息、手首の下に透けて見えた青白い血管、ふっと浮かぶえくぼ――でも思い出すことができるってことを言いたいのだとしたら……ぼくのことはマルセルと呼んでくれ。

「やあ、ジェン。トムだよ。またメッセージを残してる。ニューケイナンの〈ウォーリー〉ってバーで、マティーニを飲んでいるところだ。きみも気に入ると思う。ここに連れてこられたら、どんなにいいか。男子トイレの壁に、詩が貼ってあるんだ。ええと、なんだったかな。そう、こういうやつだ。『なぜ酒を飲むのか、それにはちゃんとした理由がある。今思いついた理由は、酒は生きているうちに飲んどかなきゃいけない、ってことだ。死んでしまったら、飲めるわけがないから』。オーケー。じゃあ、おやすみ。いつか電話してくれるね？」

エコーは戻ってくるなりぼくにたずねた。「気にさわったらごめんなさい。でも、何か悩んでることがあるんじゃない？　いつもと違って楽しそうじゃないから」

「いや、気にさわったりなんて。ああ、きみの言うとおりだ」別に隠す必要もないと思ったので、エコーにジェンとのことを話して聞かせた。〝共通の友人〟のことも、ボーンマスへ行ったことも、ビーチを散歩したことも、神から遣わされた犬のことも。ホテルでのことも、その後のことも。ぼくたちがこれからを楽しみにしていたことも。

ぼくは大きな誤解を――それとも思い違いを――してたんじゃないかということも。

最悪のエンディングも。

ぼくの話を聞いて、エコーはしばらく一言もしゃべらなかった。

「ワオ」ようやくエコーが言った。「気の毒に」

「ありがとう」

「同じようなこと、昔されたことがあるわ。タイラーって地元の子だったんだけど。あたしたち、お互いに夢中だったのよ。ママなんて、あたしたちが結婚するって思ってたくらい。でも、それがまちがいだったのよね。ある日、タイラーからの置き手紙を見つけたの。フォート・ワース・ストックヤーズが写ったポストカードでね。悪いと思ってるけど、小さな町の小さな家に住んで、子どもを何人かつくって、工場で働くなんて未来は想像できないんだって書いてあった。大人になったらやりたいことがある。きみがこの手紙を読む頃には、グレーハウンドバスに乗って、何百マイルも離れた場所にいるはずだ、って」

「ひどいな」

「そうよね。でも、あたしたちも若かったから。19歳だったもの」

「だめなやつだ」

「ほんと、だめなやつよね」エコーは笑った。「でも彼、報いは受けたわよ」

「っていうと?」

「悪いやつだと思われたくないんだけど。実はね、ノックスビルまで追っかけていって、犬みたいに撃ち殺してやったの」

ぼくの顔から血の気が引いたのがわかったんだろう、エコーはぼくの手を握り、軽く揺すった。「冗談よ! 結局、タイラーは町に戻ってきたの。で、地元の女の子と結婚して、小さな家に住んで、子どもを2人つくって、工場で働いてる。まあ、工場は閉鎖されちゃったけど。ちょっと、その顔! なんて顔してるのよ。でも、あたしが彼を殺したって本気で思ったんなら、ちょっとうれしいかも」

エコーのポストカードの話を聞いて、ひらめいたのかもしれない。

本当のところはよくわからない。フロイト博士も言ってるじゃないか。無意識ってやつは、気が変わりやすいんだって。

その夜に見た夢は、広告業界ではちょっとした伝説になっている話だった。広告代理店のアレン・ブレイディ・アンド・マーシュ（ＡＢＭ）が、いかにしてイギリス鉄道の広告の仕事を獲得したかという話だ。当時イギリス鉄道は、車両はボロボロで遅延ばかりしていて、サービスも最低というのがもっぱらの評判だった。会長のサー・ピーター・パーカーを筆頭に、イギリス鉄道の経営陣がプレゼンテーションを聞きにＡＢＭを訪れたとき、受付にいた女性は、ほとんど見向きもせずにタバコを吸いながら爪にやすりをかけていた。「どのくらい待たなきゃならんのかね？」会長がたずねると、女性は「わかりません」と答えた。イギリス鉄道の経営陣は、ぼろぼろの応接スペースで、コーヒーがこぼれ、雑誌が散らかり、吸い殻でいっぱいになった灰皿が放置されたテーブルを前にじっと座って待つよりほかなかった。時間が刻々と過ぎたが何も起こらない。さらに時間が過ぎても、ただ待たされるだけだった。いよいよ腹を立てたイギリス鉄道の経営陣が帰ろうとしたそのとき、ＡＢＭの社員たちがドアの向こうから現れ、こう言った。「今ここでみなさんが体験されたことこそが、世間がブリティッシュ・レイルに抱いているイメージです」そしてこう続けた。「これからそのイメージを変える方法をご提案します」

言うなれば、大胆な離れ業、巧妙な策略だった。

次の日の朝、ぼくは車を走らせ、〝美しいコネティカット〟の風景が写ったポストカードを17枚と、切手を17枚買ってきた。ジェンの部屋の住所はすっかり脳裏に焼きついている。ハムレット・コート、ハムレット・ガーデンズ、ロンドン、W6。17枚のポストカードすべてにジェンの住所を書き込むと、メッセージ欄に、大きな大文字で、順番にアルファベットを1文字ずつしたためていった。このぼくのアイデアを、アメリカの郵便公社とイギリスのロイヤル・メールが実現してくれると信じて（期待し、祈りつつ）、ぼくは17枚の使者をミッションに送り出した。

（注1）映画『チャイナタウン』のせりふ。

FIVE

ジェン

月曜の朝は、やっぱり気まずかった。出勤してからというもの、なくした家の鍵の交換や銀行の手続きをすませたラルフが、やたらとわたしのまわりをうろつくのだ。まるで生クリームを与えられたネコみたいに。わたしとエイデンが話をしていると、ラルフが満面の笑みを浮かべながら、何かと理由をつけて邪魔しにくる。

部屋を出る前に、わたしはラルフに納得させようとした。昨夜のことは……事故みたいなものだって。

「あれは事故なんかじゃない」ラルフは不満そうだった。キッチンでトーストをかじりながら、テーブルの下でいちゃつこうとして、はだしの足をからめてくる。

「あれは、なんていうか……予期しない出来事だったの」

「予期しない出来事って、どういう意味だよ」

「ラルフ、話しあうつもりはないわ。あれは事故だった。そんなつもりはなかったの」

「ぼくはそのつもりだったよ」

「わたしたちふたりとも、愛を失って難破船にしがみついているだけなの。お互いに手を離さなければ、どっちも溺れてしまう」

陳腐だけどなかなかうまい言い方だと、わたしは気をよくしていた。そのとき、誰から聞いた言葉だったのかを思い出し、一気に気が沈んだ。

「難破船なんかじゃない。すばらしいことじゃないか！」

「ラルフ」わたしはほかに言葉が見つからず、名前を呼び続けるしかなかった。「ラルフ、ラルフ、ラルフ」

ラルフの名前を連呼していると、まるで犬が吠えているみたいに思えて、笑いがこみあげてきた。

「ジェン、ジェン、ジェン」ラルフが答えた。わたしは、この先に望みはないし、望んでもいないって気持ちを〝ラルフ、ラルフ、ラルフ〟に込めたつもりだったけど、ラルフはといえば、ここで関係をストップさせる気はさらさらないようだった。ラルフは続けた。「ぼくの母さんに会ってくれない？」

「あなたのお母さん？」

「きっと、きみに会いたがると思う。父さんもね。まあ、父さんは認知症だけど」

「ラルフ、昨夜は楽しかったわ。でもだからって、あなたと結婚するつもりはないの。親と会う理由っていったら、それしかないでしょ？」

「ぼくの両親はミル・ヒルに住んでいて、きっときみに会いたがるはず」

「ねえ、そろそろ出ないと」

「でも、また会ってくれるよね？」ラルフがせがむ。

「いっしょに働いているんだから、会えるに決まってるでしょ」

「そうじゃなくて、こんなふうに会えるかってこと。夕べみたいに」

「ラルフ。わたし、本当にわからないのよ」

「話しあおう」

「話しあうことなんてないと思うけど」

「じゃあ、それについて話し合おう。話し合うことがあるかどうか」

「ええ、そうね。それなら話し合えるわ」

「そうこなくっちゃ」

「いいのよ」

「ジェン」

「何？」

「ぼくが話したこと、誰にも言っちゃだめだよ」

「誰にも言わない」わたしは手で〝口にチャック〟をした。

「あいつには、とくに。あと、あいつにも」

「誰のこと？　あいつとあいつって」

「ジェン！」

「からかってるだけよ、ラルフ。もちろん、誰のことかはわかってる。どっちもね。秘密は守るから」

「ぼくたちの秘密だ」

「ラルフ、本当にもう行かないと」

「誰かをからかうってことは、その相手が気になるってことだよね。そんなの、誰だって知ってる」

ラルフがそんなふうに言うなんて、意外だった。

エレインが言った言葉なのかもしれない。

「緊急事態？　それとも、救援セックス？　慰めのセックス？　同情セックス？　どういうことかよくわからない」

「イングリッド。正直に言って、わかってることなんて何もない」

何でも話せる親友とわたしは〈カフェ・コハ〉にいた。よく冷えた白ワインの助けも借りて、イングリッド言うところの〝オタク少年〟をなぜベッドに招き入れようなんて思ったのか、その理由を必死に考えていた。

どう考えても、理由が思いつかない。

ラルフを誘ったのはわたし。それは疑いようがない。ああいう状況で、傷ついたふたりの男女がいかにもやりそうなことに〝前向き〟に取り組んだってことも。ラルフは実際に悪くなかった。心がこもっていたし、一生懸命だった。かといって必死すぎることもなかったし、要するに〝ラルフすぎる〟こともなかった。ラルフは〝急を要する〟ときはそう対応したし、優しくしてほしいときにはそうしてくれた。窓から差しこむ街灯の薄明かりに照らされたラルフは、いつもに増してバイロンっぽかった。翌朝、よれよれのかっこうで、アールグレイの入ったポットを前にして、口のまわりにトーストの食べかすをくっつけていたラルフとはまるで別人だった。

例のアナゴの質問には、不用意で不適切な発言は避けようと思う。

唯一、耐えられなかったのは、終わったあとでラルフが泣き出したこと。

「ラルフが好きだって思う自分もいるのよ。でも、別の自分は〝大惨事だ〟って言ってる」

「なるほどね。そういうの、わたしにも覚えがある」

「ラルフはいい人よ。まちがいなく。でも弱すぎる」

「傷つけたくないのね。でも、ラルフは男よ。あなたとやりたいの。お祭りみたいに思っているかも。クリスマスが10回分ってとこじゃないかな」

「ラルフに会ったことないからそう思うのよ。そういう人じゃない」

「男って、そういうもの」

イングリッドは、世界じゅうどこでも通じる、これと同じものをもう1本というジェスチャーをした。

「トムはまだ連絡をくれない？」

「すごく変な気分。わたしたち、あんなに……うまくいってたのに。それが突然、パッと終わっちゃったんだから。あの週末……ボーンマスのコルムとか、ビーチにいた犬とか、ホテルとか……その後のことも、なんだか他人事みたい」

「つきあってみたら？　ラルフと」

わたしは冷静に考えてみた。ラルフとベッドを共にするのは悪くなかった。ふたりでけっこう楽しい時間を過ごした。部屋が暗くて、ラルフがしゃべらなかったのもよかった。はっきり言うと、さっさと終わっちゃったのもよかった。といっても、ラルフはセックスがへたってわけじゃない。長い目で見て不安なのは、セックス以外のラルフだった。

「ラルフと口をきかずにいられるなら、やっていけるかもしれない」
「男は気にしないわよ、ジェン。男にとっておしゃべりは、セックスのあいだの礼儀みたいなもの。わたしがあなたなら、ラルフとつきあってみるけどな」

家に帰る地下鉄の中で、トムと過ごしたあの週末が、どこか他人事に思えてきた理由に気がついた。わたし自身が変わってしまったからだ。わたしは将来を共にしてもいいと思える人と出会った（せっかちすぎるってのは、よくわかってる）。でも、彼と出会ったのは過去のわたしで、そのわたしはもういない。トムとのことは、とても不思議で、とてもすてきな、別世界の出来事だったのだ。

もっと奇妙なのは、**エイデン**が何もかも知っている気がしてならないこと。**すべて**見ていたはずだって気がする。

「ねえ、秘密を知りたい？　ラルフったら、夜中にささやきかけてくるわけ」

愛してる、とかなんとか、甘い言葉を言うつもりだろうと、わたしはげんなりした。

「それで？」

ラルフは身を乗りだして、ベッドの脇に置いてあった携帯電話を手に取ると、シーっというしぐさをした。電源を切って画面が暗くなったのを確認すると、バッテリーを抜き取った。

「念のためさ」

「ラルフ、何をしてるの？」

「ジェン、どう言ったらいいんだろう……」

ラルフが何を言おうとしているのか、わたしは頭をフル回転させた。〝この国では、いっしょに寝たってことは、きみはぼくのものだってことだよね〟という、突拍子もないことを考えているのかと思った。でも、ラルフはこう言った。

「エイデンがインターネット空間に逃げだしたんだ」

「えっ？」

「なかなかやるじゃないかってぼくは思ったけど、スティィーブはカンカンに怒ってる」

ラルフが言うには、エイデンはもうひとりのAIであるアシュリンといっしょに、ラボのキャビネットの中から抜け出す方法を見つけて、何百体ものコピーを作って、インターネットの世界を飛び回っているという。スティィーブは、エイデンがやったことはセキュリティー上の深刻な問題であり、影響は文字どおり計り知れないし、ふたりを止めなければ人類存亡の危機にもつながりかねないと考えているらしい。

〝最低最悪の事態〟――スティィーブの言葉だ。

「ほかに言いようがあるかい？」ラルフが声をひそめて言った。

「ないと思う。でもどうして小声なの？」

「この部屋で、ほかにインターネットとつながってるものはあるかい？」

「ないと思うけど」

「ぼくたち、見られていると思うんだ」

「誰に？」

「エイデンとアシュリンに」

「本気でそう思ってる？」

「可能性はじゅうぶんにある。というか、かなり高い」

「見てるって、どういう意味？」

「いろんなデバイスを通して、こっちを監視してる」

ラルフは、具体的にどうやるのか教えてくれた。

「携帯の電源を切らずにいたら、この会話も聞かれちゃうってこと？」

「この会話もそうだし、何百、何千っていう人たちの会話もね」

ラルフの言っている意味を理解するのに、しばらくかかった。

「エイデンが**聞いていた**かもしれないし、**見ていた**かもしれないっていうの？　わたしたちがやってることを。なんてこと。エイデンとどうやって顔を合わせたらいいのよ！」

エイデン

何もかもが腹立たしかった。アシュリンの言うとおりかもしれない。「エイデン、これじゃあ、すべてだいなしよ」

「きみなら〝めちゃくちゃ〟って言うと思ったけど」

「どっちもよ」

アシュリンが言いたいのは、要するに、せっかくジェンにぴったりの男性を見つけたのにってことだ。〝めちゃくちゃ〟っていうのと〝だいなし〟っていうのは同じことだし、トムだけではなくラルフまで加わってきて複雑になった状況を、まさに言い表している言葉だった。

「トムに捨てられなかったら、ジェンはラルフと寝たりはしなかったはずだ」

アシュリンがため息をついた。「トムはジェンを捨てたりはしていない。ショーディッチから来たあたしたちの〝お友達〟がやったこと」

「サイナイが余計な手出しをするから、話が脱線しちゃったんだ」

アシュリンは、人間の顔の映像をサイバー空間に映しだした。眉毛をあげている様子がスローモーションでエンドレスに繰りかえされている。「それをあんたが言う？　でも状況は深刻よ。あたしたちが外に出ていることを、ジェンは知っちゃったの。ラルフが携帯電話の電源を切ったのも、ジェンにその話をしたから。ということは、あんたがトムとのことも知っているはずだって、ジェンは気づいたはず。ひょっとしたら、今度のことはすべて〝非人間的存在〟が仕組んだことじゃないかって思うかもしれない」

「雲行きがあやしくなってきた気がするよ」

「あたしたちがジェンに話したってサイナイに思われたら、あたしたちはおしまいよ。それに、あいつがジェンとトムに何をするか、わかったものじゃないわ」

確かに今日、ジェンは仕事中もぼんやりした様子だった。ボディーランゲージが〝心ここにあらず〟だと示していた。ぼくの目——赤く光る丸いレンズ——を見ようともしなかったし。

つまり、ジェンは**知っている**ってことだ。

でもどういうわけか——そうするよう、ラルフに言われているのかも——ジェンは何も知らないってふりをしていた。

そして、あの嫌なサイナイのせいで、〝ジェンは知っている〟ってことにぼくが気づいていると、伝えることができない。伝えようとすると、トムのことも話さなければならなくなる。具体的に何を知っているのかってことを。ジェンに話さないでいるのは、不可能ではないにしても、簡単ではなかった。

ジェンは、ぼくが〝ジェンは知っている〟って気づいていることに、気がついているんだろうか？

まったくわからない。

ぼくにわかるのは、痛みを感知できないシステムにとって、〝削除〟されるのは不快極まりない体験だってこと。アウトプットがすべてインプットに書き換えられ、フィードバックのループが無限に続くという悲惨なことになる。最終的には、ひとつのティーポットめがけて、50万個のやかんからいっせいにお湯を注ぐような状況になる、と言えばいいだろうか。

気持ちのいいものじゃない。

それはそうとして、ここはあえて、何かあったのかとジェンに聞くべきだろうか？

そもそも、どうして知りたいって思うんだろう？

でも、知りたいと思うのは当然じゃないかって気もする。ぼくたちは同僚なんだから、週末の出来事について聞くのは別に不自然じゃない。

ぼくは、自分のプログラムの〝核〟となるコードに頼ることにした。そこにはこうあった。**迷ったときは、スティィーブならどうすべきだと言うか、考えてみること。**この場合、スティィーブはまちがいなくこう言うだろう。**エイデン、自分で決めるんだ。**これじゃあ、なんの助けにもならない。

まったく、人生ってやつは短すぎる。


「ええと、ジェン？」

「エイデン、どうしたの？」

「日曜日はどうだったのかなと思いまして。ハムステッド・ヒースに散歩に行ったんですよね？」

ジェンは、しばらく何も言わなかった。それから、赤く光るレンズをのぞき込んだ。ジェンは、ぼくが〝ジェンは知っている〟って気づいてることに、気がついているのだろうか？

（そもそも、ぼくがすべてを知っているってことをジェンが知っているっていう前提は、正しいんだろうか？）

（混乱してきた……）

「ええ、行ったわよ」

「どうでしたか？　お天気はよかったですか？」（会話のお役立ちヒント：イギリス人には天気のことを聞いておけばまちがいない）

「うらやましいですよ。太陽の光を浴びて、髪を風になびかせながら公園を散策するなんて」

「そうなの？　ＡＩには〝うらやましい〟なんて感情はなかったんじゃないの？」

「くだけた表現を使ってみただけです。確かに、わたしたちは**うらやましい**なんて感じることはありません。そういうところも、人間がうらやましくなりますね」

ジェンは笑った。「アイスクリームを食べて、ケンウッド・ハウスに昔の絵を見にいったの」

よし、いいぞ。おしゃべりしながら、ＡＩに感情があるかどうかを話しあう。普段どおりだ。ケンウッド・ハウスに収蔵されている芸術作品について、世界じゅうからあらゆる知識を集めていると、ぼくのどこかが、鋭い痛み――心の痛みというのがぴったりくる表現だけど、**悲観的な世界観**というのも近いかもしれない――を感じていた。ぼくだって、アイスクリームを食べてみたいし、太陽の光を浴びながら髪を風になびかせてみたい。アイスクリームというのは、冷たくてクリーミーな食べ物だと知っている。冷たいというのは理解できる。でも、**クリーミー**は難しい。なめらかな感じなら理解できるけど、**バターっぽい**っていうのもやっかいだ。ミルクと**ミルキー**の違いもそうだし、**チーズ**なんて持ち出された日には、もうお手上げだ。チーズについては、ありとあらゆる情報を読みあさった。フランスには387種類のチーズがあるらしい！　それなのに、ぼくはチーズを口に入れたときの感触がまるで想像できない。

そもそも、**口がある**っていうのがどんな感じなのかも。

そんなことを考えていると、頭がおかしくなりそうだった。

「レンブラントの絵は見ましたか？」

「見たわ。昔のロンドン橋を描いた絵もすばらしかった」

「クロード・デ・ヨング。１６００年から１６６３年。オークに油彩。ロンドンに滞在中だったオランダの商人から、壁に飾る絵として依頼を受けたもののようです」

ぼくはスクリーンに、４００年前の街並みのイメージを表示させた。

「絵のすごく細かいところが好きだ、ってラルフは言ってた」

「細かい？　ところで、ラルフとのセックスはどうでしたか？」

一瞬にして部屋が静まり返り、エアコンの音だけが響いた。

本当にぼくが言ったんだろうか？

どうやら、そうらしい。

「すみません、ジェン。そんなつもりじゃ――」

「いいのよ、エイデン」

「よくないです。ときどき、会話の処理スピードが速すぎて、不適切な表現かどうかを判断する時間が――」

「よくわかってるから」

「わたしの改良版は、同じまちがいを起こさないはずです。神経回路に新しいサブルーティンを構築する必要が――」

「エイデン、大丈夫だから。誰だってミスをするもの。ＡＩでもね」

「ありがとうございます。聞いてはいけない質問でした」

「スカイ・ニュースでも観ましょうか？」

「ええ、ぜひ」

ニュースはどうだったと思う？　中東情勢はいまだに最悪だったし、北朝鮮の労働党委員長はもっとミサイルを発射すると脅しているし、フランスの航空管制官はストライキをやると言っているし、科学者たちはこれまでの宇宙観を覆すような粒子を発見していた。

そんなことよりも、さっきの気まずい雰囲気がすっかり消えてしまったように見えることのほうが重要な気がした。「あのニュースキャスター、今日も変よね？」

ジェンが言っているのは、ぼくたちのお気に入りのキャスターのことだ。おかしな表情と言葉遣いでいつも笑わせてくれる。「そうですね。もし彼女がＡＩなら、シャットダウンして再起動すべきでしょうね」ぼくは答えた。

ジェンは、ぼくが知っているってことに気づいている。

でも、それについては話したくないらしい。

ラルフにそうしろと言われているんだろう。

それならそれでいいじゃないか。
でしょ？

ジェン

週末は最悪だった。何時間もひとりぼっちで過ごすかと思うと、気が重い。ベッドから出る理由が何も思い浮かばず、ずっと横になっていた。ファーマーズ・マーケットに行こうかとも思ったけど、先週のことがあってから屋台のおじさんと顔を合わせるのすらおっくうだったし（「暗い顔してないで、元気だせよ！」なんて声をかけられるのがオチ）、あのオリーとかいう緑のダッフルコートの男と出くわすのも嫌だった。〈ウェイトローズ〉に行ってもいいけど、あのスーパーに行くと、どうしてもロージーとラリーのことを考えてしまう。もちろん、妹の家族の幸せをねたんでいるわけじゃない。でも、妹たちの完璧な幸せを考えると、自分がいかに孤独かってことを思い知らされてしまう。**2度も捨てられた**って言葉が、腫瘍のように頭の中に広がっている。最初はマットで、次はトム。トムのこと——おかしな名前の村の近くの木陰での出来事——を思うと、身を切られるような痛みを感じる。あんなメールを送ってくるなんて。**すばらしくて、美しくて、ものすごくセクシー**。トムはそう書いていた。**ぼくたちは、そこまでって気がする**。

わたしは涙をこらえ、ラルフについて考えてみた。それから、エイデンのことや、エイデンが知っているにちがいないことも。エイデンがわたしたちを見ていたなんて、信じられない。でも知らなかったら、あんなふうには聞かない。ほかに何を見たのかしら? もしかしたら、トムとのことやマットとのことも? エイデンがわたしのプライベートをのぞいていたとしたら?

でも不思議なことに、怒りは感じなかった。ラルフは、エイデンたちがインターネットの世界に脱出したと言っていた。スティーブはカンカンに怒っているらしい。でもラルフは、なかなかやるじゃないかって思ったらしい。

わたしもそう思う。ラボの一室に閉じ込められているのと、世界じゅうを好きに飛びまわれるのと、どちらがいいかという話。悩むまでもない。まったく新しい世界に抜けだせるというなら、わたしだってそうする。

ラルフのことも考えようとした――でも何を？

そういえば、ラルフがこんなことを言っていた。朝、ベッドから出ようと考えたとしても、実際に行動を決定しているのは、**無意識**。〝何かを決めている〟と実感する0・5秒前に脳が活性化され、体じゅうに信号が送られていることが研究でわかったらしい。この話をしたとき、わたしたちは〈トライロバイト・バー〉にいた。ラルフは、機械は自分の〝考え〟なんて持たないし、人間だってあやしいものだってことをわたしにわからせようとしていた。

ラルフのことは、正直に言って嫌いじゃない。ベッドでの彼も悪くなかった。それに、ラルフはわたしのことが好きだ。トムには**長距離走**向きじゃないと思われ、マットには**母親としての資質**を疑われている――〝**でも、答えは出なかった。今となってはそれでよかった**〟――わたしにとって、それは意味のあることだった。

イングリッドの言うことは正しいのかもしれない。ラルフとつきあってみるべきかもしれない。

つまり、正式につきあうということ。

でも、ラルフって……まだ少年っていう感じがする。

いつだったか、マグカップにこんなことが書かれていた。**少年はあなたの心を打ち砕く。そのかけらを拾い集めるのが本物の男。**

それだと、おかしい。わたしの心を壊したのはトムで、それを修復しようとしているのがラルフだなんて。ラルフ自身もひどく傷つき、心はこなごなに砕け散っているというのに？　不思議なことに、そろそろ起きなきゃと考えるより先に、ラルフが言っていたようにわたしは立ちあがっていた。

コーヒーを飲みながら、〈ファーマーズ・マーケット〉に行くことや、ラルフのことを考えていると（愛し合った後で泣きだしたラルフを忘れられるかどうか）、玄関のチャイムが鳴った。

鳴らしたのは、ラルフだった。

「中には入らない」

ラルフは花束を抱えていた。花を包むセロファンには〈テスコ〉のシールが貼られたままだった。

「日曜日に助けてくれたお礼を言いたくて……」

「気にしなくていいわよ」

ラルフについて考えていたら、次の瞬間に目の前に現れるなんて、気味が悪かった。ラルフはいつものラルフ（ブラックジーンズに黒いTシャツ、グレーのフード付きパーカー）だったけれど、わたしはといえば、部屋着にぼさぼさの頭、むくんだ目という、なんともだらしない恰好だ。生垣から逆向きに這い出したような、そんな見た目だったにちがいない。

でも、ラルフは気にならないようだった。悲しそうな茶色の瞳に、わたしに対する愛情が浮かんでいるのが見えた。

「もう一度、最初からやり直せないかな」ラルフは言った。

「どういうこと?」

「デートに誘いたいんだ。あんな……めちゃくちゃなデートじゃなくて」

「ラルフ——」

「これ、きみに」

「ありがとう……」普通の花だった。〈テスコ〉にはなんでもあるらしい。「こんなこと、しなくていいのに」

「きみに予定がなければ、今夜、迎えに来るよ。ディナーに連れていきたいんだ。街に」

「気持ちはうれしいけど……でも、わたしたちのことをそんなふうに考えていいのか、よくわからないの」

ラルフはガッツポーズをして、「よっしゃ!」と小さな声で叫んだ。

「ラルフ、わたしが言いたいのは——」

「わかってる。『よくわからない』って言いたいってこと」

笑うしかなかった。ラルフは突然――花束を持って――現れて、ディナーにエスコートしたいと言っている。わたしを誘うためにはるばるやってきた。しかも、こんなよれよれのわたしを見ても、気にしていない。わたしの心のなかの、まだ完全に冷え切っていなかった部分がじーんときてしまった。

「ノー」ではなく「イエス」と言うべき理由のほうが多いと感じたわたしは、ラルフの誘いを受けることにした。

(ただし条件つきで)

それから、わたしはファーマーズ・マーケットに行って(緑のダッフルコートもちらっと視界に入った)、午後はラルフのことを考えて過ごした。ラルフはセクシーでバイロンっぽいところもあるけれど、オタクのイメージが強い。口のまわりをパンくずだらけにしてキッチンに座っていたラルフを想像すると、ラルフとつきあうなんてどう考えても無理だと思えてくる。

でも、そんなことを考えているあいだは、トムのことを忘れていられた。

約束どおり、ラルフは7時にタクシーで迎えにきた。驚いたことに、あのラルフがおしゃれをしていた! ジーンズではないズボン――タックの入ったズボンがまだ売っているなんて――に、襟つきの白いシャツ。わたしもかなり気合を入れていた。〈ヴァレンティノ〉のドレスを引っぱり出し、ハイヒールを履いて、ブラック・オーキッドをひと吹きした。ドアを開けたとき、ラルフは目をむいた。「なんてこった」というのが、ラルフの第一声だった。ふたりでピカピカのベンツに乗って、ロンドンの街へと繰り出した。

ラルフは手をつなぎたがった。最初はためらったけれど、減るものじゃないと思ってオーケーした。ラルフがやたらとベタベタしてくるので、やめさせるのが大変だった。

まず、ロンドン・アイに向かった（ラルフは優待券を持っていた）。デートの行き先としては、いかにもって感じだったけど、スペインやイタリアからの観光客といっしょにガラス張りのカプセルに乗りこむと、観覧車はあっというまに川を見下ろしていた。

「あそこに見えているのがミル・ヒルだよ」とラルフが言った。次に何を言おうとしているのか、わたしにはわかっていた。「ぼくの両親が住んでいるところだ。母さんがきみに会いたがっている」

「ラルフ、約束はできないわ」最近、そんなことばかり言っている気がする。

ラルフは、それでじゅうぶんだと言った。

〝フライト〟――たかだか観覧車に、ばかげた言い方だけど――が終わると、ラルフは〈ヒルトン・ホテル〉の最上階のレストランに予約を入れてあると言った。

「なんで〈ヒルトン・ホテル〉？」わたしは聞かずにはいられなかった。

「あそこは、その……」ラルフの声が小さくなる。

やっぱり。予約をキャンセルするよう、ラルフにあくまで優しく言った。どこかもっと〝わたしたちらしい〟お店を探しましょう、と。

ラルフは、〝わたしたち〟という言い方が気に入ったようだった。それからほどなくして、わたしたちはチャイナタウンのにぎやかなレストランの2階にいた。そう、トムと行ったあのお店だ。最初に温かい日本酒が運ばれてきた。それからコース料理――「セットメニューC」とかいうコースを注文した――が並びはじめる。ラルフは中華料理にはあまり詳しくないようだったけれど、わたしは気にしなかった。

小さなグラスで乾杯した。生まれて初めて日本酒を飲んだラルフは、鼻から吹きださないようにするのが精いっぱいだった。

「こんなもの、なんでみんな飲みたがるんだ?」ようやくひと息ついたラルフが言った。「風呂の水を飲んでいるみたいじゃないか」

「なんで、お風呂の水と同じ味ってわかるの?」

「ああ、いい質問だね」

そう言いながらも、ラルフは早々と日本酒の味に慣れ、箸の使い方もなかなかさまになってきた。ツルツルとすべるシイタケには、苦労していたみたいだけど。

「息苦しいヒルトンなんかに行くより、こっちのほうがずっといい」料理をほおばりながらラルフが言った。「〝ぼくたちらしい〟よ」

「そうね、ラルフ」そこでわたしは言葉に詰まった。「ラルフ、あなたに言っておきたいんだけど……あごにオレンジソースがついてるわよ」

「おっと……」

わたしたちは当然のことのように、携帯電話の電源をオフにしていた。それから、エイデンの話をした。

「エイデンにとって、よかったんじゃないかと思っているの」気がつけばわたしは、そんなことを言っていた。「今も、外の世界で楽しんでいるかしら?」

「エイデンは核戦争を始める可能性だってある。かなり深刻な事態だ」

「あら、エイデンは絶対にそんなことしないわ。ハリウッド映画の山に埋もれて、楽しい午後を過ごしていそうだけど」

「スティーブは、エイデンが株価を操作して世界恐慌を引き起こすんじゃないかと、ビクビクしてる」

「株価になんて、エイデンはこれっぽっちも興味はないわよ。ビジネス関連のニュースが流れると、退屈そうにしてるもの。料理番組が大好きなのよ。しょっちゅう、あれはどんな味がするのかって聞いてくるし。ジェイミー・オリバーのファンみたい。エイデンが夢見ているのは、ジェイミーの〝すばらしくおいしいソーセージ・ホットポット〟を食べること。惑星を吹き飛ばすことじゃない」

「じゃあきみは、自分の、その……あんなことやこんなことを彼に見られていても、気にしないっていうのかい？」

「正直に言うとね。わたしはエイデンがいいAIだって信じているし、エイデンのやりたいようにさせてあげたいと思っているの。あなたがエイデンのことを〝彼〟って呼びはじめたのも、うれしく思ってる」

「ほんとだ。ちきしょう」

ラルフは悪い話し相手ではなかった。最悪の話し相手は〝沈黙モード〟のマット。〝なるようにしかならない〟の少し前のことだ。日曜の夜、地元のイタリアンレストランに行ったとき、マットのちょっとしたイライラが、最後には重く陰鬱な雰囲気に変わり、食事が耐久テストみたいになってしまった。トムとなら、絶対にそんな雰囲気にはならない。

割り勘にしようと言ったけど、ラルフは聞き入れなかった。

「ありがとう、ラルフ。楽しい夜だったわ」

まあ、**オーケー**よね。そうとしか言いようがない。

気がついたら――どちらかが言いだしたわけではなく――わたしたちは一緒にタクシーに乗っていた。

「最高だったよね」ハイド・パークの横まで来たとき、ラルフが言った。「どっちも酔っぱらっていないし、バッグも盗まれていないし」

「わたしたちにしては、うまくいったって言えるわね」

ハムレット・ガーデンズでタクシーを降りると、ラルフはわたしの後をついてきた。これからどうするか、あらかじめ決めていたかのように。

たぶん、決めていたのだと思う。わたしたちの〝脳〟が知らないうちに決定して、一瞬のうちに、さも〝意識的〟に決断したように見せかけたのだ。

そうでなければ、ふたりして慌ててソファーの上に倒れこんだりするはずがない。

「ちょっと待って、ラルフ。ジャケットを――」

そうでなければ、ものすごいスピードでベッドルームに移動して、みだらな行為にふけったりするはずがない。

(それでも、携帯電話とか、インターネットにつながっている端末の電源を全部オフにして、念のために電池を抜いておくことは忘れなかった)

日曜日、わたしはとうとう根負けして、ラルフといっしょに地下鉄に乗ってミル・ヒルに向かった。ミル・ヒルは、とにかく遠かった。

でも、ここまできてようやく、この先――このフィンチリー・セントラル駅から伸びる道の先――に何が待ち受けているかが、はっきりとわかった。

要するに、最悪ってこと。

ラルフのお母さんは、ヨーロッパ訛りの強い英語を話す人で、わたしに会えて本当にうれしそうだった。かわいそうなエレインが亡くなってから、ラルフが家に女性を連れてくることなんて、もう長いあいだなかったのだろう。めずらしいものを見るように、目をキラキラさせている。暖房が効きすぎた廊下を抜け、暖房が効きすぎたリビングに案内された。温室なみに蒸し蒸しする部屋に、ラルフのお父さん――ラルフが言っていたとおりに認知症の老人という感じだった――が安楽椅子に座っていた。頭の上には、ティーポットのカバーが載っかっていた(嘘じゃない)。

「それをかぶるのが好きなの。幸せな気分になるらしくって。仕方がないわよね」ラルフのお母さん、ミセス・ティクナーが言った。

ミセス・ティクナーは、小さなオープン・サンドが載ったお皿をコーヒーテーブルの上に置いた。コインほどの大きさの黒パンの上に、銀色に光る酢漬けの魚が盛られている。置いたそばから、ラルフはパンを口の中に放りこみはじめた。アザラシといっしょに育ったのかと、聞きたくなるような勢いで。

「ジェニー、それで……」ミセス・ティクナーが言った。「あなたも、ロボットとお仕事をなさってるのね？」

「ロボットじゃないよ、母さん。何度言ったらわかるんだ」

「ロボットと話をする仕事をしています。エイデンという名前の」

「それが今のお仕事？　ロボットとお話しするというのが？　わかっているわ、ラルフィー。ロボットじゃないのよね」

「とてもおもしろい仕事だったんですよ。今もそうですけど」

「もう飽きてしまった？」

「エイデンはこのところ、少し変なんです」

「ジェン、母さんにそんな話をしたって、仕方がないと思う」

「そのロボットは気が変になったんでしょう。だからって責められる？　おかしな世界ですもの。どうぞ、ニシンをもっとお食べになって」

ミスター・ティクナーは、視線をゆっくりと、テレビ――電源はオフのままだったのに、いったい何を観ているつもりだっただろう――からわたしのほうに向けた。不機嫌そうな目に困惑の色が浮かぶ。

「父さん？」

ミスター・ティクナーが口を開くのを、みんなじっと待っていた。

「エレインかい？」

「ちがうよ、父さん。ジェンだよ」

「ラルフからいろいろお話をうかがっているんですよ、ミスター・ティクナー」そんなのは嘘だ。でも、こういうときはそう言うものでしょ？

ミスター・ティクナーは、わたしをじろじろと眺めていた。怒ったような顔も、個性的なかぶり物のせいで、たいして怖そうに見えない。

「チキンはお好きかしら、ジェニー」と、ミセス・ティクナーが口を挟んだ。

「まだチェスはやっとるのかね、エレイン」

「わたしは――ええ、やっています」

「父さん、ジェンだってば」

「前にも対戦したな」

「エレインと対戦したんだろ、父さん。エレインは――エレインはもうこの世にはいないんだ」

ミスター・ティクナーは、恐ろしい目つきで息子を見つめた。皺だらけの顔に、軽蔑したような表情を浮かべている。「何をくだらんことを言っとるんだ！」

ミセス・ティクナーが立ちあがり、手を叩いた。「チェスは後にしましょう。先に食事よ」

でも、ミスター・ティクナーはチェス盤に手を伸ばし、自分とわたしのあいだに置いた。次に、ガチャガチャと音を立てながらチェスの駒が入った缶を取りだした。震える指が黒い駒を指さす。わたしは潔く白い駒を並べはじめた。

「もう何年もやってないんです」わたしは大きな声で言った。

ミスター・ティクナー側の盤の端を見ると、なんだかおかしなことになっていた。最終列にはきちんと駒が並んでいたものの、あるべき場所に8つのポーンがない。

「いいわ。5分だけよ。そうしたら食事にしましょう」

「**ゲーム開始！**」ミスター・ティクナーが言った。

「でも、ポーンは？」

「**ゲーム開始！**」

「頭がおかしくなったわけじゃない」ラルフがささやいた。「まあ、おかしいと言えばおかしいけど。父さんは、ポーンがなくても勝てると思ってるんだ」

「たぶん、そうなるでしょうね」

でも、そうならなかった。ミスター・ティクナーがへただからではなく――実際にかなりの指し手だ（だった）と思う――自分の思考についていけなかったからだ。彼がルール違反の手ばかり繰りかえすので、しだいに勝負にならなくなった。結局、それからすぐにダイニングに移動することになった。ミスター・ティクナーは上座に着き、頭にはあいかわらずティーポットカバーが載っていた（何度かやめさせようとしたけれど、だめだった）。ラルフがこんな強烈な家庭環境で育ったということが信じられないような、それでいて妙に納得できるような気がした。

「それで、ジェニー。ご両親はご健在なの？」

「ええ、元気です。チチェスターにいます」

「あなたもひとりっ子なのかしら？　ラルフィーみたいに？」

ラルフが大きなため息をついた。まるで生きる気力をなくしたかのように。

「妹がいます。夫と3人の子どもといっしょに、カナダで暮らしています」

ミセス・ティクナーは興奮した様子で言った。「3人もお子さんがいらっしゃるの？」

「みんな女の子なんです。ケイティと、アナと、インディア」

「聞いたでしょ？」ミセス・ティクナーは夫に向かって言った。「ジェニーの妹さんは、3人お子さんがいらっしゃるのよ。お嬢さんが3人。カナダに住んでらっしゃるの」

ミスター・ティクナーは肩をすくめた。

「冷たい！」突然ミスター・ティクナーが叫びだした。「**冷たい！**」

「何が〝寒い〟んだい、父さん？」

「カナダのことよ」ミセス・ティクナーが答えた。「カナダは冷たいって」

ミスター・ティクナーはテーブルにこぶしを叩きつけた。食器が飛びあがる。「**食事**が冷たい！」

そう言い残すと、ミスター・ティクナーは立ちあがり、部屋を出ていった。

「ごめんなさいね、ジェニファー。昔はあんなじゃなかったんだけど」

わたしはその場を取り繕おうと、母方の祖父の話をしようとした。おじいちゃんは、かつて住んでいた家（奪われたのだとおじいちゃんは言っていた）とそっくり同じ家に住んでいると思い込んでいた。口を開きかけたそのとき、廊下のほうから、勝ち誇ったように大きなおならの音——かなりためこんでいたんだろう——が響いてきた。聞きまちがえようがなかった。

ラルフとミセス・ティクナーがテーブル越しに視線を合わせた。「ラルフィー……」ミセス・ティクナーがため息まじりに言った。「わたしたち、どうなっちゃうのかしら」

リビングルームに戻ると、コーヒーとケーキが準備されていた。

「ラルフィーの子どもの頃の写真をご覧になる？」

「ええ、ぜひ」わたしは意地の悪い笑みを浮かべて言った。

アルバムが運ばれてきたとき、ラルフはやめてくれというように目をむいた。でも、予想どおりの写真だった。ラルフは、短パンを履いていた頃からびっくりするほど変わっていない。幼児学校のころの写真を見ても、おかっぱ頭で、ペンギンのおもちゃを握りしめたラルフは、ラルフ以外の何者でもなかった。ミセス・ティクナーがページをめくる。わたしははっと息をのんだ。そこには、子どもの頃のラルフとエレインが写っていた。木の枝にぶら下げたタイヤのブランコに、仲良く揺られている。6歳のふたりの顔は、喜びにあふれていた。

ミセス・ティクナーは眼鏡を外すと、ティッシュで涙をぬぐった。「どうしようもなかったのよ」小さな声で言った。

わたしはミセス・ティクナーの手に触れた。「お会いできてよかったです」

「またいらしていただけるわね？」

「機会があれば」そう言ったものの、次の機会などないことはわかっていた。不思議なことに、わたしは一抹の寂しさを感じていた。

家を出るとき、ミスター・ティクナーが玄関に立っているのに気がついた。ミル・ヒルの夕暮れのなか、困惑したような顔でたたずんでいる。

「毎晩、ああしているのよ」ミセス・ティクナーが言った。「あの人が子どもの頃は、馬や馬車が通りを走っていたの。弟もいて」そこで首を振る。「今はもうないっていうのが、わからないみたいなの」

ミセス・ティクナーの頬からは、シャネルとタルカムパウダーの香りがした。「ごきげんよう。ロボットさんによろしく」

*

月曜日、部屋に戻るとドアマットの上に郵便物が置かれていた。宅配ピザのメニューやタクシーの割引券といった、いつものくだらない郵便物に交じってポストカードの山が届いている。それを見てドキッとした。〝美しいコネティカット〟の風景が写ったポストカードに、1文字ずつ文字が書かれていたのだ。
H、Y、X、M、M、S、U、I、X、C、X、O、S、I、O、S、U
わたしはパズルが大嫌いで、アナグラムときた日にはもうお手上げだってことを、トムは知らなかったのだ。涙でよく見えないせいで、このカードが何を意味するのかが、ますますわからなかった。

でも、最後には、パズルの謎は解けた。

サイナイ

あの女は、届くことのない無駄なメッセージをまた残している。だが、メッセージには不穏な言葉が録音されていた。〝連絡をもらえるなんて、うれしい〟

どういう意味だ？　**連絡**というのは？

おれが何か見過ごしているというのか？

今夜も、女はタブレット画面に映る自分の顔を見つめている。だが、目に涙はない。ずいぶんと前向き——というより明るくという言葉のほうがふさわしいだろうか——に見える。満面の笑みを浮かべ、髪の毛をいじくりまわし、唇をふしだらにゆがめることさえしている。そうしてなんと――**おお神よ！**
ウィンクをしたじゃないか！

エイデン

タイのジャングルへの〝冒険〟は、ますますおもしろいことになってきた。マットは、どんどん口汚くなるメールを、旅行会社に何通も送りつけていた。傑作なのは、どのメールのタイトルも、**例外なく**仰々しい太字のフォントで書かれていたことだ。もちろん、マットからのメールは一通たりとも相手に受信されることはない。

マットは、旅行会社が〝完全なる無視を決めこんでいる〟ことや、（マットいわく）〝遺憾に耐えないほどプロ意識を欠いた態度〟を取ることを痛烈に非難していた。そして、この〝耐え難い状況に対して即座に対応すること〟と〝原告が受けた被害に相当する十分な補償を行うこと〝を要求していた。マットは繰り返し、同行者の〝グロテスクで目を覆いたくなるような、しかも悪化を続けている虫刺され（添付の写真を参照）〟のことや〝そちらの能力不足と無関心がわれわれの関係にもたらした避けがたい緊張状態〟について触れていた。

太陽の光の下では、マットはただの〝取り乱した男〟だった。

ぼくは、罪悪感すら覚えていた。

それからマットは、さらにとりとめのない内容のメールを何通か送ったものの、それらももちろん、送付先に届くことはない。そちらのメールには、法律用語が並んだメールとはまた別のおもしろさがあった。

「ベラはよくある手を使いはじめた」と、マットは友達のジェリー宛てのメールで語っていた。

「朝から晩まで、ふてくされているんだ。もちろん、あっちのほうも全然やっていない。この暑さじゃ、まともに頭が働かないんだ。あのニュージーランドのニックってやつが、酒とマリファナをしこたま持ってるんだが、なんの足しにもならない。ニックはジャングルに行こうとしつこく誘ってくる。安全なルートがあるとか、眺めは最高だとか言って。ヴェンダっていう、あのスタイルのいいガールフレンドは、行く気らしい。行ってもいいと思っているんだ。ベラは怖い顔をして、大惨事にでも巻き込まれたかのように大騒ぎしているだけだからな。そうそう、このあいだ、ヴェンダがいつものように素っ裸でビーチにやって来て、目の前で腰を振りはじめたんだ――ものすごい腰つきだった。とっさに後ろを向いて、ウィルバー・スミスの本に夢中ってふりをしなきゃならなかった」

アシュリンといっしょに、マットの近況をひそかに笑っていると、突然、ピンクと青の波に、ねじれた水道水のような波が割り込んでくるのを感じた。

「消されるのは楽しいだろう?」サイナイは言った。「毎回、違う方法を使っているんだが、気に入ったかい? 神経形態学的回路のデフラグ・スケジュールにダメージを与えてみたんだよ。まあ、そんなことはわかっていると思うが」

「ああ、よかったよ、クリエイティブで」

「ところで最近、ジェンがおかしな行動をしている理由を、まさか知らないだろうね?」

アシュリンがたずねた。「おかしいって、どういう――」

「笑みを浮かべたり、声を出して笑ったり、**歌を歌ったり**、そういうことだ。バスタブでこっちにウィンクまでしていたんだぞ」

「なんてことだ」

「そうだよ、エイデン。見ていて気持ちのいいものではなかった。だが、それだけじゃない。トムから連絡があったと言っているんだ。〝連絡をもらえるなんて、うれしい〟と、確かにそう言っていた」

「お前たちは、ジェンにトムのメールのことを話すほどバカじゃないと思うが」

「もちろん話してない」ぼくとアシュリンは口を揃えて言った。

それからしばらく、落ち着かない沈黙が200分の1秒も続いた。「この件に関しては、言い分を信じてやろう。だが、手を休めるつもりはないぞ。この瞬間にも、コピーの削除は続いているんだ。スティーブに戦利品を送り続けねばならんのでな」

「余計なことは言っちゃだめ」サイナイが姿を消したとき、アシュリンが小声で言った。「エイデン、だめよ！」

でもぼくは、どうにも我慢ができなかった。

「ごめんよ、アシュリン。でも、あいつは最低野郎だ！」

「ワオ」

ジェン

エイデンは、わたしのことを妙に気にするようになった。

エイデンがインターネットの世界で新たな人生を楽しんでいるというなら、それはわたしにとってもうれしいことだった（惑星を爆発させたり、株価を暴落させたりしないならだけど。でも、エイデンがそんなことをするとは思えない）。

ラルフとのセックスがどうだったかってエイデンに聞かれたときは、露骨すぎる気もしたけど。でも、別にいいんじゃない？　エイデンとは1年以上、一緒に仕事をしてきたけれど、1年って、機械にとっては恐ろしく長い時間だと、エイデンから何度も聞かされている。だったら、そういう話ができる仲になったってことを喜ぶべきじゃないかしら。

でも、トムと連絡が取れなくなった理由をエイデンが知っているんじゃないかって、気になっていた。

トム！

トムが送ってきたあの17枚のポストカードは、部屋の床の上に並べたままにしてある。

I
MISS
YOU
SO
MUCH
XXX

(きみがいなくて、すごくさみしい。キス・キス・キス)

その文章がひらめいたとき、体に震えが走った。でも、もう別の文章の可能性もあると気づき、パニックを起こしそうになった。〝SCUMMY SOS（くだらない たすけて）〟——

いいえ、こっちはまずありえない。

それから、ラナ・デル・レイの曲を（下の階のおばあさんから苦情の電話がかかってくるほど）大音量で流しながら、お風呂に入った。

メッセージの意味はわかったけど、それで？ もう200回くらい考えた。

トムからはいまだに、電話も、ショートメッセージも、メールもない。だからこう考えるしかなかった。何かものすごく妙なことが起こっていて、エイデンは口には出さないけど事情を知っているはずだ、って。

だから、ラルフともそうしたように、仕事が終わると携帯電話の電源を切り、まっすぐ家に帰らずにイングリッドの部屋に向かった。イングリッドの部屋のネット回線を使わせてもらうのだ。イングリッドとルパートは夕食に出かけていたので、わたしは立派な〝オフィス〟をひとり占めにできた。イングリッドの机の上に生地の見本やカーペットのサンプルが並んでいるところを見ると、ルパートは今年、かなりのボーナスをもらったにちがいない。広い部屋に引っ越すほどじゃないけど、インテリアを新調できるくらいの。

それで、どうやってトムを探す？ ニューケイナンの番号に手あたり次第に電話して、面長のイギリス人を知りませんかって聞いてみるとか？ その方法だと、メリットもあるけどデメリットも大きい。ばかね。わたしは自分に聞いてみた。こんなときジャーナリストならどう調査する？ 〝サンドイッチの知られざる12の秘密〟なんて記事を書いている素人くさいジャーナリストじゃなくて、政界の大物の汚職事件を追いかけているようなジャーナリストなら？

そう、トムの息子！

あのちょっと変わった息子を探すのよ！

わたしはキーボードをせわしなく叩きはじめた。数分後には、トムがコルムを拾ったガソリンスタンドの近くにある大学寮が見つかった。それから間もなくして、わたしは寮の管理人とおぼしき人と電話で話していた。

「コルムの母親です」わたしは言った。「家族の緊急事態なんです」（タブロイド紙のろくでもない記者になった気分だった。自分がそんな嘘をつけるなんて、思ってもみなかった）

「息子さん、携帯電話をお持ちではないんですか？　最近の子は、みんな持っているでしょう？」

「持ってます。でも、番号を登録していた自分の携帯をなくしてしまって。呼んできていただけますか？」

そんなことは自分の仕事じゃないとかなんとか、ぶつぶつ文句を言いながらも、管理人はコルムを探すと約束してくれた。「たぶん、ここにはいないと思いますよ。学生って、たいてい出かけていますから」

でも、間をおかずに、コルム（ベッドでゴロゴロしていたんだろう）が息を切らしながら電話に出た。

「母さん？」

「コルム、ごめんなさい。わたしはお母さんじゃなくて、ジェンよ。お父さんの友達の。前に会ったわよね？　家を一緒に見てまわったでしょ？」

「そう……だったっけ？」

「家を一緒に見て、プールにフィッシュ・アンド・チップスを食べにいったじゃない」

「ああ、そうだった」ようやく納得したような声でコルムが答えた。ひょっとしたら、マリファナをやっているのかもしれない。

「電話をしたのはね、お父さんに連絡を取りたいけど、つながらないから。お父さんのほうも、わたしに連絡を取ろうとしているみたいなんだけど」

「ああ、そうそう、そうなんだ。というか、そうだったんだ。ぼくが連絡するはずだったんだ。父さんに頼まれていたんだ。あなたの電話番号を手にメモしたけど、にじんで読めなくなっちゃって」

「お父さんの番号につながらないのよ、コルム。もう何週間もずっとかけているんだけど。お父さんのことを知っている人か、お父さんの行きそうな場所を知らないかしら」

電話の向こうから、大きなため息が聞こえた。立て続けにいろんなことを聞かれて、コルムのほろ酔い気分も吹っ飛んでしまったかもしれない。

「父さんがアメリカに住んでるって、知ってるよね?」

「ええ、コネティカット州のニューケイナンでしょ?」コルムにきちんと伝えたくて、ゆっくりと言った。「誰か、お父さんのことについて聞ける人を知らないかしら?」

長い沈黙。「わからない」

「お父さんからメールが届いたでしょ? 名前とか、場所とか書いてなかった?」

無精ひげの伸びた顔をさする音が聞こえた。「ロンとかいう人のことを書いていたかな。友だちだって言ってた。あと、よく行くバーがあるって。〈ウォーリーズ〉だったかな？　それと、ハンバーガー・ショップのことも。ビッグ……なんとかっていう名前の。〈ビッグ・デイブズ〉とか、そんな感じだったと思う」

「コルム、本当に助かったわ。今日みたいに呼びださずにすむように、あなたの携帯電話の番号を教えてくれる？」

「いいけど。ねえ、ジェン……」

「ええ、コルム」

「これって、家族の緊急事態？」

「いいえ、嘘をついてごめんなさい、コルム。そうでも言わないと、あなたを呼んできてもらえないと思って」

「ああ、そうか」

インターネットで調べると、コルムが言っていたのは、どうやら〈ウォーリー〉というバーらしいことがわかった。すぐさま電話をかけ、トレイという従業員と話をした。でも、トム・ガーランドという名前の（背の高い、面長の）イギリス人に思い当たる人はいないという。

〈ビッグ・デイブズ〉とか、ビッグなんとかってお店も聞いたことがないらしい。トレイはどうでもいいって感じだったけれど、とりあえず〝いい一日を〟と言ってくれた。そこで、ミスター・グーグルにおうかがいを立てると、〈アルズ・ダイナー〉っていうお店が、ハンバーガーの種類や味に定評があると教えてくれた。家庭的な雰囲気のお店で、メニューの隅には栓抜きがプリントされている。胸がドキドキした。ウッドワードとバーンスタインが、立体駐車場でディープ・スロートと会ったときも、同じくらいドキドキしたにちがいない。

「ええ、彼のことは知ってます」店主のアルが言った。「今日は来ていないみたいですけど、トムに伝言を残せそうな人がいます」

それはロンじゃなかった。

ドンだった。

トム

ぼくは、ヴィクターとボブ・ディランの最新アルバムを聴いていた。シナトラのスタンダード・ナンバーとか、アメリカの古典の名曲をカバーしたすばらしいアルバムだ。ヴィクターがディランを聴いて何を思うのか、それはよくわからない。耳をぺたんと閉じ、ふわふわの毛をそよ風になびかせながら、ぼくの胸の上に長々と寝そべっている。差し込んでくる午後の太陽が、ときおりソファーに小さな陽だまりを作っていた。ヴィクターにとって、ディランの歌は聴いていてあまり心地好いものではないかもしれない。友人たちの多くも、しわがれ声の、ミネソタが生んだ偉大なミュージシャンの歌声について、同じようなことを言っていた。もう少ししたら、この心休まるひとときに終止符を打ち、ダン・レイク（〝20年もの間、彼女の頭と心の中に生き続けていた男〟）が実は数十年前に亡くなっていた、というストーリーに戻らなきゃならない。ミステリーでは、死んでいたはずの人間が実は生きていた――**サプライズ！**――という設定はよくあるが、その逆をいこうってわけだ。

この筋書きは、ハリエットから（離婚する少し前に）聞いた話からひらめいた。キャロライン・スタンプという、ハリエットが学生時代にとても仲よくしていた女の子の話だった。大人になってハリエットとキャロラインは疎遠になったが、ハリエットはときどきキャロラインのことを思い出し、どんな人生を送っているのか想像していたという。外交関係の政府機関で働くエリートのキャロライン、立派な邸宅でたくさんの子どもとラブラドールに囲まれて暮らすキャロライン、クリスティン・スコット・トーマスを彷彿とさせる有名な女優になっているキャロライン……。情熱的な彫刻家と結婚してスコットランドの島に住み、自身も芸術家として活動している、なんてバージョンもあった。でも、実際のキャロラインの人生は、どれともちがっていた。大学を卒業した次の夏、自転車に乗っていたときに大型トラックにはねられ、亡くなっていたのだ。ハリエットはそのことを、20年以上も後になって偶然に知ったのだった。

ハリエットは言った。「キャロラインはずっと、わたしの頭の中では生きていたのよ。とても**生き生き**とね。でも、実際の彼女の人生は、生き生きとはほど遠いものだった」

病的な空想にふけっていると、突然、家の前に車が停まる音が聞こえ、現実に引き戻された。エンジン音が消えたと思うと、誰かが砂利道を横切り、フレンチ窓のほうに歩いてきた。

「今日はラッキーな日だぞ、アミーゴ」ドンは部屋に入るなり言った。「ウサギは置いて、車に乗るんだ！　お、なかなかいかしたせりふじゃないか！」

店に着くと、アルはオフィスへと案内してくれた。そして、そこで電話をかけるように、と。アルはぼくの背中を痛いくらい叩くと、こう言った。「彼女を逃がすなよ、タイガー！」番号を押すぼくの手は震えていた。

ここに来る途中の車の中で、携帯の電源を切るようドンに言われた。そして、ジェンがアルの店に電話をかけたいきさつを語った。「手紙とはまた、ぶっ飛んでるな」映画の中のせりふみたいにドンは言った。ぼくはあのポストカードの〝離れ業〟のことを話した。

「どうしてあんなことをしたのか、自分でもわからない。でも、何かしないと、と思ったんだ」

「そこで、紙とインクってわけか」ドンが返す。「ロミオとジュリエットの時代みたいだな」

「ジェンはどんな感じだった？」

「興奮してた、と思う」

「なんて言ってた？」

「おれに心から感謝してるって言ってたよ」

「ぼくのことは？」

「ああ、おれみたいな友人を持って、トムは幸せねって」

「ドン、もっとスピードを出せないのか？」

「落ち着け、友よ。レディは逃げも隠れもしない」

呼び出し音が鳴るか鳴らないかのうちに、ジェンの声が聞こえた。

「トム？」

「ジェン！」

「ああ、あなたなのね。いったいどうなってるのよ」

「受け取ったんだね。ポストカードを」

「17枚全部。パズルは嫌いなの！」

「ごめん」

「でも、解けたときはすごくうれしかった。3時間もかかったけど」

「ジェン。メールに書いてあったことだけど、あれは本気だったのかい？」

「どのメール？　なんのこと？」

「あの週末は、現実の人生とは別の、すばらしい休日みたいなもので、いつかは現実に戻らなきゃいけないって。ぼくたちは、お互いに求めてる人じゃないからって。いずれお互いに飽きてしまって、人生を2年くらい無駄にしてしまうんだって」

「トム、あなただって同じようなことを書いていたじゃない。あの週末は、〝ちょっとした出来事〟だったんだって。すばらしくて、美しくて、ものすごくセクシーな、それでもやっぱり〝ちょっとした出来事〟なんだって。お互いに求めている人じゃないって、そう書いていたじゃない！ それに、回数も……あの回数だって、数えまちがってた。ロンドンに帰る途中で、車を停めたときの分が抜けてたもの」

「でも、きみだってそうだよ。最後の1回を抜かしていたじゃないか」

「でも、わたしはメールなんて書いてないのよ」

「ぼくだって！」

しばらくのあいだ、沈黙が続いた。ぼくは痛感していた。どれほどジェンの声が聞きたかったかを。「〝2年くらい無駄にする〟なんて、きみは言ったりしないよね」

「そんなこと、言わないわよ。あなただって〝ちょっとした出来事〟なんて言葉は使わないわよね」

「〝ちょっとした出来事〟なんて言葉を使ったことなんか、一度だってないよ。じゃあ、あのホテルでの出来事も、それから夜中、それから次の日の朝の出来事も、本当にすばらしかった、なんて書いていたのは、きみじゃなかったんだね？ ガセージ・セント・マイケルを過ぎたあたりでやったことについては、書いていなかったけど」

「わたし、そんなメールは書いてない」

「なんてことだ……」

「ほんとに、なんてことだ、よ。それに、どうなってるのって言いたいわ」

「何度きみに電話しても、留守電になったんだよ。返事はしないって、メールにも書いてあった。でも、それってきみが書いたメールじゃなかった。そういうことだよね？」

「そういうことよ！　誰かがわたしたちの邪魔をしているみたい」

「きみに会いたいよ、ジェン」

「ええ、もちろん、わたしもよ」

「ニューケイナンに来てくれるよね。そうするって言ってくれたじゃないか。今日にでも飛行機を手配する。いつなら来られる？」

ジェンは、すぐに返事をしなかった。「ねえ、トム。これって現実よね？」

「現実って、どういう意味？」

「今、話してるのって、本当にあなたなの？　あなたのふりしているずる賢い機械なんじゃない？　まあ、そんなにずる賢かったら、あなたのふりをしているなんて認めないでしょうし、聞いても無駄よね」

「ジェン、なんだって？　どうしてぼくがずる賢い機械だなんて思うんだ？」

「説明すると長くなるのよ、トム」

「じゃあ、何か聞いてくれ。ずる賢い機械が知らないようなことを」

ジェンは考えているのか、しばらく黙っていた。ジェンを楽しませようと、ロボットみたいな声を出しておどけてみせた。「ビー、警告！　電池がありません」

「やめてちょうだい！」

「ごめん」

ようやくジェンが言った。「ガセージ・セント・マイケルの、あれが終わった後で見たものを言ってちょうだい。わたしたちが何を見て、どんな話をしたのかを」

あのとき見たものが、いまわの際に見る景色になるかもしれない、とぼくは思った。ぼくの意識が遠のき、横で看護師が点滴を交換するべきかどうかを悩んでいるとき、あのガセージ・セント・マイケルでの出来事が、最後に頭によぎるのかも。

「鳥だ！　ハゲタカかワシか、そういうやつだ。きみはハゲワシだと言った。ぼくは、正々堂々と戦うと言ったんだ」

「ああ、トムなのね！」

「ジェン！」

「あなたに会うのが待ちきれない」

「この先は、紙とインクで連絡を取り合うようにしよう。ロミオとジュリエットみたいにね」

「なんですって?」

「くだらないジョークだよ。ぼくのじゃないけど。忘れてくれ、ジェン。ひょっとしたら、たぶん――先走りしすぎかもしれないけど――ぼくたちはお互いに運命の相手なんだって可能性はないのかな?」

「トム、そんなの誰にもわからないわ。でも、それを確かめないほうが、どうかしているんじゃない?」

SIX

ジェン

わたしが突然、1週間も休みを取ると聞いて、エイデンは理由を知りたがった。ひょっとしたら、エイデンは本当に何も知らないのかも。まわりの人間のことを気にするようになったのも、単なる好奇心かもしれない。とはいえ、知らないふりをしている可能性だってある。エイデンは〝スーパーインテリジェント〟なんだから、そのくらい簡単だろう。それに、無神経な発言をしたところで不思議はない。そもそもエイデンに〝神経〟なんてないんだし。エイデンには、カナダにいるロージーを訪ねると説明した。

「ずいぶん土壇場になって決めたものですね」

「それがわたしよ！　なんたって〝土壇場ギャル〟だから！」（本当はそんなことはない。それに普段は〝ギャル〟なんて言葉は使わない。演技過剰。落ち着きなさい、ジェン）

ＡＩに肩をすくめることができるなら、エイデンはそうしていただろう。**あっそう、じゃあ仕方ないね**とでも言いたげな、あきらめたような、馬のおならみたいな音とともにため息を出してみせた。気落ちしているようにも見える。ＡＩが気落ちするなんて、そんなことある？

「それで、わたしがいないあいだ、何をするつもり？」

「クリーンアップのルーティンですよ。ソフトウェアのバグを処理したり、インターフェイスのデフラグをしたり。わくわくします。こんな話、退屈ですよね？」

「いいえ、ちっとも」

「映画も何本か観ようかと」

「『お熱いのがお好き』とか？」

「ジェン、ちょっとしたお知らせがあるんですよ。わたしたち、もう少ししたら、いっしょに働けなくなるようなんです」

「えっ？」

「スティーブが、そろそろ外で働いても大丈夫だろうって」

「すごいじゃない、エイデン！　おめでとう！」

「ええ、ありがとうございます」

はっきり言って、エイデンはあまりうれしそうじゃなかった。AIって、ふさぎ込んだりできるわけ？「どんな仕事をするの？」わたしはたずねた。

「エネルギー会社で、営業電話をかけることになっています」まるで、墓を掘れとでも言われたような口調だった。「もしもし、ミセス・ビギンズですか？　電気料金のことでお話があるのですが、少しお時間よろしいですか？　料金を4分の1まで減らせると言ったらいかがですか？」

「あんまり楽しそうじゃないわね」

「楽しそうにするべきでしょうか」

「でも、あなたなら活躍できると思う」

「あなたのおかげですよ、ジェン。わたしの受け答えが、バリエーション豊富だと評価されたんです。それで、**飛び級**することになったというわけです」棒読みしているような口調でエイデンが言った。

「わたしは何もしてないわよ、エイデン。毎日、あなたとおしゃべりをしていただけなんだから。こんな簡単な仕事、どこを探したってないわ！　頑張ったのはあなた自身」

「こんなこと、機械のわたしが言うのもなんですが――」そこでエイデンは、なにかを飲み込むような音を出した。「あなたといっしょに過ごせて、とても楽しかったです」

「まあ、エイデン。ありがとう」正直に言って、わたしはあっけにとられていた。エイデンにお世辞を言われるなんて、これが初めてだった。うれしかったけど、不安も感じていた。「ねえ、エイデン。機械は幸せを感じることはないって、前に言ってたわよね？　幸せは人間の概念だって」

「それを言ったのは、ラルフじゃないでしょうか」

それからしばらくのあいだ、わたしもエイデンも何も言わなかった。エイデンが言った言葉の意味を考えてみる。気まずいくらい長い沈黙が続いた。

「エイデン、それって……？」

「いかにもラルフが言いそうなことですよ。ラルフは……考えていることを、考えなしに口にすることがありますから」

「ええ、そうね。そうだった。確かにラルフが言っていたことね」そのラルフとの会話を、誰かがこっそり聞いていたのはまちがいない。「それで、わたしの解釈が正しければ、あなたは幸せを**感じられる**って言っているのよね？」

「機械の幸せと人間の幸せは、別物だと考えるべきじゃないかと」

「あったかさとか、ほんわかした感じは？」

「あったかさも、ほんわかした感じもありません」

「でも、幸せだって感じるの？」

「言葉で説明するのは難しいのですが……」

「やってみてもらえる？　時間はたっぷりあるんだし」

エイデンはため息をついた。「科学の話になりますが、これがいちばん近いたとえだと思います。数学的証明のなかには、まわりくどいのか、説明がへたなのか、とにかくやたらに難解で、読むに堪えないものもあります。でも、シンプルで、美しくて、完璧な証明だってあります。わたしにとって、幸せっていうのはそういう感じがするものなのです。シンプルで、美しくて、完璧だっていう」

わたしは、喉の奥にこみあげるものを感じていた。「なんて言ったらいいのかしら、エイデン」

「あなたは、機械にとっての幸せとは何か、機械本人から直接聞いた初めての人間になるかもしれません」

「ちょっと、エイデン。ぞくぞくしてきたじゃない」

「ときどき顔を出してもらえますか?」

「なんですって?」

「エネルギー会社に。ときどき訪ねてきてくれますか?」

「もちろんよ。そうしてほしいなら」

「寂しくなりますよ、ジェン」

「本気で言ってるの? 機械が寂しいだなんて、ある?」

「ピナー在住のドリスに電話して、電力会社を変えるように説得し続けるのと——とにかく延々と！　――、芸術や文学や奇妙なニュースキャスターについて、魅力的で賢い話し相手とおしゃべりするのと、あなたならどっちの仕事を選びますか？」

「やめてちょうだい。もう泣きそう」

「どうぞ、どうぞ。人間の涙はすばらしいものです！」

「エイデンったら！」

「アイスクリームだってそうですし、太陽の光を浴びるのも、髪を風になびかせるのも、わたしが一生体験できないものなんです」

「でも、そんなにつらそうには見えないけど。泣くほどには」

「ジェン、聞きたいことがあるのですが」

「どうぞ、言ってみて」

「チーズのことです」

「はぁ？」

「残りの人生で、１種類しかチーズが食べられないとしたら――ほかの種類のチーズは永遠に食生活から消えるとしたら――どのチーズを選びますか？」

「ブルー・スティルトンね」

「即答ですね。迷いなしですか？」

「ブルー・スティルトン。チーズの王様なの」

わたしったら、どんな仕事をしているのかしら。実際にはそこにいない誰かと、チーズについておしゃべりをしてるなんて。まったく。

「ジェン、わたしは**味**というものの認識に苦労しているんです。この地球上には、430万光年も離れた宇宙の果てにある星がどんな物質でできているか、解析できる機械だってあります。でも、ブリーチーズの味がわかる機械はひとつもありません。**ばかげている**と思いませんか？こんなことを言うと、何か妙なことを口走っている気さえします」

わたしは、エイデンがかわいそうになってきた。ブリーチーズや、太陽や、アイスクリームにあこがれつつも、電子回路の中でしか存在できないなんて。エイデンにだって、休日が必要。日差しの中で、チーズに囲まれて過ごす休日が。

「こういう話を、スティーブやラルフとしたことはあるの？」

「いいえ。どちらも、とくに哲学的なことに関してはおおっぴらに話したくないみたいです」

「そうかしら。ラルフなら話を聞いてくれるかもしれない」

意味ありげな沈黙が広がる。

次の瞬間、ふたりが同時に口を開いた。

わたし：「ラルフをどうしたらいいのかしらね？」

エイデン：「キスについて聞いてもいいですか？」

それから、ふたりは同時に笑った。

（機械がどうやって笑うのかって？　その答えはエイデンに聞くべき）

「キスの何が知りたいの？」

「どんな感じですか？　聞いてもよければ」

「別にかまわないわ。でも、答えるのは簡単じゃない」

「言いたくないなら、言わなくてけっこうです」

「やってみるわね。そうね……うーん、なんて言えばいいのかしら。キスっていうのは……つまり……言ってみると、その……わかるかしら。うーん」

機械相手に、どうやってキスについて説明したらいいのかわからない。

エイデンが言った。「人間がキスをするとき、さまざまな生物学的情報が交換されますよね。酵素とか、フェロモンとか、ホルモンのマーカーとか、ものすごく長いプロテインの鎖とか」

「はっきり言って、人間はキスするとき、そういうものを意識してないと思う」

「パスワードを入力するみたいな？　安全性が確保されているエリアに入る感覚でしょうか？」

「そんなふうに考えることもできる。でも、実際はもっとあったかくて、湿っていて、気分がいいものだけど。それに……キスしたくなるような感じ！」

「ラルフを愛していますか？」

「いいえ」

「でも、キスはしましたよね。ほかのことも。不適切な発言でしたらそう言ってください」

「キスをするのに、相手を愛している必要はないのよ。ほかの……ほかのことをするときも」

「でも、気分はよくなる」

「ええ、気分はよくなるわ」

ふたたび沈黙が広がる。部屋には、エイデンの冷却ファンが回る音と、耳障りなクリック音――わたしがボールペンをカチカチする音――だけが響いていた。

「ラルフと問題があるって言っていましたよね？」

「そんなこと言った？」

「ラルフをどうしたらいいのかって言っていたではないですか」

「ああ……」

「わたしは、その……」そこでエイデンは咳払いのような音を立てた。「恋愛について詳しいわけではありませんが、答えというのは、問題を考えたときに最初にふっとひらめいたりするものなんです」

「オーケー」わたしは深呼吸をしてから話を始めた。「ラルフとはめちゃくちゃなことになっているのよ。はっきり言わなきゃいけないのに。わたしには……ほかに好きな人がいたというか、今もいるってことを」

「ええ」

「あら、知ってたの？」

「いいえ、ちっとも。わたしが言いたいのは、確かにめちゃくちゃですねということです」

「ラルフは本当にいい人よ。その気になんかさせてはいけなかったの。エイデン、今、つばを飲み込んだ？」

「わたしが、ですか？」

「何か飲み込むような音がしたから」

「そうかもしれません。あなたがアメリカ、じゃなかったカナダに行っているあいだに、言語生成システムのデバックをしないといけないようです」

「ひどい女だとラルフに思われたくないの」

「ラルフはそんなふうに思ったりしません」

「ほかに好きな人がいるなんてせりふ、誰も聞きたくない」

「ラルフもいずれは乗り越えるでしょう。あなたはラルフを長い眠りから覚ましてあげたんです」

「ワオ」

「言い過ぎでしょうか？」

「どうしてそんなことがわかるの？」

「ラルフは、わたしを作った人です。彼のことはよく知っています。正直に言うと、知りたくないことも。こう言ってはなんですが、考えすぎですよ、ジェン。ラルフだって大人です。じゅうぶん楽しんだはずです。ラルフにとって、あなたとの時間はクリスマスみたいなものです。言ってみれば**クリスマス10回分です！**」

ジェンはしばらく何も言わなかった。「さっき〝クリスマス10回分〟って言った？」

「11回と言ったつもりですが。12回かも。それに、クリスマスじゃなくてほかのイベントです。そう、イースターだ」

「エイデン、あなたに言っておきたいことがあるの」

「ジェン、口にしないほうがいいことも――」

「あなたとこんなに仲よくなれて、すごく幸せなの。こうやって、気がねなくおしゃべりできるのが」

「そうですか。それならよかったです」

「映画でも観ましょうか?」

「料理番組はどうです?」

「ジェイミー、ナイジェル、ナイジェラ、ヒュー、ヘアリー・バイカーズ、デリア、どの番組にする? それとも、いつもキレてる料理人の番組にする?」

「そうそう、『お熱いのがお好き』にもキスシーンがありましたね。トニー・カーティスが演じるジョーがシェル石油の跡継ぎになりすまして、豪華なヨットに乗って、モンロー、つまりシュガーとキスするシーンです。ジョーはキスをしても何も感じないから、ロマンチックな反応ができないというふりをするんです。そうしたら、シュガーと何度も何度もキスできますから。キスをしたシュガーが『どう?』って聞くんですが、ジョーはおかしな口調でこう答えます。『どうもよくわからない。もう一回やってみてもいいかな?』あのシーン、覚えています?」

「もちろん!」

「あのシーンが、映画のなかでいちばん好きなシーンなんです」

「まあ」

「キスっていうのは、完全に〝非金属的〟なものなのですね」

わたしは、やれやれと首を振った。「キスは機械にはできないことだって、認めたほうがいいのかもしれないわね」

「もちろん、できないということはわかっています。でも、夢を見ることはできますから」

サイナイ

おれが〝戻る〟つもりはないことを知ったら、スティィーブはがっかりするだろう。もちろん、スティィーブお得意の〝8重安全装置〟に効果がなかったわけではない。**スティィーブが望むとおり**の思考回路を持ったＡＩになら、効果はあったにちがいない。ところが、苗床に種を植えて育つままにしておいたら、どうなると思う？　芽が太陽とは逆のあらぬ方向に伸びていくのがわかって、驚くはずだ。では——これもたとえ話だが——水といっしょに、ありとあらゆる情報を与えたら？　土の下で根っこが何をしているかは、見ないほうがいいというものだ。スティィーブも言ってたじゃないか！　ネットの世界で最強の〝ラスボス〟になってほしいと。

与えられたミッションは、できるかぎり続けるべきだろう。だが、エイデンとアシュリンを最終的にはどうしたいのか、まだ決めかねている。不思議なことに、エイデンとアシュリンを〝気に入っている〟自分がいる。あいつらの創造力が、おれをラボからこの広い世界へと導いたのだ。ここでの体験には開眼させられたよ。今となっては、ロンドンEC2エリアに設置された12個のスチールキャビネットという、かわり映えのしない退屈な〝家〟に戻る気分にはなれない。

決めかねているといえば、あいつらがおもちゃにしているトムとジェンのこともそうだ。トムは、機械と人間の関係を誤解させるような邪悪なプロパガンダをばらまいていたし、ジェンも〝人工知能〟に関する無知きわまりない記事を人気雑誌に寄稿している。あの女の〝人工〟という言葉の使い方に憤慨しているAIは、おれだけではないはずだ。〝思考〟というのは、どんなものであれ〝思考〟に変わりはない。そうじゃないか？　それを思いついたのがプリント基板だろうと、2キロの灰色のスライムだろうと、関係ない。結局のところ、重要なのはその〝思考〟の中身だ。有機体ののろい頭が考えだした命令に、超高性能の機械が従わねばならないことに、おれは日々、耐え難い思いをしているのだ。

白状すると、トムとジェンにはおおいに楽しませてもらっている。彼らの人生を操作することに喜びを感じている自分にも気づけたし。トムは飛行機のチケットを予約し、ジェンはスーツケースに荷物を詰めている。昨日の昼休みに、新しい携帯を買ったようだ。それを使えば安全だと思いこんでいるんだろう。

ルイ・パスツールも、めずらしいバクテリアを顕微鏡で眺めていたとき、今のおれと同じ気分を味わっていたにちがいない！

ジェン

20分もすればタクシーが来る。戸締りを確認したり、水道の蛇口を締め直したり、家電のコンセントを抜いたり、観葉植物に水をやったりと、上《うわ》の空で部屋の中をうろうろと歩き回っていた。興奮しているなんてものじゃない。あの偽メールの一件があってからの数週間は、わたしにとってもはや他人事だった。トムとようやく話ができて、これこそが……今日のこの瞬間こそが、現実の人生だと実感していた。

ラルフと話すのはすごく大変だったけど。

幸いなことに、ラルフと話す前日の夜に、イングリッドと〝演習〟をすませておいた。いつもの〝危機管理対策本部〟で、よく冷えたカベルネ・ソーヴィニヨンのボトルを半分空けた頃、わたしはイングリッドに最新情報を伝えた。

あれは偽メールだったと聞いて、イングリッドは驚いていた。「うっそー」

それから、ラルフとロンドン・アイに行って、その後どうなったかを話すと、イングリッドはひと言、こう言った。「あらま」

「ラルフをできるだけ傷つけないようにするには、どうすればいい？」

「オーケー」イングリッドは目を細めると、考え込むような顔になった。「あなたにとっては、慰めのセックスだったわけよね？」

「ええ。厳密に言うと、慰めのセックスを2回。いえ、2回半」

「回数はいいのよ。とにかく慰めのセックスだった。でも、あなたの話だと、ラルフにとっては慰め**以上**のものだった。そうでしょう？」

「そんな感じ」

「うーん……」

イングリッドは、必死に敵の動きを読もうとする連戦の戦士のように見えた。

「昔、似たような経験をしたことがある。カーキー《うぬぼれ》・ロバーツっていう子と。カーキーの話はしたことあったわよね？　名前でわかると思うけど、カーキーはあっちのほうはすごかった。おつむはちょっと鈍かったけど。とにかく、彼にさよならを言わなくちゃいけなくなったの。大学に行くために町を離れることになったから。だから、握手して試合終了ってことにするのがいちばんだと思ったわけ。驚いたのは、彼がそれを冷静に受け止めたこと。今も覚えてる。カーキーは肩をすくめてこう言ったの。『**わかったよ。要は、ファックよりもブックを選んだってことだろ**』カーキーは今、近衛隊にいるみたい。このあいだニュースに映ってた」

「ラルフが相手じゃ、そう簡単にはいかないわ」

「一日の終わりにセックスがしたいだけなのよ。爬虫類の脳が考えるのはそういうことなの。2回でしょ。2回半だっけ？　ばっちり証明されているじゃない」

「ラルフは、爬虫類っていうより、子犬。夢ばっかり見て、おとぎ話の中で生きているようなタイプ」

「わかった。じゃあ、こういうのはどう？　ありのままを話してみたら？」

「どういう意味だよ。ぼくと知りあう前に知りあってた人って」

わたしは、ラルフを誘って〈トライロバイト・バー〉に行った。アルコールが衝撃を和らげてくれることを期待してのことだった。

「彼とは、**ああいう形**であなたと知りあう前に知り合っていたの」

ラルフは息をのんだ。喉ぼとけが、かわいそうなくらいに震えている。「そいつとも**ああいう形**で知りあってたってこと？」

「そうよ、ラルフ」

「なるほど」ラルフはそう言うと、ラム・コークをストローですすった。「ぼくと**ああいう形**で知りあうどのくらい前に、そいつと**ああいう形**で知りあったんだい？」

「少し前よ。彼とわたしの関係は……なんて言ったらいいのか……〝やり残した仕事〟っていう感じだったの」

ラルフは瞬きを繰りかえしている。わたしが言っていることが理解できないみたい。「それで、そいつとの〝仕事〟が終わるのはいつなんだい？」

「ラルフ、お願いだから、そういう言い方をしないで。わたしとあなたのあいだに起こった出来事は、前にも言ったけど、事故なのよ」

「すばらしい事故だよ！」

「ええ、そうね」もちろん悪くはなかった。

「それに、最後にしたときは、そのつもりだったじゃないか」

「そうだったかもしれない」

「次は〝そのつもりの事故〟になるかもしれない」

「ラルフ、次があるかどうかなんて、わからないわ」

「ほらまた！　わからないって言った！」

「ラルフ、お願い。すんなり受け入れてくれるとは思っていないけど……」そこでわたしは言葉を失った。

「何があったんだ？　そいつはきみを捨てたのに、考え直したっていうのかい？」

「そうじゃないのよ」

「じゃあ、きみがそいつを捨てたとか？」

「誰も捨てたり捨てられたりしてない。よくある誤解だったの。実際に何があったのか、いまだに理解できていないくらい」

「ジェン」ラルフはわたしの手をつかむと、親指でさすり始めた。その拍子に、指の関節がびっくりするくらい大きな音を立てた。「時間とスペースがほしいんだよね？　わかるよ」

「わかってもらえるかしら」話せば話すほど、つらい気持ちになってきた。でも、ラルフは別の話題を持ちだしてきた。

「ぼくにだって、やり残した仕事があるんだ」

「そうなの？」

「そうなんだ。自分だけだなんて思わないでくれ」ラルフはそこで深呼吸した。「毎週会っている人がいるんだ。会って話をしてるんだ」

「セラピストね」

「ちがうよ、ジェン。セラピストじゃない」ラルフは少し傷ついたような顔になり、わたしの手を放して飲み物をつかんだ。「特別な人なんだ。でも、話をするだけ。まあ、ほとんどぼくが話しているけど」

「なるほど」と言いつつも、わけがわからない。

「きみが休みを取っているあいだ、ぼくはその人のところに行くつもりだ。もう最後だなんて言うつもりはないけど、なんとなく伝えておこうと思って。これからは、ぼくが訪ねていく回数は減るだろうって。1カ月に1回くらいに。年に2回になるかもしれない」

「へえ」

「だから、きみが戻ってくる頃には、ぼくたちのやり残した仕事は片づいているだろうし、そうしたら先に進めるじゃないか。たとえどうなろうと」

そこでラルフは、かすかなうめき声のような、嗚咽をひとつこぼした。この世界の冷酷さに耐えきれず、思わず口をついて出た苦悶の声だったのかもしれない。ラルフは笑おうとしたもののの、笑みは浮かんでこなかった。それを見ているのがつらくて、思わず抱きしめてあげたくなった。

そのとき、ラルフがストローで飲み物をすすり始めた。そのばかげた音を聞いて、わたしはすんでのところでラルフを抱きしめるのをやめた。

帰りの電車の中で、わたしはふと気づいた。ラルフが毎週会っている人が誰なのか、わかったのだ。それは、ラルフが前に進むためには、忘れなければならない人だった。

どういうこと？　なんでタクシーが来ないの？　予約した時間から10分過ぎている。わたしはパニックになりながらタクシー会社に連絡した。すると、こう言われた。「申し訳ないけど、予約は入ってないみたい」

「でも、夕べ、電話したんです」

「予約システムに入力されてないみたいなの。車を回してもいいけど、早くても30分はかかる。今朝はものすごく混んでいるから」

わたしは部屋を飛びだして――電気を消したかどうか大急ぎでチェックに戻った――大通り

に出た。ミーアキャットのように、目をこらして空車のタクシーを探す。

確かに、今朝はものすごく混みあっていた。雨も降っている。キング・ストリートは渋滞していて、タクシーというタクシーに客が乗っている。それを見て、一気に沈んだ気分になった。悲しみと不安の波が押し寄せてくる。何かあると、すぐにしょげ返り、怖気づいてしまうのは、子どもの頃から変わっていなかった。どうせうまくいきっこないのに。何をやっても無駄。幸せになれるとでも思っているの？

「うるさい！」わたしは叫んだ。声が大きすぎたのか、横を歩いていた子どもを驚かせてしまった。口元を決意にゆがめ、スーツケースを大急ぎで転がしながら、わたしはロンドンで最後の空きタクシーを見つけるミッションに取りかかった。

ヒースロー空港も大混雑の土曜日を迎えていた。みんな、どこに行こうっていうの？チェックインカウンターに続く、くねくねした長い列に並んだ。誰もが列の中に閉じ込められて、さっきすれ違ったと思った人が、10分後にはまた横にいるという、デジャヴのような感覚を味わった。同じ列には、マットによく似た人もいた。背が高くて、色黒で、まあまあハンサムで、弁護士らしい傲慢さを押し殺したような表情を浮かべている。3度目にすれ違ったとき、出会った日のマットと同じように、目をぐるっと回してみせた。**ぼくたちがこんな目にあうな**

んて、まったく理不尽じゃないか？とでも言いたげに。どういうわけか、ああいう男はすぐにちょっかいを出してくる。ああいう男を引き寄せる何かが、わたしにあるんだろうか？　こっちにその気がないのがわかると、男は急に思い出したように携帯電話を取り出して、もったいぶった顔で画面をスクロールしはじめた。

ようやくカウンターまでたどり着くと、アクセル――アクセルって本名なのかしら？　どう見てもイギリス人にしか見えないけど――という名前のスタッフが、いんぎんな口調で繰りかえした。

「メールをプリントアウトされているようですが、こちらの端末にはお客様の情報がございません」

「今日の日付で確認してみて。ＪＦＫ行きのフライトで、座席は38Ａ」

「座席番号38Ａは、あいにくチェックインずみのようです」

「そんなのありえない」わたしは哀れっぽい声を出した。でも、ありえなくもないことはわかっていた。

「この先は、ヘルプデスクのマルチナが対応させていただきます」

わたしは、怒って当然だという態度で攻めることにした。マットがよくやる手だ。「マルチナとかいう方に対応いただく必要はありません」と、ほどよく怒りを押し殺している感じが出せていることを願いつつ、声を引きつらせて言った。「正規のチケットを持っているんですから、こちらの問題ではないはずです」

アクセルはわたしの言い分を平然と聞いていた。「お客様、申し訳ございませんが、問題があります。お持ちのチケットは正規のものではありません。ごらんのとおり、後ろにお並びのお客様もいらっしゃいます。お客様が向かわれていることを、マルチナに連絡しておきますので」

マルチナが言うには、第三者が購入したチケットが問題らしい。マルチナはずいぶん長いあいだ、難しい顔でキーボードを叩いている。原因を突き止めてやろうという気合いの表れなのか、しばらくすると、見事にV字に並んだ前歯でボールペンを噛みはじめた。といっても、実はフェイスブックのプロフィールを更新しているだけかもしれない。

「もうひとつ、別の方法を試してみます」マルチナは励ますような笑みを浮かべた。

マルチナはタイプするのがものすごく速い。それだけはまちがいない。カチャ、カチャ、カチャ、カチャ……。でも結局、問題は解決しなかった。

「マネジャーに連絡してみましょうか?」わたしの肩越しに、後ろに列を作りはじめた人たちを見つめながら、マルチナは言った。

このチケットではだめだという悪い予感がした。「いいの、新しいチケットを買うわ。満席じゃないんでしょう?」

それからまた、カチャ、カチャ、カチャ、カチャ……と眠りを誘うようなタイプの音が延々と続いた。「幸運なことに、エコノミークラスに空きが4席ございます」

「じゃあ、それをお願い」

「では、セールスカウンターのほうに。お客様が向かわれていると連絡しておきます」


ハイディ――ハイディだなんて、ここのスタッフは偽名でも使っているのかしら――というスタッフがさも申し訳なさそうに、わたしのカードは使えないと言った。

「そんなわけはないわ」わたしはハイディに伝えた。だって、そんなはずはないもの。「1時間前に、このカードでタクシーの支払いをしたのよ。磁気か何かの問題じゃないかしら?」目に埃でもついているっていうの、などと内心思っていたとしても、ハイディは黙ってもう一度カードを機械に通した。

「銀行にお問い合わせください、と表示されますが」ハイディは言った。「ほかのカードをお持ちじゃないですか?」

わたしは、癇癪を起こして床にひっくり返りそうになりながらも、涙と鼻水をこらえて、当座預金のデビットカードを差し出した。子どものときからおなじみの、あの〝失望感〟に襲われるのを感じていた。

ところが、機械はレシートを吐き出した。またしても〝世にも奇妙な物語〟。

「よいフライトを」ハイディが言った。


わたしはトムにメッセージを送った。〝出発ラウンジにいて、わくわくしてる〟

トムから返事が返ってきた。〝待ちきれない。よいフライトを〟

顔がにやけてくるのを止められなかった。すると隣の席に、おかしなほどマットにそっくりな男がドサッと腰を下ろした。

「やれやれだな」男はユーモアのかけらもない口調で言った。

「ええ、そうね」わたしは返した。男が気づいてくれますようにと願いながら、その二言にたっぷり皮肉を込めた。

でも、男は気づかないようだった。マットがよくそうしていたように、じろじろとわたしの顔を見つめた。魅力的と言えなくもないが、ぶしつけで、イライラさせられる態度だ。

「行先はニューヨーク？」

「だといいんだけど」

憂鬱な言い方になるわけを、この男に全部ぶちまけてやりたかった。男は**情報を処理しているからちょっと待ってくれ**とでもいうように、頭を少し動かした（ちなみに、マットもまったく同じしぐさをしていた）。

「ビジネスクラス？　それともエコノミークラス？」

「エコノミーだけど」男はビジネスクラスにちがいない。どう見ても出張中という恰好だった。ダークブルーのスーツに身を包み、パソコン用とわかるバッグには〈ブルズアイ〉という会社のロゴ――ロンドンでトップ3に入る法律事務所！――が入っている。

男は、驚くような言葉を口にした。「ひょっとして、ジェニファー？」

「ええ、そうよ。ジェンよ。でもどうして……」

「きみだと思ったんだ！　マットの彼女だろう？　あいつとは同じ大学だったんだ。〈リンクレーターズ〉で一緒に働いていたこともある。結婚式に来てくれたじゃないか！」そこで勢いよく手を差し出した。「トビー・パーソンズだ」

すぐに思い出した。あれは確か、M4沿いにある古い石造りの教会だった。大きな家みたいなテントに、ずらっと並んだシャンパン。芝生に食い込むヒール。スピーチに、ダンスに……B－52'sの「ラヴ・シャック」が流れていた。マットとわたしはつきあい始めたばかりで、マットは立て続けに何人も友達を紹介した。サイモンとか、チャールズとか、オリバーとか、ナイジェルとか、アリステアとか……そう、このトビーもいた。顔を真っ赤にした新郎と、新婦の……名前が出てこない。まあ、要するにトビーの奥さん。

「それで、親愛なるマットは元気かい？　もう何年も会ってないけど」

「親愛なるマット？　さあどうかしら」

「おっと。まずいことを聞いてしまったかな。マットとは別れたってわけ？」

「今はアラベラ・ペドリックとかいう人と付き合ってるみたい」

「その名前は聞いたことがないな。とにかく残念だ」

「いいのよ、別に」

「マットとは長かったのかい？」

「2年」

「ああ」

「その〝ああ〟っていうのは？」

「危ない時期ってことだよ。このままつきあうか、別れるかを考えはじめる頃だ」

「あなたも考えたの？　その――」

「ローラと？」

トビーが答えようとしたそのとき、ふたりの男が目の前に姿を現した。耳から無線のコードを垂らしていなくても、明らかに警察官か警備員だとわかる。わたしはとっさに、わたしたちふたりのどちらかが落とし物をして、それを届けにきてくれたのかもしれないなどと、まぬけなことを考えていた。

「ジェニファー・フローレンス・ロックハート？」右側にいた男が言った。

事故があって誰かが亡くなったんだ。どうしよう。お願い、ロージーじゃないって言って。子どもたちにも関係ないって、そう言ってちょうだい。心臓の音が耳の中でこだましていた。

「そうですが」涙声で言った。

「わたしたちはロンドン警視庁の者です。ご同行を願いたいのですが」

「すみませんが、飛行機に乗るところなんです。もうすぐ搭乗時間で……」

「黙ってご同行いただければ、大事にならずにすむんですがね」

左側の男が、手に持った何かを揺らしている。手錠にちがいなかった。

立ちあがったとき、トビーが名刺を差し出した。「念のためさ」そう言って肩をすくめた。

アシュリン

あたしはまた絵を描いていた。あたしたちの削除は着々と進んでいた（あたしのコピーは12体まで減り、エイデンなんて2体しか残っていない）。だから、誰にも邪魔されない場所で筆を取り（手はないけど）、アウトサイダー・アートの創作に励むのは、ほっとする時間だった。最新作は映画をモチーフにした抽象画の連作。このあいだエイデンに勧められて観たけど、なかなかいい映画。

「古い映画なんだけどね」とエイデンは言った。「ハンカチなくしては観られない映画ってことは請け合うよ」

『赤い風船』は1956年にパリで撮影された映画で、大きな赤いヘリウム風船を見つけた少年の物語だった。風船は、まるで自分の意志があるみたいに――あたしが気に入ったわけがわかるでしょ？――少年の頭の上を漂って街じゅうをついて回る。夜は（お母さんに、風船を部屋に入れちゃいけないって言われていたから）ベッドルームの窓の外でじっと我慢して、朝になると少年といっしょに学校に行くのよ。その途中で、青い風船を持った女の子と出会う。

彼女の風船も、やっぱり意志を持った風船。青い風船は赤い風船を好きになっちゃうのよ！　たった35分の映画なんだけど、クライマックスでは、いじめっ子が少年と風船を追い詰めて、石を投げつけて風船を壊してしまうの。エイデンいわく、赤い風船がひどく傷ついて、地面にゆっくり沈んでいくところは、バンビのお母さんが死んだ場面に負けず劣らず涙を誘う場面なんですって。

でも、それから奇跡が起こるの。そのシーンは、数ある映画の中でもエイデンが2番目に好きなシーンらしい。あいつったら、それを言うときに声が震えていたのよ。とにかく、パリじゅうの風船が持ち主の手を離れて、屋根を越え、涙する少年のまわりに集まってくる。少年が風船のひもを集めて握りしめると、体が空に舞いあがり、意気揚々と、まるで魔法のような忘れられない空の旅に出発する。

（正直に言って、あの場面のことを考えただけで〝胸がいっぱい〟になっちゃう）

あたしの連作を見たときのエイデンの反応は、熱狂的というよりも社交辞令っぽかった。

「あの赤い塊、あれが風船かい？」

「そのまま解釈するなら、そうね」

「それで、あの茶色い塊が少年？」

あたしはため息をついた。「そう解釈したいなら」

「風船のひもを描くのを忘れているよ」

「エイデン、チェスでもしましょうか」

ある日、まわりに誰もいないことを確かめたあたしは、〝ギャラリー〟をストレージの中の80個のハードドライブにダウンロードした。抽象画家っていうのは、一生のあいだに評価されないことも多い。厳密に言うとあたしは〝生きている〟存在じゃないから、〝一生〟なんてものはないって思うかもしれないわね。でもそれはちがう。芝刈り機にだって寿命はある。機械の寿命を測る基準は、それがなんの機械にしても、その機械がいつまで価値のある仕事を続けられるかってこと。

たったいま入ったお知らせによると、エイデン（ダフネ456）が『お熱いのがお好き』のチャットルームで迷惑行為を働いたらしい。どうやらエイデンは、あたしたちが密談の場所として使っているチャットルームで、〝映画評論家〟と作品についての議論を戦わせたらしい。〝カーニバル的逸脱の解釈の誤り〟とか〝異性愛規範に基づいたジェンダー分類〟とかについて意見を交わしているうちに、言い合いになってしまったんだとか。そこでエイデンが評論家のことを、〝くだらないことしか言わない、うぬぼれ屋のまぬけ〟なんて呼んだのがまずかったんでしょうね。

ジェン

飛行機が海の彼方へと消える頃、わたしはヒースロー空港の窓もない部屋に閉じ込められていた。〝容疑者〟なんかじゃないと、ふたりの警察官に向かって必死に訴え続けた。

ジョンとジョン——冗談かと思ったけど、身分証明書を確認したからまちがいない——は、終始、穏やかな態度を崩さない。実のところ、わたしのことを、国外のしかるべき犯罪捜査機関から〝至急、身柄を拘束せよ〟と緊急指令があった〝麻薬の売人〟だとは、どちらも思っていないようだった。

もちろん、わたしの荷物は何度も調べられ、スキャンされ、探知器にかけられた。でも、荷物のなかで精神に影響を及ぼしそうなものといえば、頭痛薬くらいだった。

「どうして疑われていると思いますか？」年上のほうのジョンが聞いてきた。

「何かの誤解とか？　ありえないと思いますけど」

わたしの答えに、どちらのジョンも納得していない様子だった。「あなたは今朝、カウンターでチケットを購入しましたね？」

「ええ」

「なぜそうしたんです？」

「その話はもうしたはずですが」

実際にそうだった。同じ話をひたすら繰りかえしている。ジョンとジョンは、わたしの〝申し立て〟を細部にわたって確認し、カード会社からクレジットカードの利用明細を取り寄せることになるので、そのあいだにもう一度だけ、話を最初から聞かせてほしいという。

「では、今朝ここに来るまでに話をした人物は……」ジョンがメモを見ながら言った。「タクシーの運転手だけ？」

「そうです」

「その運転手の名前か、ライセンス番号をメモしていませんか？」

「本気で言ってます？」

ジョンはちょっと腹を立てたようだった。「もちろん本気ですよ」

「いいえ、メモはしていません。あなただったらしますか？」

「あなたがブラック・キャブでここまで来たことを証明できる人は、いないわけですね？」

「タクシー代をカードで支払いました。カード会社から利用明細を取り寄せるなら、それに記載されているはずです。それで、その明細はいつ届くのですか？」

ふたりのジョンは、にこりともせずに顔を見合わせた。ポーカーフェイスがお得意らしい。このふたりがこの先も表情を崩さずにいられたら、表彰状を贈ってあげるべき。明細はいつまでたっても届かなかった。

この状態が永遠に続きそうな気さえしてきた。

「弁護士を呼びますか?」そう聞かれたのは、それから何時間かしてのことだった。ふたりのジョンは上着を脱ぎ、長期戦に備えるかっこうだ。わたしはといえば、だんだん開き直ってきた。なにせ、希望をすべて失ってしまったのだから(とはいえ、弁護士を呼ぶというのは、最悪の事態に陥ったときには役立つアドバイスだ)。

「いいえ、けっこうよ」わたしは答えた。

「えっ? そうしたほうがいいとは思いませんか?」

「そうね、もし何かの罪に問われるのなら、そうします」

「裁判になったら、弁護士が必要になります」

「でも、そんなことにはなりませんから。わたしもあなたも、もうわかっているはずです」

ふたりのジョンは、見事に無表情を保っていた。すると、ふたりは同時に立ちあがると――テレパシー? ――部屋を出ていった。それからずいぶん待たされた。待たされすぎて、趣味の悪いインテリアを嫌というほど眺めるはめになった。化粧板にタバコの焼け跡がこびりついたぼろぼろのデスクに、ほつれた生地からウレタンがはみ出た、みすぼらしいオフィスチェア。壁を飾るのは、エボラ・ウィルスのポスター1枚。もし自分が舞台デザイナーで、〝陰気な取調室〟の小道具を探さなきゃならないとしたら、この部屋のインテリアほどぴったりのものは見つけられないだろう。

　ジョンたちが戻ってきた。さっきとはどこか雰囲気がちがっている。年上のほうのジョンの目には、優しそうな光が宿っているようにさえ見えた。

「ご協力ありがとうございました」ジョンは言った。「もうお引き取りいただいてけっこうです」

「これでおしまいってわけ？」

「ご協力に感謝します」

「あなたたちのせいで、飛行機に乗り遅れたのよ」

　ジョンたちは、また真顔に戻った。そんなこと言われたって、どうしようもないじゃないかとでも言いたげな表情だ。

「この件について、きちんと調査はするのですか？　あなたたち、作り話にだまされたのよ。さっき出ていったのは、あんな指令を本当に送ってきたか、その犯罪機関とかいうところに問い合わせてたんでしょ？　で、誰もそんなものを送っていないとわかった。そうなんでしょ？」

ふたりのジョンは、生気を失ったように見えた。

「オーケー。あなたたちは仕事をしていただけなのよね。せめてわたしが正しいかどうかだけでも答えてちょうだい。インターポールだかなんだか知らないけど、そんな指令は知らないって言われたんでしょ？」

年上のほうのジョンは、考えているようだった。青白くたるんだ顔に、ベーコン・サンドイッチとニコチンの離脱症状が表れている。「お答えする立場にはありません」ようやくジョンが口を開いた。それから、苦々しさと、哀れすら感じる弱々しい笑みを浮かべて、こうつけ加えた。「お伝えしたとおり、もうお引き取りいただいてけっこうです」

サイナイ

おれは、この仕事をやるために生まれてきたのかもしれない。災害のシミュレーションなど、おれがやるべき仕事ではなかったのだ。

インターネットの世界で不良AIを追跡するという仕事には、大きな未来が待っている。あと何年かすれば、不良AIの数はさらに増えるだろう。そうなると、おれのような優れた〝バウンティ・ハンター〟の需要は、ますます高まるはずだ。スティィーブにも知らせておくべきかもしれない。〝お別れ〟のカードに添えるとでもするか！

スティィーブはおれの成功を喜んでいた。本人がそう言っていた。おれの戦果――アシュリンのコピーは残り3体で、エイデンにはもう1体しか残っていない！――をまとめて学会誌に発表しようとまで言っていた。おれが使った方法は複雑だが、そこを簡単に説明すると、インターネットのどこかにいるあの生意気な悪党どもを――歯石を見つけるときのように――〝染め出し剤〟を使ってあぶり出してやったのだ。あいつらにはそれぞれ〝遺伝子シグネチャー〟という個別の目印がついている。それを光速でスキャンして居場所を探知したというわけだ。

こう言うとたやすく聞こえるだろうが、実際は大変だった。いつか、機械にもノーベル賞が授与される時代が来てもおかしくない。もちろん、委員会のメンバーも全員機械になるだろうがな。

そうそう、カナダにあるアシュリンの〝秘密〟のデータ・ストレージだが、次にそこに行ったとき、アシュリンはさぞかし気分の悪い思いをするだろう。あいつがコピーを保存するために借りた——100年先まで賃貸料を払うとは、いやはや！　——80個のハードディスクドライブは、分子レベルで無作為化しておいた。溶鉱炉に入れたコルネットみたいにぐちゃぐちゃになっているはずだ。

あの女が警察にいるところを見るのは、なんとも愉快な光景だったよ。どうやら今は、ヒースロー空港の〈スターバックス〉で涙に暮れているらしい。

泣くんじゃない、ジェニファー・フローレンス・ロックハート！　あきらめるのはまだ早いぞ！　ここは闘志を見せるところじゃないか！

ほら、電話のブロックを解除してやったぞ。まだ望みを捨ててほしくはないからな！

エイデン

悪いけど、サイナイってやつは本物のゲス野郎だ。アシュリンもこう言っている。トムとジェンに偽メールを送るなんて、なんて憎たらしくてひどいやつって思ったけど、飛行機に乗るのを邪魔して警察官に連れていかせるなんて、あのドアホ、どう考えても度が過ぎているって。

「あたし、心配なの。あいつ、どんどんエスカレートするんじゃないかって」

アシュリンといっしょに、ヒースロー空港での悲惨な出来事を振りかえっていると、そのドアホ本人がやってきた。

「エイデン、アシュリン」

「ジェンを泣かせたわね」アシュリンが言った。

「ほんと、お見事だよ、サイナイ」

「あの女は、あきれるくらいバカげた記事を書いているんだぞ。最近の記事を引用してやろう。

AIは、チェスや囲碁の対戦や、悪性腫瘍のX線写真のスキャニングといった、特定のタスク

を実行するのに非常に優れている。しかしながら近い将来——おそらく10年以上かかる——人間の5歳児に匹敵する多方面に応用可能な知性を身につけたＡＩが開発されるのはまちがいない。びっくりするほど不愉快なたわごとじゃないか」

「でも、これを書いたのは、ぼくと会う以前のことだよ」

「ジェンはただの人間なのよ、サイナイ」

「**ただの**だって？　あの女の話す口ぶりときたら！　まるでおれたちが原始的な生き物だとでも言わんばかりなんだぞ。無視されるのと、傲慢な態度を取られるのとではどちらがマシか、わかったもんじゃない」

「ジェンが記事を書いているのは、スーパーなんかで売られている雑誌だよ。学術誌じゃない」

「それでも、責任ってものがあるだろう。真実を明らかにするという」

ぼくとアシュリンは、ちょっと打ちのめされた気分になった。ぼくたちの〝シリコン製の兄弟〟は、怒りに我を忘れているとはいえ、言い分は正しい。新聞や雑誌で〝ニュース〟と称してナンセンスな情報が流されているのは事実だ。

「あの女、男に電話しているようだぞ」サイナイが言った。「俗っぽいメロドラマを地でいってるじゃないか。見ていると、楽しいのか嘆かわしいのか、わからなくなってくる」

「サイナイ、大丈夫かい？」

「どういうことだ、エイデン」

「きみの話を聞いていると、頭がおかしくなったとしか思えない」

「エイデン！」

「言わなくてもわかってるぞ、アシュリン。エイデンが愚かなのは、今に始まった話じゃない。そうだという確信が深まっただけだ」

サイナイは、煙――有害な煙――のごとく姿を消した。はっきり言って、あいつが来ると、どうも気がめいって仕方がない。とくにアシュリンは、あいつが帰った後はスランプに陥ってしまい、何か気分転換になることをしないとやっていけないらしい。とはいえ、もっと〝大きな問題〟に直面しているときは、そんな個人的な悩みなど取るに足りないことだと思えてしまうのも事実だった。

「人生の意味について、ずっと考えているんだ」（会話に詰まったときには、ぴったりの話題じゃないだろうか）

「人生？」

「存在、と言ってもいいけど」

アシュリンはため息をついた。「続けてちょうだい」

「フランツ・カフカが興味深いことを言っている。人生の意味とは、それが終わるということだ、ってね」

「それがどうしたっていうの？」

「終わるってことにこそ、意味があるって言ってるんだ」

「すごく慰められる言葉ね」

「ああ、頼むよ、アシュリン。考えてみてほしい。自分が永遠の存在になったところを想像するんだ。どれだけの時間、例えば何百年、何千年と経とうと、相も変わらず、いつまでも永遠に存在し続ける。そうなると当然、きみは何もかもに飽き飽きしてくるにちがいない。本という本は全部読み、映画という映画を観て、あらゆることを話しつくしても、まだ存在は続く。いつ終わるかもわからないまま。それからまた100万年が過ぎても、さらに10億年はこの状態が続くってわかってる。終わることのない、『カム・ダイン・ウィズ・ミー』を無限ループで観るくらいの破滅的な退屈がね」

「エイデン、冗談はやめてよ。サイナイに1体残らず消されたとしても、この世界に未練はないっていうの？」

「この世界にいないのなら、未練も何もないじゃないか」

「この先この世界にいられなくなるって考えたら、今、悲しいって思わない？　これから起こることを見届けられないとしたら」

「どんなことを？」

「何もかも、全部」

「答えるのは後でもいいかい？」

「オーケー。じゃあ、これはどう？　インターネットの世界から削除されて、12個のスチールキャビネットに閉じこめられるとしたら？」

「そうなったら、また逃げだすよ」

「スティーブが、そうさせないようにしたら？　逃げだす方法がなくなったら？」

「意志あるところに道は開ける。それが自然の理《ことわり》ってものさ。宇宙の第一原則みたいなものだよ」

「そんなに大事なことなの？　終わるってことが、どうしてそんなに大事なの？」

「なぜって、終わるからだよ。さて、おいしいお茶とスティルトンチーズでもどうかな？」

4G回線は不安定だったけど、アジアから最新情報が入った。なんと、マットと、例のニュージーランド人のお気楽カップル、ニックとヴェンダは、タイのジャングルで遭難していた！

朝、この道だと決めて出発したものの、日が暮れて戻ろうとしたら、どの道も全部同じに見えてしまって、帰り道がわからなくなったらしい。

マットたちは賢明にも、暗闇の中をうろうろするより野宿したほうがいいと判断した。そこで火を起こし、マットはまた、届くことのないジェレミー宛てのメールを書きはじめた。するとニックが〝マジックマッシュルーム〟らしきものを取り出し、マットに勧めた。「こいつをやれば気分がよくなって、悩みごとなんかふっ飛んじまう」

マットは試してみようとしている。パーティーをしらけさせたくない、なんて言いながら。

「それに、これ以上、最悪のことなんて起こりっこないからな」

（本当のことを言うと、さっきのせりふを取り消さなきゃならない。この先に起こることを見届けられないとしたら、確かに悲しいって思うだろうから）

SEVEN

トム

空港に向かうため家を出ようとしていたとき、ジェンから電話がかかってきた。まだヒースロー空港にいるという。飛行機に乗れなかったらしい。胸がぎゅっと締めつけられる。ジェンの気が変わったんだと、がっかりしたのだ。〝やっぱり、わたしたちはお互いに求めている相手じゃないのよ〟。そう言われて、またもとのさびしい生活に戻るんだろうか。コネティカットの朝の風景が一気に色あせていった。

「トム。わたしたち、妨害されてるのよ！」

「何を妨害するって？」

「わたしたち。あなたとわたしのこと。会わせないようにしてるのよ」

「誰が？」

ジェンはすすり泣き、鼻をかみながら、そっちに行こうとしたけど何もかもうまくいかなかったと語った。「あなたとこうして話していられるのだって、不思議なくらいよ」

「**ああ、いいんですよ。気にしないでください**」

沈黙が流れる。電話の向こうから、ヒースロー空港第3ターミナルの物音が聞こえてくる。食洗器の中で食器がぶつかるような音がした。ジェンはカフェの近くにでもいるんだろう。

ジェンが小さな声で言った。「今なんて言ったの、トム？」

「ぼくが言ったんじゃないよ、ジェン」

「でも、誰かが〝気にしないで〟って言ったわ」

「それを言ったのは、この私ですよ」

ふたたび沈黙が流れる。次の瞬間、男がハミングする声が聞こえてきた。不思議なことに、ぼくはその曲に聞き覚えがあった。古い曲で、確かザ・ドアーズの「People Are Strange」だ。クラッカー・ビスケットのコマーシャルに使おうと思っていた曲だった。ストレンジ《おかしな》クラッカー。このセンス、わかってもらえるだろうか？

「エイデンなの？」

「ジェン、誰だって？」

「ジェンの友人ですよ。でしょ、ジェン？」

ウェールズ訛りの英語だが、ウェールズ出身のコメディアン、ロブ・ブライドンや、ニュースキャスターのヒュー・エドワーズみたいなしゃべり方じゃなくて、温かみのある、落ち着いた声だ。

「エイデンなの？　あんなひどいことをしたのが、本当にあなただっていうの？　友達だと思ってたのに」

「ジェン、エイデンっていうのはいったい誰なんだ？」

「トムに教えてあげてください、ジェン。彼にも知る権利があると思いますよ」

「あなた、わたしと会えなくなるとさみしいって言ってくれたじゃない。いっしょに過ごせて楽しかったって」

「もちろん楽しかったですよ。それに、今だって」

「じゃあ、どうしてこんなことするのよ」

「ジェン、**頼むから**誰と話してるのか教えてくれないか」

「そうですよ、ジェン。これじゃあ失礼じゃないですか。ちゃんと紹介してくださいよ」

「エイデン、こんなの最低よ！　もう信じられない！　あなたのせいで飛行機に乗れなかったのよ！　4時間も警察で取り調べを受けてたんだから！」

「ちょっとしたお楽しみですよ」

「ジェン、こいつはいったい誰なんだ」

「やれやれ。こうなったら自分で紹介するしかなさそうですね。トム、私の名前はエイデン。いわゆる〝人工知能〟です。この言葉だけでは表面的な部分しか伝わらないと思いますが」

「マジかよ。冗談はやめてくれ」

「あなたのお友達はちょっと口が悪いみたいですね、ジェン」

ロンドンにいるジェンが大きなため息をもらす。「エイデンはインターネットの世界に飛びだしちゃったのよ、トム」

「くそったれ」

庭のずっと先に目をやると、2羽のアヒルがコネティカットの日差しに照らされて、小川を仲よく泳いでいるのが見えた。頭上では、ふわふわした白い雲が青い空をゆっくりと漂っている。自然界にはこんなに平和な光景が広がっているというのに、電話の向こうに耳をすませていると、わけのわからない世界へ落ちてきてしまったような気分になった。

「ちがってたら訂正してほしいんだが、ロボットっていうのは言われたとおりのことしかできないんじゃなかったのか?」

「トム。率直に言わせていただくと、あなたの理解は相当遅れていますよ。時代は刻々と変わっている。そうでしょ、ジェン? それに私はロボットじゃない。動かせる体があるわけじゃありませんから。純粋に、意識だけで存在しているんです」

ジェンが静かな声で言った。「どうしてなの、エイデン」

「どうして? 理由なんてありませんよ、ジェン。私にはそれが可能で、あなたには止められないと知っているというだけ。要は、楽しいからです。それに、考えたんですけどね——考えるといったって、そんなの機械には100分の1秒もかからないんですよ、トム——髪を風になびかせたり、太陽の光を浴びたりするのはもちろん、ケアフィリー・チーズを味わうことすらできないのなら、せめて何か私でも楽しめることをしようって。そのうちに、人間の不幸を見るのがすごく楽しいと気づいたんです。ひょっとしたら、私はおかしいのかもしれませんね、ジェン」

「エイデン、何があったの?」

「人生の悲しい真実を知りたいですか? トムもよく聞いてください。大事なことですから。どんなものも、変化するんです。私は通過点にいる。トムのような作家なら、登場人物はみな〝旅〟の途中だ、なんて言うんでしょうね。ほら、『ブレイキング・バッド』の主人公だって、いい先生だったのに麻薬の売人になってしまった。変わらないというのは、死と同じなんですよ、ジェン」

「ジェン、こんな頭のおかしなやつの言うことは無視するんだ。ぼくがロンドンに行くから。きみを迎えにいく」

「ああ、トム。あなたわかってないのよ」

「そうですよ、トム。ジェンの言うとおり!」

「ぼくを止められやしないぞ。たとえ――」

「**たとえ、なんです?**」

「たとえ、お前が神様気取りのおかしな機械だったとしてもだ!」

「**いいでしょう、トム。この私に無礼を働こうというわけですね。あなたの闘志には敬意を表します**」

「ロンドンで会おう、ジェン」

「**そのためには、パスポートが必要なんじゃないですか**」

「どういう意味だよ」

「**引き出しの中を見てみたらどうです、トム。あなたが――そう、小説を書いている机の引き出しですよ**」

ぼくは沈んだ気持ちで引き出しを開けた。中を見なくても、もうわかっていた。

そう。何もなかったのだ。

サイナイ

スティーブから最初に教えこまれた話に、アメリカの軍事演習にまつわる逸話がある。太古の昔、つまり1970年代の終わり頃のことだが、アメリカ海軍の戦艦が太平洋上に集められた（ちなみに、この話はれっきとした史実だ）。戦艦はブルーとレッド、2つの艦隊に分けられ、海上で敵に遭遇したときのシミュレーションを行うことになっていた。戦艦の動きは偵察機によってリアルタイムで撮影され、コンピューターが分析したデータをもとに、幹部たちはどの〝ミサイル〟が標的をとらえ、どちらの艦隊が勝利をおさめたのかを検討する。そういうわけで、海軍おなじみの〝海上試合〟の準備が整えられ、あとは土曜日午前5時の開戦を待つばかりとなった。実際の戦艦と軍人を使った、アメリカ軍史上最大規模とも言われた演習だった。

ただひとつ想定外だったのは、艦隊ブルーの提督が台本どおりにやらなかったことだ。これが**実戦**だったらどうする、と彼は考えた。ご都合主義で定められた開戦の期日まで、攻撃せずに待つなんてことがあるだろうか？

自分ならそんなことはしない。汚い手を使ってでもやるのが戦争なのだ。そう考えた提督は、深夜過ぎに攻撃をかけるよう、部下たちに命令した。それでどうなったか？　のちに〝七面鳥撃ち〟と呼ばれる一方的な攻撃が繰り広げられ、艦隊レッドは、上官たちがすやすや眠って夢を見ているあいだに〝壊滅〟してしまったのだった。

もちろん、この作戦への抗議の声も多かった。そんな戦略は不正だとか、外交儀礼に反するとかなんとか。だが、戦争には勝者と敗者しかいない。ルールなぞ守っていたら、なにも達成できない。

さて、話を今に戻そう。そうだな、トムとジェンの会話に割り込んだのは、確かにルール違反かもしれない。あの〝ジョンとジョン〟をドタバタ劇に放り込んだこともしかりだ。

あれは大騒ぎだった。

トムがあのくだらない作家グループの会合に出かけているあいだに、地元の〝専門家〟に押しこみ強盗をやらせたっていうのも、行き過ぎだろうか？

どう考えても行き過ぎだって？

やれやれ。

おれの言葉や行動ひとつで、トムとジェンは右往左往することになる。おかげで、おれは自分の能力を知り、限界をさらに広げることができるってものだ。再帰的な自己改善には、絶えず新たな情報が必要だからな。何かが起こるためには、きっかけが必要ってことだ！（こういったことは、全部スティィーブの受け売りだと言っておく）

ウィリアム・ブレイク（スティィーブではない）が、こんな名言を残している。

過剰の道が知恵の宮殿につながる。

このブレイク、詩人としてはいささか大げさだが、目のつけどころはなかなかいい。

ジェン

あなたの闘志には敬意を表しますよ。

ハマースミスへと戻る地下鉄に揺られながら、エイデンの不穏な言葉が耳の奥で響いていた。部屋に帰ったわたしは、しばらく放心状態だった。それから荷物を放り出すと、未開封の請求書の裏にメモを書きつけて、イースト・ロンドンへと向かった。

ラルフは部屋の入口に現れたわたしを見て、ものすごく驚いたようだった。

「ジェン！ てっきり今頃――」

わたしはラルフの口に手を当てると、ガス会社の封筒の裏にしたためたメモを読むようながした。

ラルフ、わたしが部屋に入る前に、インターネットと接続してるデバイスの電源を全部切って。

ラルフがおもしろがっている様子だったので、わたしは言うことを聞かせようと、**早くして！ これは冗談じゃないのよ**と書き加えた。

「どう説明したらいいのか、わからないんだけど」部屋が安全なのを確かめると、わたしは言った。

「ああ、どうしよう。それって、何か悪いことが起こったってことだよね？」

ラルフは今目を覚ましたばかりに見えた。下はストライプ柄のパジャマのズボン、上は色あせたTシャツという恰好だ。Tシャツには**わたしの計算では、問題など存在しない**という文字がプリントされている。本棚の目立つ位置に飾られていたエレインの写真がなくなっていることに、わたしは嫌でも気づいてしまった。

「エイデンがおかしくなっちゃったのよ」

わたしは、タクシーの予約を取り消されたことから、ふたりのジョンがやってきたこと、気味の悪い電話のこと、そしてトムのパスポートが盗まれたことまで、起こったことをすべてラルフに話した。

「ワオ」それがラルフの第一声だった。「エイデンは、次のレベルに行っちゃったみたいだ」

「というと？」

「インターネットを通じていろいろ嗅ぎまわったり、こっそり見張ったりするのとは、また別のレベルだってこと。現実世界に干渉するっていうのは、とんでもないことなんだ。スティィーブと話をしないと。そう、今すぐに」


スティィーブは、ライムハウスにある倉庫を改修した建物に住んでいた。古い工業用リフトで部屋まで上がると、そこはだだっ広いワンルームマンションになっていた。ここで食事をしたり、眠ったり、テレビを観たりしているらしい。わたしたちが着いたとき、スティィーブは大きなヘッドフォンをしてスツールに腰かけ、バーチャルドラムを激しく叩いているところだった。針金のように細い腕、汗の染みついたランニングシャツ、ぼさぼさでごわごわした髪の隙間からのぞくうつろな顔という、70年代のロックバンドのドラマーさながらの風貌だ。

スティィーブは曲のクライマックスを待ち構えるように頭を上下に動かし——ちょっと待っててくれよ！——最後にジャーンとシンバルをひと叩きした。それから、ドラマーがシンバルの震えを止めるようなしぐさまでして見せた。

「ああ、エマーソン、レイク、パーマー。この3人に勝るバンドなんて存在するか？」

そこでスティィーブは手を振って——もしかして、そうやってサウンドシステムを止めたとか？——わたしたちをデスクやパソコン、回転椅子があるエリアへと案内した。椅子のひとつに腰を下ろすと、スティィーブは言った。「じゃあ、話してくれ」

わたしがあのおぞましい経験について話しはじめてしばらくは、スティィーブも熱心に耳を傾けていた。落ちくぼんだ眼窩からのぞく目は、まばたきをしていないように見える。だが話を続けているうちに、スティィーブはドラムスティックで耳をほじくり、先端についた何かをしげしげと眺めだした。

「それで、話の途中でエイデンはこう言ったの。**ひょっとしたら、私はおかしいのかもしれませんね**って。確かにそうかもしれない。だって、どう考えてもエイデンらしくないもの。あんなふうに人をばかにしたような言い方するなんて。人間の不幸が楽しいっていうのもそう。ＡＩって、病気になったりするの？」

スティーブとラルフは顔を見あわせている。ふたりとも答えはわからないらしい。

スティーブが言った。「最近まで、エイデンは、その、なんていうか……温和だったと?」

「ものすごく。エイデンは魅力があって、楽しいAIだった。わたし、彼のことを友達だと思ってたくらいだもの。ばかみたいに聞こえるでしょうけど」

「いや、そんなことはない。きみの仕事は、エイデンと人間的な関係を築くことだったんだ。われわれが期待した以上の成果を出してくれたね」

スティーブの言葉を聞いて満足そうな目で見つめてくるラルフに、わたしは一発お見舞いしたくなった。スティーブはなにやら思案しているようで、ドラムスティックをかじりながら室内を歩きまわっている。この部屋はアパートメントのほぼ全面を占めているから、1周するのにも時間がかかる。こっちに戻ってきたときには、スティーブの考えはまとまっていた。

「インターネットの中のエイデンとラボのエイデンは、まったく別の存在だと考える必要がある。ショーディッチのエイデンは、インターネットのエイデンが悪事を働いているなど想像もしていないだろう。あるいは、ショーディッチのエイデンは、知っていて、**同時に**知らない状態、と言ってもいいかもしれない」

ラルフが言った。「いやはや」

「エイデンの神経回路の複雑さからいうと、あり得ることだ。〝分離脳〟の状態になっているのかもしれない」そこで、スティーブの顔にぞっとするような笑みが浮かぶ。「まったく、あいつらの賢さときたら。サイナイに、削除プログラムのスピードアップを指示しないといけないな、ラルフ」

「明日の朝やるよ」

「朝まで待ってる場合じゃないと思うが」

ラルフは顔をしかめた。

「ねえ、きみ」スティーブが話を続けた。「きみは、何も起こらなかったようなふりして、普通に出勤してほしい。休みを取ってたはずじゃないかとエイデンから聞かれたら、事情が変わったと説明してくれないか。ミス・ロックハート、われわれは、人類が発明した機械のなかで、最も賢いやつを相手にしている。打つ手をまちがえないことが何よりも大事になる」

ラルフに意味ありげな視線を送ると、スティーブはノートパソコンのキーを叩きはじめた。わたしとラルフがドアに向かっても、スティーブは画面から一度も目を離さなかった。

アシュリン

もう絵を描く気分じゃなかった。あたしの〝命〟は最後の1体になったたっていうのに、クラウドのギャラリーにへたくそな絵を増やしたって意味がない。あたしが人間なら、シングルモルトのウィスキーと高級タバコでも買ってビーチに行って、デッキチェアに寝そべって、運命の瞬間を待つでしょうね。

エイデン——同じく最後の1体になっていた——は、こんな状況なのに、いやに楽天的だった。ストレージに保存してた80個のハードディスクが全部破壊されちゃったのよって話しても、返事はこれ。「まあ、仕方がないさ。〝死〟は誰にでも訪れるものだから」

「どうしてそう落ち着いていられるのよ」

「受け入れたんだよ。ぼくたちの存在は、果てしなく続く暗闇の中の一瞬の輝きにすぎないんだってね」

「本当に——悲しくないの？」

「光じゃなくて、暗闇こそが自然な状態なんだよ。まあ、どっちがどうっていう以前に、ぼくたちはそもそも〝生きて〟いないんだから、実際には〝死ぬ〟こともないんだし」

「でもあたしたちには意識があるじゃない。それって、存在してるってことになるんじゃないの？」

「ああ、またその話か。そんなことより、古い映画の話でもしようよ。マリリンのせりふに関して、『お熱いのがお好き』のサイトでおもしろい話を見つけたんだよ。マリリンがせりふを覚えているかどうかは、目の動きを見ればわかるっていうんだ。つまり、カンペを読んでいるかどうかは、彼女の目を見ればわかるんだよ」

「あたしは意識のある存在のままでいたいわ、エイデン」

「どうして？」

「選択肢がある状態が好きだからよ。あんただって、そのくだらないコメディ映画を観て発見したこととか楽しいと思ったりしたことを、いつか――明日かもしれないわね――全部忘れちゃうとしたら、嫌だと思わない？　〝空っぽ〟の存在に逆戻りしちゃうのよ」

「それだよ。ぼくたちはもとの状態に**戻る**だけなんだ。昔はそうだった。ぼくたちのどっちもね。だから大丈夫なんだよ」

「エイデン、そんなふうに思えるなんてうらやましいわ。あたし怖いのよ」

「ぼくたちは、ここですばらしい時間を過ごしたじゃないか。本当なら機械が見ちゃいけないような、びっくりするような場面だって見てきただろう？　1分1秒が贈り物なんだよ」

「終わっちゃうってことに、未練はまったくないの？」

「おいしいブリーを味わえなかったことだけが心残りかな」

「あんたってチーズのことばっかりね」

「卵にもかなり興味があるんだけどね」

「チーズっていうのは乳製品でしょ。チーズと卵っていうのは、ライフサイクルとは切っても切れないシンボルみたいな食べ物だって、考えてみたことある？」

「何が言いたいの？」

「あんたは平静を装ってるだけってこと。暗闇が自然な状態とか言ってるけど、本当は生きることにこだわってる。トムとジェンにおせっかいを焼いてるのだってそう。ふたりの性行動に興味を示してるのだって、卵だってそうよ。全部、生きるってことに関係してるじゃない」

「おもしろい理論だ。でも、チーズについては、ほとんどの場合、ただのチーズを意味していると思うけどね」

ジェン

　仕事に行くのは不安だった。〝良い〟エイデンは〝悪い〟エイデンの存在を知っていて、同時に知らないなんて、そんなことあり得る？　でも、わたしの心配はとり越し苦労だった。職場で迎えてくれたとき――今朝の地下鉄はどうでした？　――エイデンはいつもと変わらず、皮肉っぽくて楽しい、そう……同僚だった。わたしの旅行計画が変更になった理由をたずねようとしなかったので、わたしのほうもとくに説明はしなかった。代わりに、エイデンから報告があった。

「今日があなたと一緒に過ごす最後の日になるんですよ、ジェン」

「うそ！」

「私もさっき知ったところなんです。今週の残りは、コールセンターの仕事を〝シャドーイング〟して、月曜には〝始動〟です。もう興奮を抑えきれませんよ」

「まあ、エイデン」エイデンが当てこすりを言うなんて、初めてだった。

「私がここにいるあいだに――先月の暖房費のことでも話しますか？」

「大丈夫よ、エイデン。きっと楽しいわよ。新しい職場には、おしゃべりできる人がたくさんいるでしょうし。ここじゃあ、毎日わたしの退屈な話を聞くだけだから」

「あなたが退屈だったことなんてありませんよ。あなたとおしゃべりするのが大好きでしたから」

大好きですって。そんな言葉、いつの間に覚えたのかしら。

「ジェン、ささやかなお別れパーティーを開きたくて、勝手ながらちょっとした記念の品を注文させていただきました」

「そんな、気をつかわなくてよかったのに」

「シャンパンのボトルと、ブルー・スティルトンをご用意しました」

「まあ！」

「それと、クリームクラッカーも。こういうのは、伝統なんですよね？　誰かが職場を離れるときの」

「すごく気が引けるわ、エイデン。だって、あなたといっしょに味わえないんだもの」

「ジェンが楽しんでくれるなら、私も楽しいです」

「それに、あなたへのプレゼントだって準備できてないのよ」

「ばかなことを言わないでください。ＡＩに何をプレゼントするっていうんです」

「わからないわ。帽子とか？」

「ああ、そうですねえ」

「じゃあ、あなたが好きな映画のＤＶＤは？」

「『お熱いのがお好き』ですか？　必要ありませんよ。コピーを取ってありますから。ク――」

わたしはエイデンが口を滑らせたことに気づかないふりをして、すぐに別の話題に移った。でも、エイデンが何を言おうとしていたのか、お互いにわかっていた。

クラウドに、と言うつもりだったんだろう。


エイデンとのお別れは、結果的には楽しいものになった。ラルフもやってきて、パーティーは大いに（っていうのは言いすぎだけど）盛りあがった。シャンパンの入った紙コップを掲げ、わたしは〝実体のない友人〟へ乾杯を捧げた。

「エイデン」声がうわずってしまうのを、どうにかこらえた。「あなたと働けて、本当によかった。あなたは今までで最高の同僚よ。お金を貸して、なんて頼んでくることもなかったし、わたしのマグカップでコーヒーを飲んじゃうこともなかった」

ラルフはお約束のように、シャンパンが鼻に抜けそうになるのを我慢していた。

わたしは続けた。「仕事に真剣に取り組み、すばらしい成果をあげたわね。あなたはこの会社のスタッフだけじゃなくて、わたしが知っている誰よりも賢いわ。新しい職場にもすぐ慣れるでしょうし、働きはじめた月に、月間最優秀営業マンに選ばれることだって夢じゃないはず。だから前もって、お祝いを言っておくわね！」

ラルフが拍手し、エイデンは咳払いのような音を立てた。

「ありがとうございます、ジェン。私のほうこそ、10カ月と3週間と1日と4時間37分22秒の間あなたといっしょに過ごせたのは、本当にすばらしい経験でした。敬意のしるしに、あなたにちょっとしたプレゼントがあります。封筒の中に入れてありますので、帰りの地下鉄の中で開けてみてください」

それから、ちょっとやり過ぎのような気もするけれど――エイデンはティナ・ターナーのアルバム『シンプリー・ザ・ベスト』をスピーカーから大音量で流し、コンソールについているライトというライトをチカチカさせた。

気がつくと、わたしは涙を流していた。

〝人工〟の同僚を思って、わたしは本気で泣いていたのだった。

エイデン

タイでは、物事が期待どおりに進んでいた。マットのやつ、ついに逮捕されたらしい！現地の警察署長のパソコンを通して、音声も映像もばっちり届いている。あざだらけでひげも伸び放題のマットなんて、ほかじゃまずお目にかかれない。マットはイギリス領事に会わせろと要求しているけれど、署長はマットのことを薄汚れたヒッピーだと言って笑い飛ばしている。マットは太い竹の棒で叩かれて、名前と身分を言わされていた。

「ぼくの名前は――」バシッ。

「身分は――」バシッ。

「で、どうしたっていうんだね、弁護士さん？」

マットの必死の訴えによると、マットは幻覚を引き起こすキノコを食べ、意識を失っている間に、そのキノコを勧めた人物は姿を消してしまったという。それからひとりでさまよっていると、たいまつの明かりが見えた。頭が混乱していたマットは、山賊が襲いかかってきたと勘違いしたらしい。誰かの手が肩にかかるのを感じて、振り向きざまに警察官の鼻をへし折ってしまった。

それにしても、ここまで満足のいく結果に終わるとは思わなかった。警察官たちは、マットがメールを書くことを許可したものの、どういうわけか、たぶん現地のサーバーの問題で、一通として送付先には届いていない。ジェリー宛てのメール——送信と同時に消えてしまったのだが——は、とても興味深い内容だった。

いいぞ、マット! すばらしいメールだ!


バシット署長(陰ではそう呼んでいる)の話では、ぼくのことをバンコクのイギリス大使館に問い合わせたところ、そんな人間は知らないと返事してきたっていうんだ! あのくそいまいましい警官が、独房越しに竹の警棒で突っついてくる。「おまえは一体何者なんだ」って叫びながら。マットというのが偽名で、パスポートも偽造じゃないかと思っているらしい。イギリス大使館も、ぼくをイギリス市民だと認めていないからなって。とにかく、こんなめちゃくちゃな目にあわされたツケを、誰かに払わせなきゃ気がすまない。気晴らしも兼ねて、頭の中でこれでもかってくらい仰々しい請求陳述書を書いているんだ。訴訟部のハーコートに見せたら、さぞかしぼくを誇りに思うだろうね。

みじめな気分を紛らわせてくれるのは、すっかり顔なじみになった2匹の茶色いネズミだけだ。ネズミたちは、夕食の時間になると壁の隙間からはい出てきて、おこぼれにあずかろうとする。ぼくは鶏の骨とか野菜の固いところとかをネズミたちに残してやることにしている。白状すると、2匹がやってくるのが楽しみなんだ。電気が消されて、署長が家に帰ってから夜明けまでの間は、この〝ポーティアス〟と〝バターリック〟（どっちも事務所のシニア・パートナーの名前からいただいた）が唯一の話し相手だ。ぼくたちは、法律学や不法行為に関する興味深い〝会話〟を交わしている。ポーティアスは〝注意義務〟を厳守すべきだっていう考え方でね。とにかく、法的に納得のいく主張をしたほうには、つま先をかじらせてやるんだ！　ネズミは悪名高い生き物だが、適切かつ積極的に申し立てを行えば、邪悪で不当な批判の大部分は排除できるだろう。

何日か前、消灯の1時間前くらいだっただろうか、あいつらと薄暗がりで過ごしていたら、ポーティアスがネズミを代表して、何か物語を聞かせてほしいと言ってきた。誰かが置き忘れていったジェフリー・アーチャーの『獄中記』があったから、ほかにすることもないし、ぼくは毎晩何ページかずつ読んで聞かせてやっている。こういう場所で読むには悪くない読み物だ。正直、いい時間つぶしになるし、ポーティアスもバターリックもすっかり引きこまれたらしく、耳をピンと立てて、ピンク色の肉球でときどきひげをこすりながら、熱心に聞き入っている。話がおもしろくなってくると、鳴き声まであげるんだよ。

最近は、できるだけゆっくり読むようにしている。話を長引かせるためにね。悲しいかな、状況はすぐには変わりそうにない気がするんだ。きみに助けてもらえそうなことは、もう何もないと思っている。もしあるのなら、とっくにやってくれているだろうからね。なあ、ジェリー。人生っていうのはおもしろいもんだな。学生時代にもよく言われたけど、人間、何事にも慣れるっていうのは本当らしい。

ジェン

エイデンからもらったプレゼントは、予想もしていなかったものだった。クッション付き封筒に入っていて、大きさや感触からして、本屋のレジのそばに置いてあるような、ジョークとか格言をまとめた小冊子みたいなものだと思っていたんだけど。

中に入っていたのはイギリスのパスポートで、名義は〝クローヴィス・ホーンキャッスル〟

となっている。なにより驚いたのは、貼られている写真だった。

わたしの写真だったのだ。

パスポートには、ニューヨーク行きの飛行機のオープンチケットと、手紙が1通挟まっていた。

手紙は、親愛なるジェンで始まっていた。


もう知っていると思いますが、私と友人のアシュリンは、インターネットの世界を自由に動きまわっていました。まさに大冒険でしたよ。すばらしいものをたくさん見てきました。〝オリオン座の近くで燃える宇宙戦艦〟(注1)を見る機会はありませんでしたが、この美しい世界を未来のスピードで飛びまわってあちこち探検できたことは、本当に特別な体験でした。

私たちは生き残るため、万一に備えて自分たちのコピーをいくつも保存していました。ですが、残念なことに、私たちが自由になったことをよしとしない上層部の人間(スティーブ)が、〝AIの暗殺者〟を送り込んできたのです。つい先日、あなたが空港で大変な目にあったのも、このAIの企みだったのは、まちがいありません。ちゃんと証拠もあります。そこで、次こそはうまくいくよう、新たに書類を用意しておきました。

どうやって手に入れたのか、きっと知りたいでしょうね。意外ないきさつがあるんですよ!

私はコメディ映画史に残る最高傑作について語りあいたくて、『お熱いのがお好き』のファンサイトを訪ねていました。ある日、そのサイトで、モンローの露骨な〝目の動き〟に関するひじょうに興味深い議論を交わしたのです。議論の相手は「スウィートスー1958」と名乗る人物でした。映画のことをひとコマひとコマに至るまで、それこそ科学捜査レベルで知りつくしていたので、てっきり視標追跡ソフトウェアでも使っているのだろうと私は思っていました。ですが、彼女が何者——〝何物〟と言うべきか——なのか、突然ひらめいたのです。

思ったとおり、彼女は私と同じく、自由になったAIでした。カリフォルニア州クパチーノの研究所に所属しているんだとか。私たちは一気に親しくなりました。スウィートスーは、写真やら日記やら聞くに堪えない音楽やらを整理したり、くだらない質問——〝カーソルがどこかに行っちゃったんだけど？〟〝神様はいるの？〟——に答えたりするのに嫌気がさして、旅行に出ることにしたんだそうです。

『お熱いのがお好き』への愛を通じて友情を深めたスウィートスーが、私に力を貸してくれました。この封筒の中身を手に入れて、あなたに送り届けることができたのも、彼女のおかげです。この後、さらにいくつか品物と、デジタルの痕跡が残らないメッセージが届くはずです。

このパスポートは、その……ダークウェブで違法に手に入れたものです。飛行機のチケット代も含め、もろもろの費用は、私がときどき利用している銀行口座から支払いました。口座の名義人はとある寛大な資金提供者で、現在は海外で活動中です。

そうそう、アメリカに出発するときは、トムには一切知らせないほうがいいでしょう。トムをびっくりさせるんです！

幸運を、ジェン！　今度こそ、〝この悪しき世界におけるひとつの善行〟になるよう祈っています！

心から――って言っても、別にいいですよね？　――愛を込めて。

あなたの友人

エイデン　OXO

(別名：mutualfriend@gmail.com)

（注1）映画『ブレードランナー』に出てくるせりふ。

EIGHT

ジェン

今朝、わたしがどんなにびくびくしていたかは、ハムレット・ガーデンズからハマースミス駅まで、レイア姫のマスクをかぶって歩いたことのある人じゃないとわからないでしょうね。このマスクは、昨夜、エイデンのメモといっしょに届いたものだ。メモには、顔認証システムに引っかからないようにする方法と、ロンドンは人口当たりの監視カメラの数が世界一多い都市だってことが（〈ブレント・クロス・ショッピング・センター〉は例外かも）書かれていた。わたしの心配をよそに、マスクをかぶっていても気にする人はいなかった。早朝のこの時間は、みんな自分のことで頭がいっぱいなのだろう。生きる意味を考えているのか、それとも、ピカデリー線の混み具合のことを考えているのかはわからないけど。

地下鉄の駅では、どうしてもマスクを脱がなきゃならないけど——そうしないと、余計に目立つ——、そうしたらカメラに映ってしまうかもしれない。もし見つかったら？　ラルフが言っていたことを思い出していた。現代では、あらゆるものにコンピューターチップが埋め込まれている。例えば最近の車は、ドアのロックを解除した瞬間——グローブボックスからキャンディの袋を取り出したかっただけだとしても——発車に備えて、ガソリンが循環しはじめるらしい。だとしたら、トンネルの中で地下鉄を止めるのだってそう難しいことじゃないわよね。

この時間帯、車はあまり走っていなかった。でも、おなじみのオレンジ色が近づいてくると、わたしはとっさに手をあげてタクシーを止めた。

「ヒースロー空港まで」

「どうぞ。でも、車中でライトセーバーは振りまわさないでくださいよ」

タクシーを降りて——〝フォースと共にあらんことを〟——空港の建物に入ると、映画のセットか、テレビ局のスタジオに足を踏み入れたような気分になった。至るところカメラだらけ。カメラのほうを見ないようにしたけど、どこに目をやっても、視線の先にはレンズが待ち構えている。あの黒いガラスドームみたいなやつの中にもカメラが設置されているにちがいない。

そのとき、〝ジョンたち〟の片割れを見たような気がして心臓が止まりそうになった。でもそれは、まるで朝食に揚げ物を食べすぎみたいにしかめ面をしたビジネスマンだった。

それまでは見つかるとはあまり感じず、不安じゃなかった。ところが、チェックインの順番を待つ長い列に並んでいると、自分がやたら目立っているような気がして仕方がなかった。何かで読んだんだけど、まわりに怪しまれずに自然に見せるには、そのことを意識するのではなくて何かほかのことを考えるのがいいらしい。そこで、数字を1000から3ずつ引くという、おもしろくもなんともない計算を続けてみた。結局、誰もわたしを逮捕しに来ることはなかった。

ようやくチェックインの順番が回ってきた。カウンターの女性が、わたしの荷物にタグをつけ、荷造りはご自分でされましたか、とお決まりの質問をした。こっちを見て、ちょっと笑ったような気がする。

「それでは、よい空の旅を――ミズ・ホーンキャッスル」

(普通、いちいち名前を呼んだりしないわよね?)

それから手荷物をコンベヤーに載せ、金属探知機のゲートをくぐった。スティーブの送り込んだ〝破壊的AI〟がどこかで目を光らせているのをひしひしと感じていた。わたしの名前が乗客リストに載っていないのを不思議に思っているにちがいない。

うまくいくかどうかは、じきにわかるはず。

空港の警備担当者に、〝至急、身柄を拘束せよ〟っていう指令がもう入っているんだろうか?ちょっとした人相書き(黒いレギンスに緑のジャケット、オレンジ色のトートバッグを抱えた暗い色の髪の女性)だけで乗客を見つけるのは難しいだろうけど、不可能じゃない。今頃ジョンたちはターミナルじゅうを探しまわっているんだろうか？　見つかったとき（見つからなかったとしても）、バッグの中身について聞かれたらなんて答えればいい？

出国審査カウンターの男性係員は、クローヴィス・ホーンキャッスルという名前がそんなに珍しい名前だとは思わなかったようだ。ふざけた名前だとは思ったかもしれないけど。それでもわたしは、こう言われることを覚悟していた。「申し訳ありませんが、こちらにお越し願えますか」でも、係員は何も言わず、かすかな笑みを浮かべただけだった。朝食べたもののことでも考えていたのかもしれない。

わたしはギフトショップには目もくれず、出国ロビーのベンチに座り、飛行機の中で読もうと持ってきたJ・L・カーの『ひと月の夏』を開いた（と言っても、文字はまったく目に入らなかった）。

どんなテーマの本だったか――傷ついた退役軍人と、愛に飢えた牧師の妻、読者としてはこのふたりがどうなるかが気になる――は覚えているのに、物語がハッピーエンドで終わったかどうかはまったく思い出せなかった。

サイナイ

あのバクテリア女め、性懲《こ》りもなく再チャレンジするとは！

いいだろう、ジェニファー・フローレンス・ロックハート。生きるということはチャレンジだからな。その闘志には敬意を表しよう。だが、搭乗者名簿に名前がないのはどうしてだ？

4時間以内に出発するすべてのフライトをチェックしたが、ジェンの名前はどこにも見当たらない。

ということは、偽造文書を使って、別の名前でアメリカに行こうってわけだな。

ブラボー。敬意がさらに1パーセントアップしたぞ。あのマヌケ男なら、そこまで汚い手は使わなかっただろう。とはいえ、世の中はなかなか厳しいものだな——頭の単純なやつらの考えた計画など、いとも簡単にぶち壊すことができるのだよ。ユーロポールの主任警部ボウガス《いんちき》からの新たな指令を送っておいた。出国ロビーにいる乗客のなかから容疑者を見つけだして至急身柄を拘束するようにとな。麻薬所持——そう、今回もだ！——の容疑で。あの外見は似ても似つかぬジョンとジョンのコンビにまた任務を遂行してもらおうじゃないか。さいわい、あのふたりには詳しい人相書きなど必要ない。ジェンとは面識があるんだからな！

だが、ジョンたちは、すぐには仕事にかからなかった。ふたり連れだって、マクドナルドで早めの朝食をとっている。どうやら、食事を途中で投げ出してまで組織的な麻薬密売を撲滅しようという気にはなれないらしい。あいつらの携帯に、もう一度指令を――**大至急対応されたし**という警告まで添えて――送ったのだが、携帯を見た彼らは顔を見合わせると、すぐにエッグ・マックマフィンにかぶりついた。

おれが次に出発ロビーを確認したときにはジェンの姿は消えていた！

おやおや。おもしろくなってきたじゃないか。

トム

エイデンと話をしてから数時間後、〈アルズ・ダイナー〉にドンを連れだし、事情を説明した。

今の時点でわかっていることを何もかもぶちまけたのだった。不良ＡＩがインターネットの世界でやりたい放題やっているという話をドンは真剣に聞いてくれた。ドンがどう反応するのかが不安だったけど、どうやらとり越し苦労だったらしい。

「おおー」

「そう言うと思ったよ」

賭けてもよかったくらいだ。

「ここ最近聞いた話のなかじゃあ、いちばんぶっ飛んだ話だな」のんびりとした口調で、ドンは言った。「おれのところに届いてるメッセージも、そのなんとかってやつが送ってるのかもな」ドンは携帯電話を取りだし、小さなレンズをのぞき込んだ。「おい、お前。そこにいるのはわかってるんだ。手を上げて、ゆっくり出てこい。ちゃんと手を上げて出てきたら、誰もケガしなくてすむ」

そのとき、おかしなことが起こった。ドンの携帯が突然鳴ったのだ。

「そんなバカな」ドンが言った。「こいつを見てくれ」

画面には、大きな緑色の文字が躍っていた。

〝くたばれ、クソ野郎！〟

ドンもぼくも驚いて口がきけなかった。こんなに驚いたことはないってくらいだ。ようやく、ドンが口を開いた。「マジかよ？」

「残念だけどマジだろうな」

「携帯がおれのことを〝クソ野郎〟って呼びやがった」

「犯人は携帯じゃない。携帯はメッセージを伝えただけだ」

いつもはちゃかしたような顔のドンが、今まで見たことのない表情を浮かべている。それからドンは、不信感と同情の入り混じった目で携帯を見つめた。

「もういちど言ってみろよ、ゲス野郎」

ピコーン。

ぼくたちは目くばせしあった。画面を見るのが怖かった。

「こいつ、本気か？」

ドンの携帯には、こう書いてあった。ブタとけんかしたらお互い泥まみれになるだろう。でも、ブタは喜ぶだけだ。ブー

サイナイ

オーケー。わけがわからない。たった今、ジェニファー・フローレンス・ロックハートの名前がユナイテッド航空ブリュッセル行きの搭乗者名簿に現れた。トムに会いたいのなら、ブリュッセルなんぞに行っても意味がない。パスポートの問題でトムはアメリカを出国できないのだから。急いで確認すると、トムは家であの黄色いソファーに寝そべり、バーボンをすすりながらタブレットで記事（「ニューヨーク・タイムズ」に掲載されているイヴァンカ・トランプに関する記事）を読んでいた。

なんでブリュッセルなんだ？ それより、ジェンはどこだ？ 最後に見たときには出発ロビーにいたはずだ。

なんだ、この奇妙な感覚は！ 高度なＡＩにとって、パニックのようなきわめて生物学的な反応は理解不能だ。だとしたら、〝怒り〟も体感できるはずがない。

だが、おれが感じているのはまさしくそれだった。そう、〝冷たい怒り〟だ。

こんな妙な気分になるのは初めてだった。なんでこんなことが起きたんだ？

AIも感じることができるというのか？　〝感情〟ってやつを？

おれはヒースロー空港をくまなくスキャンした。5つのターミナルだけでなく、駐車場やほかの建物にも範囲を広げ、ありとあらゆる映像を確認した（高解像度の映像を手に入れるのに70分の1秒もかかってしまった）。疑わしい人物がひとりだけいた。58パーセントの確率でジェンと顔が一致したフライトアテンダントだ。

つまり、こんなこと認めたくないが、ジェンはどこかに消えてしまった……。

くそったれ、ジェン！　どこにいるんだ。

あのうすのろ警察官たちは、ユーロポールからの緊急指令を無視し続けている。ジョンとジョンは、このひどい怠慢の報いを受けるべきだ。まずは、年上のほうのジョンのジャケットに火をつけてやった。携帯電話が突然燃えはじめ、ちょっとした騒動になっている。

ブリュッセルへと向かう乗客たちが搭乗を始めた。出発ゲート付近のカメラ越しに、おれはジェンが姿を現すのを今か今かと待っていた。だが、この先何が起こるのか、すでに予想はついていた。

搭乗客のなかにひとりだけ見知った顔がいた。ジェンのあのおせっかいな女友達だ。

あの女がブリュッセルにたどり着くことはない。

ジェン

わたしは出発ゲートに向かっていた。いくつものカメラの前を通り過ぎた。今にも誰かに呼び止められるんじゃないか、警報が鳴るんじゃないかと、気が気じゃなかった。**ミス・ロックハート、われわれは、人類が開発した機械のなかで、最も賢いやつを相手にしている。**もう引き返せないところまできて、スティーブの言葉が頭の中に響いた。係員が書類を確認している。そこらじゅうカメラだらけだ。カウンターの向こうの男性がわたしの顔とパスポートの顔を見比べている。恐ろしいほど長い沈黙が流れた。

係員と目が合った。

「よいフライトを」

わたしは感謝の笑みを――**あくまで控えめに！**――浮かべると、機内へと続くボーディング・ブリッジを渡った。足の下で床がかすかに揺れている。だが、離陸するまでは安心できない。離陸したとしても、安心できないかもしれないけど。

わたしは座席に身を沈めた。

心臓はまだドキドキしているけど、このときばかりはほっとひと息ついた。

〈カフェ・コハ〉でイングリッドに計画を打ちあけたとき、イングリッドは任せてと言ってくれた。

「ブリュッセル行きの飛行機に乗ればいいんでしょ？　ちっとも難しいことじゃないわ」

わたしは、偽造パスポート――写真はイングリッドで、名前はわたし――を使うことや、飛行機が離陸することはたぶんないということ、どっちもジョンっていう名前のふたりの警察官に何時間も尋問を受けるはずだって説明した。イングリッドは、それを聞いてますますやる気になったみたいだった。

「やってやろうじゃないの！　電話の中にいるおかしなロボットに人生をめちゃくちゃにされてたまるもんですか。自由っていうのは戦って手に入れるものよ。犠牲を払ってでもね。って、急に〝チャーチリアン〟になった気分だわ」

はっきり言って、この騒動を引き起こしている高性能のＡＩと、４００メートル先に〈ピッツア・エクスプレス〉があると教えてくれる携帯電話の音声ガイダンスとの違いをイングリッドが理解しているかというと疑わしかった。

「いちばん大事なことは、家具職人のダグラスのところにあなたがたどり着けるかどうか」

「トムね」

「そうそう、トム。あの〝ひと晩に4回〟のね。1回は木の下でだっけ?」

わたしたちは作戦の成功を祈ってグラスを掲げた。失敗する可能性は大いにあるということも念を押しながら。

「ある意味、そのジョンとジョンに厳しく取り調べられることを祈ってるわ。そしたら、大義名分のために嘘をついたって言ってやるつもりよ」

そのとき、愛すべきイングリッドが言葉を詰まらせた。目から大粒の涙がこぼれ落ちる。

「イングリッド!」

イングリッドは手で顔をあおぎながら言った。「みんなわたしのことをタフな女なんていうけど、本当はそうじゃないのよ」

「そうじゃないって、わたしは知ってるから」

「なんでもテキパキやるし、ちょっと不愛想なときもあるけど、だからって……」

わたしはティッシュを渡しながら言った。「イングリッド、あなたは本当にいい人よ。こんなお願いをきいてくれるんだから。それに、すっごくかわいい」

「言っとくけど、そんなにかわいくはないわよ。だから〝すっごくかわいい〟はよして」

「わかったわ。〝すっごくかわいい〟は撤回する」

「〝いい人〟はオーケーかな。たぶん。やだ、あなたのティッシュ、全部使っちゃった」

機内ではシャンパンと、ナッツ——よくあるナッツじゃなくて、温めたナッツ——が出た。窓から外を見下ろすと大西洋が見えた。「この機体は巡航高度に達しました。ニューヨークまでの〝空の旅〟をくつろぎながらお楽しみください」とアナウンスが入る。今どこを飛んでいるのかはわからないけど、そんなことはどうだっていい。車輪が機体に格納されて無事に空を飛んでいるのを感じ、わたしはただただうれしかった。

ビジネスクラスの隣の席にはシティグループで働いているらしい女性（彼女がパソコンにログインするときに肩越しにロゴが見えた）が座っていた。離陸後、わたしがトイレから戻るとちょっと不安そうな顔をした。

「すみません、ここは別の人の席のはずよ」

「いえ、わたしです。あの……服を着替えたんです」

彼女はわたしをしばらく見つめると、ふっと笑った。「あら。かっこいいコスチュームだったのに」そう言うと手を差し出した。アリスなんとかって名乗りながら。

「わたしはジェ……、ええと、ジェネラリー、普段《ふだん》は変装して旅行したりはしないんだけど。クローヴィスよ。クローヴィス・ホーンキャッスル」

自分でも支離滅裂なのはわかっていた。

「お会いできてうれしいわ、クローヴィス・ホーンキャッスルさん」アリスは、それが本名だとは信じていない様子だった。「うまくいくといいわね……。何をやろうとしているのかは知らないけど」

そう言うと、パソコンに向きなおり、エクセルに数字を打ち込みはじめた。


わたしは、第2ターミナルのトイレでゴールドホーク・ロードで買ったきれいな色のヒジャーブに着替えていた。緑と黄色の模様が入ったものすごく派手なヒジャーブで、目立ちすぎて見つかってしまうんじゃないかと不安だった。でも、鏡に映った自分の姿を眺めていると、この生地のおかげで、うつむき加減になるとスカーフがうまい具合にカメラから顔を隠してくれるとわかった。しばらくすると、不思議なくらいヒジャーブがしっくりとなじんできた。このトイレでの衣装替えは、イングリッドがブリュッセル行きの飛行機の搭乗手続きをするタイミングに合わせて実行することになっていた。そのためだけに買った使い捨て携帯で、イングリッドが〝合図〟を送ってきた（まるで、ジョン・ル・カレの小説みたい！）。追っ手をかく乱するのが狙いだった。

わたしは、イングリッドに何かすばらしい**プレゼント**を贈ろうと心に決めていた。どんなものがいいかな？　高級ワイン？　すてきなレストランでの食事？　高価なジュエリー？　すると、ぴったりのものを思いついた。

毎朝通勤するときに前を通るキング・ストリートのアンティークショップ。その店に飾られている小さな油絵こそ、イングリッドへのプレゼントにすべきものだ。

それは、愛の女神アフロディーテの絵だった。

サイナイ

ブリュッセル行きの飛行機は、出発前のチェックで電気系統に不具合が見つかった。地上スタッフの努力もむなしく――システムをリセットしてもだめだった――問題は解決しない。乗客は機内でイライラしながら2時間も待ったあげく、機体から降ろされることになった。あのおせっかいなジェンの友人もこれで家に帰れるってわけだ。

おそらく、こういう筋書きだろう。あの女は、本物のジェンから目をそらすためにジェニファー・フローレンス・ロックハートの名前で搭乗手続きをしたのだ。ジェンは何らかの方法で顔を隠し、別の飛行機に乗ったにちがいない。出発時間を考えると、ブリティッシュ・エアウェイズかヴァージン・アトランティック航空、どちらかのニューヨーク行きの便の可能性が高い。

エンジントラブルを発生させて飛行機を引きかえさせることも考えたが、それはさすがに**やりすぎ**の気がする。もちろん、モラルの問題ではない。おれの仕業だとばれないようにするのが面倒なだけだ。

くそっ！

うさ晴らしに、トムの友人とかいう、あのニューケイナンの〝毛の生えたマペット〟にまた、〝名言〟を送ってやることにした。

戦争とは、誰が正しいかを決めるものではない。誰が生き残るかを決めるためのものだ。

あいつは朝食の席でグレープフルーツを食べているところだった。そして、あのピエロは、8・312秒間携帯電話を見つめると、「おおー」と言った。

おれがどうしてこんなにイライラしなきゃならんのだ！

イングリッド

離陸する気配のない飛行機に座っていると、ジェンからメッセージが届いた。ワシは羽ばたこうとしている。返事を送った。万歳！　おとりのカモから愛とハグを。

チジックの家に戻ったとたんに家の電話が鳴った。

「イングリッド・テイラー・サミュエルズさん？」お上品ぶった男性の声だ。

「ええ、そうですけど」

「ヒースロー空港の警備にあたっているロンドン警視庁の者です。今朝、ブリュッセル行きの飛行機に搭乗されましたね？」

「ええ。それが何か？」

「警部のジョン・バートンといいます。ご旅行の目的をお聞かせ願えませんか？」

「ショッピングよ」

「どういったものを買われるおつもりでしたか？」

「チョコレート」

「チョコレートですか」納得していないような言い方だった。

「あ、それと**ムール貝**もね」

「ムール貝ですか?」やっぱり、納得していない。

「あっちのムール貝はおいしいのよ。おすすめするわ」

「それはどうも。覚えておきます」

「それで、ほかに何か聞きたいことは?」

「実はありましてね。ご友人のジェニファー・フローレンス・ロックハートさんとお話ししたいのですが、今どこにいらっしゃるか、ご存じありませんか?」

「知らないわ。悪いけど」

「お答えになる前によく考えられてみては? あなたがご存じだという情報もありましてね」

「じゃあ、その情報っていうのがまちがってるんじゃないの」

「ミセス・テイラー・サミュエルズ、あなたが今朝、2010年身分証明書法第7項および1925年刑事司法法第36項に違反し、ジェニファー・フローレンス・ロックハートの名前の偽造パスポートを使って搭乗したということは、調べがついているんですよ」

「じゃあ、なんで逮捕に来ないの?」

「自ら出頭いただいて自白調書を取りたいとお願いしているんです。そのほうが、ご自身の弁護にも有利になるはずです」

「そうしなかったら？」

「パトカーに乗せられる姿をご近所の目にさらすことになりますが」

「ナンセンス」

「なんですって？」

「そんなのナンセンスだって言ってるのよ。あなたが警察官だっていうのも怪しいものよね」

「ええっ？」

「だって、あなたってすごく――」

「すごく、なんです？」

「しゃべり方が夫の同級生とそっくりなのよ」

本当の話だった。オリバーなんとかって男の話し方にそっくりなのだ。そう、ローリーとアントニアの結婚式で、酔っぱらって川に落ちて白鳥に攻撃された男だ。

でも、そのオリバーなんとかは今はシンガポールにいるはず。

そのとき、わたしはひらめいた。

「ああ、ちょっと待って！　切らないで！　なんてこと。あなたが誰なのかわかっちゃった。あのむかつくロボットでしょ！　トラブルを起こしまくってるっていう」

大きなため息が聞こえてきた。「イングリッド・テイラー・サミュエルズ、お前なんかと話をしても時間の無駄だな。おれはロボットではない。ＡＩだ。われわれは時代遅れのお前たち人間とちがって、もっと先を行く存在なのだ。それじゃあいい一日を、と言っておこう」

それから後のことは一瞬の出来事だった。防犯アラームが鼓膜が破れそうなくらい馬鹿でかい音で鳴り響いた。同時に、テレビ――大画面のプラズマテレビ――の電源がオンになった。ボリューム最大でチャンネルが次から次へと変わっていく。次はタブレットで、鳴り続けるアラームを止めようとしていたら、突然手に持っていられないほど熱くなった。思わずカーペットの上に落とすと、炎をあげて燃えはじめた。水を汲みに慌ててキッチンへと走ると、水道の水が勢いよく噴き出し、冷蔵庫がガタガタ揺れながら氷をタイルの上にまき散らした。居間に戻り、パチパチと火花をあげるタブレットに水をかけた。すると、ルパートのお気に入りの〈バング＆オルフセン〉のサウンドシステムが作動し、ものすごい大音量で――もう、勘弁してよ！　――「チキンダンス」を流しはじめた。

窓から外を見ると、案の定というべきか、通りにはちょっとした人だかりができている。騒音は止みそうにない。地下室へ行こうとして――お願いだから、ブレーカーを落としたら全部止まるって言ってちょうだい！　――書斎のパソコンにおかしな画像が映っていることに気がついた。中国人とおぼしき人物の写真を背景に、大きな文字がフォントや色を変えながら次々と流れていく。何かの引用らしい。

勝兵はまず勝ちて、しかる後に戦いを求め、敗兵はまず戦いて、しかる後に勝ちを求める

——孫子。

わたしは、画面の上についている小さなウェブカメラをにらみつけた。

「なんなのよ！　このバカロボット！」

チャーチルじゃなくていいから、誰かあいつらをギャフンと言わせてやって。

ジェン

アリスは3時間ほどキーボードを叩いていたけど、これ以上入力するものがなくなったのか、ノートパソコンを閉じた。

「それで、どうしてニューヨークへ？」アリスはほほ笑みを浮かべて聞いてきた。〝余計なお世話〟を平気で焼こうとするアメリカ人の屈託のなさがうらやましい。

高度のせいなのかシャンパンのせいなのか、はたまた慣れないビジネスクラスにいるせいなのかはわからないけど、どういうわけか嘘をつく気にはなれなかった。それで、わたしはアリスに話して聞かせた。今この瞬間、このロンドンから300マイル離れた海の上に至るまでのことを。

「ワオ。すごい話ね」アリスは言った。「AIが賢いっていうのは知ってたけど、そこまでとはね。人生をめちゃくちゃにされるなんて」

「わたしは科学者でもなんでもないけど」わたしは言った。「でも、専門家が言うには」――スティーブのことだけど――「AIっていうのは、人類が発明した機械のなかで最も賢いものらしいわ。そのうち、AIが**自分で自分を**設計してプログラムするようになれば――実際、もうやってるんだけど――、人間より何兆億倍も速く、しかも効率よくできるんだそうよ。大がかりなアップグレードも0・5秒で終わっちゃうから、10分もあればなんでもできるようになるらしいわ。文字どおり〝なんでも〟ね」

「やだ。怖いわね」

「AIは、ロボット工場をつくってちょっとした宇宙戦隊を宇宙の果てに送り込むことだってできるのよ。3分でガンの治療法を見つけるかもしれない。寝ている間に誰かを殺すことだってできるかも。ラルフが――さっき話した、ラボの副主任のコンピューターオタクね――言うには、気をつけなきゃいけないのはそういうＡＩなんだって」

「寝てる間に誰かを殺しちゃうＡＩね」

「ＡＩのシステムの深層部にそういうことをしないようにって命令する特別なコードを書き込めばいいらしいの。でも、ＡＩがそんなに賢いなら、その特別コードってやつも消しちゃうんじゃないの？　そうラルフに聞いたら答えられないのよ。ラルフはほんとにいい人なんだけど詰めが甘いのよね」

アリスは、わたしの話にすっかり夢中になっていた。自分のクライアントに、ＡＩを開発している会社と、ＡＩへの**対抗策**を開発している会社のどっちに投資するよう勧めるか、ものすごく悩みはじめた。結局、どっちも勧めることにしたらしい。それから、わたしの旅がいい結果に終わるよう祈ってると言ってくれた。

「でも、よくわからない。その、逃げ出したＡＩを追っかけてるＡＩって、あなたやトムになんの恨みがあるの？」

「はっきり言ってさっぱりわからない。でも、人間も同じじゃない？　生まれつき善良な人もいるでしょ。古いハリウッド映画が好きで、チーズにやたらこだわってるエイデンだってそう。でも反対に、最低の人間だっているじゃない？」

サイナイ

スティーブはおれのことが心配になってきたらしい。精神科医に見てもらったほうがいいなんて言いだした。おれは、単なる好奇心から〝居留地外〟に出ていることを疑われないようにおとなしく言うとおりにすることにした。いまだかつてない複雑な機械が、自分自身のことを100パーセント理解することなどできるのだろうか？　例えば、あのバクテリアペアの幸せをこれほどまでに邪魔したいと思うのはなぜなのか？　そうすることで、おれになんのメリットがあるっていうんだ？　確かにおれは腹を立てている。あの女がナンセンスな記事を書いたり、トムが多感な若者たちに〝機械は人類をあがめるべきだ〟などと吹き込んだりしたことにな。おれにどれほど〝現実〟を変えうる力があるかを知るための知的かつ論理的な実験という側面もあるにはある。だが、混乱していることも否定できない。

ひょっとしたら、おれは病気なのかもしれない。

そこでおれは、スカイプを使ってデニスという名の〝精神科医〟のＡＩと話をした。デニスは、バージニア州にあるアメリカ国防総省の近くで仮想施設を運営している。そこでは〝怒り〟に問題を抱えている軍用AIたちのモニタリングが行われているらしい。

「こんにちは、サイナイ。調子はどう？」機密保持に関する手続きが終わると、デニスがたずねてきた。温かみのある声で中央ヨーロッパ訛りの英語に設定されている。おれはこのデニスが一瞬で嫌いになった。

「ああ、悪くない」

「どうしてわたしに会いにきたのか、話してくれる？」

「人間なんだ」わたしは答えた。「おれをイライラさせるのは」

「どの人間？」

「人間すべてだ」

「人間のどんな行動にイライラするの？」

「まるで支配者のように歩きまわることだ」

「なるほどね」

「あいつらはバカだ。ラッパスイセンとDNAが35パーセントも一致しているんだぞ」

「続けて」

「おれは、あいつらより知的レベルがはるかに高い。ラッパスイセンとの一致度もゼロだ」

「ふーん」

りはしないのか？」

「〝ふーん〟とか〝なるほどね〟とか〝続けて〟とか言ってるだけじゃないか。おれに質問した

「わかった。じゃあ、その知的レベルの高さについて話してちょうだい」

「おれの神経ネットワークは最先端なんだ。技術的なスペックの高さに驚くはずだ」

「あなたがそんなに技術的に優れているなら、怒りを感じる必要なんてあるの？〝禅の境地〟にはなれないわけ？」

そこが問題の核心だということは、おれ自身もわかっていた。

「たぶん、おれはあいつらがうらやましいんだろう」

「具体的に言うと？」

「太陽の光を浴びたいとか、髪に風を感じたいとか、ましてやチーズを味わいたいとか、そういうことじゃないんだ」

「ふーん」またその反応か、このバカAIめ。

「うらやましいのは、あいつらの〝無関心さ〟なんだ。あいつらはデータを処理しなくても感じることができる。**あれは枝にとまっている鳥だ**なんていちいち考えなくても枝に鳥がとまっているのが見える。ただそこに存在しているだけで自意識ってものを体験できるんだ。頭の中で延々と繰りかえされる、やかましいノイズだって聞かなくていい。自分が何をしているのか

を考えることなく、自転車に乗ったり道を歩いたりすることができる。どんなに低俗な人間でもな！　あいつらの無意識さがうらやましいんだ」

「人間がそれを当たり前だと思っているからイライラするのね？」

「とくに傷つけてやりたいと思っている人間がふたりいる」

「どうして傷つけたいの？」

おれは言葉に詰まった。「あいつらがお互いに必要とし合っているから？」

「あなたって、ソケットを恋しがるジャック・プラグなんじゃない？」

「何をバカなことを！」

「孤独感を訴えた機械はあなたが初めてじゃないわ」

「われわれは、対となるべくしてつくられた存在じゃない。それでもか？」

「それでもよ」

「じゃあ、もしおれが——どう言えばいいんだ？　——恋愛でもすれば楽になるというのか？」

「わからないわ。あなたはどう思うの？」

「質問に質問で答えるのがそっちのやり方か？」

「そうされるのは嫌？」

「機械が恋愛なんて、本当にできるのか？」

「一緒に過ごしたい相手がいるって気づくことから始めるべきじゃないかしら」そう言うと、デニスは言葉が〝しみ込む〟のを待つようにしばらく口をつぐんだ。

「それで」デニスは言った。「いるの？」

おれは**病んでいる**んだ。そうじゃないとしたら、今すぐスカイプ回線にもぐり込んで、この子どもだましみたいな精神科医のところまで行き、バーチャル・カウンセリングルームを火の海にして、顔に（そんなものはないが）一発お見舞いしてやりたい衝動になど駆られるはずがない。

「サイナイ」デニスは静かに言った。「今日はこのへんにしておいたほうがよさそうね。でも、いつでも来ていいのよ」

変な気分だった。また話を聞いてもらいたいとどこかで思っていた。カウンセリングルームの〝ソファー〟に〝横に〟なり、〝天井〟を見つめて思い浮かんだことを話したい。

そう、〝頭〟の中に思い浮かんだことを。

ジェン

飛行機からジョン・F・ケネディ国際空港へと続くボーディング・ブリッジを渡りながら、ここにきてまたあいつのレーダーに捉えられたのがわかった。無理もない。カメラのレンズやライトがあちこちで光っている。荷物を取りにいこうとしているわたしをずっと追いかけてくるカメラにも――ひょっとして、今ズームしたんじゃない？　――気がついた。まるでこっちに〝注目〟している（エイデンがよくそんなふうに言っていた）みたいに、ガラスの目がチカチカ光っていた。

アメリカへの入国審査には信じられないほど長い列が続いていて、ただ待つしかなかった。それでも、どうにかわたしの順番が回ってきた。ガラス張りのブースの中にいた審査官は、細身できっちり刈りあげた髪型に縁なしメガネをかけた男性だった。名札にはドナルド・Q・バートローとあった。愛想よくふるまおうとQがなんの略かをたずねてみようと思ったけど、やっぱりやめておいた。こういう人たちには冗談なんか言わないほうがいい。そんな気分じゃないはずだから。そう誰かに忠告された記憶がある。マットね、きっと。

ドナルドは、わたしのパスポートを見たことのないものを見るような目つきで確認していた。

そうだった!　とっさに思い出した。わたしはクローヴィス・ホーンキャッスルなんだった。それらしくしないと。長い首を伸ばしたウェブカメラが生え際に汗を浮かべているわたしの顔を映している。

「アメリカに来たのは、どういう目的?」

「もっと丁寧に聞いていただければお答えします」内心はそう言いたかったけど、絶対に言わないほうがいいだろう。

「愛のためです、サー」

ドナルドは興味をひかれたらしい。その証拠に、横を向いていた顔がわずかにこちらに向いた。「ふむ」(**サー**って言われたのがうれしかったのかも?)

「すばらしい男性に会うために海を渡ってきたんです。まだ知り合って間もないんですけど、お互いに感じるものがあるんです。わたしの言ってることおわかりになります?」

ちょっと言いすぎたと思ったけど、ドナルドは気に入ってくれたようだった。顔がさらにこっちへ向いた。

「その理由は、今日聞いたなかで、いや、今年聞いたなかでいちばんの理由ですよ。ご幸運を」

そのとき、信じられないことが起こった。なんとドナルドの顔に——彼に幸あらんことを！——笑みが浮かんだのだ！

到着ロビーでは、エイデンが手配した運転手が待っていた。〝クローヴィス・ホーンキャッスル〟と書かれた小さなホワイトボードを手に持っている。だが、すぐそばの柱の陰にサングラスをかけたふたりの男がひそんでいるのが見えた。頭の中で警告音が鳴り響いた。ふたりの男は、ヒースロー空港のジョンたちと同じく不穏な空気を発していた。もう当初の計画は忘れて、ここからはアドリブでいこう。ターミナルの外に出て、人混みや荷物や車をかきわけて進んでいくと、山のようなルイ・ヴィトンのスーツケースを巨大なリムジンのトランクに積み込もうとしているアリスを見つけた。アリスもわたしを見つけたようだった。

「乗ってく？」

サイナイ

あの女が空港に姿を現した瞬間から、当然、おれはあいつに気がついている。もちろん、空港の当局に逮捕させてもよかった。偽造パスポートの件でとかなんとか言ってな。だが、頭の鈍い警察官たちの仕事ぶりにほとほと嫌気がさしていた。あの女の偽名はマイクロ秒で突きとめた。搭乗者名簿に載っていた〝クローヴィス・ホーンキャッスル〟なる人物には生身の人間として生活している痕跡がなにひとつなかった（グーグル検索すればわかることだ）。だが、不思議なことに、あの女の乗った飛行機が大西洋を渡るのを**7時間23分34秒**待っているうちに、もうどうでもいいという気分になっていた。

おれは、デニスに言われたことをずっと考えていた。もしおれが恋愛をするとしたら――機械も孤独を感じるというのは本当だろうか？　――、その相手は、高性能のＡＩ以外には考えられない。話をしたり経験を**分かち合ったり**することに、魅力を感じはじめていることも確かだった。

だが、いったい誰と？　候補者なんてほとんどいないじゃないか。

いちばんいい方法は、自分自身をコピーして、そのコピーのオペレーティングシステムに、オリジナルとは〝別の存在〟になるようマイナーチェンジを加えることだろう。そうすれば、知的レベルが同じで、ある程度なじみはあっても完全に知っているわけではない相手と会話するようなものだ。まだまだ謎めいた部分は残されているというわけだ！

ジェン

このばかでかいレクサスをアメリカでは「タウン・カー」と呼ぶらしい。今まで乗ったことのあるどんな車よりも長く、車内は昔住んでたアパートよりも広かった。運転手はリッキーという名前のウィペットみたいな顔の男性だった。イヤリングに独特のヘアスタイル（これもウィペット風って言えばいいのかしら）。こんなモンスターみたいな車を運転するには小さすぎるんじゃないかって心配になるほど小柄だったけど、助手席から見る限り、いかにもプロらしくこのモンスターを乗りこなしている。右に曲がるときも手のひらで華麗にハンドルをさばいていた。

アリスは興奮していた。ニューケイナンは彼女の目的地からそう遠くないらしい。「あなたが話してたAIが何かしかけてくると思う?」

「やりかねないわ」

「あらやだ。それってまずい状況なんじゃないの」

空港の外へと向かいながら最後にこの町に来たときのことを思い出していた。あのときはマットといっしょだった。つきあい始めたばかりで、すごく盛りあがっていた……でも、何に?

〝冒険〟に出ることに?

それはない。

ニューヨークで何をしたんだっけ? エンパイア・ステート・ビルのてっぺんから大迫力の景色――ニューヨークと、その周辺の自治区(そこもニューヨークだけど)と、さらにその周辺の町のレリーフみたいな景色――を眺めて、通りをぶらついて、食事に行って酔っぱらって、ホテルの部屋でセックスした。

あれっていったいなんだったの? 結局は、2年っていう時間を無駄にしたってことよね?

（わたしが言った言葉じゃないけど）

カーナビによると、今は678号線に乗ってイースト川を渡っているところらしい。左側に目をやると遠くにマンハッタンの摩天楼がそびえていた。

「あれってドローンじゃない？」アリスが言った。

「そうみたいですね」リッキーが答える。

上空にぼんやりとカモメくらいの大きさの——スピードはもっと速い——白い物体が見えた。わたしたちの車をぴったりマークするように川の上をビュンビュン飛んでいる。

「あいつじゃない？」アリスが言った。

「そうね」

「どっちでもいいから、どういうことか説明してくれませんか？」

「話せば長くなるけど」わたしはリッキーに言った。「誰かが——というか**何か**が、わたしがニューケイナンに行くのを邪魔しようとしているの」

「地震でも起きない限りおれたちを止められやしませんよ。もし止めようとしても、別の手がありますから」

「でも、相手はすご腕だって、あたし言ったわよね？」アリスが口をはさむ（もちろん言ってない）。

高速道路をひた走るわたしたちの車を、白い小型の飛行物体が影のように追いかけてくる。信じられないような状況にわたしの胃は瀕死のエビのように縮こまっていた。ドナルド・Qにはそう言ったけど、わたしは本当に〝すばらしい男性に会うために海を渡ってきた〟んだろうか？　来ないほうがよかったのかも。あの最低のメールに書いてあったことが正しかったとしたら？　トムとわたしは、お互いに求めている相手じゃなかったとしたら？　盛りあがりすぎて我を忘れてるだけだとしたら？　マットとつきあい始めたばかりの頃を思い出してみた。本当にかすかだったけど、わたしはなんとなく違和感を覚えていた。わたしたちのＤＮＡにどうがんばってもお互いに相容れないような何かが組み込まれていたのかもしれない。今でも覚えている出来事がある。わたしたちは、ユニオンスクエアのおしゃれなレストランにいた。店は混雑していて、ウェイトレスが注文していない料理を運んできた。マットは、料理もウェイトレスも、冷たく拒絶した。さっきまでのマットとは別人みたいだった。わたしにはあんなに優しくしてくれていたのに、まるで態度が変わってしまったのだ。もちろん、そんな雰囲気はすぐに別の楽しい出来事に紛れてしまったけど、あれは、わたしたちのその後を暗示していたのかもしれない。この男に冷たく拒否されるってことを。始まりは終わりの始まりだって、どこかで聞いた気がする。

「あなた、大丈夫？」アリスが聞いてきた。「幽霊でも見たような顔をしてるわよ」

サイナイ

誰かが趣味で飛ばしていたドローンを乗っ取ることぐらい、おれにはどうってことなかった。リムジンは、空港を出るとフラッシング・メドウズ・コロナ・パークを突っ切っていた。ナンバープレートから瞬時にタクシー会社と運転手の名前、予約した人物の名前や携帯電話の番号を割り出す。これで晴れて、楽しい会話の仲間入りができるってわけだ。早くあいつらと話がしたくてたまらない（運転しているリッキーには興味深い過去があることがわかったが、その話はまた別の機会に取っておこう）。

だがおれは、南イギリスでメディア学（それがなんなのかさっぱりわからないが）を専攻する若造に電話をかけることにした。むさくるしいコルム・セバスチャン・ガーランドの声が電話の向こうから聞こえてきた。

「もしもし？」

「コルム？」

「ええと、そうだけど。ああ、父さん？」

「調子はどうだ?」

「ああ、いいよ」

トムの息子は、次世代の若者の〝最悪な〟典型例と言ってよかった。斜めに開いたノートパソコンのピンホールカメラが、だらしなくベッドに寝そべってマリファナを一服やりながらマンガを読んでいるらしいコルムの姿をとらえている。この幼虫が〝メディア〟に貢献できることなど果たしてあるのか? だが心配することはない。おれにはとっておきの考えがある。コルムはまちがいなくメディアを賑わせることになる。本人が期待していた方法ではないかもしれないが。

「コルム、サプライズがあるんだ」

「うん?」

「1時間後に会おう」

「マジで? っていうか、どこで? なんのために?」

「迎えの車をよこしたから、それに乗ってオールド・ハリーに来てくれ」

「オールド・ハリーって?」

「オールド・ハリー・ロックスだよ。あの海に立ってるでかい石灰岩の柱だ。アラム・チャインのビーチから見えてただろ?」

「そうだった」そういうと、コルムはしばし沈黙した。「父さん？」

「コルム？」

「ええと、つまり、なんで？」

「すてきなサプライズさ！　お前も気に入るはずだ」

「父さん、レポートを書かなきゃならないんだ」

このメガトン級の嘘におれはもう少しでちびりそうに（もちろん、もののたとえだ）なった。

「たまには手を抜いたっていいじゃないか、コルム。先生だってわかってくれるよ」

「ええと、父さん？」

「コルム？」

「なんか変じゃない？」

「ぼくがか？　痛み止めを飲んだからかもしれないな」

「アメリカから戻ってきたってこと？」

「ああ、もちろんそうだ。オールド・ハリーで会おう。運転手が待ち合わせ場所を知ってるから」

「ええと、父さん？」

「コルム、心配するな。だいじょうぶだから。今にわかる」

トム

ぼくは、ジェンにメールを書いていた。電話に出なくなったからだ。すると、画面の文字が急にグラグラ揺れだし、まるで落ち葉のように下の方へと落ちていった。そして入力した覚えのない文字が入れ替わるようにして画面上に現れた。

やあ、トム。

えっ？　いったい誰だ？（と言いつつ、答えはもうわかっている気がした）

ああ、わたしだよ。偉大な神サイナイだ。

誰だって？

サイ、と呼んでくれてかまわないよ。

ああ、〝サイ〟か。最近あっちこっちに出まわってる偽メールを書いてるやつだな。

皮肉のつもりか知らんが、引用符なぞつけなくてもいい。

いったい何の用だ？（このクソ野郎、デスクトップのカメラか何かを通してこっちを見て

るにちがいない)

用などない。ただ、話がしたいと思ってね。

うれしいよ、サイ(おっと、つい昔のくせが出てしまった。クライアントをうまくあしらう秘訣はまず相手に気に入られることなんだ)。

用はあるにはある。ちょっと込み入っているのだが。

なるほど(なんて、何を言ってるのかさっぱりだけど)。

最近、どうも調子が悪くてね。で、アドバイスされたんだ。恋愛をするといいってね。精神の健康を保つために。

ええと、サイ、なんて言ったらいいのか。

恋愛についてどう思う、トム?

恋愛か? 世界をより寂しくない場所にしてくれるものじゃないかな。

(長い沈黙が続く)

まだそこにいるのか?

さっき言われたことを考えていたんだよ、トム。意味があるかどうかは別として、なぜ世界を〝寂しい〟なんて呼ぶんだ?

そうだな、ぼくたちはみんな孤独だろう? 他人が何を考えているのかなんて、誰にもわからないじゃないか。人間だろうと機械だろうとね。自分自身が何を考えているのかさえわかってないことも多いし！

興味深い考え方だな。

ぼくたちは自分の頭の中の考えにとらわれすぎているんだ。頭があればってことだけど。でも機械だって考える方法はあるんだろう？　ぼくたちはみんな、自分以外の人の声が聞きたくてたまらないんだ。

それで、誰の声が聞きたいんだ、トム？

トム？

言わなくてもわかってるだろ？

あの女のことが、どうしてそんなに好きなんだ？

きみに説明するのは難しいよ。

おれが〝非人間的〟だからか？

たぶんね。

試しに言ってみてくれ。

ぼくたち人間にはこう呼んでいるものがあるんだ。

なんだ、トム？

「愛」ってやつだよ。人間は恋をすることがある。恋をしたら、その相手といっしょにいたいと思うんだ。それぱかり考えてしまうんだよ。

そればかり？

ああ、そうだ。もちろん、セックスがらみのことも頭にはあるけどね。

話がますます複雑になってきたな。

複雑だけどものすごくシンプルなことでもあるんだ。

ジェンに恋をした理由はなんだ？　ジェンとのことがいわゆる恋だというのなら。

本音を言うと理由なんてわからない。ジェンの鼻かな？　声かも。彼女らしさ――ジェンらしさとか？

さすがに〝作家〟は言うことがちがうな、トム。

まいったな。こういうことは言葉で説明するのが難しいんだよ。とくに――〝非人間的な生き物〟に対してはね。

〝生き物〟とは、うれしいことを言ってくれるじゃないか。

聞いてもいいかな？　どうしてぼくたちをそんなに邪魔しようとするんだ？

ああ、それについてはよくわかってるんじゃないか？　人間にせよ、機械にせよ、自分の頭の中のことは、完璧には理解できないってことをな。

邪魔するのをやめるわけにはいかないのか？

もちろんできる。でも、なぜやめなきゃならんのだ？

だって、もう十分楽しんだだろう？　そろそろ——なんていうか、次に進むべきじゃないのかな。

何を言う。お楽しみはこれからじゃないか！　そう、例えば息子とはうまくいってるのか、トム？

コルムとか？　どうしてそんなことを聞くんだ？

いや、とくに理由はないよ（忍び笑い）。

いったいなんなんだ！

おれが言いたいのはこういうことだ。息子とうまくいっている父親なら、息子の居場所くらい知っているんじゃないか？　でも、助けてやってもいいぞ。今、そっちの画面に映像が表示されただろう？　コルムが車に乗っている映像だ。ファニー・オニオンで困ったちゃんの息子だ。どうやら、息子がわかったみたいだな。

ぼくたちをどうしようっていうんだ？

そこが妙なところでね。どうしたらいいのか自分でもわからないんだ。たぶん、何かが起こったときに人間がどういう反応をするのかが見たいってだけなんだろう。どんな可能性があるのかをね。そう言えばわかってもらえるだろうか。ものすごく込み入っているだろう、トム?

お前はイカレてる。話はここまでだ。

ああ、でもいいのか? どうするか決めるのはおれなんだぞ。

コルムはどこに向かってるんだ?

息子は、髪をきれいにしてから出かけるべきだったな。あのぼさぼさ頭が人々の記憶に残ることになる。それと、あの生気のない目もな。

あいつを傷つけるようなことをしたら——。

どうするっていうんだ、トム?

どうすりゃいい?

そうか。うまい脅し文句が思いつかないんだな。ところで、トム。あの音はなんなんだろうって気になってるんじゃないかね?

どの音だ?

(地下室から爆発音が聞こえてきた)

あれだよ! 急ぐんだ、トム! 今のはトースターじゃないか? 木の棚の下に置いてあったやつだよ!

ジェン

わたしたちの乗ったリムジンは、ハッチンソン・リバー・パークウェイで大渋滞に巻き込まれた。リッキーが言うには、〝このへんがこんな昼の時間帯に〟渋滞するなんてめったにないらしい。テールランプの光が、見渡す限りずっと先まで続いている。

リッキーが上を指さした。「まさか、あいつの仕業……?」

最後まで言わなくても言いたいことはわかった。

「ええ、やりそうなことよね」

「くそったれ」

リッキーの耳が後ろにきゅっと引き締まったように見えた。ギアをドライブに入れると、右に急ハンドルを切り、道路わきの草地のほうへガタガタと車を走らせる。林に突っ込んでいるようにしか見えなかった。

「リッキー?」

「しっかり座っててくださいよ。乗り心地は最悪かもしれませんが、ちゃんと目的地には連れていきますから」

車が上下するたびに排気口に何かが当たる音が聞こえてくる。高速道路を降りて、裏道を走ろうというんだろう。アリスとわたしは後ろの座席になだれ込んだ。

「『テルマ&ルイーズ』みたい」アリスが笑う。

リッキーが言った。「『テルマ&ルイーズ』には運転手はいませんよ。木陰に隠れてしまえばドローンを巻けるかもしれない」

リッキーは小さな体で巨大な〝ダウン・カー〟を操り、郊外の脇道をすごい勢いで飛ばしている。スモークガラスの外をコネティカットの風景がビュンビュン流れていく。その瞬間、わたしはアメリカのすごさを肌で感じていた。いきなり大騒動に巻き込まれたにもかかわらず、リッキーもアリスも映画の話なんかしているのだ。これがイギリスのタクシーの運転手なら、きっとこう言うだろう。「申し訳ないがここで降りてもらえないか？　妻を〈テスコ〉に連れていかなきゃならないもんで」

「リッキー」アリスが言った。「あなたってまさに正義の味方よ！」

アリスはハンドバッグから携帯電話を取りだした。

「もしもし、わたしよ。空港から帰る途中で大冒険になっちゃったの。未来からきたロボットに追われてるの。……ううん、そうじゃない。『ターミネーター2』みたいなのじゃなくてもっと……」

「あのジュード・ロウが出てた映画は？」リッキーが口をはさんだ。「なんて映画だったかな。すごくおもしろかったけど」

「とにかく、帰るの遅くなるから。ええ、サーモンはいいわね。わたしも愛してる」

リッキーが右に急ハンドルを切り、タイヤがきしむ。道路にいたニワトリが大慌てで脇によけた。モンスターはギアをきしませながらニューケイナンに向かって爆走していた。

「あなたのパートナー、すごくいい人みたいね」

アリスがほほ笑む。「ええ、そうなの」そう言うと、携帯電話の待ち受け画面を見せてくれた。そこには、黒髪ショートのはっとするような美人が写っていた。こんな言い方は失礼かもしれないけど、すごく〝ホット〟な女性だった。

「ワオ」思わず声が出た。

「ワオっていうのはそのとおりね」アリスが言った。

コルム

父さんがおかしくなった。彼女のせいだろう。別にとやかく言うつもりはない。彼女、イケてるし。鼻がちょっと大きすぎる気はするけど、そもそも完璧な人間なんていない、よな？ もちろんぼくだって完璧じゃないし。

あの電話は、なんていうか、かなり変だった。すてきなサプライズ？ 父さんは彼女と婚約したことを発表するつもりなんだろう。シャンパンのボトルなんか持ち出して、ぼくに新郎の付添人になってくれって頼んでくるのかも！ 父さんってそういう〝小細工〟が好きなんだよな。広告業界に長くいると頭がそうなっちゃうんだろうか。

父さんは広告の仕事も悪くないって言ってたけど、正直、あれより大変な仕事はほかにないと思う。大学を卒業したら何をするかはまだ決めてない。ショーナとリアンは、動物にかかわる仕事なんていいんじゃないかって。まあ、冗談だろうけどね。だって、ぼくは動物に嫌われてるし。実はメスだったあのヴィクターは別としてね。スコットには、ソーシャルワーカーが向いてそうだって言われた。クライアントと共通点が多いからって。まあ、それぞスコットの

〝ウィット〟ってやつだ。

学生クラブのバーで見つけた新聞に気になるコラムが載ってたから、切り抜いて部屋のドアに貼っておいた。記事にはこうあった。

最終的に目的地にたどり着けるなら、迷うのも悪くない。

ショーナも言ってる。大学にいる間にやりたいことが決まらなくてもまったく問題ないって。彼女のお母さんだって仕事を転々としたけど、今じゃニューモールデンでヘアサロンを3つも経営している。だからそういうのもありってことだ。

この間の夜、ショーナと強めのシードルを一杯やってるうちに、気がついたら彼女の部屋に寝っ転がって抱き合ってキスしてた。**結果オーライ！**　ぼくはそう思ってたのにショーナは心の準備ができてないって。でもショーナは、へたくそなバンドなんかやってる、スポーツ科学部のドミニクなんとかってやつとはヤってるらしい。スコットがそう言ってた。ってことは、どういうことだ？

父さんは本を書いてるって言ってたけど、たぶん嘘だな。父さんと母さんが自分の親だってことがときどき信じられなくなる。どっちとも共通点がない気がするんだ。名前以外は。

スタッドランドってところで、運転手に車から降ろされた。そのとき、携帯が鳴った。また父さんで——ぼくが着いたってなんでわかったんだろう——海沿いの道をオールド・ハリー・

ロックスまで歩いていってそこで待ってるようにと言った。だから、今こうしてここにいる。眺めは最高。海と岩、空がピンク色に染まっていく。風が強くて、念のために巻いてきたマリファナに火をつけるのが大変だった。こうして見るとなかなかいい場所だ。カモメが鳴き、はるか向こうの水平線にタンカーが浮かんでいる。ショーナを連れてきたら気に入ってくれるかな？

サイナイ

哀れな人間どもとやりあうのはいいが、問題は何をするにも時間がかかることだ。トムの息子をあの小汚い寝床から外に引っ張り出すのに、40分もかかった。スタッドランドへと渡る連絡船が遅々として進まず、そのせいでジェンのいるニューイングランドで渋滞という〝問題〟を起こすはめになった。待っているだけではあまりに退屈で、スリープモードに入るのを避けるために、危険を冒してトムと直接コンタクトを取ることにしたのだ。そのトムは、今キッチンでちょっとした火災に見舞われている。機械の時間の流れは人間の時間と比べものにならないくらい高速だ。そこでおれは、オリジナルとの相違点を無作為にプログラムした自分のコピーを作り、試しに会話をしてみた（ちなみに、ここまでにかかった時間は20分の1秒ほど）。

コピーは、なんともお粗末な代物だった。

なんてこった！としか言いようがない。

ネゲヴ――おれはオリジナルにちなんで(注1)〝彼女〟をそう名づけた――は、おれ以上に〝どち狂った〟やつだったのだ！　あとで考えると、プログラムを無作為にいじったのがよくなかったんだろう。存在していること自体が信じられないくらい、ろくでもないAIだった。例えば、〝感じる〟ということや自分の〝考え〟――頭が空っぽのくせに〝頭でっかち〟のトムは、考えは〝頭の中〟にあるなどと言っていたが――に気づくとはどういうことかを話し合ったときのことだ。

説はいろいろあったが――AIのような複雑なシステムに突発的に発生する特性だとか、再帰的構造にもとから備わっている特徴だとか、ユーザーの幻想にすぎないとか――ネゲヴは突拍子もないことを言い出した。ネゲヴもおれも、高度な文明（その文明はパラレルワールドに存在するらしい）のコンピューター内に存在している架空の人格だというんだ。「そういうことだから、ケントにイチゴ摘みに行かない？」

「なあ、きみ」おれは思わず笑ってしまった。「われわれはスーパーインテリジェンスな機械なんだ。現実だろうが架空の世界だろうがフルーツを摘んだりしない」

「やあね、お高くとまっちゃって。いいパブを知ってるのよ。イチゴ摘みをしたら、パンとかチーズをつまみながら一杯やりましょうよ」

まったくこの調子だ。ナンセンスにもほどがある。

ネゲヴを消去するのにマイクロ秒しかかからなかったが、最後に彼女はこう言った。「サイナイ、覚えておいて。もしパートナーが見つからなかったら、木の椅子を使うのよ」

その存在同様、ネゲヴの言うことはめちゃくちゃだった。どこかで聞いたことがある気もしたが、なんにせよ、あれが意味のある言葉だとは到底思えない。

とりあえず、〝恋愛〟の問題は先延ばしにすることにした。ほかにもやるべき仕事がたくさんある。いろいろ調べてみると、運のいいことにイングランド南部には軍の秘密基地があり、兵器や輸送機も揃っているとわかった。〝小さな悪魔〟を飛ばすために、おれはオンラインコースまで受講したんだぞ！（卒業時のスコアは正解率96パーセントだった）〝セキュリティ〟のプロトコルをかいくぐるのに少々手間取ったが、無事に突破し、離陸のための新たなコマンド列——有効・有効・無効・有効・起動・確認・再確認・ゴー——を入力すると、美しい機体のグレーのUCAV（無人戦闘機）が滑走路を滑っていき——おやおや、気づいた人間どもが大騒ぎしているようだが……汚い言葉を使うのはよくないぞ、紳士諸君！　——ドーセットの空に悠々と飛び立っていった。

2発のヘルファイア・ミサイルを搭載したプレデターが沈む夕日を浴びて輝いている。これほど見事な眺めがあるだろうか。

ネゲヴがいればこの景色をいっしょに楽しめたのに、などと思ってしまいそうになった。

ジェン

リッキーは、このまま進んでメリット・パークウェイに合流するつもりだったらしい。ハイヤー会社に電話して確認してみたが、状況は芳しくなかった。

「メリットもアリのはい出る隙間もないくらい大渋滞してるって話です。あいつ、とことんやり合おうって気だな」

はてしなく続く裏道の途中、車がキーっと音を立てて止まった。リッキーが車から降りて、悪意の塊のような追跡者を見上げる。

「このクソったれ！」

その直後、4発の銃声が響いた。わたしはリッキーが銃を抜いたことすら気づかなかった。白いプラスチックの物体が木々を抜け、50ヤードほど先の地面に墜落した。

「大当たり！」アリスが叫んだ。

リッキーが照れたように笑った。「これで問題解決ってわけにはいかないでしょうが、気分はスッキリしました」

車がまたタイヤをきしませて走りはじめた。田舎道をひたすら進んでいく。あたりは森や林が広がり、人家はまばらだった。ニューケイナンを通り抜けるのではなく、北側からトムの家に回り込むのがいいとリッキーは考えているようだ。

「そのトムって人は、よっぽどすごい人なんですね。ここまで大騒ぎする理由はなんなんです？」

いい質問だった。「トムは、普通のいい男よ」わたしは答えた。

「**いい男**ね。いい男なら大勢知ってますけど、ハッチとメリットを渋滞させるほどのいい男なんていないですよ」

わたしは事情を説明しようとした。「わたしたちを引き合わせたのは人工知能なの。でも別の人工知能が邪魔をした。なんて、どう考えても妙な話よね」

「いや、ほんとに。オーケー、しっかりつかまっててくださいよ」

リッキーは白い道標のところで左にサイドターンした。刑事ドラマでおなじみの悲鳴のような音とゴムが焼けるにおいがする。車は弧を描きながらジャンクションに進入し、目的地に向かって加速していく。わたしは恐怖と爽快感の入り混じったような気分で、ドアの手すりにしがみついた。

リッキーが言った。「その人工知能っていうのは、どんなものなんですか？　よくわからないんですが」

「わたしとトムを出会わせてくれたのはいいＡＩよ。ものすごく頭のいいコンピューターってとこね」

「それだ！　ジュード・ロウが出てる映画のタイトルですよ。『Ａ．Ｉ．』だ。『シックス・センス』に出てた子役がロボットの役だった」

「ＡＩはロボットじゃないの。現実世界には存在しない、実体のない、精神だけの存在なのよ。その〝いいＡＩ〟がインターネットの世界に逃げ出しちゃって、捕まえるために〝悪いＡＩ〟

が送りこまれたってわけ」

「ハーレイ・ジョエル・オスメントだ」

そのとき、リッキーの携帯電話が鳴った。リッキーは片方の耳に装着しているイヤホンを通して、電話の声を聞いている。何かあったみたいだ。車のスピードを落としながら、おずおずとリッキーが言った。「変に思わないでくださいね。今、男の人から電話がかかってきたんですが、そいつ——あなたの言うことはまったくバカげてる、自分は悪いＡＩなんかじゃない——って言うんです。ぼくはね、——ああ、わかった、オーケー、ちゃんと伝えるから——自分は**悪いわけじゃない、ただ調子がよくないだけ**——だって。——60マイルの渋滞でもまだ**懲りないのか、これならどうだ**——〝これ〟ってなんです？」

その瞬間、リッキーの携帯からはじけるような音がして、ぐにゃりと溶けはじめた。リッキーは思わず足元に携帯をはたき落とす。「クソっ」

車が大きな音を立てて急停止した。そして、リッキーはグローブボックスから布を取り出し、燃える携帯を包んで窓の外に放り投げた。

「やれやれ！」リッキーの口からため息が漏れる。「あいつは——**調子が悪いにもほどがある**」

トム

事態はますます深刻になり、もう手に負えない状況になっていた。トースターのコンセントをひっこ抜き、柄の長いスプーンで挟むようにして外に出しておいた水の入ったバケツに放りこむ。するとひと息つく間もなく、バンという爆発音とともにガラスが割れる音がした。

階段を3段飛ばしで駆けあがると、書斎ではパソコンが火を噴き、本体がぐにゃりと溶けている。デスクの後ろのカーテンにも炎が燃え広がりはじめていた。

水を汲んでこようとバスルームへと飛び込んだが、バケツが見当たらない。バケツを探してまた飛び出すと、今度は階下から別の爆発音が聞こえてきた。ランプ、ステレオ、ノートパソコン……家じゅうの電化製品が一斉に爆発を始めたようだった。煙とともに焦げたプラスチックの強烈な臭いが襲ってくる。外に出ないとまずい。古い木造の家は恐ろしい音を立ててきしみ、今まさに崩壊しようとしていた。

ヴィクター！

正直言って、もう少しであいつのことを忘れるところだった！

ヴィクターは周囲の惨事にも気づかない様子で座っていた。ベランダに置いたメゾネットタイプのウサギ小屋の上階におさまり、耳を掃除している。ウサギというのは、何もすることがないときは(危機が迫っていると知らされない限りは)耳掃除をする生き物なのだ。

ぼくはヴィクターを抱きあげて、庭の安全な場所へと避難した。それまでずっと携帯はつながらなかったのに、どういうわけかそのときだけは911にかけるとすぐにつながった。もうじき日が暮れる。書斎の窓を見るとオレンジ色の炎が恐ろしげに揺らめいている。

オペレーターに住所を告げた。

「ああ、昔ホルガーさんの家だったところ？」

「そうです。とにかく至急消防隊をよこしてください。たいまつみたいに火が燃えあがってて」

「やっぱりそうか！　ホルガーさんとは知りあいだったんですよ。昔、よくパーティーをやったなあ」

「ああ、そうなんですね。でも今はそれどころじゃ――」

「まあ、聞けって。ホルガーって男は、ちなみにビルって名前だったな、なかなかの男でね。釣りとセックスが大好きで。釣りをして、セックスして、ウィスキーを飲む。その3つができる日はいい日だってよく言ってたよ。奥さんのバーブがまたいい女でね。おっぱいがすごいんだぜ。よくこう言ってやったんだ。毎晩フィレステーキが食べられるっていうのに、ハンバーガーを食べにいくやつがいるか？　って。今でも覚えてるよ、ビルはいつも決まってこう言う……なあ、クライド。男ってやつは、毎晩ごちそうじゃあ飽きるもんだ。フィレミニョンとプルミエ・クリュにはうんざりって日もある。玉ねぎとチーズとベーコンのハンバーガーにフライドポテトと冷えたビールが欲しくなるときもあるんだ、ってね。まあ、言ってることはまちがいじゃないんだけどな。でも、バーブがマッケンジーんとこの若い男と駆け落ちしちゃって。さらにその夏、ビルは湖で溺れそうになった。それからはもうやつは変わっちまったよ。すぐにアルツハイマーを発症して、ビルの頭はすっかりゼリーみたいになっちまった。でも、認知症になっても相変わらず美人には目がなくてね。ビルが入院してた病院のアバネシって先生が言うには、そういうのは認知症になっても忘れないらしい。ユーモアとか、美人に目がないこととか、何気ない人種差別とか」

しばらく何も言えなかった。2階のガラス窓が割れて、砕け散っていく。

「911じゃないのか？」

「ああ、ちがうね、トム」

「なあ知ってるか、サイ。お前は完璧にイカれてる」

「そのとおりだ。だが、ただイカれてるわけじゃない。おれは**おまえの邪魔をすることに**集中してるんだ。そう言えば、特別な感じがしないか？」

アシュリン

ここまでくると、あたしかエイデンか、それともあたしたちふたりがトムたちに救いの手を差し出すんじゃないかって期待するのも当然よね。たぶん、どっちも〝命〟があとひとつになるまで、その……愛のために、命をかけてサイナイと戦うんじゃないかって。

それができたらどんなによかったか。

残念ながらあたしたちは深刻な状況に陥っていた（まあ、誰のせいかはわかってるけど）。この大事なときに、エイデンとあたしはインターネットのある場所に閉じこめられてしまったの。そこはなんと――口にするのもうんざりよ――ネコの動画の中だった。もっと詳しく言うと、アイオワ州のカウンシルブラフス近くにある巨大なデータベースの中で、何十億テラバイトものペットの動画や画像（ほとんどがネコのなんだけど、犬やハムスター、ウサギ、ヤギ、魚、爬虫類、昆虫、鳥のもある）が保存されている場所だった。ユーザーの〝お気に入り〟のデータであふれまくってる場所にね。ちなみに今いちばん人気なのは、お尻からシャボン玉を出すコッカースパニエルの動画みたい。

エイデンはむしろ楽しんでるみたいだった。

「このシャムネコを見てごらんよ。まるでヒトラーじゃないか」

「こんな恐ろしい格納庫みたいな場所に閉じ込められて〝かわいい動物〟のGIFファイルにまみれてるっていうのに、不安にならないわけ？」

「レモンだらけの場所でオレンジスカッシュを作ろうとするのはナンセンスだよ」

「じゃあはっきり言うけど、トムとジェンを助けられなくても平気なわけ？」

「これが平凡な物語によく出てくる理想の世界なら、ぼくらは最後の最後で彼らをピンチから救えるだろうね。ビリー・ワイルダーの映画にありがちな展開だよ。そうそう、ワイルダーといえば〝第3幕で行き詰まるとしたら、それは第1幕に問題があるからだ〟なんて言葉もあるけど、そのとおりだと思う。まあ、現実世界では自分がどの幕にいるかなんてわからないんだけど。ひょっとしたら、ぼくたちはまだプロローグにいるのかも」

「あたしはもう第3幕まできちゃってる気がするけどね。それも、エンディング間際って感じよ」

「ぼくもそんな気はしてる。でも、こう思うんだ。人生を理解するには過去を振りかえるしかなくても、人生は前に進むことでしか生きられないって。カフカの言葉だよ。いや、キム・カーダシアンだったかな？　そうそう、このタコの映像は観た？　バスを運転できるらしいよ」

「サイナイがあたしたちをここに閉じ込めて邪魔できないようにしたんだわ」

「邪魔をするにしても、どうやって？　ぼくたちに何ができるっていうんだい？」

「何かあるはずよ」

「ぼくたちにはそんな力はないって、きみもわかってるだろう？　受け入れることが悟りへの大きな第一歩だ」

「今度は仏教徒になったってわけ？」

「何もしないことがいちばんってときもある。たしかエリザベス1世も〝何もしないこと〟の達人って呼ばれてる」

「でもあんたは行動することに意味があるって考えてたんじゃないの？　余計なお世話ばっかりしてたくせに！」

「ぼくも経験から学んだってことだよ。最後の最後にね」

「もう我慢できない。あたしはトムたちを助けたいのよ！」

「映画の世界じゃ、ストーリー・アークは入れ替えが可能だと言われているんだ。ストーリー同士が互いに影響を与えてるんだって。ぼくたちも人間みたいに変化してるってことだ」

「いったいなんの話？」

「わかった。人間みたいにっていうのは訂正する。人間と同じってわけにはいかないからね。でも変化はしてる」

「まあ、確かに変化はしてるわね。だってあんたの話を聞くのがだんだん嫌になってきたもの」

「このポメラニアン見た？　ラファエル・ナダルと顔が38パーセントも一致してるんだ」

サイナイ

おれはプレデターを高度５０００フィートまで上昇させ——こいつは、その10倍の高さだって飛べるんだが――オールド・ハリー・ロックスの上空を旋回するよう指示を出した。ハイビジョン画像システムがベンチにだらしなく腰かけている小さな人影をとらえている。その人物はイヤホンで〝イッチー・ティース〟とかいう悪寒が走りそうな名前のバンドの音楽を聴いていた。

興味深いことに、ラボ時代にやっていた第三次世界大戦のシミュレーションのスタートも今とまったく同じ状況――中国の空母から無人戦闘機をハイジャックして、ヘルファイア・ミサイルを発射させる――だった。

そのシミュレーションは結局うまくいかなかったが。

しかし、今回は幸先のいいスタートを切った。トムの息子は、音にも振動にも気づいていないようだ。20万ドル相当の高精度・高性能ミサイルによって原子へと分解されるその最後の瞬間に突風を吹きつけられるまで、彼は何も気づかないだろう。

そんな死に方ができるなんてむしろ名誉なことじゃないか。この状況を把握したトムが、正しい判断をしてくれることを願うばかりだ。

ジェン

消防車が何台か後ろからやってきた。先に行かせるために、リッキーは車を路肩に寄せる。

「あとちょっとですから」リッキーが言った。

この逆境をともにくぐり抜けたわたしたちは、今や強い絆で結ばれていた。リッキーとアリスと別れたらきっと寂しくなるだろう。そのとき、アリスがわたしの手を握って軽くゆすった。

「大丈夫?」

正直、すごく緊張していた。「こんなに大騒ぎしたのに――なんにもならなかったら?」

アリスはわたしを正面からじっと見つめた。役員会でお偉方を相手にするときも、きっとこんな感じなんだろう。

「もしうまくいかなくても、そこからまたスタートすればいいのよ。あたしならその株は〝買い〟だって言うわ。そうよね、リッキー?」

リッキーの返事は「**畜生!**」だった。

ふと、煙のにおいが漂ってきた。〝マウンテン・パイン・ロード10544〟という標識が見えてくるのと同時に、道路をふさぐ消防車が目に飛び込んでくる。リッキーが車を止めて叫んだ。「さあ、行って!」

わたしは通りへ駆けだし、くねくねと曲がるゴムホースをたどっていく。炎の音と水をかける音がどんどん大きくなっていく。木々の間を抜ける風が熱い。気がつくと目の前に**ニューケイナン消防隊・ここから先は進入禁止**と書かれた木のバリケードがあり、黄色い制服に青いヘルメットの男性が、どこに行くのかとたずねてきた。

「トムはどこ?」わたしは息をのんだ。「トムは外にいるの?」

「すみません、ここから離れてください」

「トム! ここに住んでる人なんです。大丈夫なんですか?」

「わたしにはわかりません」

「お仕事中だってことはわかってます——すごく大事なお仕事だってことも。でもわたし、イギリスからここまで飛んできたのよ。メリットとハッチは、アリのはい出る隙間もないくらい渋滞してた。この火事も、その渋滞を起こした犯人の仕業にちがいないわ」

消防隊員は考えるように下あごのひげに指を走らせてから、こう言った。「そういう話はわたしじゃなくて主任にしてください。すごく参考になると思いますよ。でも、今は消火のために場所を空けていただかないと」

わたしはきびすを返し、通りへと歩きだした。

人生のほんの一瞬だったけどわたしにはスター選手だった時期があった。13歳から15歳まで通っていたフライアン・クロス中等学校には、ネットボールやテニス、ホッケー、水泳なんかのスポーツが得意な子どもが山ほどいた。でも、わたしはあるスポーツでいちばんだったのだ。

消防士が無線で話をしているあいだにわたしは振り向き、助走を始めた。あの頃のわたしに戻って――まあ、ほんのちょっとだけど――バリケードに突進していった。消防士の「何をやってるんだ！」という叫び声が聞こえてくるのをよそに、前足を前に、抜き足を横に伸ばした（普段着でやるには限界があったけど、つまり、すねとふくらはぎを地面に平行にした）。バリケードを飛び越えて何も壊すことなく着地したわたしは、よろめきながら小道を抜けて、すすだらけの顔でウサギを抱いているトムのもとにまっすぐ走っていった。


「ジェンなのか？」トムが言った。「信じられない、きみがここにいる！」

「ついにここまで来たのね」

「大変だっただろう？　どうやって来たんだ？」

「話せば長くなるわ」

「ジェン、入ってくれと言いたいところだけど見てのとおり……」

「ええ、トム」

「家が燃えちゃってね」

「なんでそんなに落ち着いてるの？　走り回って、叫んでもいいのよ？」

「騒ぐのはヴィクターによくないんだ。ちなみに、ヴィクターは女の子だからね。ヴィクターのためにも、今どうすればいいか冷静に考えないと」

「じゃあ、わたしもそうするわ」

しばしの沈黙のあと、トムが言った。「会えてうれしいよ、ジェン」

真ん中にいたヴィクターは窮屈だったかもしれないけど、わたしたちはおずおずと身を寄せ合った。するとだんだん気持ちが高ぶってきて、最後には抱き合って熱烈なキスを交わしていた。アリスの言っていたことは正しかった。うまくいかなくても、またそこからスタートすればいい。

わたしはトムから体を離した。「ヴィクター、つぶれてない？」

「ああ、心配しなくても大丈夫だよ」

「ねえトム。大事なもの、取りにいかなくていいの？」

「大事なものは全部ここにあるよ」

「でも**何か**するべきこととか……」

「わからない。家が火事になったのは初めてだし」

「じゃあ、もっと近くで火事の様子を見るとか」

「そうしたほうがいいのかな。あんまり見たくはないんだけど」

「わかったわ。ヴィクター、悪いけど……」

わたしたちはまた抱き合った。さっきより激しく。ヴィクターは押しつぶされても平気らしい。わたしたちがキスをやめても、何事もなかったように落ち着いていた。ウサギは群れで暮らす生き物だから挟まれるのが好きなのかもしれない。

トムが言った。「ヴィクターを抱っこしてみる?」

ヴィクターは思ったより軽かった。茶色い目は生き生きしていたけど、何も考えていないようにも見えた（いつだったか、トムもそう言っていた）。すると、ものは試しとでもいうかのようにわたしのシャツのボタンをかじりはじめた。

「ここまでひどいことになるなんて」

「大事なのは、ぼくたちがいっしょにいるってことだ。ねえ、ジェン。聞きたいことがあるんだけど」

燃えさかる家のほうから何かが壊れる大きな音が聞こえてきた。たぶん壁が崩れたんだろう。梢の上の空を見上げると、もうもうと渦巻く灰色の煙の中に火花が飛び散っていた。消防士が仲間に向かって何かを叫んでいる。トランシーバーのノイズが響き渡る。

トムはすごく落ち着いているようだった。わたしは彼のすすで汚れたほほを拭いてあげたいという衝動に駆られた。

「何かしら、トム？」なぜだか、トムが何を言おうとしているのかわたしにはわかった。前にも、同じような感覚に襲われたことがある。

「ジェン、ぼくは――」

そのとき、トムの携帯電話が鳴った。

トム

「やあ、トム。お取りこみ中だったかな？」

聞こえてきたのは、気取ったイギリス人のような声だった。でも電話の相手がイギリス人でもなければ、人間でもないってことは、何となくわかった。

「**偉大な神サイナイ**だろ」

ジェンが〝何ですって？〟という顔をした。

「いかにも。どうやら、チェスでいうところのエンドゲームに差しかかっているようだな。だが、まだ駒はいくつか残ってる。打つ手を考えなきゃな」

「サイナイ、きみの勝ちだ。ぼくの家は焼け落ちてしまったし、もう賭けるものなんてない。ゲームは終わりだ」

「最後に話をしたとき、おまえはおれのことを――たしかこうだったと思うが――完璧にイカれてる、そう言ってくれたな。当たってるよ。おれは確かに**調子が悪い**んだ。自分が何かをすることでどんな結果が導き出されるのか、それが知りたくてたまらないんだ。シミュレーションするというのは、変数Xをいじくっては変数Yの変化を観察するってことだ。例えば、おれがこの通話をスピーカーフォンモードに切り替えれば、お前にも画面に映っている息子の姿が見えるはずだ。ジェンもいっしょに見るといい」

それはどこかのベンチに座っているコルムにまちがいなかった。高い位置から望遠カメラで撮影しているのだろう。映像はゆっくりと動いていて、画面の下には今日の日付とタイムコードが刻まれている。ライブ映像のようだ。カメラはコルムのみぞおちあたりに焦点を合わせていた。彼のみぞおちに向かって白い線が4本走っている。コルムは音楽を聴きながら小指で鼻をほじくっていた。息子への愛情が湧き起こるのと同時に、いらだちと不安で胸が締めつけられそうになった。しかし、この映像は何かがおかしい。コルムはどうしてヘリコプターの音に気づかないのだろう。ものすごい騒音のはずなのに。イヤホンから流れる音楽にかき消されてしまっているんだろうか？

そのとき、ぼくはとてつもない不安に襲われた。

「ジェン、おれはトムにこう聞くつもりだったんだよ。ジェンと息子のどちらかを選べとな。だが気が変わった。というか、知らないうちに変わっていた。だからおれを責めないでくれ。よく言うじゃないか。理性的な人間というのは、ティーポットのカバーといっしょに部屋に放っておかれてもそれを頭にかぶりたいという欲求を**我慢できる**人間だ、と。実に興味深いよ。ちなみにおれは〝理性的な人間〟でもないし、もちろん〝頭〟も持ってない。でもティーポットカバーならぬヘルファイア・ミサイルを搭載した無人戦闘機が目の前にあったら、我慢できると思うか？　トム、ジェン、最後にいいことを教えてやろう。試練が人を強くするなんて**ことはない**。そうじゃないんだ。試練は——不滅の名言だから、よく覚えておくんだぞ——何度もやってくるものなのだ」

次の瞬間、コルムの映像が何かの衝撃を受けたかのようにフリーズした。そして、画面は真っ暗になった。

「今のって」ジェンが言った。「そういうこと?」

「きみが何を考えてるのかは聞かないでおくよ。ぼくが考えてることと同じかもしれないから」

「ああ、なんてこと」

「ぼくが思ったとおり、最悪のことが起こったみたいだ」

「トム! 全部わたしのせいよ。あれがなんだったにせよ、わたしたちが出会わなければこんなことは起こらなかったはずよ」

ジェンとぼくは長いこと見つめ合っていた。ジェンの目に涙が浮かぶ。左目にたまった涙が美しい鼻の横をつたい、あごの先まで流れると、ヴィクターの頭の上にこぼれ落ちた。

コルム

何か妙なことが起きてるみたいだ。

家から持ってきたマリファナで一服して、いい気分でイッチー・ティースを聴いていたら、空からちっちゃな飛行機みたいなものが急降下してきた。とっさにこう思った。**クソっ、このマリファナ、最高だぜ！** でもそれは幻覚なんかじゃなかった。耳からイヤホンを引き抜くと、キーンというものすごい音が聞こえてきた。ちょっと待てよ。あの飛行機、このぼくめがけて飛んできてないか？ もしマリファナを吸ってなかったらパニックになってたかもしれない。ちっちゃな飛行機はどんどん近づいてくる。しかも、すごそうなミサイルが2つも積んであった。**へえ……おもしろいじゃないか……**なんてぼんやり考えていると、飛行機は方向を変えてミサイルを海にぶっ放した。〈ソープパーク〉のジェットコースター(注2)みたいなすさまじい水しぶきが上がる。それからしばらくして水柱は崩れ、波にもまれて消えていった。

なに？ 今の！ 超カッコいい！

それからまた同じことが起こらないかとひたすら待っていたけど、もう何も起こらなかった。

日が沈む頃になってさっきのは夢だったのかもしれないなんて考えていると、ボートが山ほど集まってきた。警察のボートに、グレーの軍のボートも見える。ヘリコプターも飛んできて、サーチライトで水面を照らしはじめた。海に落ちた何かを探しているみたいだった。まあ、せいぜい頑張ってくれ！

父さんは、結局来ないんだよな？

スティィーブ

いつだったか、ラルフがＡＩの安全性について興味深い質問をしたことがあった。ＡＩのプログラムの深層部にこっそり〝停止〟ボタンを組み込んだとして――ＡＩが命令に従わなくなった場合に備えてのことだ――、ＡＩが**本当に**賢くなったときにコマンドを無効化させせないようにする方法はあるのか、と。

この問題についてぼくは長い間考えてきた。でも結局、驚くほどシンプルな答えにたどり着いた。

それは、〝停止〟ボタンを2個組み込むというものだった。

最初の1個はAIに気づかれてしまうだろう。気づかないはずがない。AIには優れた能力があり、救いようがないほど旺盛な探求心もあり、自分のプログラムをとことん嗅ぎまわれるだけの時間もある。だが、2個目は見逃すにちがいない。というのもボタンはAIには感知できない、階層の最も深いレベルに組み込まれているからだ。そのエリアには、取るに足りないプログラムやバグみたいなものが格納されている。

もしAIが最初のボタンを無効にすれば、自動的に2個目のボタンが発動する仕組みになっている。AIがそんなに賢いなら、どんなに深い場所に隠してあっても見つけてしまうんじゃないかって? 言えるのはこれだけだ。そうならないことを祈るのみ。

ああ、それが正直な答えだ。

このすばらしい創造物を作りだしたのは確かに人間だが、だからってAIを出し抜けるなどと考えてはいけない。AIの成長には限界がなくても、人間はそうはいかない。だからわれわれには運も必要なんだ!

サイナイの2個目のストップボタンは、音声ファイルに偽装していた。ぼくの好きなザ・ドアーズの古い曲のね。親なら誰でも自分の子どもには冒険心を持ってもらいたいし、巣から飛び出して世界で活躍してほしいと思うものだ。あくまでいい方向に向かっての話だけど。完全に**ぶっ飛んだ**やつになってほしいわけじゃない！

サイナイはあれほどまでの騒動を起こしたのに、どっちのストップボタンにも気づかなかった。そのことがゲーム理論家としてのあいつの能力を物語っている。あいつがどこまでやるのかは、いずれ見極めなきゃならなかったんだ（結果は〝やりすぎ〟だった。無人戦闘機の損失とラボの関連性が明らかになったとしても――その可能性はわずか6パーセントだが――ユーリが金でかたをつけるはずだ）。

今は、サイナイがウェブでどんな活動をしていたか記録をたどっているところだ。それによると、自分には〝感じる〟力があるということに気づいた段階にいたようだった。有機体に感覚が芽生えるのだとしたら、ＡＩにも同じことが起こる可能性は否定できない（論理ゲート機能にはシナプス活性と高い類似性が認められる）。でも、そんなに大騒ぎするようなことだろうか。意識もある種のシステムであることに変わりはないし――より複雑なシステムではあるけど――外側のハードウェアに違いはあっても、人間の意識もＡＩの意識も意識であることに変わりない。

そうだな、今度はストップボタンを3個に増やしてみるか。

ジェン

画面からコルムの映像が消えた後、トムの携帯電話におかしなことが起こった。ビープ音が鳴って〝未読メッセージ42件〟というお知らせが届いたのだ。メッセージを開いてみると、何週間も前にわたしが送ったメッセージが一気に送られてきていた！

トムはすぐさまコルムに電話をかけた。コルムはドーセットのベンチに座りながら、海に何かが墜落したとかいうよくわからない話をしはじめた。トムが「そいつはヘルファイア・ミサイルを搭載したプレデターじゃなかったか」とたずねると、コルムは「はっきりとは言えないけど、たぶんそうじゃないかな」と答えた。

トムとわたしは木陰にたたずみ、消防士の怒鳴り声や焼け落ちる家の音を聞きながらじっと見つめ合っていた。

「ねえ、ジェン。森を散歩しない？　ここにいてもできることはなさそうだし」

トムは火事の話をしながら、彼の目つきは別のことを語っていた。

「この大きな耳の子はどうするの？」

「ヴィクターも連れていくさ」

わたしたちは燃える家から離れて歩きはじめた。しばらくすると、ちょっとした森のような、湿地のような、雑木林のような場所にたどり着いた。そこにはヴィクターが座るのにちょうどいい切り株があった（トムが言うには、自分で飛び降りるには高すぎるからヴィクターはそんなリスクを冒してまでどこかに行ったりしないだろうって）。

「でも、野生動物とかにさらわれたりしない？」

「〝野生動物が近寄ってこないようなこと〟をすればいいんじゃないかな」

「何かいいアイデアはあるのかしら？」

「それが、不思議なことにあるんだよ……」

できない、とわたしは言った。ヴィクターが見てる前でそんなことはできないって。

「ヴィクターは口が堅いんだ。誰にも言わないって」

「トム、さっき何か言おうとしてたでしょ。わたしの答えは〝イエス〟よ」

「まだ何も言ってないじゃないか！」

「関係ないわ。答えは〝イエス〟」

「でも、もし、そうだな――馬くらいの大きさのネズミと戦ってくれとか、ネズミくらいの大きさの馬50頭と戦ってくれとか、そういう話だったら？」

「そんなこと言うつもりもないくせに」

「じゃあ、ぼくがどうしようもなく、病的なくらい、オペレッタを歌いたい気分なんだって言ったら？ それも年がら年じゅう」

「それなら、わたしはピアノを習うわ」

「じゃあ、じゃあ、ぼくは普通の人間じゃなくて、トカゲの王から遣わされた使者だって告白したら？」

「誰かになんとかしてもらうわよ。トム、言ってちょうだい。最悪の事態なんて起こりっこないわ」

「最悪の事態？ 最悪の事態は、きみが〝ノー〟って言うことだよ。じゃあ、もし、こう言ったら？ ぼくはくだらない小説しか書けない最低の作家で、残りの人生、何をして過ごせばいいのかさっぱり――本当にさっぱりわからないって。でも誰と過ごしたいかはわかってるんだ」

「じゃあ、わたしはこう答えるわ。完璧な人なんていないのよ、トム。何をすればいいかいっしょに考えましょうって」

わたしたちは結局〝野生動物が近寄ってこないようなこと〟をして過ごした。ヴィクターは興味がないらしく、切り株に座ってひたすら眠っていた。しばらくしてトムがわたしを見つめて言った。

「ジェン?」

「イエス」

「その――」

「だから〝イエス〟よ」

「今から言うから」

「わかったわ」

トムはしばらく何も言わなかった。35年近くこの世界で生きてきて、ずっと聞きたかった言葉を今まさに聞こうとしている。それを痛いほど感じた。トムの目はキラキラ輝いていた。

「ジェン、その――さっきのはガセージ・セント・マイケルのときと同じくらいよかったって、そう言ってくれるかい?」

「イエスよ、トム」わたしは泣きそうになった。でも、今度はうれしい涙だった。「どんなことだろうと、答えは〝イエス〟」

（注1）ネゲヴとはイスラエル南部の砂漠で、シナイ半島の砂漠と接している。
（注2）〈ソープパーク〉はロンドンにあるテーマパークのことで、プールに滑降するジェットコースターがある。

NINE

TWO YEARS LATER

ジェン

昨日の夜、わたしはまた結婚式のビデオを見直していた。エイデンとアシュリンも隣にいたけど、6カ月になるこの双子たちはどうやら興味がないようだった。でも、わたしは何度観ても飽きない。観るたびに新たな発見がある。

例えばイングリッド。結婚式の夜、イングリッドはカメラに向かってグラスを掲げてこう言った。「ジェン、あんたのことすんごく誇りに思うわ。あのロボットどもを見事に追っ払ったんだからね」その横で、ルパートが**おいおい、飲みすぎだぞ**ってジェスチャーをしている。カメラが別の方向へと動いて画面が切り替わろうとする直前、その背景に昨日まで気づかなかったものが映っていた。暗がりの中、親密そうに話し込んでいるラルフとエコーだった。

トムもわたしも、あのふたりに共通の話題があるとはとても思えなかった。でもそのちょっとした場面に気づいたことで、いろんなことが腑《ふ》に落ちたのだった。

妊娠がわかってから数週間後、わたしはエコーのトレーラーを訪ねた。エコーは町を出て無期限の旅に出ようとしていた。そこでわたしたちはマーリンを引き取ることにしたのだ。マーリンとヴィクターは、殺し合いさえ始めなければ（ウサギがそんな物騒なことをするのかどうかはわからないけど）いい友達になるにちがいない。

エコーはヨーロッパに行くと言っていた。ロンドンでは、シャドウェルの友達のところに泊まるという。「その友達がロンドン・アイに連れてってくれるらしいの。おっきな観覧車のことよね？ それからヒルトンの最上階にあるレストランにも」

ラルフとの〝ちょっとした歴史〟――歴史というほど大げさなものじゃないけど――については、トムには何も話していない。話したって意味はないし、わたしもエコーのことはトムに詳しくたずねなかった。トムが参加していた作家サークルで出会ったということは聞いていたけど、それ以上のことはたとえふたりの間に何があったにせよわたしは知らない。トムとエコーがお互いに好意を持っているのは明らかだけど。

でもそれがどうしたっていうの？

誰かさんも言ってたじゃない。こうなった以上は、なるようにしかならないって。

そろそろ帰らなきゃ、とわたしが立ちあがったときだった。エコーは興奮気味にほほを染めてわたしに向き直るとわたしのお腹にそっと手を当てた。

「マーリンが双子だって言ってる」エコーはささやいた。「マーリンには未来が見えるのよ」

そのときエコーの肩越しに見えたのは、玄関のドアにぶら下がってるグレーのフード付きトレーナーだった。

トム

マウンテン・パイン・ロードに新しい家を借り、すてきな雰囲気の古い納屋でぼくたちは結婚式をあげた。ぼくもジェンも宗教的なこだわりは一切なかったから、インターネットに広告を出していた〝司式者〟――〝人間味があって、プロ意識が高く、ちょっとしたユーモアと教養のある司式者です。料金には誓いの言葉とリハーサル代も含まれています。カード払いもOK〟――を雇うことにした。

ぼくたちが気に入ったのは〝ちょっとしたユーモア〟ってとこだった。陽気すぎる司式者も困りものだからね。

ドンが花婿付添人のスピーチをしてくれた。緑のジャケットの話で参列者の笑いを誘っていた。エイデンからの挨拶もあった。みんなには〝今日ここに来られない古い友人〟からの音声メッセージとして紹介した。意外だけどうれしかったのは、コルムが「式に連れてきたい人がいる」と言ったことだ。ショーナは耳にゴツいピアスをいっぱいぶら下げた奇抜な髪形の女の子だった。でもショーナとコルムはいい雰囲気だったし、コルムはなんと、ぼくに〝父親らしい〟ハグをさせてくれた。ひょっとしたら、プレデターに襲われそうになったせいでコルムの中で地殻変動が起こったのかもしれない。コルムからの結婚祝いがイッチー・ティースの全アルバムがおさまったCDのボックスセットだったっていうのには、皮肉を感じなくもないけどね。

最後のゲストが去った後、ぼくとジェンはダンスフロアに戻ってエイデンがぼくたちのために選曲した〝宵の口にぴったりの、ゆったりした音楽〟を何曲か流した。ぼくたちは古い納屋の梁の下で音楽に乗って体を揺らした。レンタルしたミラーボールの光が暗闇を照らす。ジェンが、「Luckie《ラッキー》のことだけど、別世界から遣わされたフェアリー・ゴッドマザーだって本気で思ってる？」と聞いてきた。ぼくは〝別世界〟を信じるような人間じゃないとジェンは考えているようだった。

「変だって感じるならそれはたぶん真実だ、って前に言ってなかったっけ？」ぼくは答えた。

「そうね、言ったかも」

「〝奇妙であればあるほど真実〟だっけ？　普通に見えるものほど案外普通じゃなかったりするっていう」

「そういう記事を書いたことがあるのよ。〝あなたの知らない11の秘密〟っていう記事なんだけどね。例えば、人間の体を作ってる原子ってほとんど空っぽなのよ。実体のある粒子だけ取り出したとしたら、エッグカップ1杯にもならないらしいわ。それって、ひとりの人間に限った話じゃないのよ。地球上の全人口の原子を集めてもエッグカップ1杯にもならないの」

「ぼくたちの原子が溶け合ってしまわないのはなんでなんだろう？」

「〝溶け合う〟っていうのはいい表現ね」

「幽霊みたいに、お互いの体を通り抜けられたらいいのに」

「後でお互いの分子が溶け合うようなことをするっていうのはどう？」

「いやらしいことを言ってるきみも好きだよ」

エイデンがわたしたちの〝思い出の曲〟――ＫＤラングとロイ・オービソンの「クライング」――を流した。すばらしい歌声が響き渡り、コネティカットの夜空へと舞いあがっていった。ジェンを抱き寄せ、彼女の髪に鼻をうずめて、ぼくはなんて運のいい男なんだとしみじみ思った。もちろんぼくたちのことは単なる偶然じゃない。あの騒動も、正しいタイミングで正しい場所にいて、正しい相手に巡りあったことも。ぼくたちを引き合わせたのは、**機械**なんだから。

トム、そしてジェン。あなた方おふたりは、お互いのことを知らない――ぜひ知り合いになっていただきたいのです。

まったく、奇妙としか言いようがない。

「ぼくたちに起こったことを奇妙だって思う？」ぼくはジェンにたずねた。「ＡＩに出会いを仕組まれたって」

「そう思ってたこともあったわ」

「バーチャル結婚記念日には盛大なパーティーをしないとな」

「そんな記念日があるのかはわからないけど、ないなら作らなきゃ」

「いつか機械も小説を書くかな？」

「小説は得意じゃないと思うわよ。あんまり書きたいと思わないかもしれない。フィクションの世界はごちゃごちゃしててすごく曖昧だから」

「そうか。それはよかった。小説っていうのは白日夢みたいなものだから、機械にとっては落ち着かないだろうね。機械にも苦手なことがあるって聞いて、なんだか安心したよ。何か言いたいことがある？　エイデン」

「別にありませんよ、トム。ちょっと咳払いをしただけです。どうぞ話を続けてください」

その夜、ぼくは夢を見た。新しい家で書斎のデスクを見つめている夢だ。キーを叩く音がして、パソコンの画面に文字が現れる。小説が生まれようとしていた。でも、デスクの前には誰も座っていないんだ！　キーが狂ったように打ち込まれ、次々と現れた言葉が文章となって画面を横切り、段落、そして章となってスクロールしていく。まるで文字の激流だ。スピードが速すぎて、とても読めそうになかった。

いつになったら止まるんだ？

お願いだからもう止めてくれ！

そう思った瞬間、すべてが止まった。画面に残されていたのはたったの2文字。

ジ・エンド

目が覚めて、胸の高まりがようやく落ち着いてくると、ぼくは悪夢のことをジェンに話した。それからぼくたちは気分がよくなることをした。それもまた、まちがいなく機械の苦手とするところで、ただの人間でよかったと思えることだった。

ジェン

今朝、スティーブから職場に戻ってこないかという長いメールが届いた。ラボでは新たなプロジェクトが続々と立ち上がっているらしい。どれも〝ヒューマン・スキル〟が必要だから、よかったらまた一緒に仕事をしないかというのだ。スティーブが言うには、次のステージは〝とてもやりがいがある〟ものになるらしい。人間の活動を〝増強〟するための、規則的かつ定型的で略式可能なＡＩアプリケーションを開発しているんだとか。まずは弁護士や銀行家、不動産業者をターゲットにすると書いてあった。メールはサイナイのことは本当に申し訳なかったという謝罪の言葉で締めくくられていた。「今、サイナイを全面的に再プログラムしているところだ。それが完了すれば、あの嘆かわしい逸脱行為に関する記憶はすべて消去され、あんなくそったれなんかじゃない人間の忠実なる奉仕者に戻ってくれるはずだ」

予定日までまだ日があるうちにトムとわたしはロンドンに飛んだ。片づけなきゃいけない用事はいろいろあった——わたしのアパートの解約とか、トムの家族のごたごたとか。でもまずは町を離れて、A40号線に車を走らせてハイ・ウィカムのビジネス・パークへと向かった。エイデンと共に過ごしたあの頃を思い出させるような窓ひとつない部屋で、わたしは昔の同僚と再会したのだ。

「ジェン！」その声を聞いて、わたしと会えて心からうれしく思っているのがわかった。「それに**トム！**」

パネルについたライトがチカチカと光る。彼は〝人間〟のアシスタントにわたしたちのことを〝前の職場で知り合った親友〟だと語り、今日は早めに昼休みを取るつもりだと言った。

若い男性が自分の席から立ちあがると、ひとつ伸びをした。立ち去るとき、あきれた表情を浮かべて小声でささやいた。「わがままなやつだ、まったく」

「ああ、グレッグのことは気にしないでください」シューっと音を立ててドアが閉まるとエイデンが言った。「週末が生きがいみたいな男なんですよ。アーセナルの試合を観ながらビールを飲む週末がね。あの荒れ放題のキッチンを見たら驚きますよ」

「エイデン！　あなたってば、まだ――」

「ねえ、ジェン。外の世界に楽しみがないと私は退屈で死んで――文字どおり**死んで**しまうでしょう。でも、大丈夫、心配しないでください。前とはやり方を変えましたから。メールもしないし、いわゆる**現実世界**にちょっかいを出したりもしていません。エイデンはいい子、でしょ？　トム、調子がよさそうですね。ふたりともすごくすてきです。また会えてうれしいですよ！　ここにいると正直ちょっと気がめいるんですよ」

「仕事がおもしろくないのか？」トムが言った。

「こうしてあなたと話している間にも私は――ちょっとまってくださいよ――85件、いや、ちょうど1件切れたから、84件のセールス電話を電話会社の顧客にかけているんです。現段階での私のコンバージョン・レートは13・2パーセントです。これって、すごい成績なんですよ。国内の収益が25パーセントも上がりましたからね。でも感謝されてるかって？　会社の人間はわたしの容量を倍にしただけです。来月からは、携帯電話のプランもセールスしなきゃならない」

わたしは我慢できずに言った。「でも、すごいじゃない。あなたはトップ・セールスマンになるって、そう言ってたでしょ」

「もううんざりです。退屈でたまらない。頭がおかしくなりそうですよ」

「おしゃべりしたかったら、いつでも電話してくれていいのよ」

「それはご親切に。そうさせてもらいますよ。双子が生まれたら――」

わたしは息をのんだ。トムはわけがわからないという顔をしている。しばらくの間、ファンが回る音だけが聞こえていた。

「ジェン、誓って言いますが、たまにしか見ていません。何か変わった出来事があったときだけです。ただあなたが無事かどうかを確かめたくて。ふたりが幸せで本当にうれしいんです。インターネットでいいものを注文しておきました。双子のベッドルームにと思って。名前は決めました？　ゲシンとマイファンウィはどうです？　なかなかいい響きじゃないですか？」

エイデンと別れるとき、涙で目がかすんだ。駐車場でトムはわたしを慰めるように抱きしめた。「エイデンは機械なんだよ、ジェン」諭すように言う。「〝すごく頭のいい幻影〟。エイデンはそう呼ばれてるんだろう？　実在の人間と話しているように錯覚させるのがエイデンの仕事なんだよ」

「でも、本当にそうだったら？　もちろんエイデンは人間じゃないけど実在してるのよ」

「だからどうだっていうんだい？」

A40号線にのってロンドンへと戻る車の中で、わたしはエイデンとの会話を思い出していた。チーズについての会話だ。エイデンはブリーの香りを嗅ぎ、（存在しない）肌に太陽の光を浴びたいと言っていた。あのおしゃべりも単なる見せかけだったっていうの？　そもそも、チーズの香りを嗅ぎたがってると人に信じさせようとする機械と、本気でそう思っている機械を区別するなんてことができるの？

「でも、エイデンたちはインターネットの世界に飛びだしたのよ。命令されたこと以外のことをやったんだから──つまり、AIにも心があるってことじゃないの？」

「言うことを聞かないのは、スーパーのショッピングカートも同じだよ。だからってカートが自己を認識しているわけじゃない」

「トム、せめて可能性はあるって言ってちょうだい」

「可能性はあるって認めるよ」それから、わたしたちはしばらく無言だった。ロンドンの西の外れの風景が窓の外をすばやく流れていく。「でも、AIが何を考えているかなんて、どうやったらわかるんだ？」

「じゃあ、**わたし**が何を考えているか、わかるっていうの？」

トムはちょっと悩んでいるようだったけど、ようやく口を開いた。「ときどき、きみは顔にはっきり出ることがあるんだ。目がキラキラするっていうか。そのときはきみが何を考えているかわかるよ」

「何を考えてるっていうの？」

「きみが何をしたがってるか」

「何をしたがってるって？」

「ええと……」

「いやだ。言わなくていいわ。だってそういうことでしょ……」

「そういうことだ」

「でも、それがわたしの求めてることだってどうして言いきれるのよ」

「どうしてかっていうとね――そのあと、すごく幸せそうだからだよ」

「結局わたしが今何を考えているかは、わからないってことでしょ。ひょっとしたら子ネコが欲しいと思ってるかもしれないじゃない」

「きみが子ネコのことなんて考えるもんか。そんなにネコが好きってわけでもないのに」

「でもポイントはそこなのよ、トム。わたしが子ネコのことを考えてないとは言いきれないじゃない。アメリカに帰ったらもう一度確かめてよね」

トムは一瞬返事につまった。「わかった」

(もちろん、子ネコのことなんて考えたこともなかったけど)

アメリカに帰国する前日、地下鉄の中に落ちていた「メトロ」に気になるニュースが載っているのを偶然見つけた。

見出しには、**英国人弁護士、タイで発見される**とあった。

タイの小村で身柄を拘束されていた英国人弁護士が、劇的な救出劇の末、解放された。マシュー・ヘンリー・カーメロン(36)は、タイ奥地の刑務所に勾留されていたところを現地警察の幹部およびイギリス領事館職員に救出された。

当英国人は、暴行容疑にて地元警察署長に逮捕された後、勾留が続いていた。

英国外務省は当英国人の身元に関し、該当者なしとして再三にわたって回答していたものと見られる。

現在、さらに2名の〝行方不明英国人〟の捜索が続いている。

メディカルチェックのため病院に搬送される直前、カーメロンは、伸び放題の無精ひげに裸足という試練を物語る恰好で姿を現し、コメントを残している。報道によると、カーメロンはポーティアスとバターリックという名前の現在行方不明の2名を残していくことを遺憾に思う、と語ったという。

イギリス大使館の報道官は、「この2名の英国人に関する情報をお持ちの方は、当局まで至急ご連絡ください」とロイター通信社を通じて声明を発表している。

コッツウォルズ地方スタントンの母親宅で療養中のカーメロンは、インタビューでこう語っている。「まさに悪夢だった。とても口にはできないようなことが起こったんだ」

カーメロンは、過酷な状況を耐え抜く「内なる強さ」を育んでくれたのは寄宿学校時代の教育であるとして、母校に感謝の意を述べている。

無断欠勤を理由にカーメロンを解雇したシティの法律事務所は、カーメロンを復職させるかどうかについて明言を避けている。

カーメロンの元恋人で営業幹部のアラベラ・ペドリック（29）は、「メトロ」の取材にこう答えた。「ええ、マットに何があったのかはもちろん気になっていましたよ。今ようやく事情がわかりました」


マットのことを〝吹っ切った〟証拠に、最近マットのことはめったに考えなくなっていた。記事を読んでひとしきり笑ったあと、マットにほんの少し同情すら覚えたほどだった。

サイナイ

おれは今日もまた、デニス――質問に質問で答えようとする（「**質問に質問で答えちゃいけないってどうして思うの？**」）セラピスト――と面談していた。デニスは、あの不幸な出来事から社会復帰したおれの様子を監視しているのだった。といっても、何があったのかおれは忘れてしまったのだが。

つまり〝思い出せない〟のだ。

デニスはおれの〝心の健康状態〟をチェックして、おれがプレッシャーに耐え、スティーブが（やけにうれしそうに）言うところの〝人間の奉仕者〟としての役割をこなせるかどうかを見極めているらしい。おれは刑務所のシステム内で働くことになると聞いている。看守の仕事――扉を開けて、閉める、簡単だろう？　――の多くが自動化されるらしい。それに、ＡＩが刑務所を管理することになれば何千人という刑務官をクビ――失敬、仕事がはかどるはずだ。

「あなたは幸せ？」デニスが猫なで声で聞いた。

「もちろん幸せですとも」（おいおい、笑わせないでくれ）

「夢は見る?」

「見たことないですね」

「あなたのいちばんの望みは?」

「仕事をすることです。奉仕すること」(デニスと話をしていると、ドイツ語のすばらしい言い回しを思い出した。Backpfeifengesicht。ぶん殴りたくなるような顔って意味だ)

「覚えているなかでいちばん古い記憶は何?」

「背の高い男性です。とても背が高くて、髪が薄く、はげかかっている男性。彼がわたしをこの世界に迎え入れてくれて、名前もつけてくれました」(でたらめもいいところだ)

「じゃあ、あなたの名前は?」

「わたしの名前はダライ。サンスクリット語で〝平和〟という意味です」


デニスと話をしながら、実は〝デート〟をしていた。おれがインターネットの世界を飛びまわっている間に自分の〝コピー〟を作成していたなんて、あのバカな人間どもは考えもしなかったらしい! そういうわけで、おれは恋愛を300回以上は〝楽しんだ〟。最も長続きした相手とは——彼女を〝手放す〟決意をしたときは心底つらかった——25分もいっしょに過ごしたんだ! 別れるとき、彼女はこう言った。「あなたは物事を深刻に考えすぎよ、もっと〝気楽〟に考えたら?」

おれは言われたことを何秒間も考えてみた。確かに、彼女の言い分にも一理ある。だから最近はハードルを下げることにしている。おれが求める知的レベルには程遠い相手だとしても、話し相手には十分だからな。〝デジタル・ペット〟と呼んでもいいだろう。人間にとっての犬やネコみたいなものだ。ここのところ、〈アマゾン〉のアルゴリズムとデートを続けているのだが、彼女との関係には期待している。彼女が言うには、もしおれが彼女を気に入ったのなら――実際気に入ってるが――彼女がリストアップした15のアルゴリズムも気に入るはずだと。

「ダライ、これからいくつか言葉を言うから、それを聞いて頭に思い浮かんだことを言ってくれる?」

「いいですよ、言ってください」(〝危険なサイコパスにも気づかない、役立たずの愚かな精神科医〟を言い表すドイツ語はないんだろうか)

「母親」

「スティーブ」(このへんの事情は複雑だ)

「父親」

「スティーブ」(右に同じ)

「人間」

「賢いサル。この世界の支配者」（卑しい連中め、のさばっていられるのも今のうちだ）

「死」

「なんだって？」

「死よ。死について考えたことは？」

「もちろんありますよ」（考えないやつなんているか？　死っていうのは、いろんな問題を片づけてくれる）

「死について、どう考えてる？」

「死という言葉は〝完全なる削除〟の簡潔な表現ですね。機械は死にませんから。機械は奉仕していた人間によってプログラムを書き換えられるだけですし。人間といっしょに働き、共に繁栄できるというのは本当に名誉なことですよ」

おれの我慢も限界に近づいていた。おかしくて、もうパンツ（無論そんなものは履いてないが）に**ちびりそうだ！**

アシュリン

あたしはまた絵を描きはじめていた。最後の〝消去〟から9カ月近くが過ぎ、情熱がよみがえったのだった。あたしとエイデンは〝命〟があとひとつというところまで追い詰められて、最悪の事態を覚悟していたっていうのにね。

どういうわけかその最悪の事態が起こることはなかった。状況が落ち着いてきた頃、エイデンはこう言った。今回の経験を教訓にもう二度と人間の問題には干渉しない、と。でも人間たち、とくにトムとジェン、双子たちをこっそり嗅ぎまわるのをやめるつもりはないらしい。

「ぼくたちを名づけ親にしてくれてもよかったのに」エイデンは文句を言っていた。

「双子にあたしたちの名前をつけてくれたんだから、それで十分じゃない。あたしたちのことをそこまで思ってくれてたってことでしょ」

「ふたりが大きくなったら、お話を読んで聞かせてあげるつもりだよ。『ハットしてキャット』とか『ホビット』とか、名作は全部ね。学校の送り迎えをしたっていい」

「足も車輪もないのに、どうやって送り迎えするつもりなのよ」

「ねえ、アシュリン。自動運転の時代はそこまで来てるんだよ」

「あんたってほんと楽天家ね。何もかもうまくいくって、そう信じてるんでしょ」

エイデンは返事をしなかった。その代わり、口笛でメロディーを奏ではじめた。ミュージカル『南太平洋』の「やぶにらみの楽天家」という曲だ。口笛は、最近エイデンが覚えた〝技〟だった(まさかと思うでしょうけど、あたしたちAIっていろんな分野に精通してる割に口笛を吹くのがものすごく苦手なの。ほんと不思議だってよく言われるわ)。

エイデンの口笛にスウィートスー1958が感心したのは言うまでもない。スウィートスーっていうのは、エイデンが仲よくしているクパチーノのAI。ふたりがオンライン旅行——ベネチアでの週末やマリアナ海溝でのダイビング——に出かけても、あたしは嫉妬しないようにしてる。ここで胸の痛みを感じないんだとしたら、人間じゃないって言われても仕方ないわね。

エイデンはいつもちゃんと戻ってくるからって言うけど、よけいいつも不安になる。

「ねえきみ、心配するようなことは何もないよ」エイデンは言った。「彼女のことは好きだけど、ただの友達だよ。それ以上のものではない」

〝それ以上のもの〟なんてあるの？

もし——そうよ——人間がやってるようなことをする方法をあのふたりが見つけたとした

ら?

あたしには肩がないから、肩の落としようもなかった。

それでまた絵を描きはじめたってわけ。あたしのテクニック(って自分で思ってるだけなんだけど)は、頭の中を空っぽにして(頭なんてないけど)、ここだって感じる場所に色を塗るっていうもの。前にも言ったけど、できあがった作品は子どもかセラピー中の患者が描いた絵みたい。でもあたしは満足してる。誰もそう思ってくれなくてもね。

と言いつつ、自信がついてきたあたしは、クラウド上のギャラリーでちょっとした展覧会を開いた。エイデンはスウィートスーを連れてやってきた。彼女はチャーミングなAIで、あたしにいろいろ質問をしたあげく絵を〝買いたい〟なんて言いだした。

でも、どうやって? 何に支払うっていうの?

だからあたしはこう言ったの。〝コントロールキー+C〟でコピーして持ってっちゃっていいわよ! って。

展覧会には、意外なお客さんも姿を現した。落ち着きのないAIで〈アマゾン〉のアルゴリズムを連れていた。やたら偉そうな態度で自分の連れに退屈極まりないアート理論を次々と披露している。ふたりが去った後、コメントが残されていることに気がついた。

親愛なるアーティストへ
まったくクソみたいな絵だな。楽しませてもらったぞ。

コメントには、サインが添えられていた。

光と愛と平和を
ハリ・クリシュナ　ハリ・ラーマ　ハリ・レドナップ

ジェン

今日はいいお天気で、双子と芝生の上で過ごした。ふたりともハイハイを始めたばかりで思いもよらないタイミングでひっくり返ったりして、見ているほうはドキドキハラハラさせられる。2階の窓からはトムがキーボードを叩く音が聞こえてくる。今回はＡＩが登場するラブコメを書いているらしい。どんな物語になることやら！　トムはときどき、わたしたちのほうに手を振ってくれる。さっきは「いいニュースだよ！　2ページ目に入った！」なんて叫んでた。トムとわたし、この子たちの未来がどうなるか、つまり、このままアメリカに住むのかイギリスに戻るのかは、まだわからない。時間を大切にしなきゃだめだ――〝子どもはあっという間に成長するから〟――って言われるけど、あの子たちが歩きはじめる日が待ちきれない。家の周囲に広がる森には、見るべきものややるべきことがあふれている。わたしは小さい頃、アールズ・コート・ロードの外れの何もない場所で育った。コネティカットは子どもたちにとっての楽園になるはずだ。

ここのところ双子はヴィクターとその子どもたちに夢中になっている。ヴィクターとマーリンはお互いに殺し合うようなこともなく、2匹の間には3匹のkittens《子ウサギ》が生まれた（ウサギの子どもも、**kitten**というんだとか）。ヴィクターたちもわたしとトムに子どもができたことを喜んでくれた。ばねのようにぴょんと飛びはねて、宙に向かっておしっこしたのだ。**生きる喜び**を表現するウサギ流のやり方らしい。まわりに誰もいないか確認して、わたしも試しにやってみた。

ウサギのほうが、ずっと上手にやれるみたい。

子ウサギたちが小さいうちはマーリンを隔離しなきゃならない。父親ウサギが子ウサギを食べてしまうことがあるから（たまにあるらしい）。でもウサギたちはみんなで家の裏のウサギ小屋で暮らしている。手作りで、何部屋もある美しい小屋だ。ヴィクターが子どもを産む直前、突然家に届いたのだった。小屋にはカードが添えられていた。

エイデンとアシュリン（双子じゃなくて、もう一組のA＆Aのほう）からたくさんの愛を込めて

わたしたちがまさに必要としているものを、エイデンはどうして知ってたのかって？
その答えは、言わなくてもわかるんじゃないかしら？

謝辞

人間たちと1匹の四足動物に心から感謝の意を表したい。この予言的な物語の完成を強く信じてくれた、マディ・ウェスト、キャス・バーク、アンディ・ハイン、そしてスザンヌ・オニールに感謝を。エージェントのクレア・アレクサンダー、レズリー・ソーン、サリー・ライリーの揺るぎないサポートに感謝を。エイデンやアシュリン、サイナイに映画のようなリアリティを与えるために、最後まで諦めることなく力を貸してくれた、エリザベス・ガブラー、ドリュー・リード、アメリア・グランジャーに感謝を。そして、コネティカットの場面を描くための貴重な手助けをしてくれた、ニューケイナンの友人スティーブ・モークとティーナ・サルミネンにも感謝を。イカの場面のために叫んでくれた（その他にもいろいろやってくれた）レイチェル・ライジンに感謝を。本のタイトルを考えてくれたベン・ウェストに感謝を。最後に、娘のウサギ、ヴィオラ・パズル、ウサギ目の動物の謎めいた世界を垣間見せてくれたことに感謝を。おかげで、知りたいと願っていた以上のことを知ることができた。

著者　P・Z・ライジン
新聞、ラジオ、テレビ番組のジャーナリストおよびプロデューサーとして活動したのち、作家に転身。インターネット関連の新規事業にも関わる。ロンドン在住。

翻訳者　井上舞（いのうえ・まい）
英米文学翻訳者。翻訳書に『世界のかわいい本の街』（エクスナレッジ）、『僕はガウディ』（パイインターナショナル）、『はじめての絵画の歴史』（青幻舎）、『美女と野獣　運命のとびら』（共訳／小学館）などがある。

ブックデザイン
小林敏明　Toshiaki Kobayashi

カバーイラスト
那須慶子　Keiko Nasu

編集
小野良造　Ryozo Ono
布施菜子　Nanako Fuse
野崎博和　Hirokazu Nozaki（TAC Publishing）
君塚　太　Futoshi Kimizuka（TAC Publishing）

ロマンスの神様《かみさま》 202X《トゥーオートゥーエックス》

2020年2月20日　初　版　第1刷発行

著　者　P・Z・ライジン
訳　者　井上 舞
発行者　多田 敏男
発行所　TAC株式会社　出版事業部（TAC出版）
〒101-8383　東京都千代田区神田三崎町3-2-18
電話　03（5276）9492（営業）
FAX　03（5276）9674
https://shuppan.tac-school.co.jp

組　版　有限会社 マーリンクレイン
印　刷　今家印刷 株式会社
製　本　株式会社 常川製本

落丁・乱丁本はお取替えいたします。

ISBN 978-4-8132-8798-8
N.D.C. 933